Les enfants des collines

J'AI LU

VIRGINIA C. ANDREWS

FLEURS CAPTIVES	*J'ai lu* 1165/**4***
PÉTALES AU VENT	*J'ai lu* 1237/**4***
BOUQUET D'ÉPINES	*J'ai lu* 1350/**4***
LES RACINES DU PASSÉ	*J'ai lu* 1818/**4***
MA DOUCE AUDRINA	*J'ai lu* 1578/**4***
LE JARDIN DES OMBRES	*J'ai lu* 2526/**4***
LES ENFANTS DES COLLINES	*J'ai lu* 2727/**5***
L'ANGE DE LA NUIT	*J'ai lu* 2870/**5***
CŒURS MAUDITS	*J'ai lu* 2971/**5***
UN VISAGE DU PARADIS	

Virginia C. Andrews

Les enfants des collines

traduit de l'américain par Marie-Pierre PETTITT

Éditions J'ai lu

Cet ouvrage a paru sous le titre original :

HEAVEN

PROLOGUE

Quand souffle la bise d'été, j'entends le murmure des fleurs et la chanson des feuilles dans les bois. Je vois, de nouveau, l'oiseau prendre son vol et le poisson sauter dans la rivière. Je me souviens aussi des hivers. Je me rappelle comme les branches dénudées faisaient un bruit lugubre, lorsque le vent les fouettait, et comme elles cognaient la cabane, qui était notre abri. Une cabane accrochée au flanc de la montagne. Les habitants de la Virginie de l'Ouest appelaient cet endroit *les Willies*.

Le vent ne soufflait pas dans les Willies, il mugissait. Il donnait à chacun une raison de scruter avec anxiété au travers de ses petites vitres sales. Vivre au flanc de ces montagnes mettait les nerfs à vif, particulièrement quand les loups hurlaient de concert avec le vent, que les lynx poussaient des cris perçants et que tout ce qu'il y avait de sauvage dans la forêt rôdait d'aventure. Souvent, des animaux domestiques disparaissaient. Parfois, un gamin ne revenait jamais d'une promenade.

Je me rappelle surtout une nuit froide de février. Ce fut *mon commencement*. C'était la veille de mon dixième anniversaire. J'étais étendue sur ma paillasse, près du poêle à bois, me tournant et me retournant. Les loups hurlaient à la lune. J'avais le sommeil peu profond. Le plus léger mouvement, dans notre minuscule cabane, me réveillait en sursaut. Tous les bruits y étaient amplifiés. Ma grand-mère et mon grand-père ronflaient. Pa rentra ivre. Il titubait, se cognait dans les meubles et trébuchait sur les corps endormis par terre, sur leurs paillasses, avant d'aller s'écraser sur le grand lit de cuivre en faisant grincer les ressorts. Il éveilla Ma. Elle se plaignit d'une voix aiguë de ce qu'il avait encore été traîner à Winnerrow, *Chez Shirley*. A cette époque, je ne savais même pas qu'il s'agissait d'un mauvais lieu et pourquoi le fait que Pa y allât suscitait tant de colère.

On aurait pu mettre un doigt entre les planches du sol de notre cabane. Elles laissaient passer, non seulement l'air froid, mais aussi tous les bruits : grognements des cochons endormis, des chiens, des chats et de tout ce qui s'était réfugié sous le plancher.

De l'obscurité vint soudain un bruit différent des autres. Je m'efforçai de deviner qui bougeait ; une forme vague dans la faible lueur, près du poêle. J'aperçus Granny. Elle était penchée et ses longs cheveux gris lui donnaient l'air d'une sorcière. Elle avançait, aussi doucement que possible, sur le plancher rugueux. Elle ne devait pas chercher à sortir, puisqu'elle était la seule autorisée à se servir du *pot*, quand elle en avait besoin. Les autres devaient effectuer un pénible trajet de près de cent mètres jusqu'aux *cabinets*. Granny avait cinquante ans passés. De l'arthrite chronique ainsi que d'autres douleurs inconnues, jamais soignées, rendaient sa vie difficile. Elle avait perdu la plupart de ses dents, ce qui la faisait paraître beaucoup plus âgée. On m'avait raconté, du moins ceux qui étaient assez vieux pour le faire, qu'Annie Brandywine avait été la reine de beauté des collines alentour. Granny posa sa main déformée sur mon épaule et murmura d'une voix enrouée :

— Viens, ma fille ! Il serait temps que tu cesses de pleurer la nuit. J'espère que tu ne le feras plus quand tu sauras la vérité à ton sujet. Avant que ton Pa ne s'éveille, je vais t'emmener quelque part et demain, tu auras une chose à laquelle te raccrocher s'il te menace ou se jette sur toi.

Elle soupira doucement et fit voler des mèches de cheveux qui me chatouillèrent le visage.

— Tu veux dire que nous allons sortir, Granny ? Il fait terriblement froid, dehors.

Je me levai et enfilai une vieille paire de chaussures de garçon.

— Tu n'as pas l'intention d'aller très loin, n'est-ce pas ?

— Il le faut. Cela fait trop mal d'entendre les mots que mon Luke hurle à sa première-née. Pire, mon sang se glace de t'entendre lui répondre, alors qu'il pourrait te tuer. Mais pourquoi lui réponds-tu, ma fille ?

— Pa me déteste, Granny, je ne sais pas pourquoi. Tu dois bien le savoir, toi ?

Le clair de lune, au travers de la fenêtre, éclairait son cher visage ridé.

— Oh ! oui, il est temps que tu saches !

Elle m'enveloppa dans un lourd châle noir, puis en jeta un autre sur ses épaules. Elle me mena à la porte et l'ouvrit. Le vent froid s'engouffra dans la pièce. Pa et Ma grognèrent, dans leur lit, derrière le rideau.

— Nous avons un bout de chemin à faire jusqu'à l'endroit où sont enterrés les nôtres. Voilà des années que j'espérais pouvoir faire ce voyage avec toi. On ne peut pas attendre indéfiniment. Le temps passe et puis un jour, il est trop tard.

C'était une nuit glaciale. Nous nous mîmes en route à travers les bois de pins. Une épaisse couche de glace recouvrait la rivière et les loups semblaient très proches.

— Ouais, Annie Brandywine Casteel sait bien garder les secrets.

Granny se parlait à elle-même.

— Il n'y en a pas beaucoup qui le savent, vois-tu ! Y en a pas beaucoup comme moi... Est-ce que tu m'écoutes, ma fille ?

— Je ne peux pas faire autrement, Granny, tu me cries juste dans l'oreille.

Elle me tenait par la main. Nous nous éloignions de la maison. C'était de la folie d'être dehors par ce temps. Je me demandai pourquoi elle avait choisi une nuit aussi froide pour me livrer un de ses secrets. Mais je l'aimais assez pour la suivre dans ce sentier de montagne. Il me semblait que nous avions marché pendant des kilomètres dans la nuit glacée. La lune brillait, au-dessus de nos têtes, pleine de mauvaises intentions.

La surprise dont elle avait parlé était un cimetière figé, irréel dans la lumière bleue de la lune. Le vent soufflait avec furie. Il happa les cheveux de Granny et les mêla aux miens. Elle se mit à parler :

— C'est la seule chose que je puisse te donner, mon enfant. La seule qui doive compter pour toi.

— Tu n'aurais pas pu me le dire dans la cabane ?

— Non !

Elle avait prononcé ce « non » d'un ton buté. Elle me faisait penser à un vieil arbre arrimé à ses racines.

— Tu n'y aurais pas fait attention si je te l'avais dit là-bas. Ici, tu te rappelleras toujours.

Elle hésitait, ses yeux fixaient une tombe. Elle leva

le bras et indiqua, de son doigt déformé, le granit d'une pierre tombale. Je l'examinais, tout en essayant de lire ce qui était gravé. Il était étrange que Granny m'eût amenée ici en pleine nuit. Je me sentais assez inquiète et songeais aux esprits de ceux qui gisaient là, errant en quête d'un corps qu'ils pourraient habiter.

— Tu dois pardonner à ton père ce qu'il est. Il n'y peut rien, pas plus que le soleil ne peut s'empêcher de se lever puis de se coucher, les mouflons de sentir mauvais ; pas plus que toi, tu ne peux t'empêcher d'être ce que tu es.

Il était facile de dire cela pour ma grand-mère. Les vieilles gens ne se rappelaient jamais que, quand ils étaient petits, ils avaient eu peur des grandes personnes, eux aussi. Je frissonnai et tirai Granny.

— J'ai lu des contes sur ce qui se passe dans les cimetières, la nuit, à la pleine lune, après minuit.

— Il y a mieux à faire que de se laisser effrayer par ce qui est mort et ne peut plus ni bouger, ni parler.

Elle me serra plus fort et m'obligea à regarder de nouveau la tombe.

— Tu vas m'écouter. Tu ne m'interrompras pas jusqu'à ce que j'aie fini. J'ai une histoire à te raconter ; elle te fera du bien. Il y a une raison, une bonne raison pour que ton père te traite d'une façon odieuse. J'y ai souvent pensé. Il ne te déteste pas, non, mais quand il te regarde, ce n'est pas toi qu'il voit, c'est quelqu'un d'autre. En fait, mon enfant, c'est un homme tendre. Il est bon, au fond de lui-même. Il eut une première femme qu'il aimait tellement qu'il ne voulait plus vivre lorsqu'elle mourut. Il l'avait rencontrée à Atlanta. Il avait dix-sept ans, elle en avait seulement quatorze. Elle était belle comme un ange et ton père l'aimait. Elle s'était enfuie de chez elle, de Boston. Elle allait au Texas. Elle avait une valise très élégante, pleine de vêtements à la mode et de bijoux. Elle commit l'erreur de se marier avec un homme qui n'était pas de son milieu... parce qu'elle l'aimait. Alors, elle vint vivre ici.

— Granny, je n'ai jamais su que Pa avait eu une première femme. Je pensais que Ma était sa première et seule épouse.

— Ne t'ai-je pas dit de rester tranquille ? Laisse-moi finir de te raconter cela à ma façon... Elle venait d'une riche famille de Boston. Elle arriva ici pour vivre avec Luke, Toby et moi. Je ne voulais pas la recevoir, je ne l'aimais pas. Je savais qu'elle ne s'y ferait jamais. Je l'ai su dès le début. Elle était trop bien pour des gens comme nous, pour ces collines, pour les fatigues et les privations. Elle pensait que nous avions des salles de bains, oui, elle pensait ça ! Elle eut un choc quand elle découvrit qu'elle devait sortir pour aller aux cabinets et qu'elle devait s'asseoir sur une planche au-dessus d'un trou. Alors Luke lui construisit de jolis petits cabinets, pour elle toute seule ; il les peignit en blanc... oui... et elle installa, à l'intérieur, un rouleau de papier sur une bobine. Elle m'offrait souvent de me servir de son papier rose, acheté dans un magasin. Elle appelait ça des toilettes. Elle félicita Luke et l'embrassa.

— Pa n'était pas méchant avec elle comme il l'est avec Ma ?

— Tais-toi, ma fille. Tu me fais perdre le fil de mes idées. Je me mis à l'aimer, Toby aussi, je crois. Elle essayait de faire de son mieux. Elle aidait à la cuisine. Elle arrangeait la cabane pour la rendre agréable. Toby et moi, nous leur laissâmes le grand lit, pour faire leurs bébés. Elle aurait dormi par terre, ça, elle l'aurait fait. Mais je n'ai pas voulu la laisser. Tous les Casteel ont été conçus dans un lit... Du moins, je l'espère. Un jour, elle se mit à rire de bonheur, elle attendait un enfant : le bébé de mon Luke. J'en fus très triste. J'avais toujours espéré qu'elle retournerait d'où elle venait, avant d'être victime des collines. C'est dangereux, ici, pour les gens fragiles. Elle nous rendit tellement heureux ! Elle rendit Luke plus heureux qu'il ne l'a jamais été.

Granny s'arrêta de parler brusquement.

— Comment est-elle morte, Granny ? Est-ce sa tombe ?

Elle fixa la pierre, avant de continuer.

— Ton Pa avait dix-huit ans quand elle passa. Et elle n'avait que quinze ans quand il dut l'enterrer dans ce sol glacé. Il savait combien elle détestait les nuits froides sans lui. Alors, mon enfant, il resta couché sur sa tombe toute la nuit, pour la protéger du froid... c'était en février... Voilà mon histoire ; l'histoire d'une jeune fille qui arriva comme un ange dans ces collines, pour aimer ton Pa et vivre avec lui. D'après ce que l'on peut en voir, il ne sera jamais plus heureux.

— Mais Granny, pourquoi m'as-tu amenée ici pour me raconter tout cela ? Tu aurais pu me le dire à la cabane, même si c'est une histoire romanesque et triste... D'ailleurs, Pa est plus méchant que l'enfer, elle doit avoir pris avec elle, dans la tombe, tout ce qu'il y avait de mieux en lui. Elle nous a laissé le pire. Pourquoi ne lui a-t-elle pas appris à aimer les autres ? Granny, je souhaiterais qu'elle ne fût jamais venue, jamais ! Ainsi, Pa aurait pu aimer Ma, il m'aurait aimée aussi. Il n'aurait pas aimé qu'elle.

Granny avait l'air pétrifié.

— Qu'est-ce qu'il t'arrive, ma fille, mais qu'est-ce qu'il y a ? Tu n'as donc pas deviné ? Cette fille que ton Pa appelait son ange, c'était ta mère ! C'est elle qui t'a mise au monde. Le temps que tu arrives, elle ne pouvait déjà presque plus parler. Elle t'a appelée

Heaven Leigh. C'est elle qui t'a donné ce nom. Tu ne peux pas dire que tu n'en es pas fière, quand tout le monde pense qu'il te va si bien.

J'oubliai le vent, le froid, la nuit, j'oubliai tout devant l'émerveillement de cette découverte. Enfin, je savais qui j'étais.

Quand la lune émergea de derrière un nuage sombre, un rayon de lumière brilla, un instant, par hasard, sur le nom gravé.

ANGEL
La femme très aimée de Thomas Luke Casteel

C'était étrange, la sensation que me donnait cette tombe. Je demandai soudain à Granny où Pa avait rencontré Sarah et pourquoi il l'avait épousée si rapidement.

Granny recommença à parler très vite, impatiente de tout raconter.

— Ton Pa avait besoin d'une femme pour mettre dans son lit. Il haïssait les nuits solitaires. Les hommes deviennent affamés sans femme, mon enfant, tu apprendras ça un jour, quand tu deviendras grande. Il voulait donc une femme pour lui donner ce que *son ange* lui donnait. Tu peux faire confiance à Sarah, elle essaya. Elle fut une bonne mère pour toi, elle te traita comme son propre enfant. Elle te soigna et elle t'aima. Et puis, elle se donna à Luke, sans restriction. Mais elle n'avait pas l'âme de *son ange...*

» Il était bon, alors, ma petite Heaven, même si tu ne le crois pas. Du temps où ta mère vivait, il s'en allait travailler tôt le matin. Il conduisait sa vieille camionnette à Winnerrow où il apprenait la menuiserie et la maçonnerie. Quand il rentrait le soir, il parlait de la maison neuve qu'il nous construirait dans la vallée. Il disait qu'alors, il travaillerait la terre et élèverait des vaches, des cochons et des chevaux... Ton Pa, tu sais, il a toujours eu un penchant pour les animaux. Il les aime, comme toi, ma petite Heaven. Tu tiens cela de lui.

Sur le chemin du retour, j'étais troublée. Une fois à la cabane, Granny sortit de derrière un entassement de vieux cartons, dans lesquels nous rangions nos pauvres vêtements, un paquet mystérieux, enveloppé dans une couverture. C'était une élégante valise d'une sorte que les gens de la montagne, les gens comme nous, n'auraient jamais pu s'offrir. Elle murmura, pour ne pas éveiller les autres :

— Elle appartenait à ta mère. Je lui avais promis de te la donner quand le moment viendrait. Il est arrivé ce soir... Regarde, ma petite fille, quel genre de maman tu avais.

Je me demandais comment l'on pouvait mettre une mère morte dans une valise élégante ! Mais je regardai et je fus stupéfaite. Là, devant moi, dans la pièce éclairée par la faible lumière du feu, se trouvaient les plus beaux vêtements jamais vus. Je n'aurais pu imaginer des dentelles aussi fines... Tout au fond, il y avait quelque chose de long, enveloppé avec soin dans des douzaines de feuilles de papier de soie. Granny était tendue. Elle me scrutait attentivement pour savourer ma réaction.

A la vague lueur du poêle, j'écartai les papiers et sortis une poupée. Une poupée ! Je ne me serais jamais attendue à cela. Je la contemplai : c'était une mariée. Ses cheveux blond cendré étaient arrangés d'une façon charmante. Son voile évoquait un léger brouillard : il semblait couler d'un petit bonnet orné de bijoux. Son visage était exceptionnellement joli et sa bouche avait une courbe ravissante. Elle était vêtue d'une robe de dentelle somptueuse, brodée de perles minuscules... Même ses chaussures étaient en satin, décoré de dentelle. Elle portait de vrais bas attachés à de toutes petites jarretières. Je les vis quand j'explorai le dessous de sa robe.

— C'était elle, ta maman, l'*ange* de Luke. Elle s'appelait Leigh. Cette poupée lui ressemblait exactement. Il me semble la revoir, quand elle arriva ici après avoir épousé ton Pa. Ses derniers mots furent : « Donnez ce que j'ai apporté avec moi à ma petite fille. » Je l'ai fait.

Ce présent changea le cours de ma vie.

PREMIÈRE PARTIE

Dans les Willies

CHAPITRE PREMIER

Notre vie d'alors

Je spéculais sur la raison pour laquelle Pa avait épousé Sarah deux mois après la mort de ma mère. Sarah mit au monde le fils que Pa désirait tant.

J'étais trop jeune pour me souvenir de sa naissance. Il fut baptisé Luke Casteel le Second. On lui donna, d'après ce que l'on m'en dit, le même berceau que moi. Et, comme des jumeaux, on nous berça, on nous soigna et on nous éleva ensemble. Mais on ne nous aima pas également. Cela, personne n'eut à me le dire.

J'aimais Tom. Il avait hérité de Sarah ses cheveux roux et ses yeux verts étincelants. Il n'y avait rien chez lui qui pût me rappeler Pa, excepté que, plus tard, il devint lui aussi très grand.

Quand je connus le secret de ma naissance, je décidai que, jamais, j'en prenais Dieu à témoin, je ne le révélerais à mon frère Tom. Il ne devait pas savoir qu'Heaven Leigh Casteel n'était que sa demi-sœur. Je voulais garder intacte cette complicité qui nous rendait tellement proches. Nous avions une grande harmonie de pensée, parce que nous avions partagé le même berceau et que nous avions pu communiquer silencieusement. Nous avions des relations privilégiées et il était d'une extrême importance pour nous d'être à part, peut-être parce que nous craignions de n'avoir rien de particulier.

Sarah mesurait un mètre quatre-vingt-trois, sans chaussures. C'était une amazone, bien assortie à un homme aussi grand et puissant que Pa. Elle n'était jamais malade. D'après Granny, que Tom appelait quelquefois *la voix de la sagesse,* la naissance de Tom avait donné à Sarah un buste si plantureux qu'il paraissait déjà appartenir à une matrone, alors qu'elle n'avait que quatorze ans.

Granny nous raconta que, tout de suite après un accouchement, Sarah se relevait comme si de rien n'était et reprenait l'occupation qu'elle avait laissée. Sarah pouvait faire la cuisine tout en allaitant un nouveau-né. Sa robuste santé devait être ce qui avait attiré Pa. Il ne paraissait pas très sensible à son genre de beauté, mais au moins, il était presque certain qu'elle ne mourrait pas en mettant un enfant au monde.

Fanny arriva un an après Tom. Elle avait des cheveux de jais, comme ceux de Pa. Ses yeux, d'un bleu foncé, virèrent au noir avant qu'elle eût un an. On aurait dit une petite Indienne ; elle était brune comme un pruneau et jamais contente de rien.

Quatre ans après, ce fut Keith. Sarah lui donna le nom de son père mort depuis longtemps. Keith avait les cheveux auburn. On ne pouvait s'empêcher de l'aimer ; c'était un petit garçon sans problèmes. Il était très calme, ne pleurait pas et n'essayait pas d'attirer l'attention sur lui, comme Fanny le faisait sans cesse. Les yeux de Keith devinrent dorés ; son teint n'avait rien à envier à ce qu'on appelait ma peau de pêche, même si je n'avais pas souvent l'occasion de me regarder dans un miroir.

Keith était un enfant d'une gentillesse exceptionnelle. Un an après sa naissance, un nouveau bébé arriva. Il s'asseyait et le contemplait pendant des heures. C'était une petite fille délicate qui fut malade dès ses premiers jours. Cette nouvelle petite sœur était aussi jolie qu'une poupée. Sarah me permit de lui trouver un nom. Je la prénommai Jane, parce que j'avais vu, sur la couverture d'un magazine, une Jane trop jolie pour être vraie.

Jane avait des bouclettes dorées, d'immenses yeux vert d'eau, avec de longs cils noirs et recourbés dont elle usait pour se faire dorloter par Keith. Alors, il la berçait et elle souriait. Un sourire si désarmant de douceur que l'on aurait fait n'importe quoi pour le voir de nouveau. On aurait dit un rayon de soleil après la pluie.

Jane commença à régenter nos vies. Faire naître un sourire sur sa frimousse devint pour nous un devoir. La faire rire était pour moi un plaisir, une vraie jubilation. Mais Fanny s'acharnait à gâter ma joie.

— Donne-la-moi ! disait-elle.

Et, de ses longues jambes maigres, elle m'allongeait quelques coups de pied sur les tibias, puis fonçait se mettre en sécurité dans notre cour, d'où elle criait :

— Elle est à nous, pas à toi seulement, pas à Tom, pas à Keith. Elle est *notre* Jane. Ce qui est ici est à nous tous, et pas à toi seule, Heaven Leigh Casteel.

Dès lors, Jane devint *notre* Jane. Nous l'appelâmes ainsi. Et chacun oublia que, jadis, notre si douce et si fragile petite sœur ne portait qu'un seul prénom.

Je savais combien les prénoms pouvaient influer sur notre vie. Le mien (1) était à la fois une bénédiction et une malédiction. J'essayais de me persuader

(1) *Heaven :* Paradis.

qu'un prénom si immatériel ne pouvait être que bénéfique. Qui d'autre aurait porté un pareil prénom ? J'essayais de garder confiance, de me dire que tout irait bien, même si mon prénom ressemblait à un défi au destin.

Et puis, il y avait Pa.

Je m'efforçais d'aimer ce père solitaire. Il s'asseyait souvent, l'air sombre, et regardait dans le vide, comme si la vie l'avait escroqué. Il avait des cheveux d'ébène, hérités d'un ancêtre indien qui avait enlevé une jeune fille blanche. Ses yeux étaient aussi noirs que ses cheveux. Son teint était basané, hiver comme été, et sa barbe ne faisait pas de plaques sombres comme celle des hommes au poil très noir. Ses épaules étaient merveilleusement larges et, quand on le regardait balancer une hache pour fendre du bois, on pouvait admirer le jeu de ses muscles. Alors, Sarah, penchée au-dessus d'une bassine, levait la tête et le contemplait avec un tel amour et un tel désir que cela me brisait le cœur. Il ne s'en souciait pas et peu lui importait qu'elle pleurât quand il rentrait à l'aube.

Quelquefois, son expression de mélancolie me faisait regretter mes mauvaises pensées. Au printemps de mes treize ans, je savais déjà qui était ma vraie mère, j'observais mon père. Je le vis s'asseoir lourdement sur une chaise, le regard dans le vague, comme s'il rêvait. Moi, dans l'ombre, je brûlais d'envie de l'approcher, de lui caresser la joue. Je n'avais jamais touché son visage et me demandais s'il était rugueux. Qu'aurait-il fait ? M'aurait-il frappée ? Ou bien, aurait-il crié ? J'avais un besoin profond de l'aimer, d'être aimée de lui. C'était un besoin constant et douloureux...

Il aurait pu faire un geste pour m'encourager à l'aimer. Mais il ne me regardait jamais et n'eut jamais l'air de s'apercevoir que j'existais.

Quand Fanny se précipitait au-devant de lui et volait dans ses bras, il l'embrassait, elle. Je souffrais de voir la façon dont il la câlinait et jouait avec ses cheveux.

— Ça va, ma petite Fanny ? disait-il.

— Tu m'as manqué, Pa. Je déteste quand tu ne rentres pas à la maison. Ce n'est pas bien ici, sans toi ! S'il te plaît, Pa, reste, ce soir.

Il lui murmurait :

— Ma douce, c'est si agréable de se savoir désiré. C'est peut-être pour cela que je ne reviens pas souvent.

La douleur que mon père faisait naître en moi quand il caressait les cheveux de Fanny et ignorait les miens était pire que celle provoquée par les coups et les injures. Je sortis de l'ombre où je me tenais et fis, intentionnellement, un pas en avant pour qu'il me remarquât. Je portais, sur la hanche, un énorme panier plein de linge que je venais juste de décrocher. Fanny grimaça dans ma direction. Pa ne cilla pas. Rien ne pouvait indiquer s'il me voyait et s'il avait remarqué comme je travaillais dur. Il y eut tout juste un muscle qui tressauta près de sa bouche. Il était absent depuis des semaines, mais je passai devant lui comme si je l'avais vu la veille. D'être ainsi ignorée, d'être obligée de l'ignorer me faisait trop mal.

Fanny ne nous aidait jamais. Sarah et moi faisions tout, Granny se contentait de bavarder. Grandpa sculptait des morceaux de bois et Pa allait et venait à sa guise. Il revendait de l'alcool de contrebande, qu'il aidait parfois à distiller. D'après Sarah, c'était là sa principale source de revenus. Elle était terrifiée à l'idée qu'il se fît prendre et qu'on le jetât en prison ; les brasseurs professionnels n'admettaient aucune concurrence. Il nous quittait souvent pour une semaine ou deux. Quand il était au loin, Sarah se négligeait et les repas étaient encore pires que de coutume. Dès que Pa reparaissait et lui adressait un sourire distrait ou un mot banal, elle revenait à la vie. Elle se précipitait pour prendre un bain et s'habillait de son mieux (elle n'avait que trois robes qui n'étaient pas très neuves). Son plus grand désir était de se maquiller. Elle aurait aussi voulu une robe de soie verte, assortie à ses yeux. Il était pathétique de voir Sarah placer ses rêves dans ce maquillage et dans cette robe de soie. Elle espérait se faire ainsi aimer de Pa, autant qu'il avait aimé cette jeune morte qui avait été ma mère.

Notre cabane était faite de vieilles planches de bois pleines de nœuds, qui laissaient entrer le froid et sortir la chaleur ou, si l'on voulait, sortir notre fraîcheur et entrer la chaleur. De toute façon, nous avions la vie dure. Ces planches n'avaient jamais été peintes et le toit de tôle était rouillé depuis bien avant ma naissance. La pluie avait taché le vieux bois argenté. Le trop-plein des gouttières s'écoulait dans des tonneaux, ceux-là mêmes dans lesquels nous prenions des bains et nous lavions les cheveux. Nous chauffions l'eau sur un poêle de fonte que nous avions baptisé *le vieux qui fume,* tant il nous faisait pleurer et tousser.

Sur le devant de la cabane, il y avait l'inévitable auvent. Chaque printemps voyait Grandpa et Grandma installer sous cet auvent leurs fauteuils à bascule. Granny tricotait, faisait du crochet ou confectionnait des tapis de tresses. Grandpa sculptait. Quelquefois, il jouait du violon, au bal qui avait lieu, une fois par semaine, dans la grange. Mais Grandpa raclait de moins en moins son violon et, de plus en plus, ses bâtons.

A l'intérieur de la cabane, nous avions deux petites pièces. Une espèce de loque tenait lieu de porte et isolait la chambre à coucher. Le poêle servait à se chauffer, à préparer les repas et à rendre moins froide l'eau de nos bains. Nous les prenions le dimanche, avant d'aller à l'église, en même temps que nous nous lavions les cheveux.

Près du *vieux qui fume,* on avait installé un meuble antique, pourvu de boîtes de métal contenant la farine, le sucre, le café ou le thé. Nous ne pouvions nous offrir ni sucre, ni thé, ni café, mais, en revanche, nous utilisions beaucoup de lard, tant pour agrémenter les sauces que pour parfumer nos galettes. Aux périodes fastes, nous mettions un peu de miel sur les baies sauvages que nous ramassions. Nous eûmes même une vache qui nous donnait du lait. Nous avions aussi des poules, des canes et des oies. Ainsi, nous pouvions manger des œufs et de la viande fraîche, le dimanche. Les porcs se promenaient de-ci, de-là, à leur guise. Ils dormaient sous la maison et nous réveillaient avec leurs grognements. Ils faisaient, sans doute, de mauvais rêves. Le chien de chasse de Pa était libre d'aller partout dans la maison. Il s'en donnait à cœur joie. Les gens de la montagne savaient qu'un chien était indispensable pour prendre un peu de gibier et améliorer l'ordinaire.

Si l'on tenait compte des chats et des chiens abandonnés, qui nous laissaient leurs chatons et leurs chiots, nous avions beaucoup d'animaux. Notre cour en était pleine.

Dans ce que nous appelions pompeusement la chambre, se trouvait un grand lit de cuivre. Il avait un vieux matelas, affaissé et taché, jeté sur des ressorts qui grinçaient. Quelquefois, ce qui se passait là était si bruyant que c'en devenait embarrassant. Le rideau étouffait à peine les bruits.

En ville, comme à l'école, on nous appelait les

parias de la colline. C'était, de loin, le nom le plus tendre qu'on nous donnait... Parmi ces paysans qui vivaient comme nous dans la montagne, qui s'entassaient aussi dans des cabanes, il n'y avait pas de famille plus méprisée que la nôtre, les Casteel. Nous étions les pires. On nous rejetait pour des raisons que je ne comprenais pas ; et ce mépris était unanime. Pour tous, nous restions la seule famille à avoir eu cinq fils en prison, pour des délits majeurs ou mineurs. Rien d'étonnant à ce que ma grand-mère pleurât la nuit. Elle avait placé son dernier espoir en Pa et attendait le jour où il prouverait au monde entier que les Casteel n'étaient pas aussi mauvais qu'on le disait.

Certains enfants détestaient l'école, ce qui me paraissait difficile à croire. Tom et moi n'attendions que le lundi pour y courir. Nous échappions ainsi au confinement de la cabane, à ses deux pièces étroites et nauséabondes, ainsi qu'aux marches forcées jusqu'aux cabinets.

Notre école, construite en brique rouge, était située au beau milieu de Winnerrow, qui était le bourg le plus proche de la vallée. Nous faisions chaque jour une dizaine de kilomètres pour nous y rendre et autant pour en revenir. Tom était toujours à mes côtés. Fanny traînait derrière. Elle avait les yeux noirs de Pa et son caractère ; elle pouvait être plus méchante qu'un panier de vipères. Elle était pourtant jolie comme une image, mais elle en voulait à la terre entière parce que sa famille était, selon sa propre expression, d'une « pauvreté pourrie ».

— Nous ne vivrons jamais, disait-elle, dans une jolie maison peinte, comme celles de Winnerrow. Là-bas, ils ont de vraies salles de bains.

Elle se plaignait, sans arrêt, de choses que nous

étions bien forcés d'accepter, si nous ne voulions pas nous rendre la vie encore plus pénible.

— Leurs salles de bains, à eux, sont à l'intérieur des maisons. Vous vous rendez compte ! On m'a même dit que, chez certains, il y en avait deux, avec l'eau courante, chaude et froide. C'est incroyable !

— Je croirais n'importe quoi, au sujet de Winnerrow, répondait Tom.

Et il lançait un caillou dans la rivière, pour faire des ricochets. Cette rivière était notre salle de bains d'été. Sans elle, nous aurions été encore plus sales. Nous l'aimions. Elle avait ses réservoirs et ses petites sources d'eau fraîche. Elle nous rendait la vie presque facile. Elle nous réconciliait avec tout ce qui aurait été intolérable. Nous avions de l'eau claire et des endroits pour nager, aussi agréables que dans n'importe quelle piscine.

Fanny, qui voulait toujours tenir le devant de la scène, se mit à crier :

— Heaven, tu ne m'écoutes jamais ! Ils ont des éviers dans leur cuisine, et le chauffage central... Tom, qu'est-ce que c'est qu'un chauffage central ?

— Fanny, il y a exactement la même chose, à la cabane : c'est le *vieux qui fume.*

Je me sentis obligée de préciser :

— Je ne pense pas qu'il s'agisse exactement d'un chauffage central, Tom.

— En ce qui me concerne, c'est exactement la même chose, répondit-il.

Si j'étais rarement d'accord avec Fanny, je ne pouvais que rejoindre son opinion sur le sujet. Vivre dans une maison peinte de quatre ou cinq pièces, avoir de l'eau, froide ou chaude, à volonté, en tournant un robinet, posséder des toilettes équipées d'une chasse d'eau, tout cela ressemblait à un rêve. Un rêve torturant. Je touchais alors du doigt notre misère.

Pourtant, je n'aimais pas m'apitoyer sur notre sort. Si Fanny avait accepté d'aider un peu à la maison, la vie aurait été moins dure. Mais Fanny ne faisait rien. Elle ne condescendait même pas à donner un coup de balai. Il y avait pourtant une chose pour laquelle elle était enragée, c'était pour balayer les feuilles de la cour. C'était amusant, elle voyait tout ce qui se passait dehors et pouvait regarder Tom jouer à la balle. Pendant ce temps, Sarah et moi abattions le travail et Granny nous faisait la conversation.

Granny avait de bonnes raisons de ne pouvoir travailler : elle avait du mal à se lever et, quand elle était debout, il lui était difficile de se rasseoir. Elle mettait un temps infini pour aller d'un endroit à un autre. Il lui fallait s'appuyer sur les meubles et, comme nous n'en avions presque pas, cela pouvait prendre un bon moment.

Quand je fus assez grande et ma grand-mère trop faible pour aider, Sarah entreprit de faire mon éducation. Elle m'apprit à langer un bébé, à le nourrir et à lui donner son bain dans un petit tub de métal. Elle m'enseigna mille choses. A huit ans, je savais déjà cuire les galettes, fondre le lard pour les sauces et mélanger la farine à l'eau pour confectionner une pâte que je jetais dans la graisse chaude. Elle m'apprit à nettoyer les vitres, à frotter le sol et à me servir de la planche à laver. Elle demanda à Tom de m'aider. Les autres garçons le traitaient de poule mouillée, parce qu'il effectuait des travaux en général réservés aux femmes. Si Tom ne m'avait pas tant aimée, il se serait probablement révélé moins doué pour ce genre d'activités. Sarah était gaie comme un rouge-gorge. Suspendue au souffle de Pa, elle lui jetait sans arrêt de timides coups d'œil, comme s'il avait été là pour lui faire la cour. Ce jour-là, enfin, las de courir après l'alcool de contrebande et de le boire à l'occasion, il ressemblait un peu à un vrai mari. Mais ce n'était qu'un sursis : quelque part, sur une autoroute isolée, un agent du fisc attendait Luke Casteel pour l'épingler et le jeter en prison, où il aurait retrouvé ses frères.

J'étais dans la cour et, comme d'habitude, je faisais la lessive. Fanny sautait à la corde. Pa jouait avec Tom ; il lui lançait une balle avec l'unique jouet qu'il possédait, une batte rescapée de la jeunesse de Pa. Keith et *notre* Jane ne me quittaient pas. Eux aussi voulaient étendre le linge, même s'ils étaient encore trop petits pour atteindre la corde. Tom me jeta un regard désolé.

— Fanny, pourquoi n'aides-tu pas Heavenly ?

— Parce que je ne veux pas.

La réponse était invariable.

— Pa, pourquoi n'obliges-tu pas Fanny à aider Heavenly ?

Pa lança la balle si violemment qu'elle faillit heurter Tom. Il se baissa pour l'éviter, perdit l'équilibre et tomba.

— Ne t'occupe pas du travail des femmes ! dit Pa.

Sarah nous appelait pour dîner. Pa s'en fut vers la maison. Granny s'extirpa, avec peine, de son fauteuil à bascule. Grandpa se débattit pour émerger du sien. Quand Granny fut enfin debout, elle essaya de marcher vite, pour arriver à table avant que tout ne fût mangé.

— Vieillir est bien pire que je ne le pensais, dit-elle.

Notre Jane courut lui donner la main. Granny dit encore :

— Mourir ne serait peut-être pas plus mal.

Pa se mit en colère.

— Cesse de parler ainsi ! Je suis à la maison pour me détendre, pas pour t'entendre débiter des sottises.

Et, en un rien de temps, avant même que Granny et Grandpa fussent installés, il avait expédié le repas que Sarah avait mis des heures à préparer. Il se leva, sortit dans la cour et sauta dans sa vieille camionnette pour aller Dieu sait où !

Sarah portait une robe qu'elle avait retaillée dans un style différent, en y ajoutant des poches et des manches neuves. Debout sur le seuil, elle retenait ses larmes. Ses cheveux, fraîchement lavés et parfumés avec la dernière goutte de son eau de toilette au lilas, brillaient doucement. Ils avaient une belle couleur cuivrée. Tout restait vain... Les filles de *Chez Shirley*, elles, mettaient du parfum français et avaient un vrai maquillage. Elles ne se servaient pas, elles, de cette poudre de riz grossière dont Sarah usait pour atténuer le brillant de son nez.

Je décidai ce jour-là que je ne ressemblerais jamais ni à Sarah ni à ma mère.

2

L'église et l'école

Le cocorico de notre coq, solitaire au milieu de son harem de trente poules, nous éveilla. Le soleil n'était encore qu'un vague cercle rose. En même temps que le chant du coq me parvinrent les grognements de Ma, ceux de Granny et de Grandpa qui se retournaient, ainsi que les pleurs de *notre* Jane qui avait toujours mal au ventre le matin. Fanny se dressa sur sa paillasse et se frotta les yeux.

— Je ne veux pas aller à l'école aujourd'hui, dit-elle.

Keith sauta sur ses pieds et courut chercher un biscuit à *notre* Jane afin d'apaiser ses aigreurs d'estomac. Calmée, elle s'assit pour le grignoter. Ses jolis yeux allaient de l'un à l'autre, avec l'espoir d'avoir son lait. Faute de quoi elle se mettrait de nouveau à pleurer. Tom apparut à la porte.

— Hé ! Ma, la vache est partie. Je suis sorti tôt pour la traire... Elle n'était plus là.

— Ce salaud de Luke, hurla Sarah. Il sait bien que nous avons besoin de cette vache.

— Ma ! Pa ne l'a peut-être pas vendue. Quelqu'un l'a peut-être volée ?

— Il l'a vendue. Il m'a dit, hier, qu'il devrait la vendre. Va voir si tu peux traire la chèvre.

— Du lait. Je voudrais du lait, disait *notre* Jane.

Je me précipitai vers *notre* Jane et la pris dans mes bras.

— Ne pleure pas, chérie ! Dans quelques minutes, tu boiras le meilleur des laits, tiré tout frais d'une maman chèvre.

Des galettes du jour, trempées dans de la sauce au lard, constituaient notre repas du matin. Aujourd'hui, nous avions aussi du gruau. *Notre* Jane voulait son lait à tout prix.

— Où est mon lait, Heavenly, où est-il ?

— Il arrive.

Et je priai pour qu'il arrivât...

Tom mit une demi-heure pour revenir avec un seau de lait. Il était rouge et son visage ruisselait comme s'il avait couru longtemps, mais il était triomphant.

— Voilà, *notre* Jane !

Il versa le lait dans son verre, puis dans le pichet pour que Keith pût s'en régaler aussi.

Ma demanda avec suspicion :

— Où l'as-tu pris ? Cette chèvre appartient maintenant à Skeeter Burl, tu le sais bien... Il est méchant et très mesquin.

— Ce qu'il ne sait pas, répondit Tom, ne peut pas lui faire de mal. Quand *notre* Jane et Keith ont besoin de lait, je vais en chercher là où il y en a. Tu avais raison, Ma, la vache est maintenant en train de paître dans le pré de Skeeter Burl.

Sarah me jeta un regard dur.

— C'était un pari, hein ? Et Pa l'a perdu, comme toujours !

Pa était un joueur et quand il perdait, nous perdions tout, et pas seulement la vache. Chaque jour de la semaine dernière, quelque chose avait disparu ; il n'y avait presque plus de poules dans la cour. J'essayai de me convaincre qu'elles reviendraient quand Pa aurait plus de chance au jeu. Tandis que je m'habillais pour aller à l'école, Sarah se dirigea vers la porte.

— Je vais ramasser des œufs, dit-elle. Il faut s'en occuper avant que la dernière disparaisse. Un jour, on se réveillera et il n'y aura plus d'œufs, plus rien.

Sarah s'abandonnait au pessimisme. Tom et moi pensions que nous nous en sortirions un jour, d'une façon ou d'une autre, même sans vaches, sans chèvres, sans poulets et sans canards.

Il se passa une éternité avant que *notre* Jane fût assez grande pour nous accompagner à l'école. Cela arriva enfin. Elle avait six ans. Il fallait l'y traîner. Nous serrions très fort sa petite main afin qu'elle ne pût s'échapper pour rentrer à la maison. J'essayais de la tirer le plus rapidement possible, mais elle traînait les pieds en y mettant toute sa force d'inertie. Keith l'encourageait :

— Ce n'est pas mal, enfin, pas trop mal !

C'était tout ce qu'il pouvait dire de l'école. Mais *notre* Jane voulait rester à la cabane avec Sarah et sa poupée de chiffon dont le rembourrage s'échappait. Dès la première fois, elle détesta l'école et ses sièges durs. Elle détesta rester tranquille, se concentrer, faire attention. Elle aimait, toutefois, être avec des enfants de son âge, mais son assiduité était irrégulière, en raison de sa santé fragile et de sa détermination à rester à la maison avec Ma.

Notre Jane était charmante, mais elle pouvait aussi devenir très éprouvante pour les nerfs, avec ses petits cris et cette détestable manie qu'elle avait de toujours renverser sa nourriture. Je m'apprêtais à la gronder ; nous allions être en retard et, une fois de plus, tout le monde se moquerait de nous, disant que nous ne savions même pas lire l'heure. *Notre* Jane sourit, me tendit les bras et les mots me restèrent sur les lèvres. Je la soulevai et l'embrassai.

— Cela va-t-il mieux, *notre* Jane ?

— Oui, mais je n'aime pas marcher. J'ai mal aux jambes.

— Passe-la-moi !

Et Tom me la prit des bras.

Même Tom, qui était effronté, exubérant et fier d'être un homme, devenait doux et tendre avec elle. Ma plus jeune sœur avait reçu le don d'attendrir tout le monde. Tom la tenait dans ses bras et regardait son joli visage s'assombrir à la pensée qu'il pût la poser par terre.

— Tu es une ravissante poupée, dit-il.

Puis, s'adressant à moi :

— Heavenly, cela n'a pas d'importance si Pa n'a pas les moyens de vous offrir, à Fanny et à toi, une poupée pour Noël ou pour votre anniversaire. Vous avez quelque chose de mieux, c'est *notre* Jane.

Je ne pouvais qu'être d'accord avec lui. Une poupée se mettait dans un coin, on l'oubliait, mais pas *notre* Jane. Personne ne pouvait oublier *notre* Jane. Keith et elle avaient des liens spéciaux, comme s'ils étaient, eux aussi, des jumeaux par le cœur. Solide et vigoureux, Keith courait derrière Tom et regardait sa petite sœur avec adoration. Elle lui souriait à travers ses larmes quand il lui donnait ce qu'elle désirait. Elle voulait toujours ce qu'il avait... Il ne se plaignait jamais de ces exigences qui auraient mis Tom hors de lui. Alors, Fanny ne manquait pas de dire :

— Tu es un crétin, Tom, et toi aussi, Keith. On pourrait toujours courir pour que je porte une fille qui ne peut même pas marcher toute seule.

Et *notre* Jane de pleurer.

— Fanny ne m'aime pas, je sais que Fanny ne m'aime pas...

Cela aurait pu durer tout au long du chemin si Fanny n'avait, à contrecœur, pris *notre* Jane des bras de Tom.

— Tu es quand même mignonne... Mais pourquoi ne peux-tu apprendre à marcher ? Dis-moi, *notre* Jane ?

— Je ne veux pas marcher.

Et *notre* Jane serrait ses bras autour du cou de Fanny et l'embrassait.

— Vous voyez, c'est moi qu'elle préfère... Ce n'est pas toi, Heaven, ni même toi, Tom, c'est moi. N'est-ce pas, *notre* Jane ?

Notre Jane, déconcertée, regarda Keith, puis moi, puis Tom, et se mit à hurler :

— Pose-moi !

Fanny la fit tomber dans une flaque de boue. *Notre* Jane cria, puis se mit à pleurer. Tom poursuivit alors Fanny pour tenter de lui donner une leçon. J'essayai de calmer *notre* Jane et de la sécher avec la loque qui lui servait de mouchoir. Keith éclata en sanglots.

— Ne pleure pas, Keith, elle n'a rien. N'est-ce pas, ma chérie ? Maintenant que tu es sèche, Fanny va te demander pardon. Tu devrais essayer de marcher, c'est bon pour les jambes. Allez, donne la main à Keith et nous allons tous chanter.

C'était le mot magique. Si *notre* Jane n'aimait pas marcher, en revanche, elle aimait chanter. Et, tous ensemble, Keith, elle et moi, nous nous mettions à chanter jusqu'à l'école. Tom poursuivit Fanny jusque dans la cour. Là, six garçons formèrent une haie pour la protéger. Les garçons étaient beaucoup plus vieux que lui et donc beaucoup plus grands et Tom fut repoussé. Fanny se mit à rire, nullement désolée d'avoir fait tomber Jane, ni d'avoir gâté la seule robe qu'elle possédait pour aller à l'école. Dans l'école, avec l'aide de Keith, j'essayai de nouveau de sécher *notre* Jane. Puis Keith se dirigea vers sa classe et je conduisis ma petite sœur dans la sienne.

Elle s'assit avec cinq autres petites filles de son âge. Elle était la plus petite. Elles avaient toutes de bien plus jolis vêtements que les siens, mais pas une n'avait de si jolis cheveux ni un sourire si doux.

— A plus tard, chérie !

Elle me suivit d'un regard craintif.

Tom m'attendait devant la classe de Mlle Deale. Nous entrâmes ensemble. Tout le monde se retourna pour examiner nos vêtements et regarder nos pieds. Que nous soyons propres ou sales ne faisait aucune différence. Les jours fastes comme les jours maigres, nous portions les mêmes habits et, chaque fois, on nous considérait avec le même dédain. Cela faisait toujours aussi mal. Nous nous assîmes dans le fond de la classe en affectant de les ignorer.

Nous avions comme maîtresse la femme la plus merveilleuse du monde. Elle représentait le type même de ce que je rêvais d'être plus tard. Pendant que les élèves se retournaient pour se moquer de nous, Mlle Marianne Deale leva la tête et nous sourit pour nous dire bonjour. Son sourire n'aurait pas été plus chaleureux si nous étions arrivés avec les atours les plus élégants. Elle savait que nous avions à marcher plus longtemps que les autres et que, Tom et moi, avions la responsabilité de Keith et de *notre* Jane. Ses yeux disaient que nous étions les bienvenus. Si nous avions eu une autre maîtresse, nous n'aurions peut-être pas tant aimé l'école. Elle faisait de nos journées une aventure, une quête de la connaissance. Elle nous emmenait bien loin des collines, loin de la misère de notre cabane, dans un monde plus vaste, plus riche, plus généreux. Sa présence nous emplissait de joie. Elle nous avait offert un peu du monde en nous donnant l'amour de la lecture.

Je me trouvais plus près de la fenêtre que ne l'était Tom. Je ne résistais pas au plaisir de regarder dehors et cela lui en donnait l'envie. Il tenait pourtant à terminer ses études au lycée et voulait obtenir une bourse pour aller au collège. Si nous pouvions gagner cette bourse en réussissant nos examens, je savais que nous nous en sortirions. Nous avions déjà tout prévu. Je fis un signe de tête et je m'assis. Chaque jour passé à l'école était une victoire qui nous rapprochait du but. Le mien était d'être professeur, comme Mlle Deale.

La couleur des cheveux de mon idole se rapprochait de celle de la chevelure de *notre* Jane ; elle était d'un blond cuivré, ses yeux étaient bleu clair, son visage fin et doux. Mlle Deale venait de Baltimore et avait un accent différent du nôtre. J'estimais qu'elle était la perfection même.

Mlle Deale jeta un coup d'œil aux quelques places vides, puis elle regarda la pendule, se leva et nous fit signe d'en faire autant :

— Levons-nous et saluons le drapeau ! Avant de nous rasseoir, recueillons-nous quelques instants ; remercions Dieu d'être vivants, jeunes, en bonne santé, d'avoir la vie à découvrir et le monde à améliorer.

La voir, être avec elle, nous donnait à Tom et à moi des raisons de présager que le futur nous réservait quelque chose de particulier. Elle avait le respect de ses élèves, même de nous, qui avions des vêtements râpés, mais elle ne cédait jamais en rien pour ce qui était de l'ordre, de la propreté ou de la politesse.

Nous devions rendre le travail fait à la maison. Nos parents n'avaient pas les moyens de nous acheter des livres, aussi utilisions-nous ceux de l'école et finissions-nous nos devoirs après les heures de classe. C'était quelquefois très pénible, surtout quand les jours raccourcissaient et que la nuit tombait avant le retour à la maison.

Je recopiai fébrilement ce qui était écrit au tableau. Mlle Deale s'arrêta près de mon bureau et murmura :

— Heaven, Tom et toi, pourriez-vous rester après la classe ? J'ai quelque chose à voir avec vous.

Je lui demandai avec anxiété :

— Avons-nous fait quelque chose de travers ?

— Oh non ! Pas du tout. Vous me demandez toujours cela, Heaven, ce n'est pas parce que je veux vous voir en particulier que cela signifie que je vais vous réprimander.

Une seule fois, nous parûmes la décevoir. Elle nous avait demandé comment nous vivions. Nous prîmes un air buté. Nous étions sur la défensive ; nous ne voulions pas qu'elle sût dans quelle misère nous étions et combien nos repas étaient pauvres, en comparaison de ceux des enfants de la ville. Déjeuner à l'école était pour nous un supplice. La moitié des enfants de la vallée apportaient leur pique-nique. Les autres déjeunaient à la cafétéria. Nous étions les seuls à ne rien avoir, pas même un peu de monnaie pour acheter un hot dog et un Coca-Cola. Dans notre montagne, nous prenions notre petit déjeuner à l'aube et un repas avant la tombée de la nuit. Nous ne déjeunions jamais.

A midi, je rencontrai Tom. Avant d'aller faire sa partie de ballon, il me demanda :

— Que nous veut-elle ?

— Je n'en sais rien.

A la fin de la journée, Mlle Deale était occupée à corriger des cahiers et nous dûmes l'attendre. Nous étions inquiets pour Keith et pour *notre* Jane. Ils seraient désemparés, en sortant de classe, s'ils ne nous voyaient pas.

— Explique-lui, dit Tom.

Il se précipita pour aller les chercher, parce qu'on ne pouvait pas compter sur Fanny. Mlle Deale leva les yeux :

— Je suis désolée, Heaven, êtes-vous là depuis longtemps ?

— Oh non ! quelques secondes.

Je mentais, évidemment.

— Tom est allé chercher Keith et *notre* Jane.

— Et Fanny, ne vous aide-t-elle pas ?

Je devins évasive. Je voulais protéger Fanny parce qu'elle était ma sœur.

— Eh bien... elle est distraite et quelquefois, elle oublie...

Mlle Deale sourit.

— Je sais que vous avez une longue marche pour rentrer chez vous, aussi je n'attendrai pas le retour de Tom. J'ai parlé de vous aux membres de la direction. J'espérais les convaincre de vous prêter des livres, pour que vous puissiez travailler chez vous. Ils ont été inflexibles. Ils prétendent que s'ils accordent des privilèges à quelques-uns, ils seront obligés de les étendre à tous. Aussi, j'ai décidé de vous prêter mes propres livres.

Je la regardai avec surprise.

— N'en aurez-vous pas besoin ?

— Non... je peux m'en procurer d'autres. A partir de maintenant, ils sont pour vous. Prenez dans la bibliothèque autant de livres qu'il vous plaira d'en lire en une semaine. Evidemment, vous devez en prendre soin et les rapporter en bon état.

J'étais stupéfaite.

— Tous les livres qu'il nous plaira de lire en une semaine... Oh ! mademoiselle Deale, nous n'aurons pas assez de nos bras pour les emporter.

Elle rit et, chose étrange, elle avait les larmes aux yeux.

— J'aurais dû deviner que vous alliez dire quelque chose de ce genre.

Elle fit un grand sourire à Tom qui arrivait. Il portait *notre* Jane, qui avait l'air épuisée, et il tenait la main de Keith.

— Tom, je vois que tu as déjà les bras occupés et que tu ne peux pas emporter de livres.

— Vous voulez dire, mademoiselle Deale, que nous pouvons emporter des livres à la maison, sans les payer ?

— C'est exactement ça, Tom. Choisis-en aussi pour *notre* Jane et pour Keith, et même pour Fanny.

— Fanny ne les lira pas, mais Heaven et moi, c'est sûr !

Nous arrivâmes à la maison, ce jour-là, avec cinq livres pour la lecture, et quatre autres pour l'étude. Keith en porta deux, pour que nous puissions prendre *notre* Jane dans nos bras, à tour de rôle.

Fanny traînait à l'arrière, flanquée de son petit ami qui bourdonnait autour d'elle comme une abeille autour d'une fleur. Moi, mon frère me suffisait. Keith était vingt mètres derrière Fanny. Il n'était pas souvent à nos côtés, mais pas pour les mêmes raisons. C'était un amoureux de la nature ; il en aimait les bruits, les odeurs et, par-dessus tout, les animaux. Je jetai un coup d'œil en arrière. Il était si absorbé dans l'étude de l'écorce d'un arbre qu'il ne m'entendit même pas l'appeler.

Il courut un peu, puis s'arrêta pour ramasser un oiseau mort qu'il examina. Nous devions le rappeler à l'ordre constamment pour qu'il ne se perdît pas. Il était si distrait ; il ne savait jamais où il était, ni ce qu'il faisait. Il ne prêtait attention qu'aux choses qui poussaient, ou à celles qui vivaient.

— Qu'est-ce qui est le plus lourd, dis-je, les livres ou bien *notre* Jane ?

— Les livres, répondit Tom.

Il déposa à terre notre fragile petite sœur. Je lui donnai les livres et pris *notre* Jane.

Nous arrivâmes à la cabane ; le poêle crachait et nos yeux se mirent à pleurer.

— Que va-t-on faire, Ma ? dit Tom. *Notre* Jane est si fatiguée !

Il fallait tout de même qu'elle pût aller à l'école. Sarah examina les yeux de *notre* Jane, passa un doigt sur son visage pâle, puis elle la prit dans ses bras et l'emporta jusqu'au grand lit où elle l'allongea.

— Elle aurait besoin de voir un docteur, mais je ne pourrai pas le payer. Votre père me rendra folle ! Il a de l'argent pour boire ou pour voir les femmes, mais pas pour le docteur.

Tous les dimanches, dans la nuit, je faisais un cauchemar. C'était toujours le même. J'en vins à haïr les nuits des dimanches : j'étais seule, dans la cabane, bloquée par la neige. Alors, je m'éveillais et me mettais à pleurer. Tom venait en rampant pour me consoler. Il me prenait dans ses bras.

— Je fais aussi de mauvais rêves, de temps en temps. Ne pleure pas, Heaven, nous sommes tous là !

Je sanglotais.

— Pa ne m'aime pas comme il vous aime. Suis-je laide, Tom ? Est-ce pour cela que Pa me déteste ?

Tom était embarrassé.

— Non... c'est... quelque chose au sujet de tes cheveux qu'il n'aime pas. Je l'ai entendu le dire à Sarah une fois. Moi, je trouve que tu as de beaux cheveux. Ils ne sont pas si roux que les miens, pas si pâles que ceux de *notre* Jane. Ils ne sont pas, non plus, raides et noirs comme ceux de Fanny. Ils te font ressembler à un ange, même s'ils sont noirs. Je pense que tu es la plus jolie fille des collines et même de Winnerrow.

Il y avait beaucoup de jolies filles dans les collines et dans la vallée. J'embrassai Tom et me retournai, tout en me demandant ce qu'il pouvait bien connaître de la beauté des filles. Je savais que, par-delà les collines, il existait un monde vaste et merveilleux que je connaîtrais un jour.

Le lendemain, Tom secoua la tête d'étonnement, devant une sœur qui passait si facilement du rire aux larmes.

— Je suis drôlement content de ne pas être une fille, dit-il.

— Pensais-tu vraiment ce que tu disais, la nuit dernière ?

Il me fit une horrible grimace.

— Tu vois, tu es aussi belle que lorsque je fais cela ! Mais je t'épouserai quand je serai grand. Enfin, si c'est possible.

— Tu dis ça depuis que tu sais parler. Qui aimes-tu le plus au monde ?

— D'abord toi, et ensuite mademoiselle Deale. Comme je ne peux pas t'avoir, je me rabattrai sur mademoiselle Deale. Je vais demander au bon Dieu de l'empêcher de vieillir et, quand j'aurai rattrapé son âge, je l'épouserai. Elle pourra me lire tous les livres de la terre.

— Lis d'abord les tiens, Thomas Luke Casteel !

— Heavenly, on dit, à l'école, que tu en sais plus, pour ton âge, que tu ne le devrais. Et comme j'ai le même âge... comment fais-tu ?

— C'est parce que tu bayes souvent aux corneilles que j'en sais plus que toi.

Tom était aussi désireux d'apprendre que je l'étais, mais, comme les garçons de son âge, il avait peur de passer pour le chouchou de la maîtresse.

Quand il rentrait d'une virée dans les bois ou au bord de la rivière, il se plongeait dans ses livres et rattrapait le temps perdu.

Mlle Deale nous avait dit quelque chose, que je me répétais souvent pour me réconforter, quand ma fierté était blessée ou que ma confiance en moi diminuait : « Tom et toi, vous êtes mes meilleurs élèves. Vous êtes de l'espèce que chaque professeur aimerait avoir. »

Le jour où Mlle Deale nous permit de rapporter des livres à la maison, elle nous offrit le monde et tout ce qu'il contenait. Elle nous donna des trésors inestimables en mettant dans nos mains ses classiques préférés : *Alice au pays des merveilles, Moby Dick, Un Conte des Deux Villes,* et trois romans de Jane Austen. Et tout cela rien que pour moi. Tom eut autre chose, des livres de garçon : sept livres de la série des Hardy Boys. Je commençais à penser qu'il n'avait choisi que des livres pour s'amuser, quand il s'empara d'un épais volume, les œuvres de Shakespeare. Les yeux de Mlle Deale se mirent à briller.

— Tu ne voudrais pas, par hasard, être écrivain plus tard, Tom ?

— Je ne sais pas encore ce que je veux faire.

Tom répondit avec une diction parfaite, un peu nerveux, comme il l'était toujours, de parler avec quelqu'un d'aussi joli et d'aussi cultivé qu'elle.

— Quelquefois, je me demande si je ne serai pas pilote et, le lendemain, je voudrais être avocat pour devenir un jour Président.

— Président de la République ?

Il rougit et regarda ses pieds. Ses chaussures

étaient affreuses. Elles étaient trop grandes, trop vieilles et très abîmées.

— Evidemment, président Casteel, ça fait un peu ridicule, n'est-ce pas ?

Mlle Deale répondit sérieusement :

— Pas du tout, cela sonne très bien. Il faut décider ce que tu veux faire et prendre ton temps. Si tu travailles dur pour atteindre ton but et que tu acceptes, dès le départ, l'idée que l'on n'obtient rien facilement, alors tu y parviendras.

Nous apprîmes, plus tard, que Mlle Deale avait versé de l'argent pour cette affaire de livres. Grâce à sa générosité, nous eûmes la chance de voir des gravures d'anciennes civilisations, comme l'Egypte et l'Inde. Nous vécûmes dans des palais et parcourûmes les rues étroites de Londres. Nous eûmes l'impression que si nous nous y rendions, nous y serions chez nous.

J'aimais surtout les romans historiques qui faisaient revivre le passé. J'avais toujours cru que George Washington avait été un homme ennuyeux, jusqu'au jour où je tombai sur un roman où l'on racontait que, jeune, il avait été beau et que les jeunes filles le trouvaient attirant.

Nous lûmes des œuvres de Victor Hugo, des romans d'Alexandre Dumas, des classiques et de la fantaisie. Nous lûmes tout et n'importe quoi. Ainsi, nous nous évadions de cette cabane perdue dans les collines. Si nous avions eu la télévision ou si nous avions connu le cinéma, nous n'aurions sûrement pas été si passionnés de lecture. Mlle Deale fut très adroite quand elle nous permit d'emporter ces livres précieux, en nous disant que personne d'autre ne les apprécierait mieux que nous.

C'était la vérité ! Nous ne touchions ces livres qu'après nous être lavé les mains.

Je suspectais Marianne Deale d'aimer Pa plus qu'il n'était nécessaire. Et Dieu sait qu'elle aurait dû avoir meilleur goût ! Granny disait que *son ange* lui avait appris à parler un anglais correct. Cela, joint à sa belle mine, faisait que plus d'une femme bien née tombait sous le charme de Luke Casteel. Du moins, quand il se souciait d'être charmant.

Tous les dimanches, Pa nous accompagnait à l'église. Il s'asseyait avec toute sa grande famille, Sarah à ses côtés. Petite et délicate, Mlle Deale était installée, assez guindée, de l'autre côté de la nef. Elle devait s'émerveiller de la beauté de Pa. Elle évaluait aussi, je l'espérais, son manque d'éducation. Pa avait quitté l'école assez tôt. J'avais toujours l'espoir qu'un dimanche, je pourrais inaugurer une robe neuve. C'était long à venir... Un autre dimanche arrivait et nous étions de nouveau là, dans nos plus belles guenilles, celles que les autres auraient jetées depuis longtemps. Nous chantions en chœur, avec les riches et les nantis. Nous chantions, aussi, avec les autres, ceux des collines. Ils étaient habillés, eux, ni mieux ni plus mal que nous.

Ce dimanche-là, après le service, nous nous trouvions devant la pharmacie, à côté de la camionnette de Pa. J'essayais de préserver les vêtements de Jane qui léchait une glace. Mlle Deale la lui avait offerte, ainsi qu'à nous tous. Elle se tenait un peu plus loin et regardait Pa et Ma qui avaient un différend, au sujet de Dieu sait quoi. Ce qui signifiait qu'à tout moment, Pa pouvait frapper Sarah. Elle se mettrait alors à l'injurier. J'avalai ma salive, espérant que Mlle Deale passerait son chemin ou regarderait ailleurs. Mais elle restait plantée là, comme clouée au sol.

Je me demandais ce qu'elle pouvait bien penser ; je ne l'ai jamais su. Il ne se passait pas de semaine sans qu'elle écrivît un mot à Pa. Il était rarement à la maison et, quand par hasard il s'y trouvait, cela ne faisait aucune différence parce qu'il ne savait pas lire. Le dernier en date était rédigé en ces termes :

« Cher Monsieur Casteel,

Je suis sûre que vous êtes très fier de Tom et de Heaven ; ils sont mes deux meilleurs élèves. J'aimerais beaucoup que nous puissions nous rencontrer, à un moment qui vous conviendrait, pour parler de l'éventualité, pour eux, d'obtenir une bourse.

Sincèrement vôtre
Marianne Deale. »

Le lendemain, elle me demanda :

— Lui avez-vous donné ma lettre, Heaven ? Il ne peut pas être assez grossier pour ne pas y répondre. C'est vraiment un très bel homme. Vous devez l'adorer.

Je répondis avec cynisme :

— Ça, c'est vrai, je l'adore !

Les yeux de Mlle Deale se rétrécirent. Elle me regarda avec une expression singulière.

— Qu'y a-t-il ? Je suis choquée, Heaven, vraiment choquée. N'aimez-vous pas votre père ?

— Je l'adore, mademoiselle Deale, absolument, surtout quand il va *Chez Shirley* !

— Heaven, vous ne devriez pas parler ainsi. Que pouvez-vous savoir d'un endroit où...

Elle s'arrêta brusquement, gênée ; elle baissa les yeux avant de demander :

— Va-t-il vraiment là-bas ?

— Chaque fois qu'il en a l'occasion, il s'y précipite, répondis-je.

Le dimanche suivant, Mlle Deale ne regardait plus Pa avec la même admiration. Pour être honnête, elle ne jeta pas une fois les yeux dans sa direction.

Si Pa était tombé en disgrâce, Mlle Deale nous attendait tout de même devant la pharmacie. Pa et Ma bavardaient avec leurs amis des collines. *Notre* Jane courut à elle, les bras tendus. Elle réclamait son dû. Je fus obligée de la reprendre.

— Ce n'est pas bien, *notre* Jane, tu devrais attendre que mademoiselle Deale t'offre cette glace.

Notre Jane faisait la moue, imitée par Fanny qui prenait des airs implorants.

Mlle Deale souriait.

— Et pourquoi croyez-vous que je sois ici, Heaven ? J'aime aussi les glaces et je n'aime surtout pas les manger seule. Allez, dites-moi le parfum dont vous avez envie cette semaine !

Il était facile de deviner que Mlle Deale avait pitié de nous. Le dimanche, elle voulait nous offrir un petit plaisir. Mais nous avions aussi besoin de garder notre fierté. Dimanche après dimanche, elle diminuait, cependant, quand nous devions choisir entre le chocolat, la vanille et la fraise. Heureusement qu'il n'y avait pas d'autres parfums !

Tom optait pour la vanille, moi pour le chocolat ; Fanny voulait la fraise, le chocolat et la vanille ; Keith désirait la même chose que *notre* Jane, qui ne pouvait se décider.

Fanny ne manquait pas de dire :

— Regardez-la, elle ne sait jamais ce qu'elle veut, parce qu'elle veut tout. Ne lui achetez pas tout, mademoiselle Deale, à moins que vous ne le fassiez pour nous aussi.

— J'offrirai à Jane tout ce qu'elle voudra. Les trois parfums si elle peut tenir un cornet triple, ainsi qu'une barre de chocolat et un sac de sucres d'orge pour emporter chez vous. Aimeriez-vous quelque chose d'autre ?

Fanny ouvrit grande la bouche. J'intervins rapidement :

— C'est déjà beaucoup trop, mademoiselle Deale. Si vous offrez à *notre* Jane un cornet à la vanille et une barre de chocolat qu'elle pourra partager avec Keith, ce sera plus qu'assez. Il y a tout ce qu'il faut à la maison.

Fanny fit une affreuse grimace derrière le dos de Mlle Deale et se mit à ronchonner. Tom lui mit la main sur la bouche.

— Peut-être, un jour, pourriez-vous venir déjeuner chez moi ?

Nous regardions Keith et *notre* Jane sucer leurs glaces avec un tel ravissement que nous en avions les larmes aux yeux.

Comme ils aimaient les dimanches ! C'était leur unique fête. Nous n'avions pas terminé nos cornets que Pa et Ma apparurent à la porte du magasin.

— On s'en va, maintenant, à moins que vous ne vouliez marcher, dit Pa.

Il examina Mlle Deale, qui achetait précipitamment des sucres d'orge, que *notre* Jane et Fanny choisissaient avec le plus grand soin. Il s'avança vers nous. Il portait un costume crème que, d'après Granny, ma mère lui avait acheté pendant leur lune de miel à Atlanta. Si je ne l'avais pas connu, j'aurais pu le prendre pour un vrai monsieur.

— Vous devez être le professeur dont mes enfants parlent tout le temps ?

Mlle Deale recula un peu. Je devinais que mes indiscrétions concernant les visites de Pa *Chez Shirley* avaient tué son admiration. Elle dit froidement :

— Vos deux aînés sont mes meilleurs élèves. Vous devriez le savoir, car je vous ai écrit pas mal de fois à leur sujet. J'espère que vous êtes fier d'eux.

Elle ne mentionna ni Fanny, ni Keith, ni *notre* Jane ; ils n'étaient pas dans sa classe.

Pa parut complètement abasourdi. Il jeta un coup d'œil à Tom, puis à moi. Pendant deux ans, Mlle Deale lui avait envoyé des mots pour lui expliquer comme nous étions brillants !

— C'est une chose très agréable à entendre, un dimanche après-midi, dit Pa.

Il essaya de rencontrer son regard et de le retenir. Elle refusait de le regarder, comme si elle avait craint de ne plus pouvoir détourner les yeux. Pa reprit :

— J'aurais bien aimé continuer mes études et avoir plus d'instruction, mais je n'en ai jamais eu l'occasion.

Je dis très haut, d'un ton coupant :

— Pa, nous avons décidé de marcher jusqu'à la maison, tu peux rentrer en voiture avec Ma.

— Je ne veux pas marcher, dit *notre* Jane. Je veux aller en voiture.

Sarah attendait près de la porte du drugstore et le regardait avec des yeux suspicieux. Pa s'inclina légèrement vers Mlle Deale.

— Cela a été un plaisir, pour nous, de vous avoir connue, mademoiselle Deale.

Il se pencha pour prendre Jane dans un bras, souleva Keith de l'autre et passa la porte. Il semblait plein de charme et d'une parfaite éducation. Dans le magasin, les clients parurent stupéfaits. Malgré l'avertissement que je lui avais donné, je vis que Mlle Deale, de nouveau, admirait mon père.

C'était une belle journée ; les oiseaux voletaient au-dessus de nous et les feuilles d'automne tombaient doucement. J'étais, comme Keith, captivée par le spectacle de la nature et je n'entendis qu'en partie ce que disait Tom. Je vis les yeux de Fanny s'agrandir de surprise.

— Non, ce n'est pas vrai. Ce n'était pas Heaven que ce garçon regardait, c'était moi !

— Quel garçon ? dis-je.

— Le fils du nouveau pharmacien, celui qui tient le drugstore, répondit Tom. Tu n'as pas fait attention au nom : Stonewall ? Il était dans le magasin quand on a acheté des glaces, et zut, Heaven, tu as l'air de lui plaire !

— Menteur, dit Fanny, personne ne regarde jamais Heaven quand je suis là.

Nous ignorâmes Fanny et sa voix de crécelle. Tom continua :

— Il paraît qu'il va venir dans notre école. Ça me fait tout drôle, la façon dont il te regarde. Je détesterai le jour où tu te marieras parce que nous ne serons plus ensemble.

— Nous serons toujours l'un près de l'autre. Aucun garçon ne pourra jamais me convaincre que j'ai plus besoin de lui que d'éducation.

Cette nuit-là, je me pelotonnai par terre, près du *vieux qui fume,* et je rêvai qu'une robe bleue, toute neuve, m'attendait au portemanteau de la chambre. Je croyais assez naïvement que si je portais de jolies choses, cela changerait mes rapports avec le monde. Je m'éveillai, désirant plus que tout une nouvelle robe. Je me demandai si ce garçon m'aimerait, même si je n'avais que de vieux habits.

3

Logan Stonewall

Lundi matin, Tom, Fanny, *notre* Jane, Keith et moi, nous nous sentîmes tout excités. Tom me montra le nouveau venu, qui m'avait regardée, la veille, dans le drugstore. Je me tournai vers le terrain de football et retins mon souffle. Il se tenait un peu à l'écart des autres, et portait des vêtements plus élégants que ceux de la vallée. Le soleil faisait comme un halo autour de ses cheveux sombres, si bien que je distinguais mal son visage, qui était dans l'ombre. Il était mince et grand. Il n'avait pas les épaules tombantes, comme certains garçons de la montagne embarrassés par leur taille. Je sus qu'il me plaisait. Il était stupide d'aimer un inconnu parce qu'il montrait une certaine confiance en lui ; ce n'était pas de l'arrogance, mais de la force et de l'équilibre. Je regardai Tom et je sus pourquoi ce garçon inconnu me plaisait tant. Logan et Tom avaient la même aisance, la même grâce naturelle qui venaient du fait qu'ils savaient qui ils étaient. Je me demandai comment Tom pouvait se tenir si fièrement, à mes côtés, sachant qu'il était un Casteel.

J'aurais peut-être pu avoir la même aisance, si

mon père m'avait aimée, comme il l'aimait, lui.

Tom me donna un coup de coude et dit :

— Il te regarde encore.

— Il ne regarde pas Heaven, c'est moi qu'il regarde, dit Fanny.

Fanny m'embarrassait. S'il l'avait entendue, il ne le montra pas. Il se tenait droit comme un arbre de Noël ; il me sembla très élégant avec son pantalon de flanelle grise, son chandail vert, sa chemise blanche et sa cravate rayée. Il portait des chaussures de cuir, bien cirées. Les garçons de la vallée, eux, mettaient des jeans et des tennis. Personne n'était jamais venu en classe, habillé comme Logan Stonewall. Nous vit-il le regarder ? Il se dirigea de notre côté. Je ne savais comment m'adresser à quelqu'un d'aussi bien habillé. J'aurais voulu rentrer sous terre. La panique me gagnait au fur et à mesure qu'il avançait. J'étais impressionnée parce qu'il avait un pantalon de flanelle grise. Je n'aurais jamais su, d'ailleurs, ce qu'était la flanelle grise, si Mlle Deale n'en avait porté, un jour, à l'école. J'essayai de m'éclipser avec Keith et *notre* Jane avant qu'il ne remarquât la pauvreté de ma robe incolore. L'ourlet en était décousu et mes chaussures étaient à bout de souffle. Jane résistait :

— Je ne me sens pas bien, je veux rentrer à la maison.

— Mais non, *notre* Jane, tu ne passeras jamais dans la classe suivante si tu es tout le temps malade. Et si je t'apportais, ainsi qu'à Keith, un sandwich et du lait pour le déjeuner ?

Notre Jane me lâcha la main et, à petits pas mesurés, entra dans la classe. Ils semblaient tous s'y amuser. C'était d'elle, évidemment.

Je me dépêchais, mais pas assez ; Logan Stonewall nous rattrapa dans le hall. Je me retournai, il était en train de serrer la main de Tom. Il était beau, comme dans un magazine. Il devait avoir derrière lui des générations d'ancêtres cultivés. Il avait ce qu'aucun d'entre nous n'avait, dans les collines, un air de qualité. Son nez était fin et droit, sa lèvre inférieure plus pleine et mieux dessinée que sa lèvre supérieure. Ses yeux bleu sombre étaient chaleureux, sa mâchoire carrée, puissante. Une fossette creusa sa joue gauche, quand il me sourit. Son maintien assuré me rendait gauche. J'avais peur de dire ou de faire quelque chose de maladroit et qu'il se tournât, alors, vers Fanny. Les garçons l'admiraient toujours, elle, même quand elle faisait quelque chose d'incongru.

Fanny, qui ne s'était jamais préoccupée d'accompagner *notre* Jane ou Keith dans leur classe, se précipita vers lui.

— Salut, le nouveau ! dit-elle. Tu es le garçon le plus agréable à regarder que j'aie vu depuis longtemps !

— C'est Fanny, ma sœur, dit Tom.

— Salut, Fanny.

Logan Stonewall ne jeta qu'un coup d'œil à Fanny. Il attendait que Tom me présentât.

— Voilà mon autre sœur, Heaven Leigh !

La voix de Tom vibrait de fierté. Il ne lui venait pas à l'esprit que je pusse être honteuse de ma robe informe et de mes chaussures hors d'usage.

— La petite fille, là-bas, qui met sa tête à la porte de la classe des petits est ma plus jeune sœur. Nous l'appelons *notre* Jane. Et, de l'autre côté du hall, le petit garçon aux cheveux roux, qui fait des grimaces, c'est mon frère Keith. Allez, va t'asseoir, Keith, et toi aussi, *notre* Jane !

Je me demandais par quel miracle Tom pouvait être si à l'aise avec un garçon si civilisé, si bien habillé. Il me regardait comme personne ne m'avait jamais regardée. J'en étais toute troublée.

Ses yeux rencontrèrent les miens. Il dit enfin :

— Quel joli nom ! Il vous va très bien. Je ne connais personne qui ait des yeux bleu ciel, comme les vôtres.

Fanny se planta devant moi et cria :

— Et moi, mes yeux sont noirs. Tout le monde ne peut pas avoir des yeux bleus, comme ceux d'Heaven. Je préfère la couleur des vôtres.

— Mademoiselle Deale prétend que les yeux d'Heaven sont des bleuets, dit Tom. Il n'y a pas de fille aux alentours qui ait des yeux de la même nuance. Moi, je pense qu'ils sont bleus comme le ciel.

Logan Stonewall me regarda.

— C'est vrai, dit-il.

Je n'avais que treize ans. Il ne pouvait pas en avoir plus de quinze ou seize. Et déjà, nos regards se fondaient l'un dans l'autre. Nous nous en souviendrions notre vie durant. La cloche de l'école sonna. La ruée des élèves vers leur classe me sauva. Tom s'assit à son bureau, derrière le mien, et se mit à rire.

— Heavenly, je ne t'ai jamais vue passer par tant de nuances de rouge. Logan Stonewall est un garçon comme les autres, tu sais ! Il est juste mieux habillé et plus agréable à regarder, voilà tout.

Il ne ressentait pas la même chose que moi. Il plissa les yeux, me regarda avec curiosité et baissa la tête. Je baissai alors la mienne.

Mlle Deale entra dans la classe. Je tentai, en vain, de trouver quelque chose d'intelligent à dire à Logan, quand je le reverrais. Et ce fut l'heure du déjeuner. Je devais tenir ma promesse à Keith et à Jane, au sujet des sandwiches et du lait. Tout le monde était sorti, j'étais toujours assise à mon bureau. Mlle Deale me regarda.

— Avez-vous quelque chose à me dire, Heaven ?

J'aurais voulu plaider la cause de Keith et de *notre* Jane, mais je n'y arrivais pas. Je me levai, lui souris et me dépêchai de sortir. J'examinai le sol, faisant une prière pour trouver une pièce, quand j'aperçus les chaussures de Logan.

— Je t'attendais. Veux-tu déjeuner avec moi ?

— Je ne déjeune jamais.

Il fronça les sourcils.

— Tout le monde déjeune. Allez, viens ! On prendra des hamburgers, des frites et un milk-shake.

Je me demandais si c'était une invitation. Je me redressai.

— Je dois m'occuper de Keith et de *notre* Jane.

— Mais ils sont invités, ainsi que Tom et Fanny.

— Nous n'avons pas les moyens de déjeuner.

Il ne savait plus quoi dire. Il me jeta un rapide coup d'œil et haussa les épaules.

— Bon, puisque tu le prends comme ça !

Je ne pouvais faire autrement, ma fierté était aussi élevée que nos collines. Il m'accompagna jusqu'à la classe des petits. Il devait regretter son invitation. *Notre* Jane et Keith attendaient, très anxieux. *Notre* Jane me sauta dans les bras.

— On ne peut pas déjeuner maintenant, Hevlee (1) ? J'ai mal au ventre.

Keith me réclama le sandwich au thon que je lui avais promis.

— Est-ce que mademoiselle Deale t'en a donné un ? C'est lundi, aujourd'hui. Est-ce qu'elle a pensé au lait ?

J'essayai de sourire à Logan. Il enregistrait tout et regardait pensivement *notre* Jane et Keith. Alors, il me sourit.

— Si vous préférez des sandwiches au thon, il y en

(1) *Hevlee :* Contraction enfantine de Heavenly.

aura peut-être encore à la cafétéria, si nous nous dépêchons.

Il n'y avait plus rien à faire. Keith et *notre* Jane détalaient déjà comme des renards.

Logan dit avec gravité :

— Je n'ai jamais permis à une fille de payer son déjeuner quand je l'invite. S'il te plaît, laisse-moi faire.

Nous avions à peine poussé la porte de la cafétéria que j'entendis des remarques désagréables. On se demandait ce que faisait Logan avec ces Casteel si minables. Tom était déjà là. Logan avait dû l'inviter avant nous, j'en fus soulagée. Je pouvais enfin sourire. J'aidai *notre* Jane à s'asseoir ; Keith se colla à elle et regarda autour de lui avec timidité.

— Voulez-vous toujours des sandwiches et du lait ? dit Logan.

Keith et *notre* Jane en restèrent là. Je me décidai pour un hamburger et un Coca-Cola. J'inspectai les environs et ne pus découvrir Fanny. Elle avait une façon bien à elle de se faire inviter. C'était, pour moi, un souci de plus. On jasait, autour de nous, sans prendre la peine de baisser le ton : « Qu'est-ce qu'il peut bien faire avec elle ? Elle est de la colline et sa famille à lui doit être riche ! »

On regarda beaucoup Logan Stonewall lorsqu'il revint avec Tom, les sandwiches, les hamburgers, les frites et les boissons. *Notre* Jane et Keith étaient confondus par la quantité de nourriture. Ils voulaient une gorgée de ma boisson, goûter à mon hamburger et aux frites. *Notre* Jane but mon Coca-Cola, en fermant les yeux de délice. Je bus son lait.

— Je vous en offre un autre, dit Logan.

Je refusai. Il en avait déjà fait trop. J'appris qu'il avait quinze ans. Il sourit quand je lui dis mon âge. Il voulait connaître ma date de naissance, comme si c'était d'une extrême importance. Et ça l'était, en effet ; sa mère était férue d'astrologie. Il me raconta qu'il s'était débrouillé pour aller, chaque jour, en salle d'étude, où je faisais mes devoirs. J'essayais toujours d'y finir mon travail afin de pouvoir emporter des livres de lecture.

C'était la première fois que j'avais un ami. Logan n'était pas un de ces garçons qui pensaient que je devais être facile, parce que j'habitais les collines. Logan ne se moquait ni de mes vêtements ni de ma famille. Dès le premier jour, il se fit des ennemis, parce qu'il était différent, beau, raffiné ; son assurance était gênante, sa famille trop riche, son père trop cultivé et sa mère trop altière. On prétendit qu'il était efféminé. Tom dit qu'il allait devoir s'imposer. Les garçons commencèrent à lui jouer des tours stupides, mais pas innocents : ils mirent des clous dans ses chaussures de gymnastique et attachèrent ses lacets ensemble, pour qu'il fût en retard au cours suivant. Puis ils remplirent ses chaussures de colle et détalèrent lorsqu'il menaça de mettre son poing sur la figure du coupable.

Avant la fin de la semaine, on plaça Logan deux classes au-dessus de la nôtre. Il s'était acheté des *jeans* et des chemises à carreaux, mais les *jeans* étaient plus chers et les chemises mieux coupées. Malgré son nouveau style, il sortait quand même du rang. Il parlait bien et avec courtoisie, alors que les autres étaient bruyants et grossiers. Il se refusait à les imiter et à employer le même langage qu'eux.

Vendredi, au grand étonnement de Tom, je manquai l'étude. C'était un jour de septembre ensoleillé. Sur le chemin du retour, mon frère me pressa de questions. Il faisait encore assez chaud et Tom plongea dans la rivière, avec ses vêtements, bien entendu. Il enleva quand même ses tennis. Je me laissai tomber sur l'herbe. *Notre* Jane se pelotonna à mes côtés, Keith contemplait un écureuil perché sur une branche. Tom s'ébrouait dans l'eau. Je lui dis soudain que j'aurais aimé avoir des cheveux blond cendré. Il se tourna brusquement vers moi et je me mordis la langue. Il secoua la tête, à la façon d'un jeune chien. Fanny était, fort heureusement, loin derrière nous. Nous entendions quand même ses petits rires bêtes, à travers bois. Il me demanda d'une voix hésitante :

— Heavenly, que sais-tu ?

— Je sais quoi ?

— Pourquoi veux-tu des cheveux blond cendré, alors que les tiens sont très bien comme cela ?

— C'est juste un souhait idiot.

— Ecoute, Heavenly, si nous devons rester amis, il faudrait se mettre d'accord ! Sais-tu qui avait des cheveux blond cendré ?

J'essayai d'être évasive.

— Tu le sais, toi ?

Il sortit de l'eau et nous prîmes le chemin de la maison. Il dit, très calmement :

— Je l'ai su depuis le premier jour où je suis allé à l'école. Des garçons m'ont parlé de la première femme de Pa. Ils m'ont raconté qu'elle venait de Boston, qu'elle avait de longs cheveux blond cendré et qu'on savait qu'elle ne tiendrait pas longtemps dans les collines. J'espérais que tu ne l'apprendrais jamais parce que, moi, je n'ai rien de brillant ; je n'ai pas comme toi du sang de gens civilisés, pas de gènes de gens cultivés. Je suis à cent pour cent des collines, malgré ce que mademoiselle Deale et toi pouvez en penser.

Cela me fit mal de l'entendre.

— Pourquoi dis-tu cela, Thomas Luke Casteel ? As-tu entendu mademoiselle Deale, l'autre jour ? Les parents les plus intelligents peuvent donner naissance à des idiots et des crétins peuvent avoir des enfants géniaux. Elle a ajouté que la nature réparait ainsi les inégalités. Des parents trop brillants risquaient de brûler tout leur potentiel d'intelligence et de ne rien laisser à leurs enfants. Rien n'est prévisible dans la nature. La seule raison pour laquelle tes notes ne sont pas aussi bonnes que les miennes, est que tu bayes trop aux corneilles. Tu dois croire mademoiselle Deale, quand elle répète que chacun de nous est unique, né pour accomplir une tâche unique. Thomas, je t'en prie, n'oublie jamais ça.

— Et toi, cesse de crier partout que tu es très différente de ce que tu es en réalité. J'aime ce que tu es. Tu es ma blonde *gipsy*. Tu m'es dix fois plus chère que ma vraie sœur, Fanny, qui, elle, ne s'occupe que d'elle. Elle ne m'aimera jamais comme tu le fais, et je ne peux pas l'aimer comme je t'aime. Tu es la seule de mes sœurs qui puisse vivre dans le même univers que le mien.

Il paraissait si triste que j'en fus peinée.

— Tom, si tu continues, tu vas me faire pleurer ! Je ne peux pas supporter l'idée qu'un jour tu puisses partir et que je ne te revoie plus.

Il secoua la tête :

— Je n'irai jamais où tu ne voudras pas que j'aille, Heavenly. Nous resterons toujours ensemble. Tu sais, comme on dit dans les livres, contre vents et marées... à travers la pluie et la neige... à travers la nuit.

Je répondis en riant, mais j'avais les larmes aux yeux :

— Jurons-nous, Tom, et que Dieu nous aide, de n'aller jamais dans des directions opposées, de ne jamais se fâcher, de n'être jamais différents de ce que nous sommes aujourd'hui.

Il me prit dans ses bras, comme si j'étais aussi fragile que du verre et que j'allais me briser.

— Un jour, tu te marieras. Tu m'as dit que tu n'y pensais pas, mais Logan Stonewall te couve des yeux.

— Comment pourrait-il m'aimer, puisqu'il ne me connaît pas ?

Il mit son visage dans mes cheveux.

— Il n'a pas besoin de te connaître, il n'a qu'à te regarder. Tout est écrit sur ton visage et dans tes yeux.

Je m'écartai, j'étais très émue.

— Pa ne voit pas ce que tu vois, toi.

— Pourquoi le laisses-tu te faire du mal ?

Je tombai dans ses bras en sanglotant.

— Oh, Tom ! Comment pourrais-je avoir la moindre confiance en moi, quand mon père ne peut même pas supporter ma vue. Il doit y avoir quelque chose d'horrible, en moi, pour qu'il me haïsse autant.

Il me caressa les cheveux. Il avait les larmes aux yeux. Mon chagrin était aussi le sien.

— Pa va réaliser, un jour, qu'il ne te déteste pas. Quelque chose me dit que ce sera pour bientôt.

— Non, cela n'arrivera pas, tu le sais aussi bien que moi. Pa m'en veut d'être née et d'avoir causé la mort de *son ange.* Il ne me le pardonnera jamais. Si tu veux mon avis, je pense que ma mère a eu de la chance, parce que, tôt ou tard, il lui aurait rendu la vie aussi intenable qu'il la rend à Sarah.

Nous nous regardâmes, désarmés devant cette vérité. Tom essaya de sourire, mais c'était un pauvre sourire.

— Pa n'aime pas Ma, Heavenly. Il est odieux avec elle. Il n'a jamais aimé que ta mère. Il a épousé la mienne parce qu'elle m'attendait et qu'il a dû vouloir, pour une fois, être correct.

— C'est Granny qui a dû l'y obliger, dis-je.

— Personne ne peut obliger Pa à faire ce qu'il ne veut pas faire, tu le sais bien !

— Oh, je le sais !

Je pensais à la façon dont il s'obstinait à m'ignorer.

Ce fut de nouveau un lundi. Mlle Deale s'étendit sur le plaisir que procurait la lecture des pièces et des sonnets de Shakespeare et moi, je mourais d'envie d'être dans la salle d'étude.

— Heaven, dit-elle, êtes-vous en train d'écouter ou de rêver ?

— J'écoute, mademoiselle.

— Et quel était le poème que nous lisions ?

Même sous la torture, j'aurais été incapable de rapporter un mot de son exposé. Ce n'était pas ma manière d'être, en général. Je devais rayer Logan de mes pensées. Mais déjà, l'étrange sensation que je ressentais, quand nos yeux se rencontraient, m'envahissait. Je voyais ses cheveux ; ils n'étaient pas vraiment bruns, mais formaient un mélange d'auburn et de doré. Je savais que, quand je serais à l'étude, je devrais me forcer pour ne pas regarder sans arrêt dans sa direction et que, chaque fois que je le ferais, lui serait en train de me contempler.

Logan sourit, puis il dit tout bas :

— Qui a pu être assez subtil pour te donner ce nom ? Je ne savais pas que l'on pouvait s'appeler ainsi.

J'avalai ma salive pour pouvoir répondre avec pondération.

— C'est ma mère, la première femme de mon père. Mon deuxième nom est Leigh, parce que c'était le sien. Granny dit qu'elle m'a donné ce nom parce qu'elle voulait m'offrir quelque chose qui me portât chance, quelque chose qui m'élèverait au-dessus de la médiocrité ! Et quoi de mieux qu'Heaven ?

— C'est le plus joli nom que je connaisse. Où est ta mère, à présent ?

— Elle est au cimetière. Elle mourut à ma naissance et mon père ne veut pas me le pardonner.

M. Parkins se mit à crier :

— Je ne veux aucun bavardage à l'étude. Le prochain que j'entends aura quinze heures de retenue.

Les yeux de Logan s'adoucirent. M. Parkins sortit de la pièce. Logan reprit tout bas :

— J'en suis désolé, Heaven, mais tu ne devrais pas parler comme cela. Ta mère n'est pas dans un cimetière, elle est dans l'au-delà, dans un endroit merveilleux. Elle est au ciel.

— Je ne sais pas s'il y a un ciel ou un enfer, Logan, j'ai toujours pensé que, s'ils existaient, c'était sur terre.

— Quel âge as-tu pour dire cela, cent vingt ans ?

— Tu sais très bien que je n'ai que treize ans, mais aujourd'hui, c'est comme si j'en avais deux cent cinquante.

— Pourquoi ?

— Parce que c'est mieux que d'avoir treize ans.

Logan jeta un coup d'œil à M. Parkins ; il nous surveillait à travers la vitre. Il se risqua pourtant à continuer :

— Est-ce que je peux te raccompagner chez toi ? Je n'ai jamais parlé à quelqu'un qui ait deux cent cinquante ans et je meurs d'envie d'en savoir plus.

J'acquiesçai avec un sentiment d'exubérance et d'angoisse. Je m'étais mise dans une situation qui risquait de me désavantager. Que savais-je de la vieillesse et de la sagesse ?

Il se tenait à la sortie de la cour. Tous les garçons qui voulaient raccompagner les filles des collines attendaient là.

Fanny y était aussi. Quand elle vit Logan, elle vira sur elle-même, en faisant voler ses cheveux, puis elle les rabattit en arrière, afin de les faire s'étaler gracieusement sur son dos. Elle avait un sourire épanoui ; elle pensait que Logan l'attendait. Un peu plus loin se trouvaient Tom et Keith. Tom parut surpris de voir Logan près du sentier que nous empruntions. C'était un étroit passage serpentant à travers les buissons. Il menait à la forêt et à notre cabane. A l'instant où Fanny nous vit, elle ouvrit la bouche et ce qui en sortit était si embarrassant que j'aurais voulu tomber morte.

— Qu'est-ce que tu fiches avec ce nouveau, Heaven ? Ce n'est pas ton genre ! Je t'ai entendue dire mille fois que tu voulais être maîtresse d'école, enfin... une de ces vieilles filles desséchées.

Je devins écarlate et essayai de l'ignorer. Quel manque de loyauté, pour une sœur ! Mais je ne m'attendais à rien d'autre de sa part. J'essayai de sourire à Logan ; il regardait Fanny d'un air désapprobateur.

— Fanny, tais-toi, et file à la maison. Commence à faire la lessive, cela te changera.

Elle se tourna vers Logan avec un sourire meurtrier et dit d'une voix méprisante :

— Tu ne t'imagines pas que je vais rentrer à la maison avec mon frère ! De toute façon, les garçons n'aiment pas Heaven, ils me préfèrent. Je finirai par te plaire, tu verras ! Veux-tu me tenir la main ?

Logan jeta un regard rapide à Tom, puis il dit avec le plus grand sérieux :

— Merci ! Mais j'ai l'intention de ramener Heaven chez elle. Nous avons beaucoup de choses à nous dire.

— Est-ce que tu ne veux pas m'entendre chanter ? dit Fanny.

— Non merci, une autre fois !

— *Notre* Jane chante aussi, dit Keith.

Tom prit Fanny par le bras et l'entraîna.

— Viens, Keith, dit-il, Jane t'attend à la maison.

Il n'en fallut pas plus à Keith pour nous emboîter le pas avec rapidité. *Notre* Jane n'avait pas été en classe aujourd'hui, elle était malade.

— Tu es égoïste, Heaven Leigh Casteel, tu es méchante, maigre et laide. Je déteste tes cheveux, je déteste ton nom ridicule, je déteste tout chez toi. Attends un peu, que je raconte à papa ce que tu fais ! Il n'aimerait pas savoir que tu acceptes la charité d'un garçon de la ville, que tu manges ses hamburgers. Je lui dirai que tu as appris à Keith et à Jane à mendier.

Fanny était folle de jalousie. Elle était bien capable de réaliser ses menaces et Pa me punirait.

— Fanny, dit Tom, je te donne ma boîte de peinture neuve, si tu la fermes.

Le sourire de Fanny revint.

— D'accord, je veux aussi le livre de coloriage que mademoiselle Deale t'a offert. Je ne sais pas pourquoi elle ne me donne jamais rien.

Tom tenait à cette boîte de peinture et à ce cahier de dessin plus qu'à tout. Il n'en avait jamais eu auparavant. C'était l'histoire de Robin des Bois et Robin des Bois était son héros préféré.

— Tu ne sais pas pourquoi ? dit Tom. Quand tu auras appris à te tenir convenablement au vestiaire, mademoiselle Deale sera peut-être plus généreuse avec toi.

Fanny se laissa tomber par terre et se mit à pleurer. Elle frappa l'herbe de ses poings et se mit à hurler parce qu'elle s'était cognée sur une pierre. Puis elle regarda Tom avec des yeux suppliants.

— Ne le dis pas à papa, je t'en prie, ne le lui dis pas !

Tom promit ; je promis aussi. J'aurais voulu disparaître. Logan, les yeux grands ouverts d'étonnement, enregistrait cette scène stupide.

J'évitai de le regarder dans les yeux, mais il me sourit, d'un air compréhensif.

— Tu as une famille qui te fera vieillir prématurément. Pourtant, tu parais plus fraîche qu'un printemps.

— On dirait les paroles d'une chanson, dit Fanny.

— Oh ! Boucle-la, dit Tom.

Il lui saisit le bras et se mit à courir en l'entraînant. Je restai enfin seule avec Logan. Keith fermait le cortège. Il s'arrêta pour contempler un rouge-gorge. Il resta là, jusqu'à ce que l'oiseau s'envolât.

— Ta sœur est un cas, dit Logan.

Keith était loin derrière, nous étions vraiment seuls. Je gardai mes pensées pour moi. Les garçons de la vallée s'imaginaient que les filles de la colline étaient toutes faciles. Fanny, si jeune pourtant, avait cette précocité particulière aux milieux défavorisés. Elle était due, peut-être, à ce que nous nous côtoyions quotidiennement, dans notre cour, et à la promiscuité qui régnait dans la cabane. Nous n'avions pas besoin d'éducation sexuelle, dans nos collines. Les choses du sexe vous arrivaient en pleine figure, dès que vous étiez capables de reconnaître un homme d'une femme.

Logan se gratta la gorge pour me rappeler sa présence.

— Je suis prêt à écouter les conseils de l'expérience que te donnent toutes ces années de sagesse. Je devrais prendre des notes, mais il est difficile d'écrire en marchant. La prochaine fois, j'apporterai un magnétophone.

— Tu te moques de moi... Nous vivons avec nos grands-parents. Grandpa ne parle jamais, sauf quand c'est absolument nécessaire. Il trouve rarement les mots qui conviennent. Granny radote à tout propos, et compare sans arrêt le bon vieux temps avec notre époque corrompue. Ma belle-mère s'agite et fulmine parce qu'elle a plus à faire qu'elle ne peut... Parfois, quand je rentre à la maison et que je me trouve face à tout cela, ce n'est pas deux cent cinquante ans que j'ai, mais mille.

— J'aime qu'une fille soit sincère. Je ne suis encore qu'un enfant, mais j'ai grandi avec des oncles, des tantes et des grands-parents, aussi, je comprends ce que tu veux dire. Tu es quand même avantagée par rapport à moi, avec deux frères et deux sœurs.

— Est-ce un avantage ou un désavantage ?

— C'est comme tu veux ! Pour moi, Heaven Leigh, c'est un avantage d'appartenir à une famille nombreuse ; tu n'es jamais seule. J'aurais aimé avoir des frères et des sœurs. Tom a de la chance, lui, il peut s'amuser avec vous. Et puis, Keith et *notre* Jane sont des enfants tellement attachants.

— Et Fanny, que penses-tu d'elle ?

Il rougit et parut mal à l'aise. Il dit enfin avec circonspection :

— Je pense qu'elle sera d'une beauté ravageuse.

— C'est tout ce que tu en penses ?

— Non, ce n'est pas tout ce que je pense : de toutes les filles que je connaisse et de toutes celles que j'espère rencontrer, Heaven Leigh est celle qui deviendra la plus belle. Elle est exceptionnellement douce et sincère... Si cela ne t'ennuie pas, j'aimerais te raccompagner chaque jour chez toi.

Je me mis à rire trop fort et m'enfuis en criant.

— A demain, Logan, et... merci de m'avoir ramenée.

— Mais nous ne sommes pas encore chez toi !

Il était interdit par ma fuite.

Je ne voulais pas qu'il vît où et comment nous vivions. Il était certain qu'il ne m'aurait alors jamais raccompagnée.

— Un autre jour, dis-je, un autre jour, je t'inviterai !

Il se tenait de l'autre côté du petit pont qui enjambait notre ruisseau. Derrière lui s'étendait un champ d'herbe jaune ; le soleil s'attardait dans ses cheveux et dans ses yeux. Je n'oublierai jamais son sourire, quand il me dit :

— Très bien, à partir de maintenant, Heaven Leigh Casteel m'appartient.

Je chantai tout le reste du chemin. J'avais oublié mes résolutions.

Sarah leva le nez de dessus la planche à laver, l'air las.

— Tu parais heureuse, dit-elle, la journée s'est bien passée ?

— Oh oui, Ma !

Fanny mit la tête à la fenêtre :

— Ma, Heaven s'est trouvé un petit ami dans la vallée, et tu sais comme ils sont...

Sarah me regarda.

— Heaven, tu ne l'as pas laissé te... N'est-ce pas ?

— Ma, tu sais bien que je ne ferais pas cela.

Fanny cria de la porte :

— Tu parles. Elle n'a aucune honte avec les garçons au vestiaire, aucune.

Je hurlai et fonçai sur elle :

— Tais-toi, espèce de menteuse.

Mais Tom fut plus rapide ; il la poussa sous le porche et elle tomba.

— Ma, Heavenly ne fait pas ça. Fanny est celle qui se tient le plus mal de toute l'école, ce qui n'est pas peu dire !

— Je m'en doute, dit Sarah. Je n'ai aucun mal à deviner qui est la pire de toutes. Je sais bien que c'est mon Indienne de Fanny, avec ses manières de démon et ses yeux provocants... Cela la mènera, tôt ou tard, à la même misère que celle dans laquelle je suis... Tiens bon, Heaven, dis non, non et non. Maintenant, enlève cette robe et aide-moi à faire la lessive. Je me sens fatiguée, en ce moment. Je ne comprends pas pourquoi je suis si souvent fatiguée.

— Tu devrais aller voir un docteur, Ma.

— J'irai quand ce sera gratuit.

Je finis la lessive et étendis le linge avec l'aide de Tom. Quand ce fut terminé, on aurait dit la cour d'un marchand de chiffons.

— Aimes-tu Logan Stonewall ? demanda Tom.

Je rougis.

— Oui... Je crois...

Il avait l'air triste. Il pensait sûrement que Logan allait nous éloigner l'un de l'autre, alors que rien, ni personne, ne le pourrait jamais.

— Tom, mademoiselle Deale te donnera peut-être une autre boîte de peinture.

— Ça n'a pas d'importance. Je ne serai sûrement pas un artiste et je ne serai probablement rien du tout, si tu n'es pas là pour me donner confiance en moi.

— Nous serons toujours ensemble, Tom, envers et contre tout, nous nous le sommes promis.

Il était moins désemparé. Soudain, un doute lui vint.

— Mais c'était avant Logan Stonewall.

— Tu raccompagnes bien Sally Browne chez elle, quelquefois. Alors ?

— Je l'ai raccompagnée une seule fois, mais c'était parce qu'elle est un peu comme toi. Elle n'est pas idiote et elle ne ricane pas.

Je ne savais plus quoi dire. J'avais quelquefois envie d'être comme les autres. J'aurais aimé rire à propos de rien et n'être pas toujours si consciente de mes responsabilités. Elles pesaient si lourd...

Dans la soirée, je sermonnai Fanny au sujet de sa conduite et de ses conséquences possibles. Elle s'était déjà confiée à moi, en diverses occasions, quand nous avions besoin l'une de l'autre. Elle détestait l'école, qu'elle considérait comme un moment pris sur les amusements. Elle n'avait pas tout à fait douze ans et voulait déjà sortir avec des garçons bien plus âgés qu'elle. Ils l'auraient probablement ignorée, si elle ne les avait aguichés. Cela me peinait. La manière dont elle se tenait au vestiaire me désolait plus encore.

— Je ne le ferai plus, dit Fanny.

Elle était à moitié endormie et prête à promettre n'importe quoi.

Dès le lendemain, malgré sa promesse, cela arriva de nouveau. J'étais allée la chercher dans sa classe. Elle n'y était pas. Je me précipitai au vestiaire et la séparai d'un garçon boutonneux.

— Ta sœur n'est pas aussi prétentieuse que toi, dit le garçon.

Fanny se mit à rire bêtement. Elle vociféra lorsque je la poussai dehors.

— Pa te traite comme si tu étais invisible, alors tu ne peux pas savoir comme c'est agréable d'être remarquée des garçons et des hommes. Si tu continues à me harceler, je les laisserai faire tout ce qu'ils veulent. Je me fiche de ce que tu pourras dire à Pa. De toute façon, il m'aime et toi, il te déteste.

Je fus touchée au vif. Si elle ne m'avait pas jeté les bras autour du cou, je crois que je lui en aurais voulu longtemps.

— Pardon, Heaven, pardon. Je t'aime, tu sais ! Mais, j'aime « ça » aussi, je n'y peux rien. Je ne peux pas être autrement.

— Ta sœur va devenir une putain, dit Sarah. Tu ne peux rien faire pour Fanny, Heaven, rien. Occupe-toi plutôt de toi.

Elle était en train d'installer nos paillasses sur le sol. Elle était triste et sans illusion.

Pa ne rentrait seulement que trois ou quatre fois par semaine. Il devait calculer combien de temps nous pourrions tenir, avec la quantité de vivres qu'il nous apportait. La semaine dernière, j'avais entendu Granny raconter à Sarah que Grandpa avait retiré Pa de l'école à l'âge de onze ans. Il l'avait mis à travailler aux mines de charbon. Pa avait détesté cela et s'était enfui. Grandpa l'avait retrouvé, caché dans une cave.

— Toby promit à Luke qu'il ne mettrait jamais plus les pieds dans les mines, dit Granny. Il gagnerait sûrement mieux sa vie, s'il avait continué d'y travailler...

— Je ne veux pas qu'il aille là-bas, dit Sarah. Ce n'est pas normal d'exiger d'un homme qu'il fasse ce qu'il déteste. Si les fédérés l'attrapent, ce qui arrivera tôt ou tard, il se laissera mourir plutôt que d'être enfermé. Je préfère le voir mort qu'en prison, comme ses frères.

Cela me fit considérer la profession de mineur sous un autre jour.

Beaucoup d'entre eux vivaient au-delà de Winnerrow, disséminés dans les collines. Ils n'étaient pas dans les montagnes, comme nous. Souvent, la nuit, quand le vent était tombé, je m'imaginais entendre les pics des mineurs morts, pris au piège sous la terre et qui essayaient de se creuser un chemin à l'extérieur de la montagne. Une nuit, Sarah se mit au lit en pleurant parce que Pa n'était pas rentré depuis cinq jours. Je dis à Tom :

— Les entends-tu ?

Tom s'assit sur son lit et regarda autour de lui.

— Je n'entends rien du tout.

Moi, j'entendais. C'était un bruit lointain et puis il y eut une plainte, plus faible encore. « Au secours... à l'aide... » criait-on. Je me levai et sortis. Le bruit s'amplifia. Je frissonnais. J'appelai Tom. Nous marchâmes lentement en direction du bruit. Et soudain, nous aperçûmes, dans le clair de lune, Pa, sans chemise et couvert de sueur. Il abattait un arbre à la hache, pour que nous ayons du bois pour l'hiver. Pour la première fois, je le considérai avec une sorte de pitié. « Au secours... A l'aide... » Il me semblait entendre encore ces plaintes. Se pouvait-il qu'il se fût laissé aller à pleurer? Je me demandai quel genre d'homme il était, pour couper du bois, la nuit, sans même s'arrêter chez lui, pour embrasser sa femme et ses enfants.

— Pa, dit Tom, je peux t'aider, tu sais!

— Rentre et va te reposer, mon garçon. Tu diras à ta mère que j'ai trouvé un nouvel emploi et que je suis occupé toute la journée. Le seul temps libre que je puisse avoir, c'est la nuit. J'abats du bois, afin que vous puissiez en faire des bûches.

Je ne savais s'il m'avait aperçue, derrière Tom.

— Quel genre de travail fais-tu ? dit Tom.

— Je suis employé aux chemins de fer. J'apprends à conduire une de ces grosses machines qui tirent le charbon... Viens près des voies et tu me verras.

— Je suis sûre que Ma aimerait voir ça aussi, dis-je.

Je pensai qu'il allait s'arrêter de cogner. La hache hésita, puis elle frappa de nouveau le pin.

— Elle me verra... quand elle me verra.

Il ne dit plus rien. Alors, je m'enfuis en courant vers la cabane. Je me mis à pleurer dans mon oreiller. Je ne savais pas pourquoi, mais j'étais soudain triste. Triste pour Pa et encore plus pour Sarah.

4

Sarah

Un autre Noël arriva. Aucun cadeau ne le rendit plus mémorable que les précédents. Nous reçûmes quelques objets indispensables : des brosses à dents et du savon. Je ne m'en serais jamais souvenue si Logan ne m'avait donné un bracelet d'or orné d'un petit saphir. Je ne pus lui offrir qu'une casquette que je lui avais tricotée.

— Elle est superbe, dit-il. J'en ai toujours voulu une comme cela, rouge et tricotée à la main. Merci, Heaven Leigh. J'aimerais bien que tu me tricotes une écharpe pour mon anniversaire. C'est au mois de mars.

J'étais étonnée qu'il la portât ; elle était trop grande pour lui. Il ne paraissait pas s'apercevoir que j'avais laissé filer quelques mailles et que je l'avais tellement tripotée qu'elle était un peu défraîchie. Noël à peine terminé, je commençai son écharpe. Elle fut achevée pour le jour de la Saint-Valentin.

— Cela aurait été trop tard, en mars.

Il l'enroula autour de son cou et la porta avec la casquette. Rien n'aurait pu me le faire aimer davantage.

A la fin de février, j'eus quatorze ans. Logan me fit encore un cadeau : un très joli chandail blanc, qui rendit Fanny malade d'envie. Le lendemain de mon anniversaire, Logan m'attendait sur le sentier qui mène à la montagne. Il m'accompagna jusqu'à la clairière, devant la cabane. A partir de ce moment, chaque jour fut un printemps pour moi. Keith et *notre* Jane apprirent à l'aimer. Fanny essayait son charme et Logan continuait à l'ignorer. Etre amoureuse à quatorze ans était quelque chose de si exaltant que je riais et pleurais à la fois.

Les journées passaient trop rapidement. L'amour était dans l'air et j'avais besoin de temps à moi. Mais Granny et Sarah demeuraient inflexibles. Il y avait les semis à faire, sans compter les autres tâches qui étaient de mon ressort. Tout cela ne concernait évidemment pas Fanny. Nous n'aurions pas pu nous nourrir, sans l'apport du grand potager situé derrière la maison. Nous y faisions pousser des choux, des pommes de terre, des concombres, des navets et surtout, des tomates.

J'attendais chaque dimanche avec impatience, pour voir Logan à l'église. Il était assis de l'autre côté de la nef et m'envoyait des messages silencieux. J'oubliais alors notre désespérante misère. Logan nous faisait de petits cadeaux qu'il prenait dans la pharmacie de son père. Il s'agissait de petites choses pour lui banales, mais qui nous emplissaient de joie : du shampooing, du parfum en bombe, un rasoir et des lames, pour Tom, qui commençait à en avoir besoin.

Un dimanche après-midi, nous décidâmes d'aller à la pêche après l'office. Logan n'avait pas parlé de moi à ses parents. Nous les rencontrions, de temps en temps, dans les rues de Winnerrow et je devinais, sur leurs visages fermés, qu'ils ne voulaient pas de ces Casteel dans la vie de leur fils. Logan n'y attachait aucune importance. Moi, si. J'aurais voulu être aimée d'eux, mais ils évitèrent toujours que Logan me présentât à eux.

Fanny était dans la cour et jouait avec Snapper, le chien de chasse de Pa. Je songeais aux parents de Logan et je me coiffai de mon mieux. Sarah s'assit lourdement derrière moi et repoussa quelques mèches rousses.

— Je suis fatiguée, Heaven, très fatiguée... Ton père n'est jamais à la maison et quand, par hasard, il s'y trouve, il ne fait pas attention à moi.

Je la regardai attentivement et ce que Pa aurait dû voir me sauta aux yeux : elle était enceinte.

— Ma ! Tu ne l'as pas dit à Pa ?

— S'il m'avait seulement regardée, il l'aurait bien vu !

Elle avait les larmes aux yeux.

— La dernière chose dont nous ayons besoin, c'est une bouche de plus à nourrir, dit-elle.

— C'est pour quand, Ma ?

La venue de ce bébé m'inquiétait. *Notre* Jane allait à l'école et n'était plus une charge. Keith et elle n'avaient qu'un an d'écart et il avait été difficile de les élever. Sarah reprit, d'une voix lasse, comme si ce bébé l'étouffait déjà :

— Je ne compte pas les jours. Je n'ai pas vu de docteur.

— Ma, il faut que tu le saches, je dois être là, pour t'aider.

— Je prie pour qu'il ait les cheveux noirs, celui-là, et qu'il ressemble à Luke. J'espère que Dieu va m'entendre et qu'il va me donner le petit garçon aux yeux noirs que ton père désire tant. Alors, il m'aimera, comme il l'a aimée, elle.

En allant au lac, où nous avions rendez-vous avec Logan pour pêcher, j'appris la nouvelle à Tom.

Il fit de son mieux pour paraître réjoui, mais son sourire tenait plutôt de la grimace.

— Comme on ne peut rien y faire, prenons-le bien, dit-il. Ce bébé rendra peut-être Pa plus heureux.

— Tom, je ne voulais pas te faire de peine !

— Ne t'en fais pas ! Je sais bien que chaque fois qu'il me regarde, il regrette que je ressemble plus à Ma qu'à lui. Si toi, tu m'aimes comme je suis, alors, je suis heureux.

— Oh Tom ! Toutes les filles trouvent que tu es diablement beau.

— C'est curieux, cette habitude qu'ont les filles de mettre un adverbe devant l'adjectif « beau ». Comme s'il ne se suffisait pas à lui-même.

Je l'embrassai et mis ma tête sur sa poitrine.

— C'est à cause de tes yeux verts moqueurs. Tom, je suis triste pour Ma. Elle a l'air épuisée. Elle est devenue lourde et maladroite. Je m'en veux de ne pas avoir remarqué son état. J'aurais pu mieux l'aider.

— Tu en fais déjà assez.

Logan était en vue.

— Souris, dit Tom, parais détendue. Les garçons n'aiment pas les filles à problèmes.

Fanny sortit comme une flèche du couvert des arbres. Elle courut droit à Logan et lui sauta au cou, comme si elle avait eu six ans. Il se trouva obligé de la recevoir dans ses bras pour ne pas rouler à terre.

— Tu es chaque jour plus beau, dit-elle.

Elle voulut l'embrasser. Logan la reposa et l'écarta, puis il vint à moi. Alors elle essaya de se faire remarquer par tous les moyens : elle était partout à la fois et sa voix perçante effrayait le poisson. Elle gâcha complètement cette journée. En fin d'après-midi, elle partit dans une direction inconnue, nous laissant tous les trois avec deux minuscules poissons. Logan les rejeta à l'eau et nous les regardâmes nager. Tom nous quitta, pour me laisser seule avec Logan. Je ne savais pas si je devais lui confier quelque chose de si personnel. Cela vint spontanément, je ne pouvais garder aucun secret quand j'étais avec lui.

— J'ai peur, Logan, pour Sarah, pour son bébé et pour nous tous. Elle est si désespérée qu'elle ne tiendra pas très longtemps. Elle parle souvent de quitter Pa. Si elle s'en va, elle laissera le bébé et je serai obligée de m'en occuper. Grandma ne peut pas faire grand-chose, elle peut juste tricoter et faire du crochet.

— Je comprends, Heaven. Je sais que tu as trop à faire, mais les choses finissent toujours par s'arranger. Tu n'as pas écouté le sermon du révérend Wise, aujourd'hui ? Il a dit que nous avions chacun notre croix à porter ; il a ajouté qu'elle était proportionnée à nos forces.

La croix de Sarah pesait une tonne. Elle n'en pouvait plus.

Nous marchions lentement vers la cabane. Nous n'avions pas envie de nous séparer. Logan me demanda timidement :

— Tu ne m'invites pas à entrer chez toi ?

— La prochaine fois... peut-être.

Il s'arrêta de marcher.

— J'aimerais t'emmener chez moi, Heaven. J'ai dit à mes parents que tu étais merveilleuse et très jolie. Je voudrais qu'ils te connaissent pour s'en rendre compte par eux-mêmes.

Je reculai. J'étais triste pour nous deux. Je me demandais pourquoi il ne laissait pas derrière lui la misère des Casteel. Il fit un pas en avant, me saisit et m'embrassa légèrement sur la bouche. Ses lèvres me firent frissonner et je fus touchée par son expression.

— Bonsoir, dit-il, ne t'en fais pas, je serai là quand tu auras besoin de moi.

Il dégringola le sentier qui menait aux jolies maisons propres de Winnerrow, où l'attendait un appartement confortable, au-dessus de la pharmacie de son père. C'était une maison moderne et gaie, avec l'eau courante et des toilettes, deux toilettes. Ce soir, il regarderait la télévision avec ses parents. Je restais là, imaginant le plaisir de vivre dans des pièces propres, avec une télévision en couleurs. Ce serait le paradis, je le savais.

Rêvant de Logan et de son baiser, j'arrivai à la cabane sans m'en apercevoir. Soudain, tout explosa : Pa était à la maison. Il marchait de long en large dans la pièce, tout en lançant à Sarah des regards meurtriers.

— Comment as-tu pu tomber enceinte de nouveau ?

Il vociférait, frappait ses poings dans ses mains. Il vira sur lui-même et se mit à cogner le mur le plus proche. Les tasses s'entrechoquaient, sur l'étagère. Quelques-unes allèrent s'écraser par terre. Nous avions une tasse par personne, pas une de plus ! Il était dans tous ses états et effrayant à voir. Il paraissait gigantesque dans cet espace réduit.

— Je travaille jour et nuit pour te nourrir, toi et tes enfants.

Sarah se mit à hurler. Son ruban se détacha et libéra ses cheveux.

— Tu n'as peut-être rien à voir avec eux ?

— Mais je t'avais donné des pilules. Je les ai payées assez cher. Tu n'as même pas été capable de suivre les instructions.

— Je t'ai déjà dit que je les ai prises. Je les ai toutes avalées quand tu n'étais pas là et, quand tu es rentré, je n'en avais plus.

— Tu veux dire que tu les as toutes prises d'un coup !

Elle sauta sur ses pieds, voulut parler et s'affala sur sa chaise.

— J'oubliais de les prendre. Aussi, je les ai toutes avalées en même temps.

— Ciel ! dit Pa.

Ses yeux, plus noirs que jamais, la fixaient avec mépris.

— Je t'avais pourtant donné les instructions.

Et il claqua la porte, m'envoyant rouler sur le sol, près de Tom qui tenait Keith et *notre* Jane sur ses genoux. Jane cachait sa petite figure contre Tom et pleurait, comme elle le faisait toujours quand les parents se disputaient. Fanny était assise sur sa paillasse, les mains sur les oreilles et les yeux fermés. Granny et Grandpa se balançaient dans leurs fauteuils, ils en avaient vu d'autres ! Grandma essaya, cependant, de réconforter Sarah qui pleurait.

— Luke reviendra, il s'occupera de vous. Il n'est pas méchant, allez ! Il oubliera, quand il verra le bébé.

Sarah se leva en maugréant pour faire le dîner. Je me précipitai pour l'aider.

— Assieds-toi, Ma ! Va te reposer sur le lit ! Je vais préparer le repas.

— Merci, Heaven, mais il faut que je m'occupe les mains, pour arrêter de penser. Je l'ai tellement aimé ! Dieu seul sait comme j'ai aimé Luke Casteel. Mais ça lui est bien égal, il n'aime personne... il n'aime que lui.

Après le dîner, Fanny se glissa près de moi.

— Je vais le détester ce bébé, dit-elle. Nous n'en avons pas besoin. Ma est trop vieille pour avoir un enfant. C'est moi qui devrais en avoir un.

— Tu n'as pas besoin de bébé, Fanny. Tu es en train de te faire un roman. Tu crois qu'avoir un enfant signifie qu'on est adulte et qu'on est libre ? Un bébé, ma pauvre, te rendrait très dépendante, bien plus que tu ne l'es en ce moment. Aussi, fais attention, avec tes petits amis.

— Tu ne sais rien. Ça n'arrive jamais la première fois. Tu es dix fois plus bébé que moi. Tu ne sais même pas ce que c'est.

— Qu'est-ce que tu veux dire ?

Elle se blottit contre moi.

— Je ne sais pas... Je ne veux pas souffrir. Il me faut quelque chose pour me rendre la vie agréable. Je n'ai pas de vrai petit ami, comme toi : ils ne m'aiment pas, comme Logan t'aime. Heaven, s'il te plaît, aide-moi... aide-moi...

— Je t'aiderai, Fanny, je te le promets.

Je ne savais plus que faire, excepté prier. Août passa trop vite. Les dernières semaines de la grossesse de Sarah furent pénibles, pour elle comme pour nous. Pa se montrait plus souvent que de coutume. Il s'était calmé et semblait s'être résigné au fait que Sarah pût avoir encore cinq ou six enfants...

Elle se traînait avec lourdeur autour de la cabane. Ses mains rouges serraient souvent ce ventre qui portait le bébé non désiré. Elle marmonnait des prières ou bien hurlait des ordres. Sa douceur naturelle avait disparu. Puis les cris auxquels nous avions bien dû nous habituer firent place à un silence alarmant.

Elle n'injuriait plus Pa, ni personne d'autre, d'ailleurs. On aurait dit une vieille femme, alors qu'elle n'avait que vingt-huit ans. Quand Pa rentrait, elle le regardait à peine. Elle ne se souciait plus de savoir d'où il venait et oubliait de lui demander s'il gagnait de l'argent proprement. Elle était murée en elle-même et n'arrivait plus à prendre une décision. Jour après jour, elle devenait plus lointaine, plus indifférente. Il était triste de ne plus avoir de mère. *Notre*

Jane et Keith avaient tellement besoin d'elle. Dès que Pa passait la porte, son regard devenait dur. Il travaillait à Winnerrow et faisait, pour une fois, un métier honnête. Elle refusait de le croire, pour avoir une raison de le haïr. Quelquefois, il essayait d'en parler d'une façon maladroite.

— Je fais de petits travaux pour l'église et pour des dames riches dont les maris sont banquiers. Elles ne veulent pas abîmer leurs mains blanches, alors...

Je savais que Pa gagnait sa vie en accomplissant des corvées pour des gens fortunés. Sarah ne pouvait pas l'en blâmer. La dépression de Sarah affecta *notre* Jane; cet été-là, elle fut plus souvent malade que d'habitude. Elle attrapait rhume sur rhume. Puis elle eut la varicelle. C'était à peine fini qu'elle tomba dans un parterre d'herbes vénéneuses et pleura, nuit et jour, pendant une semaine; ce qui amena Pa à retourner *Chez Shirley*.

Il y avait des jours heureux; ceux où *notre* Jane allait bien. Son sourire faisait la loi chez nous. Les gens de la vallée disaient que les enfants du débauché Luke Casteel étaient beaux, ainsi que sa femme Sarah. Quelques commères jalouses la trouvaient pourtant trop grande.

Keith, qui réclamait rarement quelque chose, demanda, un jour, des crayons de couleur. Les seuls que nous possédions étaient ceux de Mlle Deale qui appartenaient à présent à Fanny. Elle n'avait jamais ouvert la boîte.

— Non, dit Fanny, Keith ne se servira pas de mes crayons tout neufs.

— Prête-les-lui, dis-je, tu vas lui faire de la peine.

Keith était assis, tranquille et silencieux, à la manière de Grandpa, qui ne faisait rien, mais observait tout. Il pouvait distinguer chaque poil de la queue d'un écureuil. Il ne voyait pas seulement, il regardait.

— Ça m'est égal, puisqu'il ne me parle plus, dit Fanny.

Alors, Tom prit ses crayons et les donna à Keith. Fanny se mit à pleurer et menaça de se jeter dans le puits.

Pa apparut à la porte. Il embrassa la scène d'un coup d'œil et fit une grimace de douleur, comme si nous lui donnions la migraine.

— Fermez-la !

Sarah l'accueillit fraîchement.

— Tu les a faits, non !

Puis elle serra les dents. Pa la regarda d'un air maussade et déversa ses provisions sur la table. Je calculai rapidement combien de temps nous tiendrions avec le sac de vingt kilos de farine, la boîte de lard et les haricots secs ; pour faire durer les choux et le jambon, je cuisinerais une soupe...

La porte claqua. Je levai la tête avec consternation. Pa traversait la cour et se dirigeait vers la camionnette.

Mon cœur se serra. Les départs de Pa frustraient toujours Sarah. Elle s'en prenait alors à nous, ou bien à elle-même. Je ne pouvais plus lui en vouloir de ne pas rester à la maison. Sarah et lui ne pouvaient plus se supporter et, de ce fait, nous lui tapions sur les nerfs. Sarah n'était plus que l'ombre d'elle-même.

Les petits matins devinrent frais. Les écureuils se dépêchaient d'emmagasiner des noisettes pour l'hiver. Tom aidait Grandpa à chercher le bois dont il aurait besoin pour tailler ses baguettes. Ce n'était pas chose facile. Il lui fallait du bois d'une certaine espèce, ni trop tendre, ni trop dur.

Nous étions seuls, Pa et moi, dans la cour. Je me jetai à l'eau :

— Pa, je fais tout ce que je peux pour la famille. Ne peux-tu faire quelque chose pour moi ? J'aimerais tant que tu me dises un mot gentil.

— Laisse-moi tranquille ! Ou tu vas avoir ce que tu mérites.

Il prit un air menaçant et me tourna le dos.

— Et qu'est-ce que je mérite ?

Je n'avais pas peur. L'expression de mes yeux devait, sans doute, lui rappeler ce qu'il avait eu et qu'il avait perdu.

Les étourneaux étaient rangés, comme des soldats de plomb, sur la corde à linge. Ces petites boules de plumes endormies annonçaient l'arrivée du froid. La neige se mettrait bientôt à tomber la nuit. J'empilai le bois que papa était en train de fendre. Il n'y en avait jamais assez et nous avions toujours froid. Je regardai la hache, plantée dans un tronc, et pensai que Pa pourrait s'en servir contre moi, si je ne me taisais pas. Je rangeai alors les bûches en silence.

Sarah apparut à la porte.

— Voilà, dit Pa, cela pourra aller, jusqu'à ce que je revienne.

— Où vas-tu, si tard ?

Sarah s'était lavé les cheveux et avait fait un effort de toilette.

— Luke, je suis terriblement seule. J'en ai assez de ne voir que quelques paysans et les gosses.

— A bientôt, dit Pa.

Il se dirigea en hâte vers sa camionnette.

— J'ai un travail à finir. Je reviendrai passer la nuit à la maison.

Il ne revint pas d'une semaine.

J'étais assise sur les marches du porche et regardais le ciel menaçant. J'étais pleine d'amertume. Il devait exister, quelque part, dans le monde, un endroit plus clément pour moi. Une chouette hulula, un loup hurla. Il y avait des milliers de bruits dans la nuit. Le vent d'automne venait du nord. Il sifflait dans les arbres de la forêt et fouettait la cabane qu'il essayait d'emporter. Nous étions tous blottis les uns contre les autres, pour garder un peu de chaleur.

Un croissant de lune dépassait des nuages sombres. C'était la même lune qui brillait au-dessus d'Hollywood et de New York, de Londres et de Paris. Je plissai les yeux et essayai d'imaginer l'océan, au-delà des collines. Puis je les fermai, pour rêver de mon avenir. Un jour, j'aurais un bon lit, un lit pour moi seule, avec un oreiller de plumes d'oie. J'aurais des penderies pleines de robes, que je ne porterais qu'une fois, comme le faisait la reine Elisabeth. Et, comme elle, une fois portées, je les brûlerais afin que personne d'autre ne les mît. J'aurais des douzaines de paires de chaussures, de toutes les couleurs. J'irais dîner aux chandelles dans des restaurants élégants. Mais j'étais assise sur une marche dure, des larmes plein les yeux. Je frissonnai et me mis à tousser. Je n'avais aucune envie de rentrer dans cette pièce surpeuplée, pour m'allonger entre Fanny et Jane. Tom et Keith dormaient à côté de Granny et de Grandpa.

Ils étaient tous endormis. J'entendis un léger glissement ; Granny s'installa près de moi, sur la marche.

— Tu vas attraper la mort, à rester là. Tu espères peut-être que ton père en aura du chagrin. Cela ne te rendra pas plus heureuse, quand tu seras dans la tombe.

— Granny, Pa ne devrait pas me détester ainsi. Pourquoi ne lui fais-tu pas comprendre que ce n'est pas ma faute, si maman est morte ?

— Il le sait bien, va ! Mais s'il l'admettait, il serait obligé de se blâmer d'avoir épousé ta mère. C'était de la folie d'amener une fille comme elle dans un endroit comme celui-là. Elle essaya de s'y adapter, oh, elle essaya ! Je la vois encore frotter et laver. Cela lui abîmait les mains qu'elle avait très belles. Je la revois, brossant ses cheveux superbes, puis courant à sa valise pour se mettre de la crème sur les mains. Elle voulait les garder aussi délicates, tu comprends ?

— Granny, je ne peux pas supporter de regarder dans cette valise et d'y voir toutes ces jolies choses. A quoi peuvent servir des vêtements comme les siens, ici ? Personne ne vient jamais. J'ai rêvé de la poupée, l'autre nuit... Un jour, je m'en irai à Boston et je retrouverai la famille de ma mère. Je dois leur dire ce qui est arrivé à leur fille. Ils croient peut-être qu'elle est toujours vivante et qu'elle est heureuse quelque part.

— Je n'y avais jamais pensé, mais tu as raison.

Ses bras m'enserrèrent un instant ; ils n'avaient plus de force.

— Décide ce que tu veux faire et fais-le ! Tu y arriveras, va !

La vie était de plus en plus dure pour Granny. Personne, à part moi, n'avait remarqué combien il était devenu difficile, pour elle, de se lever, de s'asseoir. Quelquefois, elle s'arrêtait et portait la main à son cœur. Son visage devenait gris et elle suffoquait. Il n'aurait servi à rien de lui conseiller d'aller voir un médecin. Elle ne croyait ni aux docteurs, ni aux médicaments, excepté à ceux qu'elle concoctait elle-même, à partir de racines et d'herbes qu'elle m'envoyait chercher.

Vivre près de Sarah relevait, chaque jour, de l'exploit. Heureusement, j'avais Logan. Un après-midi qu'il faisait très chaud, je descendis à la rivière pour le retrouver. Fanny y était déjà. Elle courait de long en large sur la rive. Elle était nue comme un ver. Elle riait aux éclats et le harcelait.

— Attrape-moi... Si tu y arrives, je serai à toi, rien qu'à toi.

J'étais horrifiée. Je regardai Logan pour voir ce qu'il allait faire.

— Tu n'as pas honte, Fanny, dit-il. Tu n'es qu'une gamine et tu mérites une bonne fessée.

— Alors, attrape-moi et donne-la-moi !

— Non, Fanny, tu n'es vraiment pas mon genre.

Je sortis de dessous les arbres et il m'aperçut. Il essaya de sourire. Il avait l'air gêné.

— J'aurais préféré que tu ne voies pas ça. Je t'attendais et Fanny est arrivée. Elle a enlevé sa robe ; elle n'avait rien dessous. Ce n'est pas ma faute, Heaven, ça, je te le promets.

— Pourquoi essaies-tu de te disculper ?

Il rougit et répéta :

— Je t'assure que ce n'est pas ma faute.

— Je le sais bien...

Fanny désirait s'approprier tout ce que j'aimais. Elle aurait voulu mener de front plusieurs vies, pendant que je m'acharnais à n'en vivre qu'une seule.

Logan prit ma tête dans ses mains ; mes lèvres étaient très près des siennes.

— C'est toi que je veux et toi dont j'ai besoin. Fanny est jolie, mais creuse. La fille que j'aime est réservée, belle et douce. Si je n'épouse pas, un jour, Heaven Leigh, je n'épouserai personne.

Il m'embrassa. J'entendais déjà les cloches de l'église... Mme Logan Grant Stonewall... Fanny avait peut-être raison, avec son bel appétit de vivre. Chacun avait sa chance. Je sentais que Logan était la mienne.

Sarah commençait à parler seule, comme dans un cauchemar.

— Je dois m'enfuir, il faut que j'échappe à cet

enfer : travailler, manger, dormir et attendre qu'il daigne rentrer. Et quand il est là, c'est pire encore...

— Ne dis pas cela, Ma, je t'en prie ! Que ferions-nous sans toi ?

Mais elle continuait, enfermée dans son obsession.

— J'ai creusé ma tombe moi-même... J'aurais pu avoir un autre homme... j'aurais pu... Si je survis, c'est pour les enfants...

Elle répétait cela sans arrêt. Quand Pa rentrait, en fin de semaine, elle le regardait avec haine. Puis elle tombait à nouveau sous son charme, et ses sentiments transparaissaient dans ses yeux. C'était un cercle vicieux.

Le monde dans lequel vivait Sarah se rétrécissait. Il devenait de plus en plus sombre, de plus en plus menaçant. Je supportais, presque seule, le poids de sa frustration. A la fin de la journée, j'étais exténuée. Je tombai sur ma paillasse et sanglotai. Granny m'entendit.

— Ne pleure pas ! Sarah ne te déteste pas, mon petit. C'est ton père qui la rend folle. Tu es là, toi, pas lui. Elle ne peut pas lui crier sa rancœur, elle n'y arrive même pas, quand il est là. Quand quelqu'un ne t'aime pas, tu n'as aucune prise sur lui, tu peux toujours hurler — et elle hurle et pleure depuis des années — tu ne peux pas l'atteindre. Ton Pa s'en moque et elle n'arrive pas à le toucher, alors elle s'en prend à toi.

— Mais pourquoi l'a-t-il épousée, Granny, s'il ne l'aime pas, pour que j'aie une belle-mère qui me haïsse ?

— Mon enfant, qui peut savoir le pourquoi et le comment de ce que font les hommes ? Il faut épouser le bon, comme j'en ai eu la chance, voilà tout. Il faut aussi vieillir, pour être raisonnable.

Elle se tourna vers Grandpa, qu'elle appelait

Toby (1). Elle lui donnait plus d'affection que nous tous réunis. Dans nos collines, une fille qui arrivait à l'âge de seize ans sans être fiancée était un cas désespéré, une vieille fille en puissance.

Derrière le vieux rideau rouge, Sarah parlait toute seule :

— Heaven pleure de nouveau ! Mais pourquoi suis-je si dure avec elle, plutôt qu'avec Fanny qui est une peste ? Il aime Fanny et elle, il la déteste. Je ferais mieux de m'en prendre à Fanny ou bien à Jane. Non, le mieux serait de m'en prendre à Tom.

J'avais peur.

Ce fut terrible, le jour où elle le frappa avec un fouet. A travers lui, elle voulait atteindre Pa et lui faire payer son manque d'amour.

— Je t'ai dit d'aller en ville, gagner de l'argent, Tom !

— Mais personne ne veut m'embaucher, Ma. A Winnerrow, il y a des tondeuses à gazon qui aspirent l'herbe et les feuilles. Ils n'ont pas besoin d'un garçon des collines qui n'a même pas une tondeuse mécanique.

— Ce sont des excuses. J'ai besoin d'argent, Tom. Je veux de l'argent.

Il leva les bras pour se protéger le visage.

— Ma, j'essaierai encore demain. Je ne pourrai jamais trouver du travail, si ma figure est enflée.

Frustrée, Sarah baissa la tête. Malheureusement, Tom avait oublié de s'essuyer les pieds avant d'entrer.

— Tu n'as même pas fait attention, hein ! Le sol est propre, je viens juste de le laver. Maintenant, il y a de la boue partout.

Et elle lui envoya son poing dans la figure. Il fut

(1) *Toby :* Le gros.

projeté contre le mur. Sa tête ébranla l'étagère, notre précieux pot de miel tomba et se renversa sur lui.

— Merci, Ma, dit Tom, j'ai plus de miel que je ne peux en manger.

Elle était honteuse et se mit à pleurer.

— Oh, Tommy, pardonne-moi ! Je ne sais plus ce que je fais. Tu ne vas pas détester ta maman qui t'aime ?

Nous vivions un mauvais rêve. Une sorcière aux cheveux roux habitait chez nous. Elle n'avait pitié de personne, surtout pas d'elle-même.

Nous étions en septembre. Nous allions bientôt reprendre la classe et le bébé de Sarah pouvait arriver d'un moment à l'autre. Elle n'était pas partie, comme elle nous en avait souvent menacé. Elle n'avait pas emmené avec elle le fils aux cheveux bruns qui devait ressembler à Pa. Quant à Pa, il ne rentrait presque plus. Les heures se ressemblaient toutes. Je ne pouvais plus dormir. Je sentais que quelque chose allait arriver.

5

Une amère saison

Logan m'attendait à mi-chemin du sentier qui menait à la vallée. Le temps commençait à être frais dans les collines, bien qu'il fît encore très doux plus bas. Mlle Deale était notre maîtresse cette année encore. On lui permettait de suivre sa classe d'une année sur l'autre. Je l'aimais toujours autant.

— Heavenly, vous rêvez ?

— Non, mademoiselle Deale, pas en classe. Je rêve seulement à la maison.

J'étais ravie de retourner à l'école parce que je pouvais voir Logan chaque jour. Il me raccompagnait à la maison en me tenant la main. Avec lui, j'oubliais tous les soucis qui m'obsédaient.

Nous rentrions. Logan marchait à côté de moi et nous parlions de notre vie future. Tom ouvrait la marche avec *notre* Jane et Keith. Fanny traînait à l'arrière, escortée d'un de ses nombreux petits amis. Je n'avais qu'à jeter un coup d'œil alentour pour savoir que les nuits seraient bientôt glaciales et, qu'au matin, l'eau serait gelée dans les barriques. Nous avions besoin de manteaux neufs, de chandails et de bottes que nous ne pourrions nous offrir. Logan me tenait la main et me regardait comme s'il ne pouvait s'empêcher de m'admirer. Nous marchions très doucement. *Notre* Jane et Keith sautaient et riaient. Tom faisait des allées et venues pour s'assurer que Fanny se tenait convenablement. Logan s'arrêta et me fit asseoir sur un tronc d'arbre.

— Tu ne parles pas, dit-il. C'est toujours la même chose ; quand nous atteignons la cour de ta maison, tu te mets à courir, puis tu te retournes pour me faire un signe et tu disparais. Je ne connaîtrai jamais ta maison.

Je baissai les yeux.

— Il n'y a rien à y voir, Logan.

Il me prit les mains et me leva le menton.

— Tu n'as pas à avoir honte. Si tu dois rester dans ma vie, je veux pouvoir t'imaginer chez toi. Il faut que tu me laisses voir l'endroit où tu vis.

— Un jour... dis-je. Quand j'aurai plus de courage.

— Tu es la fille la plus courageuse que je connaisse, Heavenly. Je pense beaucoup à toi... Nous sommes tellement bien ensemble et je me sens si seul quand tu n'es pas avec moi. Quand j'aurai terminé mes études au collège, je serai un chercheur et je deviendrai célèbre. Aimerais-tu te pencher sur les mystères de la vie avec moi ? Nous pourrions travailler en équipe comme madame Curie et son mari. Est-ce que cela te plairait, Heaven ?

— Bien sûr ! Mais ce serait peut-être un peu ennuyeux, à la longue, d'être enfermés dans un laboratoire toute la journée ? Y a-t-il des laboratoires ouverts sur l'extérieur ?

Il dut penser que j'étais sotte et m'attira contre lui. Je mis mes bras autour de son cou et ma joue contre la sienne. J'étais bien. Il dit, à voix basse, ses lèvres tout près des miennes :

— Nous aurons un laboratoire de verre, plein de plantes vertes. Seras-tu plus heureuse ?

— Oui, je crois...

Allait-il m'embrasser ? Je penchai la tête à droite pour résoudre le problème de nos nez qui se cognaient. Je ne savais pas ce qu'était un vrai baiser, mais lui le savait, j'en étais sûre. Ce fut doux et enivrant. Dès que je mis un pied dans la maison, mon exaltation fut brisée net par la colère de Sarah.

Ce samedi-là s'annonçait un peu moins morne, un peu plus gai. Pour échapper à l'amertume haineuse de Sarah, Tom et moi décidâmes d'aller à la rivière avec Logan. Nous y emmenâmes *notre* Jane et Keith. A peine avions-nous atteint l'endroit où nous voulions pêcher, que nous perçûmes, par-delà la colline, les hurlements de Sarah qui nous ordonnait de rentrer.

— Au revoir, Logan. Il faut que je m'en aille. Sarah a peut-être besoin de moi. Tom, reste, et occupe-toi de Keith et de Jane.

Je perçus le désappointement de Logan, mais je filai. Sarah voulait que je fisse la lessive, au lieu de perdre mon temps avec un garçon de la vallée qui n'était, évidemment, pas bon pour moi et qui allait ruiner ma vie. C'était irresponsable de s'amuser, quand elle, Sarah, ne pouvait plus ni rester assise ni se tenir droite et n'arrivait plus au bout de ses tâches. Je me sentis coupable de m'être échappée quelques instants. Je posai la bassine sur le banc, y versai l'eau chaude que j'avais été chercher sur le poêle et commençai à frotter. Par la fenêtre ouverte, qui laissait passer les effluves du *vieux qui fume,* j'entendais Sarah qui se confiait à Granny.

— Avant, je pensais que c'était mieux de grandir dans les collines. Je me sentais plus libre que les filles de la ville qui devaient freiner leur appétit de vivre jusqu'à l'âge de seize ans ou plus. Je n'ai été en classe que trois années. Je n'y ai presque rien appris. Je n'aimais ni lire ni écrire. Je n'aimais que les garçons.

Fanny et moi sommes pareilles. Je regardais tous les garçons. La première fois que je vis ton fils, mon cœur chavira. C'était presque un homme, moi, je n'étais qu'une gamine. J'allais au bal dans les granges, à tous les bals. Toby jouait du violon et ton fils dansait avec les plus jolies filles. Je voulais Luke Casteel. Il me fallait l'avoir ou mourir.

Sarah s'arrêta un instant. Je jetai un coup d'œil par la fenêtre et je vis qu'elle pleurait.

— Et Luke s'en fut à Atlanta. Il y rencontra cette fille de la ville et il l'épousa. Quand je regardais mon visage dans une glace, je le trouvais aussi épais que la tête d'un cheval comparé au sien. Rien ne changea, Annie. Qu'il fût marié ou pas, je voulais Luke Casteel. J'aurais fait n'importe quoi pour cela.

Grandpa était sous le porche et se balançait dans son fauteuil. Il ne prêtait aucune attention à Sarah. Granny se balançait également et n'avait même pas l'air d'écouter.

Je continuais de frotter le linge. Je tendais l'oreille parce que, à côté de moi, il y avait un tonneau plein de grenouilles qui coassaient. Les vêtements lavés claquaient sur la corde. Je jetai un coup d'œil à l'intérieur et vis Sarah qui formait des ronds dans la pâte, avec un verre, pour en faire des galettes. Elle continuait à parler d'une voix monotone, comme pour se libérer. Granny était la confidente idéale ; elle ne posait jamais de question, ne faisait aucun commentaire. Cela n'aurait, d'ailleurs, rien changé. Je me glissai près de la fenêtre.

— Cette fille fragile qu'il appelait *son ange,* je détestais tout en elle : sa façon de marcher, sa façon de parler, le fait qu'elle était mieux que nous. Il était fou d'elle, gâteux. Il essayait même d'être aussi élégant qu'elle. Des tas de filles lui tournaient toujours autour, surtout quand elle attendit un enfant.

Nous pensions qu'il allait s'amuser un peu. Il ne regarda personne. Je décidai que je l'aurais, d'une façon ou d'une autre. Je l'eus, trois fois. Et ce pourquoi je priais si fort arriva. Je tombai enceinte. Il ne m'aimait pas, ça, je le savais. Je me demande même si je lui plaisais. Il semblait pourtant concerné quand il était avec moi. Il m'appela même une fois *son ange*. Quand je lui dis que j'allais avoir un enfant de lui, il voulut me donner de l'argent. J'allais en épouser un autre, quand elle mourut. Ce qui arrangea mes affaires.

C'était affreux d'entendre Sarah se réjouir de la mort de ma mère ! Elle parlait d'une voix plate, apparemment sans émotion. J'entendais le grincement du fauteuil de Granny qui allait d'avant en arrière.

— Quand il me demanda de l'épouser pour donner un père à son bébé, je pensai qu'en l'espace d'un mois, il aurait tout oublié d'elle. Mais non, il ne l'oublia pas ; même aujourd'hui, il ne l'a pas oubliée. J'ai essayé, Annie, j'en ai tellement fait. J'ai été une bonne mère pour Heaven. Puis j'ai eu Tom, Fanny, Keith et *notre* Jane. Je n'ai jamais eu d'autre homme que Luke. Je n'aurais jamais pu en avoir si seulement il m'avait aimée comme il l'aimait, elle. Mais il ne m'aimera jamais. Je ne peux même pas lui parler, il ne m'écoute pas. Il est en train de préparer un coup. Il va s'en aller et nous laisser tous. Voilà ce qu'il projette de faire. Il me laissera ici, toute seule, à laver, à faire la cuisine et à souffrir... et à élever un autre enfant. J'aurais fait tout cela, et plus encore, s'il m'avait seulement aimée. Quand il se jette sur moi et hurle des grossièretés, je deviens folle. Je pense que c'est ma faute. Avec moi, il devient un animal. Il se retourne même contre ses enfants, parce qu'il aurait aimé qu'ils fussent les siens et non les miens. Je l'ai lu dans ses yeux. Il ne m'aimera jamais, je ne lui plairai même jamais. Je n'ai rien qu'il puisse admirer, excepté ma bonne santé qu'il est en train de ruiner ; qu'il a déjà ruinée.

— Pourquoi t'entêtes-tu à dire cela, Sarah ? Tu es encore assez forte.

— Je n'aurais jamais pensé que la morte aurait emmené son cœur dans sa tombe. Ça, jamais ! Tout m'est égal maintenant, lui, et même les enfants. J'attends la fin...

Je me demandais ce qu'elle voulait dire. La panique me gagnait. Je m'appuyai si lourdement sur le bord de la bassine que je faillis basculer dedans.

Le lendemain, Sarah marchait de nouveau, de long en large, en marmonnant :

— Il faut que je m'en aille. Il faut fuir cet enfer. Je ne fais que travailler, manger, dormir et attendre son bon plaisir. Et quand il est là, je n'ai ni satisfaction ni joie.

Elle avait déjà dit cela des centaines de fois et elle était toujours là. Tout durait depuis si longtemps que je pensais que rien ne pouvait plus arriver. Je faisais pourtant des rêves affreux ; je voyais Sarah morte et couverte de sang. Je voyais Pa, dans son cercueil, une balle en plein cœur. Je m'éveillais alors, en sueur, pensant avoir entendu le déclic d'un fusil et jetais un coup d'œil au mur, pour m'assurer que les trois carabines y étaient pendues. La mort et les enterrements secrets faisaient partie de la vie de nos montagnes.

Et le jour arriva... C'était un dimanche de septembre. Il était encore tôt et j'étais en train de mettre de l'eau à chauffer pour notre toilette, avant d'aller à l'église. Des cris de détresse nous parvinrent de la chambre.

— Annie, il arrive, le fils de Luke arrive !

Granny se précipita avec difficulté ; ses jambes la faisaient souffrir et elle avait le souffle court ; je l'aidai. Dès le début, Granny sut que cette naissance serait différente, plus difficile que les autres. Tom détala pour aller chercher Pa et le ramener. Grandpa se leva à contrecœur et se dirigea vers la rivière. J'ordonnai à Fanny de s'occuper de Keith et de *notre* Jane, sans toutefois les emmener trop loin de la cabane. Granny et Sarah avaient besoin de moi. Le travail s'annonçait plus long que pour la naissance de Jane. Nous étions tous venus au monde sur ce lit. Granny était épuisée. Elle se laissa tomber sur une chaise et me donna des instructions d'une voix entrecoupée, m'indiquant comment faire bouillir l'eau et comment stériliser le couteau qui servirait à couper le cordon ombilical. J'essayai d'arrêter le sang qui coulait de Sarah, comme une rivière de mort. Pa attendait dans la cour avec Grandpa, Tom, Keith et *notre* Jane. Fanny était introuvable. Après des heures d'efforts, au travers de tout ce sang, émergea lentement, douloureusement, la tête du bébé. Sarah était décomposée. Le bébé arriva enfin. Il était bleuâtre et étrangement inerte.

— Est-ce un garçon ou une fille ? demanda Granny. Dis-moi, Heaven, est-ce un petit garçon qui ressemble à Luke ?

Je ne savais que répondre.

Sarah s'appuya sur son oreiller. Elle regardait et regardait, tout en repoussant ses cheveux trempés de sueur. Elle reprenait un peu de couleurs. Je portai avec précaution le bébé à Granny, pour qu'elle me dît, au juste, ce qu'était ce bébé. Grand-mère l'examina, il n'avait pas de sexe. Je pouvais à peine croire ce que je voyais. J'étais en état de choc. Que ce bébé eût un sexe ou non n'avait d'ailleurs plus d'importance. Il était mort et il lui manquait la moitié du crâne. C'était un petit monstre couvert d'ulcères.

— Il est mort-né !

Sarah sauta du lit et m'arracha le bébé des bras. Elle le serra contre elle, embrassa son pauvre visage, puis renversa la tête et se mit à hurler comme une louve.

— C'est la faute de Luke et de toutes ses putains !

Elle était devenue folle ; elle s'élança dehors sauvagement et lui balança le bébé dans les bras. Il l'attrapa avec adresse, puis baissa la tête. Son visage prit une expression d'incrédulité, d'horreur. Sarah hurlait, à moitié nue.

— Regarde ce que tu as fait ! Toi, ton sang pourri et ta débauche. Tu as tué ton enfant, tu en as fait un monstre !

Papa explosa de rage :

— Tu es la mère. Je n'ai strictement rien à voir avec ce que tu as enfanté.

Il jeta l'enfant mort à terre et ordonna à Grandpa de l'enterrer décemment avant que les chiens et les cochons ne s'en approchassent. Il sauta dans son vieux camion et disparut pour noyer son chagrin, s'il était possible qu'il en eût, dans l'alcool de contrebande. Il ne faisait aucun doute qu'il finirait *Chez Shirley*. Je dus baigner l'enfant mort-né, le préparer pour l'enterrement. Granny s'occupait de Sarah qui s'était effondrée ; elle pleurait comme un enfant. Son agressivité avait disparu. Il ne restait qu'une mère effondrée, à genoux, qui demandait à Dieu en quoi un bébé pouvait être responsable des fautes de son père.

Je le lavai. J'étais pleine de pitié pour ce petit corps si tranquille. Je lui tins la tête hors de l'eau, comme on le fait pour un enfant vivant, et je l'habillai avec des vêtements qui avaient appartenu à Keith et à

Jane et que nous, les aînés, avions portés aussi. Sarah était tombée, le visage contre le lit ; elle agrippait convulsivement le matelas et pleurait comme jamais je ne l'avais vue pleurer.

Depuis un moment, je ne faisais plus attention à Granny. J'avais fini de m'occuper du bébé et lui jetai un coup d'œil. Elle n'était pas en train de tricoter, ni de faire du crochet ni même de se balancer. Je la regardai de plus près ; elle était assise, très calme, les yeux mi-clos. Ses lèvres minces esquissaient un léger sourire. Ce sourire me fit peur parce qu'il était trop paisible, au lieu d'être triste.

— Granny ! Granny, ça va ?

Je la touchai, elle bascula de côté. Je touchai son visage, il était presque froid. Elle était morte ; elle n'avait pu supporter la naissance du petit monstre...

Je me mis à sangloter. Je sombrai. Je m'agenouillai près du fauteuil et la pris dans mes bras.

— Granny, quand tu seras au ciel, pourras-tu dire à ma mère que je fais tout pour lui ressembler. S'il te plaît, Granny, dis-le-lui !

Un raclement vint du porche ; grand-père revenait de la rivière où il avait été attendre la fin des événements, à la manière des hommes de nos collines, qui évitaient de voir les femmes souffrir, pour pouvoir se donner bonne conscience. Je le regardai, en pleurant. Je ne savais comment lui parler.

— Grandpa...

Il regarda ma grand-mère et ses yeux fanés s'élargirent.

— Annie ! Qu'est-ce qui ne va pas ? Lève-toi, Annie ! Mais pourquoi ne te lèves-tu pas ?

Il la dévisageait. Il avait compris. Il perdait ses moyens. A l'instant où il sut que son épouse n'était plus, son énergie vitale sembla décroître. Il prit grand-mère et la berça contre lui.

— Annie, ma petite Annie, cela fait si longtemps que je ne t'ai pas dit que je t'aimais. M'entends-tu, Annie ? J'aurais voulu que les choses soient plus faciles pour toi. J'ai fait tout ce que j'ai pu, Annie.

Il était déchirant de voir combien il souffrait de la perte de cette femme avec laquelle il avait tout partagé depuis qu'il avait quatorze ans.

Et, pourtant, je ne les avais jamais vus s'embrasser.

Tom et moi dûmes arracher Grandma des bras de Grandpa. Sarah s'était arrêtée de pleurer ; elle regardait fixement le mur. A l'enterrement de grand-mère, nous pleurions tous, même Fanny. Mais Sarah était raide, elle avait les yeux secs et vides.

Pa n'était pas là. Il devait être *Chez Shirley*, ivre mort, pendant que l'on mettait en terre son enfant dernier-né et sa mère. Le révérend Wayland Wise ainsi que Rosalynn, son épouse, étaient venus prier pour cette femme que tout le monde avait aimée.

Les nôtres avaient toujours été enterrés avec décence. Le révérend regarda le ciel et entonna les prières rituelles pour cette femme respectée et cet enfant mort-né.

— Que le Seigneur les prenne avec lui et leur donne le repos éternel. Seigneur, accepte l'âme de cette épouse aimée, de cette mère, de cette grand-mère, de cette croyante, avec toi, dans ton ciel. Ouvre grandes tes portes à son âme ! Réunis, Seigneur, cette femme chrétienne qui fut honnête, simple et sincère dans sa foi et cet enfant innocent.

Le retour à la maison fut pénible. Nous pleurions toujours.

Les gens des montagnes vinrent partager notre peine et accompagner Annie Brandywine Casteel à sa dernière demeure. Ils s'assemblèrent à la maison, chantèrent et prièrent avec nous. Ils sortirent enfin l'alcool, les guitares, les banjos et les violons et se mirent à jouer des airs entraînants pendant que les femmes servaient ce qu'elles avaient apporté.

Le lendemain, je me rendis avec Tom au cimetière. Nous restâmes là, à contempler la tombe nue de Granny et cette autre, à côté, infiniment plus petite. J'avais le cœur brisé de voir *l'enfant Casteel* enterré près de ma mère. Il n'y avait pas de date sur sa tombe.

— Ne regarde pas ! dit Tom. Ta mère est morte depuis longtemps et c'est Granny qui va nous manquer. Maintenant que sa chaise est vide, je comprends combien nous avions besoin d'elle.

— Non, pour moi, elle est toujours vivante. Il va nous falloir prendre soin de Grandpa. Il est perdu.

Tom me prit la main et m'entraîna loin de cet endroit de misère.

— Nous allons nous occuper de Grandpa, pendant qu'il est encore avec nous, dit Tom.

Pa rentra une semaine plus tard. Il paraissait à jeun et d'humeur sombre. Il poussa Sarah sur une chaise, en prit une autre et commença à parler d'une voix tendue. Tom et moi étions à l'extérieur, près de la fenêtre et tendions l'oreille.

— J'ai été voir un docteur en ville, Sarah, voilà ce que j'ai été faire. Je suis malade, vraiment malade. Il m'a dit que je contaminais tout le monde, que je devais cesser de faire ce que je faisais ou que je deviendrais fou avant d'en mourir. Je ne peux plus avoir de relations avec les femmes, même pas avec la mienne. On doit me faire des piqûres pour me soigner et je n'ai pas d'argent.

— Et qu'est-ce que tu as ? dit Sarah.

— La syphilis au premier degré. Ce n'est pas ta faute si tu as perdu le bébé, c'est la mienne. Je te le dis une fois pour toutes. Je te demande pardon.

— Il est trop tard pour s'excuser, trop tard pour

sauver le bébé. Tu as tué ta mère en même temps, entends-tu ! Ta mère est morte !

Bien que je n'eusse pas de tendresse pour lui, je fus effrayée de la façon dont elle lui lançait au visage la mort de Grandma. Bien qu'il n'aimât que lui-même, elle était sa mère. J'entendis une espèce de grognement, puis il avala péniblement sa salive. Sarah n'avait pas fini.

— Tu t'es bien amusé quand j'étais là à attendre ton bon plaisir. Je te hais, Luke Casteel. Je te hais de n'avoir jamais voulu oublier une femme morte que tu n'aurais pas dû épouser.

— Tu te retournes contre moi, Sarah, maintenant que je suis malade et que ma mère est morte !

Elle hurla.

— Exactement !

Elle se leva d'un bond et entreprit de jeter ses vêtements dans un carton.

— Tiens ! Prends tes habits crasseux et fiche le camp. Fiche le camp avant que ton sang pourri ne nous ait tous rendus comme toi. Je ne veux plus jamais te voir, plus jamais !

Il se leva, presque humblement, et regarda autour de lui comme s'il n'allait jamais plus rien revoir. J'avais peur. Pa s'arrêta près du fauteuil de Grandpa et lui posa gentiment la main sur l'épaule.

— Je suis désolé, Pa, vraiment désolé de ne pas avoir été là.

Grandpa ne dit rien ; il baissa seulement la tête et des larmes tombèrent sur ses genoux. Nous regardâmes en silence Pa gagner la vieille camionnette. Il donna un coup de pied dans de la boue séchée, repoussa quelques feuilles mortes, siffla ses chiens et démarra. Il ne nous restait plus que les chats.

Je courus dire à Sarah que Pa était, cette fois, définitivement parti, parce qu'il avait emmené ses chiens. Elle se laissa tomber sur le sol en pleurant. Je m'agenouillai à côté d'elle.

— Ma, c'était ce que tu voulais ! Tu l'as chassé, tu lui as dit que tu le haïssais. Il est trop tard, Ma, pour pleurer.

Elle hurla, dans le style élégant de Pa :

— Ferme-la ! C'est bien mieux ainsi ! Beaucoup mieux !

Mais pourquoi pleurait-elle, alors ?

Je n'avais plus qu'une personne à qui parler, c'était Tom. Je ne savais pas parler à Grandpa que je n'aimais pas autant que j'avais aimé ma grand-mère. Il était enfermé dans son monde à lui et ne semblait avoir besoin de personne, excepté de sa femme, mais elle était morte.

Je m'occupais de lui, pourtant, chaque matin, au petit déjeuner, quand Sarah était encore au lit, ainsi qu'au repas du soir. J'essayais de le réconforter pour qu'il s'habituât au départ de grand-mère.

— Ton Annie est au ciel, Grandpa. Elle m'a demandé de prendre soin de toi quand elle n'y serait plus. Tu vois, je le fais ! Et pense à cela, Grandpa : au paradis, elle ne souffre plus, elle peut manger ce qu'elle veut, elle n'est plus jamais malade. C'est sa récompense, n'est-ce pas, Grandpa !

Pauvre Grandpa... Il ne pouvait plus parler ; les larmes coulaient de ses yeux fatigués. Je l'aidai à s'asseoir dans le fauteuil à bascule de Granny, celui qui avait les meilleurs coussins.

— Personne ne m'appellera plus Toby.

— Je t'appellerai Toby, dis-je.

— Moi aussi, dit Tom.

Grandpa parlait plus, après la mort de Granny, qu'il ne l'avait jamais fait depuis que j'étais née.

— Oh, mon Dieu ! la vie est devenue intenable, dit Fanny. Encore un mort et je m'en vais.

Sarah leva la tête et regarda Fanny pendant un bon moment, puis elle disparut dans l'autre pièce, se jeta sur le lit et recommença de pleurer. Tout l'amour qui cimentait la famille était parti avec Grandma.

6

Le bout de la route

Quand tout le monde fut endormi j'allai, sur la pointe des pieds, à la cachette où se trouvait la valise de ma mère. C'était la première fois que je le faisais depuis que Granny me l'avait donnée. Je la retirai de dessous des boîtes pleines de vieilleries, et m'assis derrière *le vieux qui fume,* afin que Fanny ne pût me voir, si elle s'éveillait. Puis, avec un soin infini, je pris la poupée, cette mariée magique qui était le portrait de ma mère.

Je pensai à cette nuit d'hiver où Granny me l'avait léguée et je serrai le paquet contre moi. Depuis, j'avais plusieurs fois voulu ouvrir la valise pour en admirer le contenu, mais jamais encore je n'avais osé regarder la poupée. J'en avais souvent eu envie, mais quelque chose me retenait ; de la pitié pour une mère qui avait si peu mérité son sort. J'entendais la voix de Granny : « Vas-y, mon enfant ! Il est temps que tu saches ce qui est à l'intérieur. »

Je sentais ses fins cheveux me frôler la figure, sous le souffle froid de cet hiver-là. Alors, j'ouvris le paquet et, à la lumière du poêle, je la contemplai. Elle était toujours aussi merveilleuse. Je ne me lassais pas de regarder son voile et sa robe de dentelle, ornée de minuscules boutons, ses bas transparents, ses petites chaussures de satin blanc que l'on pouvait enlever. Selon la tradition, elle portait quelque chose de bleu, c'était une jarretière de satin ; quelque chose de vieux, une bible blanc et or ; quelque chose de neuf, des flots de rubans de satin. Ses dessous étaient exquis. Je me demandai pourquoi cette poupée me semblait différente, presque humaine. Cela faisait partie du mystère qui entourait ma mère et tout ce qui la concernait. J'embrassai la poupée. Dans ses yeux, bleu de lin, il y avait des taches vertes, violettes et grises, tout comme dans les miens.

Au matin, Fanny alla chez des amis. Tom était dehors, il apprenait à pêcher à Keith et Jane. Je me rappelai, soudain, une confidence de Granny. Pa avait voulu mettre en pièces tout ce qui avait appartenu à ma mère. C'était elle qui avait sauvé la valise et l'avait cachée. J'avais perdu Granny, Pa ne me raconterait rien et Grandpa n'avait probablement jamais remarqué que son fils avait eu une première femme. Je fis un signe à Tom.

— Viens ici, Tom. Cette poupée appartenait à ma mère, grand-mère me l'a donnée. Elle a été faite à sa ressemblance quand elle avait à peu près le même âge que le mien. Regarde ce qui est inscrit sur son pied.

Je lui avais enlevé ses bas et ses chaussures et lui tenais le pied pour qu'il pût lire :

Poupée fabriquée par Tatterton
Portrait original
Tiré à un exemplaire.

— Remets-lui vite ses chaussures et ses bas et cache-la, dit Tom ; Fanny revient avec Keith et Jane. Ce serait un désastre si elle la voyait.

— Mais tu n'es pas étonné ?

— Je la connaissais depuis longtemps. Replace-la exactement comme Granny t'avait dit de le faire. Dépêche-toi avant que Fanny ne rentre !

Je lui remis ses chaussures et ses bas aussi rapidement que je le pus, entourai la valise de la vieille couverture et la cachai juste à temps. Puis j'essuyai mes larmes.

— Tu pleures toujours pour Grandma ? dit Fanny.

Elle pouvait passer de la plus extrême douleur à la plus grande hilarité, en l'espace d'un instant.

— Elle est mieux où elle se trouve maintenant que de rester assise ici, toute la journée, à ne rien faire, qu'à se plaindre. Où qu'elle soit, elle y est mieux.

Ma poupée me réconciliait avec la vie. Elle me fit oublier, pour un temps, la dureté de Sarah, la maladie de Pa et l'absence de Logan. Je ne l'avais pas vu depuis une semaine. Je me demandai où il pouvait être, pourquoi il ne m'attendait plus après la classe, pourquoi il n'était pas venu me parler après la mort de Granny et pourquoi on ne le voyait plus, ni lui, ni sa famille, à l'église. Son attitude me surprenait, après le baiser qu'il m'avait donné !

Puis je compris. Ses parents avaient dû avoir des échos de la maladie de Pa. Ils avaient dû lui interdire de voir ce déchet de la société que je représentais. Je n'étais pas assez bien, même si je n'avais pas la syphilis.

Je repoussai ces pensées et me concentrai sur la poupée et le secret de ma mère. Qu'est-ce qui avait pu la pousser à vouloir une poupée à sa ressemblance ?

Rien, sauf la mort, ne pouvait nous empêcher d'aller à l'église. Nous arrivions fièrement. Sarah ouvrait la marche, maintenant que Pa ne nous accompagnait plus. Je tenais la main osseuse de Grandpa que je remorquais, en même temps que je tirais *notre* Jane qui donnait son autre main à Keith.

Les têtes se tournaient vers nous. De toute évidence, nous n'étions que des pécheurs indignes. Ils étaient en train de chanter quand nous entrâmes. Ils étaient très entraînés parce qu'ils se rendaient à l'église trois fois la semaine, alors que nous n'y allions que le dimanche. Nous aurions dû nous enfuir et nous cacher jusqu'à ce que la maladie de Pa fût guérie. Alors, Sarah pourrait de nouveau rire, *notre* Jane arrêterait de verser des pleurs sur une grand-mère qui n'était plus là pour la câliner. Mais nous n'avions pas d'endroit où nous cacher.

Le lendemain, Logan se montra près de mon vestiaire. Il me souriait.

— Est-ce que je t'ai manqué, cette semaine ? Ma grand-mère est tombée malade et nous avons pris l'avion pour aller la voir. Je n'ai pas eu le temps de te prévenir.

Je le regardai pensivement.

— Comment va-t-elle, maintenant ?

— Elle va mieux. Elle a eu une petite attaque, mais elle était à peu près remise quand nous l'avons quittée.

— Tant mieux, dis-je.

Ma voix s'étouffait.

— Est-ce que j'ai dit quelque chose que je n'aurais pas dû dire ? Nous nous sommes juré de ne rien nous cacher ! Heaven, pourquoi pleures-tu ?

Je lui racontai tout. Il trouva exactement les mots que je voulais entendre. Je pleurai sur son épaule, puis il mit son bras autour de moi et nous nous dirigeâmes vers le sentier. Logan paraissait, pour une fois, heureux que Tom, Fanny, Keith et Jane fussent hors de vue.

— Le bébé de ta belle-mère est-il né ?

— Il est mort-né. Granny est morte le jour de sa naissance.

— Oh ! Heaven, je suis désolé, je suis triste pour toi. Si cela m'arrivait, j'aimerais avoir quelqu'un près de moi pour me dire les mots qu'il faut. Tu vois, Heaven, je ne trouve rien pour te consoler... Sauf, peut-être, que j'aurais aimé ta grand-mère autant que tu l'aimes.

J'en étais sûre, Logan aurait en effet aimé Granny, même si elle avait gêné ses parents. Grandpa les embarrasserait autant si jamais...

Le jour suivant, Mlle Deale insista pour me faire rester après la classe. J'étais impatiente de voir Logan et anxieuse de lui parler. Je redoutais les questions auxquelles je ne voulais pas répondre.

Elle me considéra un certain temps. J'avais les yeux cernés, une expression traquée. J'avais maigri. Que pouvait-elle voir d'autre ?

Elle me regarda droit dans les yeux.

— Comment ça va, Heaven ?

— Bien, très bien...

— Heaven, je sais que ta grand-mère est morte. Je suis vraiment désolée que tu aies perdu quelqu'un que tu aimais tant. Je te regarde à l'église, quelquefois, et je sais que tu as la foi, comme ta grand-mère l'avait. Je sais que tu crois que nos âmes sont immortelles.

— Oui, je le crois...

— Tout le monde le croit.

Elle me prit la main. J'essayais de ne pas pleurer. Je ne voulais pas livrer les secrets de la famille, mais il fallait lui expliquer... Je ne savais pas ce que l'on avait pu lui raconter.

— Granny est morte, d'une crise cardiaque, je pense. Le bébé de Sarah était un enfant mort-né, il n'avait pas de sexe et Pa est parti. A part cela, nous allons tous bien.

— Le bébé n'avait pas de sexe ! Heaven, tous les bébés en ont un.

— Je le pensais auparavant. Mais j'ai aidé Sarah à accoucher. Le bébé n'avait pas de parties génitales. Ne le dites à personne, je vous en prie ! Sarah serait trop blessée qu'on l'apprît.

Elle avait pâli.

— Oh ! Heaven, j'ai manqué de tact, pardonne-moi ! J'avais entendu de vagues rumeurs... Je ne voulais pas y prêter attention. La nature produit quelquefois des choses bizarres. Les enfants, chez vous, sont tellement beaux que ta mère en aura un autre aussi parfait que vous l'êtes.

— C'est étonnant, mademoiselle Deale, que vous n'ayez jamais su que Sarah n'était pas ma mère. Mon père a été marié deux fois. Je suis l'enfant de sa première femme.

— Je le sais. J'ai entendu parler de ta mère. Je sais qu'elle est morte très jeune et qu'elle était très belle.

Elle rougit, elle ne paraissait pas à l'aise.

— Je suis sûre que tu aimes ta belle-mère comme une vraie mère.

— C'était vrai, avant... Il faut que je me sauve ou bien Logan raccompagnera quelqu'un d'autre. Merci, mademoiselle Deale, d'être une amie pour nous ; merci de vous pencher sur nos problèmes et d'essayer de nous donner confiance en nous. Je disais à Tom, ce matin, que l'école serait très ennuyeuse si vous n'y étiez pas.

Elle était émue.

— Vous embellissez chaque jour, Heaven. Ne perdez surtout pas de vue votre but. Ne laissez pas tout tomber pour vous précipiter dans le mariage.

— Ne vous en faites pas pour cela. Beaucoup de

temps passera avant que l'on me voie dans la maison d'un homme, pour lui cuire ses galettes, lui laver son linge et lui faire un enfant chaque année. Cela n'arrivera pas avant que j'aie trente ans.

Je me précipitai hors de la classe et me dirigeai vers l'endroit où Logan m'attendait d'habitude.

C'était une journée douce et ensoleillée ; dans le ciel, de larges nuages blancs filaient vers Londres, Paris ou Rome. J'aperçus un groupe de six ou sept garçons. L'un d'eux, un voyou qui avait pour nom Randy Mark, criait à un autre qui était, par terre, dans un état lamentable :

— Tu n'es qu'une poule mouillée.

C'était Logan. Ils l'avaient finalement eu. Il était sur le sol et il se battait ; l'une de ses manches de chemise était déchirée ; sa mâchoire était rouge et enflée, ses cheveux lui tombaient dans les yeux.

— Heaven Casteel est une putain, comme sa sœur ; même si elle ne nous laisse rien faire, toi, elle te laisse...

— Ce n'est pas vrai !

Logan fulminait. Il fit un croche-pied à Randy et lui tordit la jambe sans douceur.

— Retire ce que tu as dit sur Heaven, immédiatement, c'est la fille la plus honorable que j'aie jamais connue.

— C'est parce que tu ne sais pas reconnaître les pommes pourries des autres.

Je jetai un coup d'œil alentour. J'aperçus une fille de ma classe, une de celles qui se moquaient toujours de mes vieux vêtements. Elle fit une grimace sournoise. Prête à entrer dans la bataille, je courus vers Tom.

— Tom, pourquoi n'aides-tu pas Logan ?

— Je l'aurais déjà fait si les autres ne devaient pas en profiter pour dire qu'il ne sait pas se battre. Il faut qu'il s'en tire seul, Heavenly, ou il ne s'en sortira jamais.

— Tu sais bien que les garçons de la colline se battent d'une façon vicieuse.

— Ça ne fait rien, il fera comme eux, ou bien ils le chercheront toujours.

Fanny était aussi excitée que si Logan se battait en son honneur. Keith assit Jane sur une balançoire et la poussa afin qu'elle ne vît pas qu'on maltraitait Logan. C'était d'une grande délicatesse.

Il était affreux de voir ces garçons tabasser Logan l'un après l'autre, sans lui laisser le temps de reprendre souffle. Il était en sang, la figure pleine de coups et son œil gauche était fermé. J'agrippai Tom en criant :

— Tom, tu dois l'aider, maintenant...

— Non, attends, il se débrouille bien.

— Ils sont en train de le tuer !

— Mais ils ne vont pas le tuer, idiote ! Ils veulent voir jusqu'où il peut résister.

Tom me tenait serrée.

— Surtout, ne va pas lui faire honte en l'aidant. Ne le couvre pas de ridicule ! Tant qu'il rendra coup pour coup, ils le respecteront. Si tu viens à son secours, ce sera fichu pour lui.

Je restai à regarder, serrant les dents chaque fois que Logan recevait un coup et hurlant sauvagement chaque fois qu'il en donnait un. Il regarda dans ma direction, évita le coup suivant et donna un uppercut, vif comme l'éclair. Je hurlai de nouveau, pour l'encourager. Je me sentais aussi féroce que les autres filles.

Logan avait pris le dessus ; le garçon qu'il tenait sous lui se débattait.

— Retire maintenant ce que tu as dit au sujet de ma petite amie !

— Une Casteel ! Il n'y en a pas une de bonne !

— Retire ça, dit Logan, ou je te casse le bras.

Il commençait à le lui tordre ; le garçon demanda grâce.

— Je retire ce que j'ai dit, dit-il.

— Excuse-toi pendant qu'elle est là pour t'entendre.

— C'est vrai, tu n'es pas comme ta sœur Fanny qui, elle, va devenir une drôle de putain. Ça, toute la ville le sait !

Ils se mirent à rire et Fanny lui décocha plusieurs coups de pied. Alors Logan le relâcha. Avant de le laisser aller, il lui envoya son poing dans la mâchoire. On n'entendait plus personne, tout le monde regardait par terre. Logan se leva, brossa ses vêtements d'un air menaçant. Ils disparurent tous comme par enchantement. Il ne restait que les Casteel. Keith faisait toujours de la balançoire avec Jane, ils n'avaient pas fait très attention à la bagarre... Tom donna une tape dans le dos de Logan.

— Tu as été génial, absolument génial. Le dernier crochet était parfait. Tu as calculé ton jeu de jambes d'une façon formidable. Je n'aurais pas pu faire mieux.

— Merci de tes leçons, lui dit Logan.

Il avait l'air épuisé et passablement abruti.

— Maintenant, si vous n'y voyez pas d'inconvénient, je retourne me nettoyer à l'école. Si je rentre dans cet état, ma mère va s'évanouir. Heaven, attends-moi, s'il te plaît !

— Bien sûr ! Merci, Logan, d'avoir défendu ma réputation.

Je regardai ses bleus et son œil au beurre noir avec tendresse.

— Ta réputation... Il a défendu *notre* réputation, dit Fanny.

Elle courut à Logan, lui jeta les bras autour du cou et embrassa ses lèvres enflées.

C'était ce que j'aurais dû faire !

Logan partit vers l'école. Tom attrapa Fanny, appela Keith et Jane et ils se dirigèrent vers le sentier. J'étais seule dans la cour. Je montai sur la balançoire et j'allai haut, très haut. Quand la balançoire descendait, je me courbais et mes cheveux balayaient le sol. Je ne m'étais jamais sentie si légère depuis la mort de Granny. Je fermai les yeux et m'envolai encore plus haut.

— Vous, là-haut, dans le ciel, redescendez sur terre, que je puisse vous parler et vous raccompagner.

Logan était moins sale et paraissait moins endommagé que je ne l'aurais cru. Je raclai mes pieds par terre pour arrêter la balançoire.

— Tu n'es vraiment pas blessé ?

— Blessé ? Est-ce que cela te ferait quelque chose si je l'étais ?

— Evidemment !

— Et pourquoi ?

— Euh... Dis-moi pourquoi tu m'as appelée ta petite amie ? Suis-je ta petite amie, Logan ?

— Si je te l'ai dit, c'est que tu l'es. A moins que tu ne fasses quelque objection !...

Il me tenait la main et me traînait vers le petit sentier en spirale qui montait chez nous.

Winnerrow avait une rue principale dont partaient toutes les autres. L'école, bien qu'au milieu de la ville, était adossée à la montagne. Toute la ville, en fait, s'appuyait à la montagne.

— Où as-tu été le week-end dernier ? dis-je.

— Mes parents voulaient visiter le collège où j'irai plus tard. Je ne pouvais pas t'appeler pour te le dire, tu n'as pas le téléphone et je n'avais pas le temps d'aller jusque chez toi.

Nous y étions ! Ses parents ne voulaient pas qu'il me vît. Je mis mes bras autour de sa taille et appuyai mon front sur sa chemise déchirée.

— Je suis fière d'être ta petite amie. Mais je dois te dire quelque chose. Je n'ai pas l'intention de me marier avant de me prouver à moi-même que je peux être quelqu'un. Je veux que mon nom veuille dire quelque chose après ma mort.

— Tu rêves d'immortalité ?

— Quelque chose d'approchant. Tu vois, Logan, un psychiatre est venu dans notre classe, un jour, et il nous a dit qu'il y avait trois sortes de personnes : celles qui servent les autres, celles qui servent le monde en faisant des enfants qui serviront les autres, et, enfin, celles qui ne seront heureuses que si elles atteignent une espèce d'achèvement, non pas en servant les autres, non pas en fabriquant des enfants qui serviront les autres, mais en s'accomplissant elles-mêmes. J'appartiens à la troisième espèce. Il doit y avoir, dans ce monde, une place pour moi et pour mes talents... Je ne la trouverai pas, si je me marie trop jeune.

— Heaven, est-ce que tu ne t'avancerais pas un peu loin ? Je ne t'ai pas demandé, pour l'instant, d'être ma femme, mais ma petite amie.

— Alors, c'est que tu n'as pas l'intention de m'épouser un jour !

— Heaven, peut-on prédire l'avenir et savoir ce que nous voudrons, quand nous aurons vingt ou vingt-cinq ans ? Accepte ce que je t'offre maintenant et laisse le futur prendre soin de nous !

Je demandai avec suspicion :

— Et que m'offres-tu, pour l'instant ?

— Moi et mon affection. Moi et le droit de t'embrasser, de te tenir la main, de te caresser les cheveux et de t'emmener au cinéma. Moi et le droit de partager tes rêves, le droit d'être idiot et de construire des souvenirs que nous évoquerons plus tard avec douceur. C'est tout !

C'était assez. Nous continuâmes de flâner, main dans la main. Le soir tombait quand nous arrivâmes en vue de la cabane. Le crépuscule embellissait notre petite maison à flanc de colline. Il ne pouvait, de toute façon, bien voir. La pauvreté de notre vie quotidienne n'était évidente qu'une fois à l'intérieur.

Je pris son visage dans mes mains.

— Logan, n'aurai-je pas l'air de copier Fanny, si je t'embrasse, juste une fois, pour te remercier d'être exactement ce dont j'ai besoin ?

— Je crois que je pourrai le supporter...

Je mis doucement mes bras autour de son cou ; de près, son œil faisait pitié. Je fermai les yeux et embrassai cet œil abîmé, puis j'embrassai sa joue balafrée et, enfin, j'embrassai ses lèvres. Il tremblait et moi aussi.

Je n'avais plus envie de parler. J'avais peur de perdre la douceur de ce moment-là.

— Bonsoir, Logan, à demain !

— Bonne nuit, Heaven... ce fut une journée merveilleuse...

Il avait pratiquement perdu sa voix.

Nous étions à cette heure du jour que Granny disait mélancolique ; je regardai Logan s'éloigner dans la pénombre, jusqu'à le perdre de vue. J'entrai dans la cabane et je me sentis immédiatement déprimée. Sarah ne faisait plus aucun effort pour garder la maison propre. Les repas, soignés auparavant, n'étaient plus qu'une affaire de hasard, avec du pain et de la sauce. Nous n'avions plus ni légumes verts, ni poulet, ni jambon depuis longtemps. Le bacon n'était qu'un souvenir qu'il valait mieux oublier. Quant au jardin, il était à l'abandon depuis que grand-mère n'était plus là pour arracher les mauvaises herbes et pour planter des graines. Maintenant que Pa s'en était allé, les légumes mûrs pourrissaient par terre ou sur leurs plants. Il n'y avait plus en réserve ni petit salé ni jambon fumé pour agrémenter nos soupes de haricots, plus d'épinards et plus de navets. *Notre* Jane devenait difficile, elle refusait de manger ou elle ne pouvait garder ce qu'elle venait d'avaler. Keith pleurait parce qu'il avait toujours faim et Fanny se plaignait sans arrêt.

Je devais prendre les choses en main !

— Fanny, va au puits remplir le seau et qu'il ne soit pas à moitié plein, comme d'habitude. Tom, rapporte du potager tout ce que tu pourras y trouver. *Notre* Jane, arrête de geindre et toi, Keith, occupe-toi de Jane.

— Cesse de me donner des ordres, dit Fanny, je ne suis pas obligée de t'obéir. Il ne faut pas te croire la reine des collines parce qu'un garçon s'est battu pour toi.

— Tu vas obéir à Heaven, dit Tom, et en vitesse !

— Mais il fait noir, tu sais bien que j'ai peur !

— Bon, dit Tom, j'irai chercher l'eau, mais toi, va au jardin, et ferme-la, parce que moi, en tant que roi des collines, je vais te botter le derrière.

Nous étions sur nos paillasses, Tom m'appela :

— Heaven, tu sais, je le sens, un jour, tout ira mieux. Ma reprendra sa vie d'avant. Elle nous fera de bons petits repas et elle rangera la maison. Pa reviendra, il sera guéri et il ne criera plus. Nous réussirons nos examens et, tu verras, nous irons à l'université. Nous nous baladerons dans de grosses voitures, nous vivrons dans des hôtels particuliers, avec des serviteurs. Rappelle-toi ce que nous a dit mademoiselle Deale : « Le meilleur sort souvent du pire. » Tu vois, Heaven, la vie que nous menons nous rend plus combatifs. En fin de compte, nous serons plus forts que ceux qui ont tout eu facilement.

— Ne t'en fais pas pour moi, Tom, je sais que tout ira mieux un jour.

J'essuyai furtivement mes larmes. Il rampa jusqu'à ma paillasse et mit un bras autour de moi. Je me sentais en sécurité.

— Je peux courir après Pa, dit-il, et toi, tu parleras à Sarah.

Le lendemain soir, j'essayai de parler à Sarah. Je commençai la conversation avec légèreté, avant d'en venir au fait.

— Ma, il y a quelques heures seulement, je pensais être vraiment tombée amoureuse.

— Tu es une idiote, si tu y crois. Cela arrive souvent dans ces montagnes, mais je te préviens, va-t'en avant qu'il y en ait un qui te fasse un enfant. Cours vite et loin, ou sinon tu finiras comme moi.

Je lui jetai les bras autour du cou.

— Ma, ne dis pas cela. Pa reviendra bientôt, avec tout ce dont nous avons besoin. Il revient toujours avant que tu ne te fâches vraiment.

Le visage de Sarah prit une expression méchante.

— Ça, c'est sûr ! Il quitte ses putains et ses beuveries, juste le temps de nous laisser un sac de vivres sur la table. C'est à peu près tout ce qu'il fait pour nous.

— Ma...

— Je ne suis pas ta mère... Je ne l'ai jamais été. Mais qu'y a-t-il dans ce cerveau qu'on dit si bien rempli ? Tu ne vois donc pas que nous n'avons rien en commun ?

Elle était fermement plantée sur ses pieds nus. Ses longs cheveux roux n'avaient pas été lavés depuis la naissance du bébé. Elle ne les coiffait plus, comme elle ne prenait plus de bains.

— Je vais m'en aller de ce trou à rats et si tu as

quelque chose dans le crâne, fais-en autant le plus vite possible.

— Ma, je t'en supplie, ne t'en va pas ! Je t'aime, même si tu n'es pas ma vraie mère. Je t'ai toujours aimée, ne t'en va pas, ne nous abandonne pas ! Nous ne pouvons pas laisser Grandpa seul quand nous allons à l'école. Il ne tient plus bien sur ses jambes, il ne peut plus couper du bois, il ne peut presque plus rien faire seul. Oh, Ma ! S'il te plaît, reste avec nous !

— Tom coupera le bois.

— Tom doit aller en classe, Ma. Il ne pourra jamais en couper assez tout seul, pour tout l'hiver.

— Ne vous en faites pas, vous y arriverez bien !

— Enfin, Ma, tu ne peux pas te lever et disparaître juste comme ça...

— Je ferai exactement ce qu'il me plaira de faire !

Fanny arriva en courant.

— Oh, Ma, s'il te plaît, emmène-moi avec toi...

Sarah envoya promener Fanny et nous regarda avec indifférence. Elle n'était plus la mère que j'avais connue. Son visage était impassible et froid.

— Bonne nuit ! dit-elle. Votre père reviendra si vous avez besoin de lui, comme il l'a toujours fait.

Dans la nuit, je m'éveillai. Une odeur subtile flottait dans la pièce. Je regardai la table. Il y avait de la nourriture, encore de la nourriture, et des fruits. Je pris une pomme et me dirigeai vers l'alcôve de Sarah. Je poussai le rideau et m'arrêtai, pétrifiée, les dents dans la pomme. Sarah n'était plus là. Posé sur le matelas, il y avait un mot.

Elle avait dû s'éclipser pendant que nous dormions. Je secouai Tom et lui tendis la lettre. Il s'assit, se frotta les yeux et la relut trois fois avant de réaliser de quoi il s'agissait. Il se retint de pleurer. Nous avions quatorze ans. Les anniversaires s'étaient succédé, sans cadeaux ni fêtes pour que nous puissions les distinguer les uns des autres. Fanny se mit à grogner, comme d'habitude quand elle émergeait d'un sommeil inconfortable sur une paillasse trop mince.

— Que faites-vous à cette heure-ci ? Je ne sens ni l'odeur du bacon ni l'odeur des galettes...

— Ma est partie, dis-je.

— Ma n'aurait jamais fait cela, elle doit être dehors, aux toilettes.

— Elle n'aurait pas laissé un mot à Pa pour rien, dit Tom. Et puis, elle a emporté ses affaires, enfin, le peu qu'elle avait...

— Mais... la nourriture... la nourriture qui est sur la table. Je parie que Pa est venu l'apporter cette nuit. Il ne doit pas être loin. Il est en train de se battre avec Ma.

Je réfléchissais. Pa avait dû se glisser dans la maison, déposer les vivres et repartir, sans adresser un mot à personne. Cela avait dû être le coup final qui avait décidé Sarah à nous quitter.

Notre Jane et Keith prirent le départ de Sarah d'une façon curieuse ; c'était comme s'ils avaient toujours vécu dans l'insécurité et qu'elle ne leur avait pas prodigué assez d'attention. Ils coururent à moi.

— Heavenly, ne t'en va pas ! dit Jane.

Ses grands yeux étaient pleins de crainte. Je caressai ses cheveux blonds.

— Non, ma chérie, je reste. Keith, viens ici, que je te fasse un câlin. Nous allons avoir des saucisses et des pommes sautées pour le petit déjeuner, avec des biscuits. Regardez, Pa nous a apporté de la margarine. Un jour, il nous apportera du vrai beurre, n'est-ce pas, Tom ?

— Ça, c'est sûr, dit Tom. Je suis déjà bien content

de manger tout cela. Vous rendez-vous compte ! Pa est venu dans la nuit, comme le Père Noël !

— Qui d'autre aurait pu venir ? dis-je. Pa est parfois dur, mais il a toujours essayé de nous préserver du froid et de la faim.

La vie était devenue sommaire depuis la mort de grand-mère et le départ de Sarah. Grandpa ne pouvait rien faire d'autre que rester assis, les yeux dans le vague. Je m'approchai du fauteuil à bascule où il s'était endormi, plié en deux ; je l'aidai à se relever.

— Tom, veille à ce que Grandpa aille aux toilettes pendant que je prépare le petit déjeuner. Après, tu lui donneras des morceaux de bois à tailler. Je ne supporte pas de le voir inoccupé.

Ce petit déjeuner inhabituel adoucit un peu la situation.

— Si nous pouvions avoir une vache, dit Tom.

Il se faisait du souci parce que nous ne buvions pas assez de lait.

— On pourrait en voler une, dit Fanny. C'est Skeeter Burl qui possède la nôtre depuis que Pa l'a jouée. Il n'en avait pas le droit, il n'y a qu'à la lui reprendre.

Les responsabilités qui me tombaient dessus étaient trop lourdes pour moi. Je me sentais vidée. Il y avait des filles de mon âge qui avaient déjà une famille, mais elles ne voulaient pas, comme moi, faire des études. Elles étaient heureuses d'être des épouses et des mères, satisfaites de vivre dans des taudis. Et si elles se faisaient taper dessus une fois la semaine, elles trouvaient cela normal.

— Tu ne vas pas en classe ? dit Tom.

Je regardai Grandpa, puis Jane ; elle avait à peine touché ce somptueux petit déjeuner.

— Vas-y, Tom. Emmène Fanny et Keith. *Notre*

Jane n'est pas bien et je ne peux laisser Grandpa assis dans son fauteuil toute la journée.

— Il va bien, il pourra s'occuper de Jane.

Je savais qu'il ne le pensait pas. Il rougit et baissa la tête.

— Dans quelques jours, nous serons mieux organisés, dis-je.

— Je vais rester à la maison, dit Fanny. Je prendrai soin de Grandpa et de *notre* Jane.

— C'est la solution idéale, dit Tom. Fanny ne finira jamais l'école, elle est assez grande pour faire quelque chose d'autre.

— D'accord ! Fanny, tu donneras à Jane un bain tiède. N'oublie pas qu'elle doit prendre huit verres d'eau par jour. Tu essaieras de la faire manger un peu. Tu accompagneras Grandpa aux toilettes et tu lui feras faire un peu d'exercice. Puis tu tâcheras de ranger et de nettoyer la maison.

— Bon, je vais en classe, dit Fanny. Je ne suis ni le nègre de Grandpa, ni la mère de Jane. Là-bas, il y a des garçons, au moins...

J'aurais dû m'y attendre !

Tom gagna la porte à contrecœur.

— Que dirai-je à mademoiselle Deale ?

— Ne lui dis surtout pas que Sarah est partie. Tu diras que je suis restée à la maison pour aider. Ne lui en dis pas plus.

— Mais elle pourrait peut-être faire quelque chose.

— Quoi ?

— Je ne sais pas, mais je suis sûr qu'elle trouverait.

— Thomas Luke, si tu veux arriver au but que tu t'es fixé, ne va pas partout demander de l'aide. Trouve toi-même des solutions à tes problèmes. Nous tirerons la famille d'affaire, tous les deux ensemble. Raconte ce que tu veux, mais que Logan et mademoiselle Deale ne sachent pas que Ma nous a quittés. Elle peut revenir d'un instant à l'autre, tu ne voudrais pas qu'elle ait honte, n'est-ce pas ?

Il parut soulagé.

— Non, dit-il. Elle reviendra sûrement quand elle aura recouvré ses esprits.

Il prit la main droite de Keith et Fanny prit sa main gauche. Ils s'en furent sur le chemin de l'école, me laissant sous le porche, *notre* Jane dans les bras. Elle pleurait de voir Keith s'en aller et je mourais d'envie de les suivre.

Je baignai *notre* Jane et la couchai dans le grand lit de cuivre, puis je tendis à Grandpa les couteaux et les morceaux de bois tendre.

— Sculpte quelque chose que Granny aurait aimé, par exemple une biche, avec de grands yeux tristes. Elle aimait particulièrement les biches, n'est-ce pas ?

Il battit des paupières, jeta un coup d'œil au fauteuil vide dans lequel il ne voulait pas s'asseoir, bien qu'il fût le plus confortable. Deux larmes roulèrent sur ses joues. Il prit son couteau préféré et murmura :

— Pour Annie...

Je retournai vers Jane et lui fis boire une tisane pour la fièvre, tout comme grand-mère l'aurait fait. Puis je me mis au travail et fis ce que faisait Sarah avant que son esprit ne s'égarât.

Quand Tom revint de l'école, il sembla sidéré de voir que Ma n'était pas rentrée.

— Je pense que c'est à moi, dorénavant, d'être le soutien de la famille. L'argent ne rentrera pas si quelqu'un ne va pas en gagner. Les travaux dans les jardins sont difficiles à trouver quand on ne possède pas le matériel nécessaire. Les magasins ne font pas cadeau de leurs produits et ce que nous avons ne durera pas longtemps. Nous aurions tous besoin de chaussures neuves. Heavenly, tu ne peux aller en classe avec des souliers troués.

— Avec ou sans souliers, tu sais bien que je ne peux plus aller en classe.

Mes doigts de pieds sortaient de mes chaussures. J'avais dû en couper l'extrémité parce qu'elles étaient trop petites.

— Grandpa ne peut rester seul et *notre* Jane est malade. Tom, j'aimerais avoir assez d'argent pour l'emmener chez le docteur.

— Les docteurs ne pourront rien y faire, dit Grandpa. Elle a quelque chose qui va de travers, à l'intérieur, et aucun docteur n'y pourra rien.

— Mais comment peux-tu savoir ça, Grandpa ? dis-je.

— Annie a eu un petit qui était tout comme *notre* Jane. Ils le mirent à l'hôpital. Toutes nos économies y passèrent et il ne guérit pas pour autant. C'était le petit garçon le plus doux du monde. Il mourut le dimanche de Pâques. Il me faisait penser au Christ sur la croix. Il était trop bon et trop tendre pour ce monde méchant.

Grandpa se mettait à parler comme grand-mère, lui qui n'avait presque jamais ouvert la bouche de sa vie.

— Grandpa, ne dis pas des choses pareilles !

— Grandpa, dit Tom, les docteurs peuvent la sauver. La médecine progresse. Ce qui a tué ton fils ne fera peut-être pas mourir *notre* Jane.

Nous nous préparions à aller au lit.

Tom me regardait avec anxiété, toute son énergie semblait s'en être allée.

— Qu'allons-nous faire, Heavenly ?

— Ne sois pas inquiet, Tom ! Tu vas aller en classe avec Fanny, Keith et *notre* Jane. Je resterai ici avec Grandpa et je m'occuperai de tout. Je sais comment il faut faire...

— Mais c'est toi qui devrais aller en classe et pas Fanny.

— Ça ne fait rien. Fanny n'est pas assez responsable pour rester seule ici.

— Elle le fait exprès, dit Tom. Heavenly, quoique tu en penses, je vais en parler à mademoiselle Deale. Elle aura une idée pour nous aider.

— Non ! Tu ne le feras pas. Il ne nous resterait plus rien, alors. Laisse-nous au moins notre fierté.

Nous n'avions plus que cela et c'était une chose inestimable. Et puis, il nous fallait faire nos preuves.

7

Faire face

Chaque jour, Tom rentrait de l'école en hâte pour m'aider. Puis il allait couper du bois. Il y avait toujours du bois à couper... De temps à autre, nous faisions la chasse aux cochons qui s'échappaient par les brèches de la clôture, ou bien nous courions après les poulets qui étaient régulièrement emportés par les renards.

Après trois jours d'absence en classe, je dis à Tom :

— Logan a-t-il demandé de mes nouvelles ?

— Bien sûr. Il m'attendait à la sortie. Il voulait savoir où tu étais, ce que tu faisais, comment tu allais. Je lui ai dit que Sarah et *notre* Jane étaient malades et que tu restais à la maison pour prendre soin de tous. Il avait l'air très malheureux !

Cela me mit du baume sur le cœur. J'étais dans une fondrière, avec un père syphilitique et une belle-mère qui s'était évanouie dans la nature. J'en voulais au monde entier et surtout à Pa.

Deux semaines plus tard, j'étais toujours à la maison. Je regardais distraitement par la fenêtre quand j'aperçus Tom qui rentrait, des livres sous le bras. Derrière lui avançait péniblement... Logan. Tom nous avait trahis.

Je courus à la porte et j'en bloquai l'accès.

— Laisse-nous entrer, Heavenly, dit Tom, il fait trop froid pour que tu restes plantée là, comme une souche.

Fanny me cria :

— Laisse-les entrer ! Tu fais sortir la chaleur !

Je regardai Tom avec hostilité, puis dis à Logan :

— Tu ne peux pas entrer ici, un garçon de la ville en mourrait d'horreur.

Ses lèvres se pincèrent de surprise, puis il dit avec le plus grand calme.

— Heaven, veux-tu reculer, s'il te plaît. J'ai l'intention d'entrer et de connaître la cause de ton absence en classe. Tom a raison. Il fait très froid et j'ai les pieds gelés.

Je ne bougeai pas. Tom manifesta son mécontentement et me demanda de cesser de me comporter comme une idiote.

— Heavenly, si tu laisses cette porte ouverte, tout notre bois va brûler pour rien.

J'essayai de refermer. Logan me poussa et entra, suivi de Tom. Ils se mirent à deux pour la fermer tant le vent était fort. En fait de serrure, nous avions une planchette qui nous servait de loquet.

Logan était rouge et il avait froid.

— Désolé, Heaven, d'avoir été obligé d'agir ainsi. Mais je ne crois plus à la maladie de Sarah ni à celle de *notre* Jane. Je veux savoir ce qui se passe.

Je me demandais pourquoi il portait des lunettes noires, par cette journée grise. Il avait un blouson bien chaud, alors que le pauvre Tom avait superposé des couches de vieux chandails qui lui protégeaient au moins la poitrine.

— Entrez donc, Sir Logan, dis-je, et prenez plaisir au spectacle !

Il s'avança, jeta un coup d'œil alentour. Tom se précipita vers le poêle pour se réchauffer les mains et les pieds, sans même prendre le temps d'enlever ses tricots. Fanny s'accroupit aussi près du poêle qu'elle le put, bien décidée à ne pas céder sa place. Elle s'était arrangée pour se donner un coup de peigne en hâte. Elle battit ses longs cils noirs et adressa un sourire engageant à Logan.

— Viens t'asseoir près de moi, Logan.

Logan ne savait plus quoi dire, alors il se tut.

— Tu n'as vraiment pas besoin de lunettes de soleil ici, dis-je.

J'attrapai *notre* Jane et m'assis dans le fauteuil de Granny pour la bercer. J'entrepris de me balancer ; Grandpa, encouragé par les grincements du parquet, prit ses couteaux à tailler et commença à sculpter un autre lapin. Il voyait bien de près, mais au-delà de quelques mètres, il ne distinguait plus grand-chose. Il devait me confondre avec Grandma, jeune, tenant un enfant sur ses genoux. Keith en profita pour y grimper aussi, bien qu'il devînt un peu lourd pour ce genre de câlin. Tous les trois, nous nous tenions chaud.

C'était embarrassant de voir Logan à la maison, alors que nous étions si pitoyables. Je mouchai *notre* Jane et essayai de mettre de l'ordre dans ses cheveux. J'ignorai Logan. Il s'assit près de la table, puis se tourna vers moi.

— C'est une longue marche, par ce froid, pour arriver jusqu'ici, Heaven. Tu aurais pu m'accueillir plus chaleureusement. Où est Sarah ? Je veux dire, où est ta mère ?

Je répondis sèchement :

— Nous n'avons pas de salle de bains ici, elle est à l'extérieur.

En entendant cette brève information, sa voix faiblit.

— Ah !... Et où est ton père ?
— Il travaille je ne sais où.
— J'aurais aimé connaître ta grand-mère...
Grandpa arrêta son ouvrage un instant, une vague de tristesse passa sur son visage.
— Tom, j'ai les mains occupées. Pourrais-tu mettre de l'eau à bouillir afin d'offrir du thé ou du chocolat à Logan ?
Il savait que nous n'avions ni thé, ni chocolat !
Il se mit à fouiller dans le buffet presque vide et en sortit la tisane de sassafras de Granny. Puis il mit l'eau à chauffer tout en lançant des coups d'œil soucieux vers Logan.
— Merci beaucoup, Tom, mais je ne peux rester qu'un instant. C'est un long voyage pour rentrer à Winnerrow et je voudrais arriver avant la nuit. Je suis un garçon de la ville et je ne connais pas le chemin aussi bien que vous autres. Heaven, dis-moi comment tu vas ? Ta mère pourrait peut-être s'occuper seule de Jane ? Et pourquoi Fanny ne va-t-elle plus en classe ?
— Oh ! dit Fanny, je te manque ! C'est tellement gentil à toi. Est-ce que je manquerais à quelqu'un d'autre ?
— Evidemment, dit Logan, tout le monde se demande pourquoi les deux plus jolies filles de l'école sont absentes.
Il me regardait avec insistance.
Je ne pouvais plus cacher notre misère. Il suffisait d'entrer ici pour voir que nous avions faim et froid. Pourquoi gardait-il la tête obstinément tournée vers moi et refusait-il d'affronter la vérité ? Il aurait vu, par exemple, les paillasses que nous roulions le matin et étalions chaque soir.
— Pourquoi portes-tu des lunettes noires, Logan ?
Il se raidit.

— Tu ne savais pas que je portais des lentilles de contact ? Pendant la bagarre, j'ai reçu un coup et la lentille m'a abîmé l'œil. L'ophtalmologiste m'a demandé d'éviter la lumière vive. Comme je ne veux pas porter de bandeau noir, je mets des lunettes.

— Tu ne vois pas très bien, alors ?

— Pas très bien, je l'avoue. Je te vois très floue et je devine que Keith et *notre* Jane sont sur tes genoux.

— Logan, elle n'est pas *ta* Jane, dit Fanny, elle est *notre* Jane à nous.

— Je l'appelle comme le fait Heaven, répondit Logan.

— Est-ce que tu me vois ? demanda Fanny.

Elle se leva ; elle n'avait sur elle que sa culotte et un vieux châle de grand-mère, enroulé autour des épaules ; dessous elle était nue. Sa poitrine commençait à pointer ; elle laissa le châle s'entrouvrir et se mit à marcher dans la pièce. J'étais morte de honte.

— Habille-toi immédiatement, dit Tom. De toute façon, tu n'as rien à montrer !

— Mais j'en aurai bientôt... et ce sera mieux qu'Heaven.

Logan se leva. La porte était en face de lui, il ne parut pas la voir et attendit Tom.

— Heaven, si tu n'as rien à me dire alors que j'ai fait tout ce chemin pour te voir, je ne reviendrai plus. Je pensais que tu avais confiance en moi. Je suis venu pour que tu saches que j'étais inquiet de ne pas t'avoir vue depuis longtemps. Mademoiselle Deale se fait également du souci. Heaven, je t'en prie, dis-moi avant que je ne parte si tout va bien. As-tu besoin de quelque chose ? Avez-vous de quoi manger ? Avez-vous assez de bois ou de charbon ?

— Nous n'avons assez de rien, dit Fanny.

Logan ne prêta aucune attention à Fanny qui s'était enfin vêtue, il me fixait.

Je dis d'une voix hautaine :

— Et qu'est-ce qui te ferait croire que nous n'avons pas assez à manger ?

— Je voulais juste m'en assurer.

— Tout va bien, Logan. Nous avons tout le charbon et le bois qu'il nous faut.

— Ce n'est pas vrai, dit Fanny, nous n'avons jamais eu de charbon. Plût à Dieu que nous en eussions eu ! Il paraît que cela chauffe mieux que le bois.

Je repris vivement :

— Fanny dit toujours n'importe quoi, n'importe quand. En fait, elle ne sait même pas ce qu'elle raconte. Tout va très bien, Logan, comme tu peux le constater. J'espère que ton œil sera guéri sous peu et que tu pourras enlever tes lunettes.

Il avait l'air offensé.

— Au revoir, monsieur Casteel, dit-il. A bientôt, Keith, et *notre* Jane. Ne te déshabille plus, Fanny !

Il se tourna une dernière fois vers moi comme pour me toucher ou m'attirer à lui. Je restai assise, déterminée à ne pas lui gâcher la vie avec les ennuis de la famille Casteel.

— J'espère que tu reviendras bientôt en classe, Heaven. Si jamais tu avais besoin de quoi que ce soit, passe au magasin de mon père. Tu peux disposer de tout ce qui s'y trouve et, s'il n'y a pas ce que tu désires, nous irons le chercher ailleurs.

Ma réponse fut sarcastique, sans la moindre trace de gratitude.

— C'est vraiment trop aimable à vous... Cela doit être agréable de se sentir riche et généreux... Comment as-tu pu t'intéresser à une fille des collines !

Il ne savait plus quoi dire et j'avais pitié de lui.

— Au revoir, Heaven, j'ai beaucoup risqué pour la guérison de mon œil, en montant ici. Il y a de la réverbération sur la neige... Tu m'as fait regretter d'être venu. Bonne chance ! Je ne reviendrai plus pour être insulté de cette façon.

Je me dis tout bas : « Ne pars pas comme cela, Logan. Ne t'en va pas ! »

Mais ces mots, je ne les prononçai pas. Je continuai à me balancer et il claqua la porte. Tom courut après lui pour le mettre sur le sentier le plus sûr, afin qu'il ne se perdît pas à travers bois, avec ses lunettes noires.

— Tu as été détestable avec Logan, dit Tom, j'en étais malade pour lui. Quand je pense qu'il est monté jusqu'ici, alors qu'il avait les yeux malades, pour voir une furie lui lancer des regards méprisants et mentir comme une arracheuse de dents. Tu sais que nous n'avons plus rien et qu'il pouvait nous aider.

— Tom, veux-tu que tout le monde sache ce qu'a Pa ?

— Non, nous ne sommes pas obligés de le lui dire.

— Et comment aurions-nous expliqué son absence ?

— Logan doit penser qu'il vient souvent et qu'il nous entretient.

Tom était découragé et il avait faim.

— Tu as raison, mais revenons à la réalité...

Il se réchauffa les mains et les pieds et sortit en quête de nourriture. Nous ne pouvions jamais garder longtemps les poules couveuses, elles mouraient les unes après les autres.

La vie devint très dure, Pa ne revenait pas. Nous n'avions pas d'argent pour acheter les denrées de première nécessité et presque plus de pétrole ; nous nous éclairions aux chandelles. Les heures s'écoulaient lentement quand j'attendais le retour de Tom, de Fanny, de Keith et quelquefois de Jane. J'essayais de me convaincre que Grandpa pourrait rester seul et que j'irais en classe lorsque Jane irait mieux. Dès que je le regardais, je réalisais combien il était perdu sans Granny.

J'avais fini de ranger la maison. J'étais en train de me demander ce que je pourrais inventer pour le dîner, quand j'entendis Grandpa dire :

— Mais, va donc à l'école ! Je n'ai pas besoin de toi, je peux m'arranger seul.

Il aurait peut-être pu, mais le lendemain, Jane revint avec un rhume.

— J'ai faim, dit-elle.

— Bien sûr, mon chou, va te reposer et, en un rien de temps, le dîner sera prêt.

Je dis cela avec la plus grande légèreté, alors qu'il n'y avait rien dans la maison que quelques galettes, restes du petit déjeuner, plus une demi-tasse de farine. Je regrettai de ne pas nous avoir rationnés et d'avoir pensé que Pa serait là, avec des provisions, comme par magie. Et d'abord, où était-il ?

— Tom, dis-je, peut-on pêcher quand la nuit tombe ?

Eberlué, il leva le nez de son livre.

— Tu veux que j'aille pêcher dans le noir ?

— Tu pourrais aussi regarder les pièges.

— Je les ai vérifiés en rentrant. Ils sont vides. Comment les retrouverais-je dans la nuit, alors qu'ils sont cachés ?

Je lui murmurai à l'oreille :

— Il ne te reste plus qu'à aller pêcher. Nous n'avons plus rien à manger que deux biscuits et je ne sais pas si je pourrai trouver assez de lard pour faire de la sauce.

Je parlais bas, pour que *notre* Jane et Keith n'entendissent pas. L'estomac de Jane était fragile. Quand il était vide, elle avait mal. Quand elle souffrait, elle pleurait et quand elle pleurait, il était impossible de faire quoi que ce fût !

Tom se leva, décrocha un fusil et le vérifia.

— La saison de la chasse au cerf vient juste d'ouvrir... Je peux peut-être tirer quelque chose...

— Ce qui signifie que nous n'aurons rien à manger si tu ne tues pas un cerf ? dit Fanny. On va sûrement crever de faim si on attend le produit de ta chasse.

Tom lui lança un regard dédaigneux et gagna la porte.

— Mets ta sauce en route, Heaven, dans une demi-heure, je serai de retour avec de la viande... Si j'ai de la chance...

— Et si tu n'en as pas ?

— Je ne rentrerai pas avant d'avoir trouvé quelque chose.

Fanny s'allongea par terre et se contempla dans un petit miroir.

— Eh bien ! on ne le reverra plus jamais, dit-elle.

Tom claqua la porte.

La chasse et la pêche étaient devenues une de nos occupations quotidiennes. Je passais une grande partie de la journée à poser des pièges et à installer des lignes. Tom fabriquait des collets pour les lapins et les écureuils. Nous allions ramasser des champignons. Granny nous avait appris à les reconnaître. Nous cueillions des baies, jusqu'à nous ensanglanter les mains dans les buissons. Nous allions à la recherche de haricots sauvages et de cosses de pois. Nous creusions le sol à la lisière de Winnerrow pour trouver des navets. Nous volions même des laitues et des épinards dans les potagers. Quand l'hiver arriva, il n'y avait plus de baies, les pois et les haricots s'étaient desséchés. Les lapins et les écureuils avaient disparu et les champignons avaient gelé. Notre garde-manger resta vide.

— Heaven, dit Fanny, commence à préparer le dîner, nous ne pouvons pas rester assis toute la nuit à attendre Tom. Je suis sûre que tu as caché des haricots et des pois quelque part.

— Fanny, une fois pour toutes, si tu t'étais rendue plus utile, j'aurais peut-être encore des haricots et des pois en réserve, mais il ne reste plus qu'un peu de lard et deux vieilles galettes.

Grandpa entendit et leva la tête.

— Il y a des pommes de terre, plantées dans le sol du fumoir.

— On les a mangées la semaine dernière, Grandpa.

Notre Jane poussa un cri de détresse.

— Il faut que je mange, Heavenly ! Mon estomac me fait mal. Quand allons-nous dîner ?

— Maintenant.

Je l'attrapai et l'assis à table. Je l'embrassai dans le cou et lui ébouriffai les cheveux.

— Viens, Keith, *notre* Jane et toi allez dîner les premiers, ce soir.

— Ils vont dîner d'abord ? dit Fanny. Et moi ? Je fais aussi partie de la famille !

— Fanny, tu peux attendre le retour de Tom.

— Si je dois attendre qu'il tue quelque chose, je serai dans la tombe avant qu'il ne rentre.

Je fis revenir le lard et mélangeai l'eau et la farine dans un bol, en tournant pour qu'il n'y eût pas de grumeaux. J'y mis du sel et du poivre, tournai encore, goûtai. J'ajoutai du sel. Je sentais dans mon dos les yeux de Jane et de Keith. Ils savouraient, d'avance, ce que j'allais mettre dans la poêle. Grandpa se balançait, les yeux dans le vide ; ses mains serraient les bras du fauteuil. Il ne s'attendait pas à dîner aujourd'hui. Si Keith et Jane souffraient du manque de nourriture, Grandpa maigrissait également à vue d'œil.

— Annie faisait une tarte aux myrtilles délicieuse, dit-il.

— Tu n'as que deux biscuits pour six, dit Fanny. Tu ne vas pas en donner une miette à chacun ?

— Non, Keith et Jane en auront chacun une moitié, Grandpa, la moitié de l'autre, Tom, toi et moi partagerons la moitié restante.

— C'est bien ce que je disais, nous n'en aurons qu'une miette ! Grandpa n'a pas besoin d'une moitié pour lui seul.

Grandpa secoua la tête.

— Je n'ai pas faim, mon enfant, tu peux donner ma moitié à Fanny.

— Non, je l'ai déjà fait ce matin. Fanny mangera ce que je lui donnerai et rien de plus jusqu'à ce que Tom rentre.

Fanny se mit en colère.

— Je n'attendrai pas Tom. Je veux dîner maintenant. Je suis trois fois plus grande que *notre* Jane, elle n'a pas besoin d'une moitié.

Deux chats étaient revenus à la maison aujourd'hui, un noir et un blanc. Ils étaient perchés sur une étagère et me fixaient avec l'espoir que je leur donnerais quelque chose. Ils étaient aussi affamés que nous. Je les regardai et me demandai si l'on pouvait manger du chat.

Puis je me tournai vers le vieux chien de chasse de Pa qui était entré en même temps qu'eux. Je me sentais devenir un monstre.

Fanny s'approcha de moi et me montra du doigt Old Snapper, le chien préféré de Pa. Il avait seize ans. Il était presque aveugle, mais se débrouillait toujours pour se nourrir. Il était gras et paraissait repu.

— Il y en a de la viande sur ces vieux os ! dit Fanny.

J'aimerais tant manger de la viande. Je suis sûre que tu peux le faire, Heaven. Tranche-lui la gorge comme à un cochon. Fais cela pour *notre* Jane, pour Keith et pour Grandpa...

Snapper ouvrit des yeux pleins de sommeil et me regarda avec affection. Je jetai un coup d'œil à *notre* Jane et à Keith.

— Il vaut mieux voir crever un vieux chien que se laisser mourir, dit Fanny. Tu n'as qu'à lui donner un coup sur la tête.

Elle me tendit la hachette, celle que nous utilisions pour couper le petit bois.

— Allez, vas-y, emmène-le dehors et vas-y !

Snapper sauta sur ses pattes comme s'il avait deviné que quelque chose de mauvais se préparait pour lui et courut à la porte. Fanny poussa un cri de dépit et le poursuivit. A ce moment, la porte s'ouvrit et Snapper, échappant à nos visées meurtrières, disparut dans la nuit, faisant place à Tom. Il nous fit une grimace. Il avait son fusil sur une épaule et, sur l'autre, un sac qui paraissait lourd. Quand il me vit, la hache à la main, sa grimace se figea.

— Tu n'allais pas tuer Snapper, j'ai toujours cru que tu l'aimais ?

Je sanglotais.

— Si !

— Tu n'avais pas confiance en moi, hein ! Je n'ai pourtant pas arrêté de courir.

Il jeta son sac sur la table.

— Il y a deux poulets à l'intérieur. McGee va se demander qui a tiré dans son poulailler. Si jamais il l'apprend, il me tuera. Je mourrai au moins le ventre plein.

Nous fîmes un bon dîner ce soir-là. Nous dévorâmes un poulet entier et gardâmes l'autre pour le lendemain. Quand les deux poulets eurent disparu, nous fûmes de nouveau confrontés au même problème : comment se procurer de la nourriture ? Tom me supplia de ne pas m'inquiéter ; nous avions la volonté de nous en sortir et nous y parviendrions.

— Il serait temps d'oublier honneur et honnêteté et de voler, dit Tom. Je n'ai pas vu l'ombre d'un cerf ni même d'un raton laveur. J'aurais bien tiré un hibou, mais il n'y en avait pas non plus. A partir de demain, Fanny, toi et moi irons chaque soir aux alentours de Winnerrow, à peu près à l'heure où les gens se mettent à table, et nous volerons ce que nous pourrons.

— Quelle idée excitante, dit Fanny. Ils n'ont pas de fusils pendus à leurs murs, dans la vallée ?

— Je n'en sais rien, répondit Tom ; on l'apprendra bien assez tôt.

L'aventure dans laquelle nous nous lançâmes, le lendemain, au crépuscule, était redoutable. Nous avions au moins le ventre plein, ce qui nous donnait du courage. Nous portions des vêtements sombres et nous nous étions enduit la figure de suie. Nous débouchâmes près d'une petite ferme écartée où vivait l'homme le plus méchant qui fût. Il avait pour fils cinq géants, pour filles quatre créatures gigantesques et une femme auprès de laquelle Sarah aurait fait figure de naine.

Nous nous cachâmes à l'abri des broussailles et des pins jusqu'à ce que tous les membres de la famille fussent rassemblés autour de la table. Ils faisaient un tel vacarme qu'il allait sûrement couvrir le nôtre. Leur cour était pleine de chiens.

— Calme les chiens, dit Tom. Fanny et moi, nous nous glisserons jusqu'au poulailler, ainsi je n'aurai pas besoin de me servir de mon fusil.

Il fit signe à Fanny.

— Tu leur attrapes les pattes, tu en prends deux

dans chaque main et moi, je m'occupe des miens. Cela nous permettra de tenir un bout de temps.

— Est-ce qu'ils donnent des coups de bec ? demanda Fanny.

— As-tu jamais entendu dire que quelqu'un ait été tué par un poulet ? Ils ne se défendent guère. Ils piaillent, c'est tout.

Tom me donna pour tâche de distraire les chiens. Ils avaient l'air vicieux. En général, les animaux ne se méfiaient pas de moi, mais celui qui approchait me regardait d'un air mauvais. Il paraissait me détester. J'avais un sac rempli de pattes et de cous de poulets ; je jetai une patte à l'énorme chien et lui dis doucement :

— Là... gentil... Je ne te ferai pas de mal. Tiens, prends ça ! Allez, mange !

Il renifla la patte avec dégoût et se mit à grogner. Ce fut comme un signal. Il y avait à peu près sept ou huit chiens dans la cour, chargés de la garde des clôtures et des animaux. En un instant, ils furent sur moi, aboyant et montrant leurs crocs.

Je leur lançai un ordre bref :

— Couchés !

Du seuil de la cuisine, on entendit une femme donner le même ordre. Les chiens s'arrêtèrent, indécis.

J'en profitai pour leur lancer toutes les pattes et les cous à la fois. Ils se précipitèrent pour les attraper et revinrent vers moi en agitant leur queue.

Au même moment, des caquetages terribles se firent entendre du côté du poulailler. Les chiens détalèrent dans cette direction.

— Couchés, dis-je.

L'un d'eux hésita. Je me penchai et mis le feu à un tas de feuilles mortes.

Un géant, en bleu de travail, hurla :

— Ma ! Quelqu'un met le feu à la cour !

Je me mis à courir. J'avais les chiens aux talons. Je n'avais jamais couru si vite de ma vie. Le plus rapide était déjà sur moi. Je montai précipitamment à un arbre et m'assis sur une grosse branche. Je regardai, en bas, la meute déchaînée.

— Allez-vous-en ! dis-je. Je n'ai pas peur de vous.

Et soudain surgit Old Snapper qui arrivait à ma rescousse. Il se jeta dans la mêlée. Arriva ensuite McLeroy, le fermier. Il tenait son fusil et tira en l'air, au-dessus des chiens. Ce fut la débandade ! J'étais toujours sur l'arbre et essayais de me faire aussi petite que je le pouvais. Malheureusement, la lune brillait.

Le géant s'approcha. Il aurait pu passer pour un cousin de Sarah, tant il était roux.

— N'êtes-vous pas Heaven Casteel ? demanda-t-il. C'est vous qui volez mes poulets.

— Je suis celle que vos molosses pourchassent ! Je recherchais le chien de Pa qui n'est pas rentré depuis longtemps. Il s'est enfui à nouveau.

— Descends de là !

Je dégringolai de l'arbre en espérant que Tom et Fanny avaient pu détaler avec les poulets.

— Où les as-tu cachés ?

— Caché quoi ?

— Les poulets !

— Est-ce que vous croyez que j'aurais pu escalader cet arbre en tenant des poulets, monsieur McLeroy ? Je n'ai que deux mains !

Ses trois fils surgirent derrière lui. Ils étaient aussi roux les uns que les autres et portaient une barbe épaisse. Deux d'entre eux me braquèrent une torche électrique sur la figure, le troisième se planta devant moi et me considéra.

— Eh, Pa ! Elle a grandi, elle ressemble à sa mère, la jolie fille de la ville, tu sais !

— C'est une voleuse de poulets.

— Est-ce que vous voyez des poulets quelque part ?

Le plus jeune, qui n'était guère plus vieux que Logan, dit d'un air malin :

— On ne l'a pas fouillée. Je vais le faire, Pa.

— Certainement pas ! Je cherchais le chien de mon père. Cela n'a rien d'illégal, je suppose.

Je mentais avec aplomb. Cela donnerait le temps à Tom et à Fanny de se mettre en sécurité. Les géants me laissèrent partir, convaincus que je n'étais pas une voleuse, tout au plus une menteuse.

Tom et Fanny avaient réussi à s'échapper avec cinq poulets. Tom avait empoché six œufs, dont trois seulement arrivèrent entiers.

— On mettra deux poules de côté, dis-je ; ainsi, nous pourrons avoir des œufs pour Keith et pour *notre* Jane.

— Où étais-tu pendant tout ce temps ? demanda Tom.

— Dans un arbre, avec des chiens en dessous.

Nous devînmes très adroits à ce jeu. Nous n'allions jamais au même endroit. Presque chaque soir, nous laissions les deux petits aux bons soins de Grandpa et partions en expédition. Dans le crépuscule d'hiver, nous guettions les femmes qui déchargeaient leur voiture remplie de provisions. Quelques-unes d'entre elles faisaient cinq ou six voyages pour la vider.

Nous attrapions les sacs et disparaissions. Nous calmions nos consciences en nous disant que nous n'avions guère le choix : c'était voler ou mourir de faim. Nous espérions que plus tard, il nous serait possible de dédommager tous ceux que nous avions ainsi spoliés.

Un jour que nous avions pris un sac et que nous détalions, une femme se mit à crier :

— Au secours ! Au voleur !

Le sac que j'avais attrapé était plein de rouleaux de papier ; papier de toilette, papier pour la cuisine, ce qui faillit faire mourir de rire Fanny ! Pour la première fois de notre vie, nous pûmes utiliser du vrai papier de toilette.

Tom et moi bavardions, étendus sur nos paillasses. Nous projetions de faire dormir Grandpa dans le grand lit à cause de ses vieux os. Tom me dit tout à coup :

— Voler ces gens qui travaillent dur me fait mal, Heaven. Il faut que je trouve un emploi, même si je dois rentrer chaque jour à minuit. Je pourrai prendre quelques suppléments et m'occuper des jardins des gens riches.

Les habitants de la vallée se méfiaient des garçons des collines. Trouver du travail dans ces conditions devenait presque impossible. Nous continuâmes donc de voler. Un jour, Tom déroba une tarte qui refroidissait sur le rebord d'une fenêtre. Il courut d'une traite à la maison pour nous en faire profiter. De longtemps, nous n'avions vu une tarte si appétissante ; la pâte était légère et dorée, le jus s'échappait par les trous de la croûte. C'était une *apple pie* (1) si délicieuse que j'avais envie de féliciter Tom d'être devenu un expert en escamotage.

Les yeux de Tom brillèrent de malice.

— Ça va, dit-il, cette tourte vient de chez la mère de Logan. Tu sais qu'il ferait n'importe quoi pour que tu sois heureuse.

— Qui est Logan ? demanda Grandpa.

Soudain, une voix familière arriva du seuil :

(1) *Apple pie :* Tourte aux pommes.

— Qui est Logan ? Où est ma femme ? Et pourquoi cette maison ressemble-t-elle à une étable ?

C'était Pa ! Il fit un pas à l'intérieur. Il portait sur ses épaules un grand sac de toile. Ce ne pouvait être que de la nourriture. Il le posa sur la table et se mit à crier tout en nous regardant un à un.

— Mais où est donc Sarah ?

Nous ne trouvâmes pas un mot à répondre. Il était devant nous, grand et amaigri, le visage rasé et plus pâle que de coutume, comme s'il venait de traverser une rude épreuve. Il avait perdu au moins cinq kilos et paraissait plus frais et en meilleure santé que lorsque je l'avais vu la dernière fois. C'était un géant aux cheveux noirs qui empestait le whisky et dégageait une odeur puissante et masculine. J'étais à la fois inquiète et soulagée de le voir. Il venait nous sauver de la famine. L'hiver était arrivé. La neige tomberait bientôt tous les jours et le vent glacé sifflerait autour de la cabane en se faufilant partout à l'intérieur.

— Personne ne sait plus parler ici ? dit Pa. J'envoie pourtant mes enfants à l'école. Apparemment, ils n'y apprennent rien, même pas à accueillir leur père.

— Nous sommes contents de te voir, dit Tom.

Je me levai et m'approchai du poêle, pour m'occuper du dîner. Nous étions submergés de provisions. En me montrant indifférente, j'essayais de blesser Pa, comme il m'avait blessée tant de fois.

— Où est donc ma femme ?

Puis il se mit à hurler :

— Sarah, je suis de retour.

On aurait pu l'entendre de la vallée. Sarah n'apparut pas pour autant. Il tira le rideau et inspecta la chambre. Il ne comprenait pas et se tourna vers Tom.

— Serait-elle à l'extérieur ? Où est ta mère ?

Je dis très haut :

— Je serais ravie de le savoir !

Il me jeta un regard noir.

— J'ai interrogé Tom. Mais où peut bien être ta mère ?

J'aurais voulu être née pour cet instant ! Rabattre sa fierté, piquer son orgueil. J'étais prête à fondre sur ma proie. A son expression, je pus deviner qu'il se demandait si Sarah n'était pas morte, comme grand-mère, pendant son absence. J'hésitai, puis je dis d'une voix dure :

— Ta femme t'a quitté, Pa. C'était plus qu'elle n'en pouvait supporter : son enfant mort-né, cette cabane avec à peine de quoi survivre, un mari qui prenait du bon temps pendant qu'elle trimait toute seule. Elle est partie, elle t'a juste laissé une lettre.

Il se mit à hurler :

— Je ne te crois pas !

Personne ne soufflait mot, même Fanny. Ce fut Grandpa qui trouva la force de se lever de son fauteuil à bascule et d'affronter son fils.

— Tu n'as plus de femme, mon fils, dit-il.

Il avait encore pitié de ce fils qui perdait tout, par sa faute, pensai-je méchamment. Grandpa reprit avec difficulté, car les mots venaient malaisément.

— Ta Sarah a pris ses affaires, elle est partie une nuit.

— Qu'on me donne sa lettre.

Ses forces semblaient l'avoir abandonné ; il paraissait aussi vieux que Grandpa. Avec un plaisir assez sadique, je tendis les bras vers l'étagère la plus élevée, celle où nous rangions nos objets précieux, et tirai d'un vieux pot à sucre, acheté jadis pour ma mère, le mot de Sarah, plié en quatre.

— Lis-le-moi, dit Pa.

Il était figé.

Je lus :

— « Mon cher époux, je ne peux rester plus longtemps avec un homme qui se moque de tout. Je m'en vais sous un ciel meilleur. Bonne chance et au revoir. Je te hais autant que je t'ai aimé. Sarah. »

— Et c'est tout ? dit Pa.

Il m'arracha la feuille des mains et essaya de déchiffrer l'écriture maladroite de Sarah.

— Elle fiche le camp en me laissant avec cinq enfants et elle me souhaite bonne chance !

Il froissa la lettre et la jeta dans le poêle. Il se passa nerveusement la main dans les cheveux et dit d'une voix sans timbre :

— Qu'elle aille se faire pendre ailleurs.

Puis il se leva, frappa de ses poings le plafond de la cabane et se mit à crier :

— Si jamais je la trouve, je lui tords le cou, je lui arrache le cœur, en admettant qu'elle en ait un ! Partir et laisser cinq enfants livrés à eux-mêmes ! Je n'aurais jamais imaginé une chose pareille. Tu ne perds rien pour attendre, Sarah !

Et il sortit comme s'il allait pourchasser Sarah et la tuer sur le coup. Puis il revint dans la minute qui suivit et jeta sur la table d'autres provisions. Il y avait deux sacs de farine, du bacon, des haricots, des pois secs, une énorme boîte de lard, des bottes d'épinard, des pommes et des pommes de terre, des ignames, des sacs de riz et des tas de choses que nous n'avions jamais eues auparavant, comme des paquets de biscuits, du beurre de cacahuètes et de la gelée de raisin. La table disparaissait sous les vivres. Il me semblait qu'il y en aurait assez pour subsister pendant une année. Pa se tourna vers nous.

— Je suis triste que Granny soit morte. Je suis désolé du départ de votre mère qui était, d'ailleurs, dirigé contre moi. Je suis certain qu'elle regrette de vous avoir fait de la peine. Je m'en vais maintenant et ne reviendrai pas avant d'être guéri. C'est presque terminé et j'aurais voulu rester ici pour m'occuper de vous. Mais ma présence est plus dangereuse pour vous que mon absence. J'ai un travail qui me convient. Ne gaspillez pas cette nourriture parce qu'il n'y en aura pas d'autre avant mon retour.

J'étais consternée, j'aurais voulu lui crier de ne pas nous quitter, de rester avec nous au moins pendant l'hiver.

— L'un de vous saurait-il où peut être Sarah ?

— Oh, Pa !

Fanny se mit à pleurer et courut dans ses bras, mais il l'évita.

— Ne me touche pas, dit-il. Je ne connais pas grand-chose à la maladie que j'ai attrapée, mais je sais qu'elle est dangereuse. J'ai dû demander à quelqu'un de mettre ces provisions dans des sacs. Brûlez-les quand je serai parti. Un de mes amis va essayer de retrouver votre mère et de la faire revenir. Tenez bon jusque-là.

Il pouvait être malfaisant et quelquefois cruel, mais il avait travaillé pour nous acheter des vivres, quelques douceurs et des vêtements qui puissent nous tenir chaud. Je regardai les habits que Fanny était en train de palper tout en poussant de petits cris. Il y avait des chandails et des jupes, des *jeans* pour Tom et Keith, des sous-vêtements pour tous, plus cinq paires de chaussures dont les pointures étaient très approximatives. J'avais envie de pleurer. Il n'y avait ni manteaux, ni bottes, ni bonnets et nous en avions tant besoin ! Je lui étais toutefois reconnaissante de ces présents, même si les vêtements n'étaient pas neufs.

Tom courut après Pa.

— Pa, tu ne peux pas nous laisser. Je fais ce que je peux pour aider la famille, mais il est difficile de trouver du travail à Winnerrow pour un Casteel. On nous méprise ! Heaven est obligée de rester à la maison et moi, je dois aller à l'école, Pa. Tu m'entends ? Je dois y aller !

Pa s'éloigna à grands pas, sourd aux supplications de ce fils qu'il aimait pourtant. Il dut entendre les sanglots de Fanny. Quant à moi, je ne pleurai pas, je n'ouvris même pas la bouche. Comme dans mes pires cauchemars, j'étais seule.

D'ailleurs, nous étions tous seuls, sans parents, sans argent. Seuls dans le vent glacé, seuls dans la neige qui tombait et effaçait le sentier qui menait à la vallée.

Nous n'avions pas de souliers pour marcher dans la neige, pas de manteaux, pas de skis. Nous n'avions aucune de ces choses qui nous auraient permis de descendre à la ville ou à l'église et d'y trouver de l'aide. Aussi haute qu'était cette montagne de vivres, je savais qu'elle disparaîtrait rapidement. Et après, que ferions-nous ?

Pa se tenait près de sa camionnette. Il nous regarda tous, sauf moi. Cela me fit mal.

— Prenez soin de vous, dit-il.

Et il disparut. Nous l'entendîmes démarrer, puis accélérer dans le sentier, vers une destination inconnue. Je fis ce que Sarah aurait fait : je rangeai les provisions. J'avais les yeux secs et les lèvres serrées.

8

Misère et splendeur

Pendant un bref moment, avant le départ de Pa, nous avions été pleins d'espoir. Maintenant, nous n'en avions plus. Enfermés dans notre mauvais rêve, nous nous serrions les uns contre les autres, en écoutant le bruit décroissant du moteur. Les vivres sur la table prouvaient tout de même son intérêt pour nous... Mais il était reparti...

Je contemplai la table qui disparaissait sous la nourriture. Y en aurait-il assez jusqu'à son retour ?

Je plaçai dehors, dans la boîte en bois qui nous servait de réfrigérateur, la viande que nous ne mangerions pas ce soir. C'était une chance que ce fût l'hiver. Nous pourrions la conserver quelque temps, sans craindre qu'elle ne se gâtât. Du vivant de Grandma, quand Sarah et Pa étaient encore là, nous étions neuf à table chaque jour, il n'y avait jamais rien de trop. Je venais de réaliser que c'était le jour du *Thanksgiving* (1). Pa était arrivé à point pour nous apporter notre dîner.

(1) *Thanksgiving :* Fête célébrée aux Etats-Unis, le quatrième jeudi de novembre, en souvenir de l'Indépendance.

La faim dictait nos menus. Je savais que, très vite, tout ce que Pa avait apporté se réduirait à rien ; c'est-à-dire à des haricots, des pois secs et à ces éternelles galettes que nous trempions dans une sauce au lard. Le froid et le mugissement du vent aggravaient la situation. Des heures durant, Tom et moi sciions des bûches, abattions des arbustes et ramassions du bois ou des branches cassées par la tempête.

Notre vie quotidienne était, de nouveau, un cauchemar. Je n'écoutais plus le chant des oiseaux, tout du moins, de ceux qui étaient assez braves pour rester là. Je ne regardais plus le soleil se coucher. Nous ne traînions pas dehors, parce que nous risquions d'attraper la mort et que nous n'avions personne pour nous soigner. Il n'était pas bon de s'attarder près d'une fenêtre qui laissait passer les courants d'air. Serrés contre le poêle, nous avions, alors, bien trop de temps pour ruminer notre infortune.

Debout à l'aube, chaque matin, je m'attaquais à la besogne que Sarah avait assurée avant moi. Je réalisais alors combien j'avais été épargnée, même quand elle était dans ses pires moments. Tom faisait de son mieux pour m'aider, mais j'insistais pour qu'il allât en classe. Fanny, elle, était trop heureuse d'échapper à l'école. Elle restait à la maison, mais elle ne m'aidait pas. Elle s'éclipsait et traînait avec les pires garnements. Ils faisaient l'école buissonnière et s'adonnaient déjà à l'alcool, au jeu et aux filles.

— Je n'ai pas besoin d'instruction, disait Fanny, j'en ai déjà assez !

Elle répétait cela à tout propos, en s'admirant dans le miroir d'argent qui avait appartenu à ma mère. Je l'avais, un jour, imprudemment sorti de sa cachette. Fanny me l'avait arraché des mains ; elle le voulait pour elle. L'argent en était terni et elle n'avait, heureusement, pas vu que c'était un objet de valeur.

Plutôt que de me battre avec elle, j'avais décidé de temporiser et de trouver, la nuit venue, une cachette plus sûre.

— L'ennui, disait Fanny, c'est qu'il fait plus chaud à l'école qu'ici. Un jour arrivera où je n'aurai plus ni froid, ni faim. Il arrivera, tu verras ! Je déteste cet endroit, je déteste être obligée de m'empêcher de pleurer tout le temps. Je déteste ne pas avoir tout ce qu'ont les filles de la ville. Heaven, je t'en prie, laisse tomber ta fierté pour que je puisse en faire autant.

J'ignorais jusqu'à ce jour qu'elle en eût.

— Allez, Fanny, pleure ! Cela ira mieux après, lui dis-je.

La lune était déjà haute, quand Tom rentra de l'école. Le vent le poussa à l'intérieur et claqua la porte derrière lui. Il posa deux écureuils sur la table et commença à les dépiauter. Je mis mes mains devant les yeux de *notre* Jane et de Keith. Je fis un ragoût et y ajoutai nos dernières carottes et nos dernières pommes de terre. Keith boudait dans un coin et disait qu'il n'avait pas faim.

— Tu dois manger, dit Tom.

Il l'attrapa et le porta jusqu'à la table.

— Si tu ne veux pas manger, *notre* Jane ne mangera pas non plus. Elle est déjà très maigre et elle tombera malade. Sois gentil, Keith, et montre à *notre* Jane que tu aimes le ragoût d'Heaven.

Les jours passaient et Logan ne revenait pas. Tom ne le vit même plus à l'école. Il était plus jeune que Logan et n'était pas dans la même classe que lui. Il se donna beaucoup de mal pour savoir ce qu'il était devenu.

— Logan est parti avec ses parents. Il y a un pharmacien qui remplace son père dans le magasin. Ils ont peut-être eu un deuil dans la famille.

J'espérai qu'il n'en était rien. Ma pire angoisse était

que Logan s'en allât vivre ailleurs et qu'il m'oubliât ou bien qu'il fût si fâché qu'il ne voulût plus jamais entendre parler de moi. Je me berçai de l'espoir qu'il était parti en vacances ou qu'il s'était rendu à un enterrement. Peut-être avait-il rendu visite à sa grand-mère malade ? Il serait bientôt de retour, je le verrais, je lui dirais combien je regrettais de l'avoir blessé. Il sourirait et me dirait qu'il me comprenait. Et tout serait comme avant entre nous ! J'avais de la couture à faire, du raccommodage surtout. Sarah achetait, autrefois, des tissus en solde. C'était, en général, des tissus laids et bon marché, dont personne ne voulait. Elle défaisait de vieilles robes et s'en servait comme patrons pour en confectionner de nouvelles. Elles étaient portables, même si elles tombaient mal et étaient affreuses. Je n'avais que de vagues notions de coupe et ne pouvais faire de robe à Fanny, à *notre* Jane, et encore moins à moi-même. Les chemises de Tom étaient en loques, mais il n'y avait pas d'argent pour en acheter de neuves. J'y posai des pièces, reprisai les déchirures à larges points qui s'écartaient aussitôt. Je recousis les coutures et bouchai les trous. Je mis à plat des robes devenues trop petites pour moi et essayai de les retailler pour *notre* Jane. Il faisait glacial dans la cabane. Je décidai d'aller à la valise magique, celle de ma mère. J'examinai d'abord les vêtements d'été, puis je mis la main sur un chandail rose ; il était à manches trois-quarts et beaucoup trop grand pour *notre* Jane, même pour en faire une robe. Mais dès l'instant où elle l'aperçut, elle le voulut.

— Bon, *notre* Jane, dis-je, tiens-toi tranquille jusqu'à ce que je l'ajuste sur toi.

Je passai un élastique autour du cou pour en rétrécir l'ouverture et remonter les épaules. Et *notre* Jane eut une jolie robe neuve, en tricot.

Fanny rentrait d'une promenade dans les bois quand elle vit Jane qui sautait joyeusement, d'un pied sur l'autre, pour faire remarquer sa toilette. Elle demanda avec suspicion :

— Où as-tu trouvé ce tissu ? Je ne savais pas que nous avions de l'étoffe rose ici. D'où vient-elle ?

Tom, qui avait l'imagination fertile quand il s'agissait de raconter ses aventures à la chasse, prit la parole :

— Je l'ai trouvée, flottant au gré du vent. J'étais à plat ventre dans la neige, à moitié enterré, à l'affût d'une dinde pour le repas de Noël. J'avais les yeux braqués sur le buisson derrière lequel elle se cachait, mon fusil armé et pointé, la main sûre, quand soudain apparut une espèce de forme rose. Je tirai, elle atterrit sur le buisson. C'était la robe de *notre* Jane.

— Tu mens, dit Fanny. C'est le plus gros et le plus stupide des mensonges que tu aies jamais faits et Dieu sait si tu en as fait !

— Je ne pourrai jamais en proférer autant que toi, répondit Tom.

— Grandpa, Tom me traite de menteuse. Dis-lui d'arrêter !

— Arrête ça, Tom, dit Grandpa. Tu ne devrais pas taquiner ta sœur.

Voilà comment les choses se passaient : Fanny et Tom se disputaient, Keith et *notre* Jane se tenaient tranquilles, Grandpa sculptait ses baguettes et évitait, le plus possible, de rester debout. Ses pieds le faisaient souffrir. Il se plaignait d'avoir des cors, des oignons et autres callosités qui seraient, à mon avis, facilement parties s'il les avait frottées à l'eau et au savon. Mais il n'aimait pas trop cela. Le samedi soir, nous l'obligions à prendre un bain. Grandpa essayait d'échapper à tout ce qui n'était pas la sculpture de ses morceaux de bois.

Bien qu'elle n'allât pas à l'école, toutes les excuses

étaient bonnes à Fanny pour ne rien faire. Je jugeais son cas désespéré. Si son but était de rester une illettrée, elle avait déjà remporté la palme ! Tom, lui, devait achever son instruction. De cela, j'étais convaincue.

— C'est d'accord, dit-il. Je continue. J'étudierai pour deux et je te transmettrai un peu de ma science. Ce serait tellement mieux d'expliquer notre situation à mademoiselle Deale. Elle te donnerait des devoirs à faire à la maison. Qu'en penses-tu, Heavenly ?

— Si tu peux m'assurer qu'elle ne devinera pas que nous sommes seuls, que nous mourons de faim et de froid, tu peux le faire. Tu ne veux pas qu'elle sache cela, Tom ?

— Serait-ce si terrible ? Elle pourrait nous aider, au moins.

Il semblait avoir peur de me mettre en colère.

— Ecoute, Tom. Mademoiselle Deale gagne ce que Logan appelle une aumône. Elle dépensera tout ce qu'elle a pour nous parce qu'elle est généreuse. Nous ne pourrons pas accepter. En revanche, ne nous a-t-elle pas dit un jour, en classe, qu'une vie dure trempait les caractères ? Tom, nous serons aussi solides que le roc !

Il me regarda avec admiration.

— Tu as déjà un caractère en acier trempé, si tu veux te parfaire, tu vas nous laisser mourir de faim.

Chaque jour, Tom allait en classe, avec des devoirs bien fignolés. Rien ne l'arrêtait plus, ni la pluie, ni le froid, ni le verglas. Il n'avait pourtant pas de vêtements convenables ; il aurait eu besoin d'une veste chaude et nous n'avions pas d'argent. Il aurait aussi eu besoin de souliers et de bottes pour lui garder les pieds au sec. Les chaussures que Pa avait achetées ne convenaient à aucun d'entre nous.

Pour échapper à la monotonie de la vie à la cabane,

Fanny se traînait quelquefois en classe. Elle n'y faisait rien, n'y apprenait rien, mais cela lui donnait l'occasion de renouer avec ses anciens flirts. Keith, lui, n'y allait que quand *notre* Jane était trop malade pour réclamer sa présence.

Nous prenions nos bains hebdomadaires le samedi soir. Nous poussions le baquet près du poêle, l'eau du puits y chauffait. Nous nous préparions pour la seule distraction qui nous restait : aller à l'église, le dimanche.

Quand le temps était à peu près décent, nous nous levions à l'aube et enfilions nos meilleures guenilles. Tom portait *notre* Jane pendant la moitié du trajet et je l'aidais à marcher ensuite. Si elle n'avait pas attendu avec impatience l'achat par Mlle Deale de glaces en cornet, je ne crois pas qu'elle aurait marché de si bon cœur. Keith sautait et dansait, Fanny courait en avant. Loin derrière se traînait Grandpa. Il ralentissait notre procession, bien plus que ne le faisait *notre* Jane. Il marchait avec une canne et Tom devait souvent l'aider à passer une souche ou un tronc tombé en travers du chemin. La pire des choses qui aurait pu nous arriver était que Grandpa tombât et se brisât les os.

Grandpa mettait une heure, quelquefois deux, pour descendre dans la vallée. En bref, nous étions quatre à grelotter autour de lui, pour lui tenir compagnie. Fanny était confortablement installée à l'église bien avant que nous n'y arrivions.

Tom se mit en quête de Fanny. Il la trouva enfin. Il poussa le garçon qui était avec elle et lui fit rectifier sa toilette. Une fois de plus, nous fûmes en retard. Notre arrivée fut l'objet d'un examen minutieux, qui nous conforta dans l'idée que les Casteel étaient bien les parias des collines.

Cette petite église blanche, flanquée de son clocher,

nous rendait confiance. Nous étions nés pour croire et pour espérer. Ces excursions dominicales étaient pénibles, mais nous y prenions plaisir et elles nous fournissaient matière à conversation pendant la semaine. Nous sentions, alors, que nous aussi, nous appartenions à l'espèce humaine. Cela nous aidait à supporter les tortures de notre vie quotidienne. Mlle Deale n'était pas à l'église chaque dimanche, mais aujourd'hui, elle s'y trouvait.

Elle se retourna pour nous sourire, avec une nuance de soulagement dans les yeux. J'essayai de l'éviter, mais je fus obligée de partager le livre de chants avec elle. Sa jolie voix claire s'éleva comme un hymne à la vie. *Notre* Jane la contemplait avec une telle adoration que j'en avais les larmes aux yeux. Nous nous assîmes et le révérend Wise monta sur l'estrade. *Notre* Jane se tourna vers Mlle Deale.

— J'aimerais chanter comme vous le faites, lui dit-elle.

— Nous parlerons de cela en sortant, répondit Mlle Deale.

Elle prit *notre* Jane sur ses genoux. De temps à autre, elle se penchait vers elle pour lui caresser la joue ou les cheveux.

Chanter des hymnes à pleine voix était, de loin, ce que je préférais. Les choses se gâtaient lorsqu'il fallait nous asseoir pour écouter, dans le plus grand recueillement, des sermons qui nous rappelaient que tout, ou presque, n'était que vanité... Noël approchait et cela inspirait incontestablement le révérend Wayland Wise, ce qui, en clair, signifiait que nous étions tous voués au feu éternel... Dans mes cauchemars, j'y étais déjà.

« Quel est celui d'entre nous qui n'a jamais péché ? Qu'il se lève. » Nous le regardions avec incrédulité, avec angoisse, avec admiration ! « Nous sommes tous des pécheurs, nés du péché, nés par le péché, nés avec le péché. Et pécheurs, nous mourrons. Le péché est autour de nous, à l'intérieur de nous, tapi dans le coin d'ombre de nos âmes, il ne nous lâche pas. Donnez et vous serez sauvés ! Donnez et vous serez délivrés de l'emprise de Satan ! Donnez aux pauvres, aux démunis, aux nécessiteux... Et, par ce geste, la bonté s'emparera de vos âmes, jaillira de vous comme une rivière d'or... Donnez toujours ! Donnez encore ! »

Sur les genoux de Mlle Deale, *notre* Jane toussait et reniflait sans arrêt. Elle attendait que quelqu'un la mouchât et l'emmenât aux toilettes. Je la conduisis dehors, puis aux « toilettes des dames ». C'était un endroit charmant... On y trouvait une rangée de lavabos de porcelaine blanche, étincelante, du savon liquide, des serviettes en papier. Elle choisit un cabinet à sa taille, puis elle voulut tirer la chaîne. Elle avait une véritable passion pour ce geste ; elle laissait tomber du papier dans la cuvette, puis, de nouveau, tirait. Nous rentrâmes dans l'église. Je l'assis sur mes genoux pour qu'elle ne chiffonnât pas le joli tailleur de Mlle Deale. Elle commença à se plaindre. Elle avait mal aux pieds parce que ses chaussures étaient trop petites ; il faisait froid dans l'église et le révérend criait et parlait trop longtemps. Elle voulait se lever et chanter, bien qu'elle ne connût aucun des hymnes.

— C'est presque fini, nous allons bientôt chanter, lui dis-je, ensuite, nous aurons une glace.

Pour sucer une glace, *notre* Jane aurait marché sur des charbons ardents...

— Et qui la paiera ? demanda Tom. Nous ne pouvons plus rien accepter de mademoiselle Deale et si nous donnons de l'argent à la quête, nous n'aurons plus un sou.

— Ne mets rien, fais semblant, répondis-je. Nous sommes « les pauvres, les démunis, les nécessiteux ».

Tom accepta à contrecœur, mais nous devions acheter leurs glaces à Keith et à *notre* Jane. C'était le moins que nous pussions faire pour eux.

Le plateau de la quête arrivait de notre côté. Tom fouilla dans sa poche.

— J'ai de la monnaie pour tout le monde, dit Mlle Deale, gardez votre argent !

Elle laissa tomber deux billets d'un dollar.

Nous venions d'entonner le chant final. Mlle Deale se leva, prit son sac, enfila ses gants de cuir, ramassa sa bible et son livre de psaumes. J'en profitai pour murmurer à Tom :

— Gagne vite la porte et n'hésite pas !

Notre Jane traînait les pieds ; je la soulevai, elle se mit à geindre :

— Je voudrais une glace, Heavenly, j'en voudrais une.

Ce qui permit à Mlle Deale de nous rattraper, juste comme nous nous esquivions derrière le révérend Wise et sa femme.

— Attendez-moi, dit-elle.

Elle courait derrière nous. Ses talons hauts cliquetaient sur la chaussée. Grandpa s'appuyait sur moi, afin de ne pas buter sur les pavés.

— Ce n'est pas la peine, Tom, elle nous rattrapera. Faisons bonne figure et espérons qu'elle ne va pas se casser une jambe !

Nous nous arrêtâmes. Elle arriva à notre hauteur.

— Qu'est-ce qui vous prend de détaler comme des lapins ? Vous savez pourtant que j'ai promis une glace à *notre* Jane, ainsi qu'à Keith ! N'aimez-vous plus les gâteries ?

Notre Jane se cramponna à elle et Fanny déclara avec ferveur :

— Nous aimerons toujours les glaces.

— Bon, dit Mlle Deale, allons nous asseoir au chaud et amusons-nous !

Et elle se dirigea vers le magasin des Stonewall, encadrée de Fanny, de Keith et de *notre* Jane. Fanny avait l'air d'une toute petite fille, alors que, quelques minutes plus tôt, elle était prête à séduire n'importe quel garçon de la vallée pour lui soutirer quelques sous.

Mlle Deale entra dans la boutique.

— Comment va votre père, me demanda-t-elle, je ne l'ai pas aperçu depuis longtemps ?

— Il va bientôt rentrer à la maison.

Je priai intérieurement pour qu'elle n'eût jamais entendu parler de sa maladie.

— Et votre mère, pourquoi n'est-elle pas là aujourd'hui ?

— Elle est restée à la maison. Elle ne se sent pas très bien en ce moment.

— Tom m'a dit que tu avais été malade. Tu n'as pas trop mauvaise mine, bien que tu aies maigri.

— Je reviendrai bientôt en classe.

— Et Keith et *notre* Jane ?

Elle était décidée à en savoir plus.

— Ils n'étaient pas très bien non plus, ces derniers temps.

— Heaven, je suis votre amie. Je veux que vous soyez honnêtes avec moi. Un ami est quelqu'un sur qui vous pouvez compter en n'importe quelle circonstance. C'est quelqu'un qui est là pour vous apporter son aide si vous en avez besoin. Un ami comprend tout. Je veux vous aider, j'ai besoin de vous aider. Si je peux faire quelque chose pour vous, dites-le-moi. Je ne suis pas riche, mais je ne suis pas pauvre non plus. Mon père m'a laissé un petit pécule à sa mort. Ma mère vit à Baltimore et n'est pas en très bonne santé en ce moment. J'irai la voir pendant les vacances de

Noël et, avant que je ne parte, je veux savoir ce que je peux faire pour vous rendre la vie plus agréable.

C'était une chance en or. C'était notre chance. Mais la fierté me nouait la gorge et me liait la langue. Je ne dis rien, Tom et Grandpa n'ouvrirent pas la bouche. Fanny, la seule qui aurait divulgué notre secret, était un peu plus loin et feuilletait des magazines.

Je me tenais là, près de la porte, partagée entre l'envie de tout avouer et l'angoisse de déchoir. Grandpa s'était assis sur une banquette, devant une table. Il avait l'air, comme d'habitude, perdu.

— Pauvre cher homme, dit Mlle Deale, sa femme lui manque ! Elle doit vous manquer aussi !

Elle me regarda dans les yeux et me sourit.

— Je viens d'avoir une idée merveilleuse. Des glaces, c'est bien joli, mais ça n'est pas un vrai repas. J'avais prévu de déjeuner au restaurant. Je déteste y prendre mes repas seule, j'ai l'impression que tout le monde me regarde. Faites-moi le plaisir de m'accompagner. Ainsi vous pourrez me raconter tout ce qui vous arrive.

Fanny, qui, un moment plus tôt, était invisible, souriait de toutes ses dents.

— Nous aimerions tant cela, dit-elle.

J'hésitai sur le comportement à adopter, mais ma fierté fut la plus forte.

— Merci beaucoup, dis-je. Je crains que nous ne puissions accepter. Votre invitation nous touche profondément, mais il nous faut rentrer à la maison avant la tombée de la nuit.

— Ne l'écoutez pas, mademoiselle Deale, dit Fanny. Nous mourons de faim depuis le départ de Pa. Granny est morte et Ma nous a quittés. Quant à Grandpa, il lui faudra tout l'après-midi pour se traîner là-haut et nous arriverons, de toute façon, à la tombée de la nuit. Sans compter qu'une fois à la maison, nous n'aurons rien à manger.

— Mais Pa peut revenir d'un moment à l'autre, dis-je. N'est-ce pas, Tom ?

— Absolument, répondit Tom.

Il regardait avec désenchantement le restaurant situé de l'autre côté de la rue. C'était justement celui devant lequel nous nous étions si souvent arrêtés, en espérant qu'une fois, une fois seulement, nous pourrions y entrer. Nous nous imaginions assis autour d'une table ronde ; sur la nappe immaculée, une rose rouge s'ouvrait dans un vase de cristal ; les chaises étaient recouvertes de velours, rouge également, les serveurs étaient en noir et blanc. Comme j'aimais le mélange du blanc, du rouge et de l'or ! L'atmosphère devait y être parfumée, la nourriture exquise et... il devait y faire chaud.

Mlle Deale nous regarda avec une expression étrange.

— Fanny prétend que votre mère est partie... Il y a des gens, dans cette ville, qui affirment qu'elle s'en est allée pour toujours.

— Je ne sais pas, répondis-je. Elle peut changer d'avis et rentrer n'importe quand. Elle est comme ça.

Fanny m'interrompit :

— Elle n'est pas comme ça ! Elle ne reviendra jamais. Elle l'a écrit dans une lettre. Quand Pa l'a lue, il est devenu fou de rage. Il s'est précipité dehors en disant qu'il allait la retrouver et la tuer. Maintenant, nous sommes seuls. Nous n'avons plus de papa, plus de maman et même plus de nourriture. Nous n'avons pas de vêtements pour l'hiver et pas assez de bois pour nous chauffer. Et c'est horrible... Horrible.

J'aurais aimé la voir morte. Elle hurlait et gesticulait au milieu du magasin. Tous les regards étaient braqués sur nous. J'étais là, cramoisie, espérant que le sol allait s'entrouvrir pour m'engloutir.

C'était comme si on m'avait exposée nue, en public. J'essayai désespérément d'arrêter Fanny qui continuait, donnant force détails sur notre vie de misère. Je regardai Grandpa, puis Keith et *notre* Jane. Soudain, je compris que ma fierté ne pesait pas lourd en comparaison de l'angoisse qui perçait dans leurs yeux. C'était monstrueux de rejeter l'aide d'une femme si généreuse. J'avais été aveuglée par l'orgueil, Fanny avait infiniment plus de bon sens que moi.

— Allons, Heaven, dit Mlle Deale, si Fanny veut aller au restaurant, et je vois que Tom ne se ferait pas prier non plus, vous ne pouvez pas voter contre la majorité. C'est décidé, la famille Casteel est mon invitée aujourd'hui. Vous le serez chaque dimanche, jusqu'à ce que votre père revienne.

J'avalai ma salive pour m'empêcher de pleurer.

— J'accepte à une condition, dis-je, c'est que nous vous remboursions quand nous le pourrons.

— Mais bien sûr, Heaven !

Elle traversa la rue comme Moïse conduisant son peuple affamé à travers le désert. Elle entra avec dignité dans l'élégant restaurant. Les serveurs, de noir et de blanc vêtus, nous regardèrent comme s'ils voyaient défiler une parade de cirque. Quelques clients prirent leur air pincé et nous examinèrent avec dédain. Mlle Deale sourit à chacun. Elle passa près d'un couple agréable à regarder et habillé avec recherche.

— Comment allez-vous ? dit-elle. Je suis ravie de vous rencontrer. Votre fille est toujours un exemple à l'école. Vous pouvez être fiers d'elle.

Elle se tourna vers nous et ajouta :

— C'est merveilleux de déjeuner en famille.

Puis elle mit le cap sur la meilleure table du restaurant et ordonna à un vieux maître d'hôtel ébahi de s'occuper de nous.

— Cette table a une vue superbe sur vos montagnes, dit-elle.

J'étais aussi confuse qu'embarrassée. Je m'assis sur une chaise dorée, recouverte de velours rouge. C'était comme dans un rêve. Le nez de Jane coulait. Tom attrapa vivement Keith pour l'emmener aux toilettes. Fanny souriait à tout un chacun comme si elle avait eu une grande habitude de ce genre d'endroit. Avant de s'asseoir et pendant que le maître d'hôtel lui avançait une chaise, elle retira un à un ses trois chandails. Tous les regards étaient fixés sur elle. Chacun pensait, avec consternation, qu'elle allait se retrouver nue. Elle s'arrêta cependant à la robe et adressa un sourire radieux à Mlle Deale.

— Je n'ai jamais été aussi heureuse de ma vie, dit-elle.

— C'est très gentil, Fanny, et vous l'entendre dire me rend très heureuse aussi.

Keith n'appréciait pas autant les toilettes que *notre* Jane. Tom et lui revinrent à toute vitesse, comme s'ils avaient eu peur de manquer quelque chose d'unique. Tom me dit d'un air radieux :

— C'est notre cadeau de Noël, n'est-ce pas, Heaven ?

Noël viendrait dans cinq jours. Je regardai un arbre superbe que l'on avait disposé dans un coin. Des guirlandes décoraient la salle. Fanny dit trop fort :

— C'est bien arrangé, ne trouves-tu pas, Heaven ? Quand je serai riche et célèbre, je déjeunerai dans un endroit comme celui-là tous les jours.

— N'est-ce pas que c'est agréable ? dit Mlle Deale.

C'est beaucoup mieux que de déjeuner chacun de notre côté. Maintenant, il est temps de choisir. Nous commençons par vous, monsieur Casteel.

— Je prendrai comme vous, répondit Grandpa.

Il paraissait comblé et essayait de cacher sa bouche pour que l'on ne vît pas qu'il lui manquait des dents.

Fanny dit sans hésiter :

— Mademoiselle Deale, choisissez ce qu'il y a de meilleur, je veux dire, ce que vous préférez et nous ferons tous comme vous. Nous prendrons aussi un dessert, bien sûr. Vous pouvez laisser de côté les choux, les galettes et la sauce.

Mlle Deale sembla bien prendre cette tirade.

— Bien sûr, Fanny, dit-elle. C'est même une très bonne idée. Je choisirai pour vous. L'un de vous ne voudrait-il pas goûter le bœuf, par hasard ?

Si nous voulions goûter du bœuf ! Nous n'avions jamais de bœuf à la maison. La viande donnerait des couleurs à *notre* Jane et à Keith.

— J'adore le bœuf, dit Fanny.

Grandpa approuva, *notre* Jane et Keith ouvrirent de grands yeux, Tom était radieux.

— Ce que vous choisirez sera parfait pour nous, dis-je.

J'étais pleine de gratitude et en même temps effrayée de l'embarrasser avec nos manières peu élégantes. Mlle Deale prit sa serviette, elle était pliée en forme de fleur, l'ouvrit et la glissa sur ses genoux. Je l'imitai tout en donnant, sous la table, un coup de pied à Fanny. J'aidai Keith à déplier la sienne. Mlle Deale s'occupa de *notre* Jane. Grandpa et Tom s'arrangèrent pour en faire autant.

— Comme entrée, dit Mlle Deale, nous pourrions prendre de la salade, ou de la soupe, à moins que vous ne préfériez des fruits de mer, de l'agneau ou du porc ?

— Nous prendrons du bœuf, dit Fanny.

— Bien, est-ce que tout le monde est d'accord ?

Nous acquiesçâmes avec joie.

— Il vous faut maintenant décider si vous voulez votre viande rouge, à point ou bien cuite. Peut-être l'un de vous veut-il un bifteck ?

Je regardai Tom.

— J'aimerais du rôti de bœuf, dis-je.

Dans mes livres préférés, tous les hommes mangeaient du rôti de bœuf !

— Parfait, j'adore moi-même le rôti de bœuf, de préférence à point, cela vous va-t-il ? Nous l'accompagnerons de pommes de terre. Prendrez-vous des légumes verts ?

— Je n'en veux pas, dit Fanny, je prendrai juste de la viande, des pommes de terre et du dessert.

— Ce n'est pas un menu très équilibré, dit Mlle Deale. Nous prendrons tous une salade composée et des haricots verts. Je suis certaine que vous aimerez cela, n'est-ce pas, monsieur Casteel ?

Grandpa approuva du chef, muet de timidité. Je me demandai s'il allait pouvoir avaler quelque chose. Je n'avais jamais entendu dire qu'il eût été au restaurant une seule fois dans sa vie.

Ce n'était pas un repas ordinaire, c'était un véritable festin !

On plaça devant nous d'énormes assiettées de salade. Je contemplai la mienne quelques secondes, puis levai les yeux pour voir quelle fourchette Mlle Deale allait utiliser. Je pris alors la mienne et Tom en fit autant. Quant à Fanny, elle piochait dans son assiette ce qui lui plaisait, avec ses doigts. Je fus obligée de la rappeler à l'ordre sous la table. *Notre* Jane mangeait du bout des dents et Keith faisait de son mieux pour avaler cette nourriture inhabituelle sans pleurer. Mlle

Deale beurra deux petits pains tièdes et les leur tendit.

— Mangez-les avec, ce sera beaucoup mieux.

Je me rappellerai, jusqu'à mon dernier jour, cette salade composée de choses que nous n'avions jamais vues auparavant. Il y avait des tomates, à cette époque de l'année, de minuscules épis de maïs, des poivrons, des champignons crus et une foule d'autres choses dont je ne connaissais même pas le nom. Tom, Fanny et moi la dévorâmes en un rien de temps. Nous fîmes une si grande consommation de petits pains chauds que l'on dut remplir la corbeille trois fois. Je dis à l'oreille de Tom :

— C'est du vrai beurre !

Avant même que *notre* Jane, Keith et Grandpa eussent terminé leur salade, on apporta le plat principal.

— Faites-vous ce genre de repas tous les jours ? demanda Fanny. C'est un miracle que vous ne pesiez pas une tonne !

— Non, Fanny, seulement le dimanche. A partir d'aujourd'hui, vous vous joindrez à moi.

C'était trop beau pour y croire. Nous aurions pu survivre une semaine avec ce que nous avions devant nous. Je décidai sur-le-champ de tout avaler jusqu'à la dernière miette. Je crus voir que Fanny, Tom, *notre* Jane et Keith avaient pris la même décision. Grandpa avait, toutefois, quelque problème avec sa viande parce qu'il n'avait plus beaucoup de dents. J'étais heureuse de voir *notre* Jane manger avec plaisir. Quant à Keith, il nettoya son assiette et entreprit même de la lécher. J'essayai de l'en empêcher, mais Mlle Deale m'arrêta.

— Laisse-le manger sa sauce avec son pain, dit-elle. Cela me fait tellement plaisir de vous voir apprécier ce déjeuner !

— Nous aimerions avoir un dessert, dit Fanny. Je voudrais de ce gâteau au chocolat.

Et elle pointa le doigt vers le chariot des desserts.

— Et vous, monsieur Casteel, que prendrez-vous ?

Je devinai que Grandpa n'était pas à l'aise. Il devait souffrir de l'estomac parce qu'il n'avait pas l'habitude de manger autant. Le fait de mâcher devenait pour lui un problème.

— Ce que vous voudrez, répondit-il.

— Je vais prendre un gâteau au chocolat, mais différent de celui de Fanny, dit Mlle Deale. Je suis certaine que *notre* Jane et Keith vont aimer le pudding au chocolat de la maison. Monsieur Casteel, Heaven et Tom, choisissez ! Fanny et moi ne pouvons commencer sans vous.

Je pris le gâteau au chocolat qu'avait commandé Mlle Deale parce que je pensais que ce devait être le meilleur. Celui de Fanny était énorme, couronné de crème Chantilly et surmonté d'une cerise confite. Son aspect m'enchanta. On servit à Grandpa et à Tom, ainsi qu'à Mlle Deale, *notre* Jane et Keith, du pudding au chocolat dans des assiettes ravissantes. Je regrettai mon choix.

Notre Jane avait l'air au paradis. Elle avala son pudding si vite qu'elle eut fini avant Keith. Elle adressa un sourire tellement radieux à Mlle Deale que plusieurs personnes, à d'autres tables, en furent attendries.

— C'était bon, dit-elle.

J'aurais dû savoir que notre chance allait tourner. Brusquement, sans le moindre signe avant-coureur, *notre* Jane devint verte et vomit, sur la jupe de Mlle Deale, sur la nappe immaculée et enfin sur moi, une partie de son déjeuner.

Ses yeux s'agrandirent d'horreur et elle se mit à hurler. Elle essaya de cacher son visage dans mes genoux. Je fis des excuses maladroites et tentai de réparer les dégâts.

Mlle Deale ne parut pas perturbée pour autant.

— Heaven, ne t'en fais pas ! Ce n'est pas un drame. Je porterai cela chez le teinturier. Maintenant, calmez-vous tous et cessez de prendre des têtes éplorées. Habillez-vous pendant que je fais un chèque ! Je vous conduirai chez vous en voiture.

Les clients du restaurant, ainsi que les serveurs, firent mine d'ignorer la scène, comme s'ils l'avaient prévue depuis le début.

— C'est mal ce que j'ai fait, dit *notre* Jane. Oh, Heavenly ! Je ne voulais pas faire ça, tu sais !

— Excuse-toi auprès de mademoiselle Deale.

Notre Jane était trop timide pour parler. Elle se remit à pleurer.

— Ça n'a pas d'importance, ma petite Jane. Cela arrive à tout le monde. Cela m'est arrivé quand j'avais ton âge.

— C'est vrai, lui dis-je. Cela arrive quand on a un petit estomac qui n'est pas habitué à tant de nourriture.

— Cela ne m'est jamais arrivé, dit Fanny. Mon estomac sait se tenir.

— Mais pas ta langue, répondit Tom.

Je portai *notre* Jane jusqu'à la voiture de Mlle Deale. C'était une automobile noire et luxueuse. Pendant le retour, au fur et à mesure que nous montions, il commença à neiger. Je tremblais à l'idée que l'estomac de *notre* Jane pouvait encore se révolter. Mais il resta tranquille jusqu'au bout.

Je descendis de voiture avec *notre* Jane dans les bras et remerciai Mlle Deale avec timidité.

— Je ne sais comment vous dire merci et combien je suis ennuyée que *notre* Jane ait sali votre tailleur. J'espère que les taches disparaîtront au nettoyage.

— Mais bien sûr, dit-elle.

— Et, s'il vous plaît, invitez-nous dimanche prochain ! dit Fanny.

Elle ouvrit la porte de la cabane et la claqua derrière elle. Puis elle reparut.

— Des tas de mercis, mademoiselle Deale. Ça, on peut dire que vous savez faire plaisir, vous !

Tom se pencha pour embrasser notre professeur.

— Vous êtes unique, dit-il, aussi vieux que je vive, je n'oublierai ni vous ni ce jour.

Le moment arrivait de proposer à Mlle Deale d'entrer. Bien qu'elle n'attendît qu'un signe, je ne pouvais m'y résoudre. Je ne voulais pas étaler notre misère. La cabane, vue de l'extérieur, était suffisamment pauvre pour inspirer la pitié. L'intérieur l'aurait empêchée de dormir.

— Merci vraiment, mademoiselle Deale, pour tout. Veuillez pardonner à Fanny sa grossièreté et à *notre* Jane sa gourmandise. J'avais l'intention de vous demander d'entrer, mais j'ai laissé, ce matin, la maison très en désordre... et...

C'était la stricte vérité.

— Je comprends, Heaven, peut-être votre père est-il rentré ? Dans ce cas, il doit se demander où vous êtes passés. J'aimerais lui parler.

Fanny mit la tête dehors.

— Il n'est pas là, d'ailleurs, il ne rentrera pas. Il est malade et...

Je l'interrompis.

— Il était malade... Il va beaucoup mieux et sera à la maison demain.

— Je suis soulagée de vous l'entendre dire.

Elle sourit et me prit dans ses bras.

— Tu es courageuse et très droite, mais beaucoup trop jeune pour supporter tout cela. Je passerai vous voir demain, après la classe, avec des cadeaux pour mettre au pied du sapin.

Je ne lui dis pas que nous n'avions pas d'arbre de Noël.

— Vous ne pouvez pas faire cela, mademoiselle Deale.

— Si, je le peux ! Je serai ici demain vers seize heures trente.

Fanny se montra de nouveau.

— On vous attendra, n'oubliez pas !

Mlle Deale me toucha la joue.

— Vous êtes une jeune fille si attachante, Heaven. Je ne peux pas accepter que vous ne terminiez pas vos études ; vous êtes si douée...

Soudain, une toute petite voix se fit entendre :

— *Notre* Jane est désolée, dit Keith.

— Je le sais bien, répondit Mlle Deale.

Elle leur caressa à tous deux les cheveux et se retourna pour monter en voiture.

Dans la cabane, il faisait presque aussi froid qu'à l'extérieur. Tom chargea le *vieux qui fume.* Je m'assis et berçai *notre* Jane. Le vent s'infiltrait partout. Il passait au travers du plancher, sous les fenêtres. L'intérieur de la cabane paraissait plus désolé que de coutume. Je revoyais le restaurant, ses murs pâles, sa moquette orange, ses meubles élégants et confortables. C'était dans un endroit comme celui-là où nous aurions dû vivre. Notre misère était telle que j'en avais les larmes aux yeux.

Cette nuit, je prierais à genoux. Ma prière serait profonde et sincère. Je supplierais Dieu de ramener Pa à la maison et il m'exaucerait...

Le lendemain, je me levai à l'aube en chantant. Je préparai le petit déjeuner. Tom partit pour l'école et je commençai à astiquer notre intérieur.

— Tu peux toujours épousseter, balayer, frotter, ce

sera toujours aussi laid, dit Fanny. Ce sera toujours dégoûtant.

— Non, si tu m'aides, j'y arriverai bien ! Allez ! flemmarde, donne-toi un peu de mal, sinon, plus de déjeuner au restaurant.

— Mademoiselle Deale tiendra sa promesse.

— Voudrais-tu la voir assise sur une chaise sale ?

La menace lui fit de l'effet. Elle s'activa pendant près d'une heure, puis elle s'arrêta, manifestement épuisée, pour aller dormir.

— Ainsi le temps passe plus vite, dit-elle.

Grandpa somnolait dans son fauteuil ; il devait en être de même pour lui !

Il fut seize heures trente, puis dix-sept heures. Mlle Deale ne venait pas.

Quand Tom revint de l'école, il faisait presque nuit ; il me tendit une lettre.

« Ma petite Heaven,

Quand je suis rentrée à la maison, hier soir, un télégramme m'attendait. Ma mère est à l'hôpital, gravement malade. Je vais prendre un avion pour être à ses côtés.

Si vous avez besoin de moi, que ce soit pour n'importe quelle raison, appelez en P.C.V. au numéro indiqué ci-dessous.

J'envoie quelqu'un vous livrer ce que je vous avais promis.

Veuillez accepter ces cadeaux que je fais à des enfants que j'aime comme s'ils étaient les miens.

Marianne Deale. »

En bas de page, il y avait un numéro de téléphone avec le code de la région. Elle avait peut-être oublié que nous n'avions pas le téléphone ? Je regardai Tom.

— A-t-elle dit autre chose ?

— Des tas de choses. Elle voulait savoir quand Pa reviendrait ; elle m'a demandé nos tailles et nos pointures. Elle m'a supplié de lui apprendre ce dont nous avions le plus besoin. Que pouvais-je faire ? La liste est tellement longue. Nous manquons de tout. Le plus important est la nourriture. Eh bien ! devine ! Je suis resté planté là, comme un imbécile. J'aurais aimé avoir, pour une fois, le culot de Fanny ainsi que son manque de dignité. Je n'ai rien osé dire et elle est partie. Heaven, la seule amie que nous avions est partie...

— Mais elle va nous envoyer des cadeaux !

— Où est passée ta belle fierté ?

Trois jours après, nous n'avions toujours rien. Deux jours avant Noël, Tom rentra avec de mauvaises nouvelles.

— Je suis allé au magasin dans lequel mademoiselle Deale avait choisi nos cadeaux. Ils ne font pas de livraisons en dehors de la ville. J'ai essayé de les convaincre, impossible ! Nous devrons attendre son retour et elle devra payer un supplément. Ils n'ont rien dû lui dire, de peur qu'elle ne s'organise autrement.

Je tâchai de paraître insouciante. J'étais, en fait, désespérée.

L'hiver devenait très rude et nous fûmes pris de court. Nous dûmes rapidement combler les trous et les fentes : celles de la porte, celles des fenêtres, celles du plancher, celles des murs. La cabane ressembla bientôt à un repaire de chiffonniers. Ces installations étaient des refuges sûrs pour les puces, les araignées et toutes bestioles de ce genre. Dans nos montagnes, les couchers de soleil étaient fugitifs et la nuit tombait brusquement. Un froid suffocant paralysait alors la montagne. Nous mettions nos paillasses les unes à côté des autres pour essayer de garder un peu de chaleur, mais le sol était trop froid. Quand il pensait à quitter son fauteuil, Grandpa dormait dans le grand lit de cuivre. C'était mieux pour ses rhumatismes, mais il n'était pas toujours d'accord.

— Non, Heaven, ce n'est pas normal, ces enfants ont besoin de plus de sommeil que moi. Ne discute pas ! Mets *notre* Jane et Keith dans le lit. Vous autres, vous n'avez qu'à vous serrer l'un contre l'autre pour vous tenir chaud.

Dans ces cas-là, il était impossible de le faire mettre au lit. Il était buté. J'avais longtemps pensé qu'il était égoïste, mais il n'en était rien.

— Le grand lit est pour les plus jeunes, pour les plus fragiles.

Il s'agissait évidemment de *notre* Jane et de Keith. Fanny éleva la voix :

— Si un bon lit bien chaud est réservé aux plus jeunes, je ne vois pas pourquoi je n'y aurais pas droit. Il doit y avoir de la place pour moi.

— S'il y a de la place pour toi, dit Tom, il y en a sûrement pour Heaven.

— Et s'il y a de la place pour moi, dis-je, il y a forcément une petite place pour Tom.

Et nous fîmes ainsi. Tom s'installa au pied du lit, en travers, là où les jambes de Keith et de *notre* Jane ne pouvaient l'atteindre.

Quand le soir arrivait, il était épuisé. Il coupait du bois pour que nous n'en manquions pas la nuit. Il se relevait même pour recharger le poêle. Aussitôt rentré de l'école et jusqu'à ce que la nuit tombât, il fendait du bois. Le samedi et le dimanche, il préparait le bois pour la semaine. Le vieux poêle était si gourmand que Tom n'avait aucun répit. Ses bras et son dos le faisaient tant souffrir que j'étais obligée de le masser avec l'huile de castor dont se servait Granny. Cela le soulageait et détendait ses muscles.

Quand Tom ne se plaignait pas la nuit, il y avait d'autres bruits : le léger sifflement qui sortait de la poitrine de Grandpa, les quintes de toux de *notre* Jane, les gargouillis qui venaient du ventre creux de Keith. Mais, ce qui m'inquiétait le plus, c'était le bruit que j'entendais parfois sous le porche. Je me demandais s'il s'agissait de Pa qui venait s'assurer que nous n'étions pas morts, ou bien des ours ou des loups ?

Tom croyait dur comme fer qu'il ne nous laisserait pas mourir ni de faim ni de froid.

— Je sais ce que tu penses, disait-il, mais il nous aime. Même toi, il t'aime à sa manière.

J'étais roulée en boule sur le flanc, les pieds sur le dos de Tom, et je ne demandais pas mieux que de croire au retour de Pa. J'en rêvais même. Il allait nous revenir, fort et protecteur, réclamant notre indulgence.

Demain, c'était Noël. Il n'y avait plus, dans le buffet, qu'une demi-tasse de farine, une cuillerée de lard et deux pommes séchées. Je m'éveillai, ce matin-là, écrasée par le destin. Je passai en revue les vivres qui nous restaient et je me mis à pleurer. Il y en avait juste assez pour *notre* Jane, et encore, elle ne serait pas rassasiée. Tom arriva et me prit dans ses bras.

— Ne pleure pas, Heaven, surtout, ne pleure pas ! Ne te laisse pas aller aujourd'hui. Quelque chose va arriver, j'en suis certain. Je peux essayer d'aller vendre les sculptures de Grandpa en ville et j'achèterai de quoi nous nourrir.

— Quand la neige cessera de tomber, dis-je.

J'avais la voix enrouée. Les tiraillements de mon estomac ne me laissaient plus de répit.

Il se tourna vers la fenêtre. Il y avait une éclaircie.

— Regarde ! dit-il. Le temps s'arrange. Allez, Heaven, Dieu ne nous a pas oubliés. J'ai l'intuition que nous allons revoir Pa. Il ne peut pas nous laisser mourir de faim, tu le sais bien.

Je ne savais plus rien.

9

Un cadeau de Noël

C'était la veillée de Noël. Tom et moi nous glissâmes furtivement dehors. La tempête de neige nous aveuglait et l'opération nous prit un temps infini. Quand, enfin, nous rentrâmes, nous avions dans nos poches une douzaine des meilleures sculptures de Grandpa.

Je sentis avec plaisir le sol du porche sous mes pieds. J'ouvris les yeux et fus presque étonnée de constater que tout était si blanc. Le vent avait entassé la neige autour de la cabane. Tom se battit pour ouvrir la porte, puis il s'effaça et entra derrière moi. Je pénétrai dans la maison en trébuchant ; j'avais les cils pleins de neige et ne vis d'abord rien. J'entendis une espèce de brouhaha et Fanny qui criait. Je me passai la main sur les yeux pour me débarrasser de la neige et restai figée : Dieu avait exaucé mes prières, Pa était là, enfin.

Il se tenait dans la clarté du poêle et contemplait *notre* Jane et Keith qui dormaient, lovés l'un contre l'autre. Malgré le vacarme que faisait Fanny, ils dormaient à poings fermés, ainsi que Grandpa qui n'avait pas quitté son fauteuil.

Pa ne parut pas nous avoir entendus et nous restâmes sur place, à l'observer. Quelque chose dans son expression, dans sa posture me mit en garde.

— Pa, dit Tom, tu es revenu !

Il leva la tête, le regard vide, comme s'il ne connaissait pas ce grand garçon roux...

— Je suis venu vous apporter votre cadeau de Noël, dit-il.

— Où étais-tu, Pa ? demanda Tom.

Pa m'ignorait délibérément et je refusai de le regarder.

— Nulle part qui puisse t'intéresser, répondit Pa.

Ce fut tout ce que nous apprîmes. Il s'affala par terre, près du fauteuil de Grandpa qui ouvrit un œil et lui fit un vague sourire.

Peu après, ils ronflaient tous deux de concert.

Sur la table, il y avait des sacs remplis de vivres. Nous avions de quoi manger. Une fois au lit, je me demandai quel pouvait être ce merveilleux cadeau dont Pa avait parlé. Il devait être bien encombrant, pour qu'il n'eût pu le transporter jusqu'à la cabane. C'était peut-être des vêtements ou bien des jouets. Il ne nous en avait jamais acheté. Je me sentais pleine d'espoir et d'impatience. « Merci, mon Dieu, de m'avoir exaucée ! »

Demain, c'était Noël.

Le matin, j'étais en train de préparer des champignons que Tom avait ramassés la veille quand Pa émergea de son sommeil. Il sortit quelques instants, puis revint. Il n'était pas rasé et ne semblait pas très frais. Il tira *notre* Jane et Keith de leur lit chaud et en prit un dans chaque bras. Ils le regardèrent avec de grands yeux effrayés. Ils n'avaient plus l'habitude de le voir. Ils n'étaient plus ses enfants, ils étaient les miens. Je les aimais plus qu'il ne les aimait. Il les avait abandonnés si longtemps. Par un effort de volonté, je me contins et finis mon petit déjeuner.

Ce matin, nous avions des œufs. J'avais mis le bacon de côté. Nous le mangerions quand Pa serait parti. Ce n'était que justice !

— Dépêche-toi, ma fille, nous avons des invités !

Des invités ! Tom, qui coupait du bois dehors depuis bientôt une heure, rentra et se précipita sur Pa.

— Où est le cadeau de Noël, Pa ?

Pa marcha vers la fenêtre. Il ne remarqua même pas que j'avais fait les vitres et qu'elles étincelaient. Il posa *notre* Jane et Keith par terre puis me dit, tout en évitant de me regarder :

— Habille-les, et vite !

Il avait les yeux brillants. Quels pouvaient bien être ces invités ? Serait-il possible que ce fût Sarah ? Le retour de Ma serait-il notre cadeau de Noël ?

Notre Jane et Keith volèrent dans mes bras. J'étais leur mère, je représentais pour eux la sécurité. Je connaissais leurs rêves et leurs peines. Je les débarbouillai rapidement et les habillai de mon mieux.

La vie s'annonçait meilleure. J'avais encore cet optimisme enfantin qui se refusait à envisager le pire. Je faisais fi d'un mauvais pressentiment, je voulais ignorer ce que je lisais dans les yeux de Pa. Il me dévisagea brièvement, puis se tourna vers Tom et Fanny et enfin, vers Keith et *notre* Jane.

Tom était le préféré, venait ensuite Fanny.

— Alors, ma petite chérie, on fait un câlin à son papa !

Fanny se mit à rire. Elle était très caressante quand on s'occupait d'elle.

— Pa, dit-elle, j'ai prié tous les soirs pour que tu reviennes. Tu m'as tellement manqué...

Elle fit la moue et lui demanda où il vivait. Soudain, on entendit le moteur d'une voiture. Je m'approchai de la fenêtre. La voiture s'immobilisa et je vis, à l'intérieur, un gros homme et une femme. Je jetai un coup d'œil à Pa. Il avait l'air aux abois. Il prit Fanny sur ses genoux et lui caressa les cheveux. Puis il se mit à parler avec nervosité :

— Bon... les enfants... Je dois vous informer de faits pénibles, mais réels : votre mère ne reviendra jamais, les gens des collines sont ainsi faits. Une fois leur décision prise, ils s'y tiennent. Je ne veux plus entendre parler d'elle. S'il lui prenait la fantaisie de se montrer, j'attraperais mon fusil et lui ferais sauter la cervelle.

Il n'avait pas l'air de plaisanter. Nous ne disions mot. Il reprit :

— J'ai trouvé des personnes riches qui ne peuvent avoir d'enfants. Ils en désirent tellement qu'ils sont prêts à payer très cher pour cela. Ils veulent, bien sûr, un enfant assez jeune, comme Keith ou bien *notre* Jane. Je ne veux rien entendre de vous, ni cris ni pleurs. Nous n'avons pas le choix. Ils grandiront en bonne santé, ils auront une vie agréable et tout ce que je ne pourrai jamais leur offrir. Alors, vous vous taisez et laissez ces personnes faire leur choix. Compris ?

Je me sentis glacée. Il n'y avait plus d'espoir, plus rien. Papa ne changerait jamais. Il n'était qu'un pochard sans cœur et sans âme, un Casteel !

— C'est mon cadeau de Noël à Keith ou à *notre* Jane ; le seul et le meilleur que je puisse leur faire. Et n'allez pas vous mettre à hurler ! Vous pensez sûrement que je ne vous aime pas. Ce n'est pas vrai, je vous aime. Vous avez dû croire que je ne me souciais pas de votre sort. J'en étais malade jusqu'à l'obsession. J'ai passé en revue toutes les solutions possibles pour vous venir en aide, pour vous sauver. Une nuit, alors que j'étais mal à en crever, cette idée me vint.

Il adressa à Fanny un sourire charmeur, puis un autre à Tom, à Keith et à *notre* Jane, mais il m'ignora.

— J'en ai déjà parlé à Grandpa, il pense que c'est une bonne idée.

Fanny se leva des genoux de Pa et, marchant à reculons, elle rejoignit notre petit groupe. Je tenais *notre* Jane. Tom avait posé les mains sur les épaules de Keith. Fanny était très pâle.

— Mais, que vas-tu faire, Pa ? demanda-t-elle.

Il lui décocha un sourire qui se voulait persuasif. Je lui trouvais l'air particulièrement sournois.

— J'ai pensé qu'il y avait des tas de gens riches qui n'avaient pas les enfants qu'ils souhaitaient et qui étaient prêts à payer très cher pour en avoir. J'ai plus d'enfants que je ne peux en nourrir, alors que d'autres en voudraient et n'ont que de l'argent. Je me suis dit que je pourrais peut-être faire un échange.

Tom se mit à trembler, il bégayait.

— P... Pa... Tu plaisantes ?

— Tais-toi, dit Pa. Je ne plaisante pas le moins du monde. Je me suis arrêté à cette idée parce que j'ai pensé qu'elle était la meilleure. Il y en aura au moins un de vous qui ne mourra pas de faim.

C'était notre cadeau de Noël ! Notre père vendait Keith ou Jane. Je me sentis sur le point de vomir. Je serrai *notre* Jane contre moi, à lui faire mal, tandis que Pa s'avançait vers la porte pour accueillir le couple venu dans la voiture noire.

Une grosse dame, perchée sur de hauts talons, entra. Un homme, plus gros encore, la suivait. Ils portaient d'épais manteaux à col de fourrure, des gants et affichaient un large sourire qui s'effaça quand ils virent nos regards hostiles. Ils examinèrent l'intérieur de la cabane sans pouvoir cacher leur dégoût.

Il n'y avait, chez nous, ni sapin, ni décorations, ni paquets ; rien qui puisse indiquer que c'était Noël. Il n'y avait que Pa qui était en train de vendre ses enfants.

Ces gens de la ville paraissaient choqués, au-delà de toute expression. La grosse dame, assez jolie d'ailleurs, s'agenouilla et essaya d'attirer Keith sur sa poitrine opulente.

— Oh ! Lester, dit-elle, as-tu entendu ce qu'il disait comme nous entrions ? Nous ne pouvons pas laisser cet enfant mourir de faim. Regarde, il a des yeux immenses et des cheveux si fins. Et il est propre... Il est vraiment ravissant. Et cette petite fille, dans les bras de sa grande sœur, n'est-elle pas adorable, Lester ?

La panique m'envahissait. Je leur avais donné un bain la veille et j'avais lavé leurs cheveux. J'aurais tant aimé qu'ils fussent sales, repoussants et qu'elle les regardât avec répugnance. Je me mis à sangloter. *Notre* Jane tremblait dans mes bras. Il était possible, mais je n'en étais pas sûre, que Keith ou *notre* Jane fussent mieux ailleurs qu'ici. Mais comment trouverions-nous le courage de les laisser partir ? Ils étaient nôtres. Cette femme n'avait pas passé des nuits entières à les bercer, elle ne les avait jamais nourris avec amour pour les empêcher de tomber malades. Elle ne s'était jamais privée de rien pour eux. J'aurais dû leur hurler de ficher le camp, mais je me contentai de dire :

— *Notre* Jane n'a que sept ans. Keith et elle n'ont jamais quitté la maison. On ne peut les séparer, ils en mourraient.

— Elle a sept ans, dit la femme. Je pensais qu'elle

était plus jeune. J'aurais voulu un enfant plus jeune, Lester. Tu te rends compte, elle a sept ans ! Mais quel âge a le petit garçon ?

Je criai :

— Il a huit ans, il est trop vieux pour être adopté. *Notre* Jane est malade. Elle n'a jamais eu de santé. Elle vomit très souvent et attrape toutes les maladies qui traînent. Elle est continuellement enrhumée et a des poussées de fièvre sans raison apparente.

J'aurais pu continuer ainsi la matinée entière. Je ne voulais pas me séparer de *notre* Jane. Il n'était pas question de l'abandonner. Pa m'ordonna de me taire. Le gros homme tira de sa poche un portefeuille épais.

— Eh bien ! Nous prendrons le petit garçon. J'ai toujours voulu avoir un fils et ce jeune homme est très bien de sa personne. Il vaut bien le prix que vous demandez, monsieur Casteel. Cinq cents, c'est bien ça ?

Notre Jane se mit à hurler.

— Non ! Non ! Non !

Elle s'échappa de mes bras, courut à Keith et se serra contre lui. Elle hurlait d'angoisse. J'étais désespérée.

— Keith ne peut pas vous convenir, dis-je. Il est trop calme, il dort mal, il est très craintif, surtout dans le noir. Il ne voudra jamais se séparer de sa sœur. N'est-ce pas, Keith ?

— Je ne veux pas m'en aller, je ne m'en irai pas.

Il pleurait et Jane hurlait de nouveau.

— Lester, dit la femme, cela me brise le cœur. Cette scène est trop cruelle. Nous ne pouvons séparer ces deux petits, emmenons-les tous les deux. Nous en avons les moyens. Ils seront moins malheureux ensemble. Tu auras un fils et j'aurai une fille. Nous formerons une belle famille de quatre personnes, très, très heureuse.

En essayant de les sauver, j'avais perdu les deux ! Il y avait cependant quelque espoir, Lester hésitait. Alors Pa dit d'une voix calme et triste, bien qu'un peu pompeuse :

— Votre femme a un cœur d'or. C'est une qualité inestimable.

Il n'en fallut pas plus pour faire pencher la balance. Lester sortit quelques papiers, ajouta une ou deux lignes ici et là, signa et tendit les feuillets à Pa. Il se pencha et entreprit, avec difficulté, d'y apposer sa propre signature. Ce fut long, mais le résultat fut exceptionnel. Comme la plupart des gens illettrés, Pa tenait aux apparences.

Alors, je m'approchai du poêle et pris le lourd tisonnier de fer. Je l'attrapai à deux mains et le levai au-dessus de ma tête, puis hurlai à l'adresse de Pa :

— Tu ne feras pas cela, je ne te laisserai jamais le faire. Je préviendrai la police et elle te mettra en prison pour avoir vendu tes enfants. *Notre* Jane et Keith ne sont ni des poulets ni des porcs, ils sont ta chair et ton sang.

Pa fut aussi rapide que l'éclair, il me tordit le bras et je dus lâcher le tisonnier, sans quoi il me l'aurait cassé. Le tisonnier tomba à terre avec fracas et Tom se précipita pour me protéger.

La dame regarda dans ma direction, alarmée.

— Monsieur Casteel, vous nous aviez dit avoir parlé de ce problème avec vos enfants. Vous nous aviez assuré qu'ils étaient d'accord.

— Evidemment qu'ils sont d'accord, dit Pa. Mais vous savez comme sont ces jeunes, ils changent d'avis d'un jour à l'autre. Une fois qu'ils se seront habitués à une vie plus facile — j'ai maintenant les moyens de leur assurer plus de confort — ils comprendront que j'ai agi pour leur bien.

Il mentait, mais son charme lui donnait une aura d'intégrité. Le gros homme et sa femme le crurent.

Nous étions joués. Je me débattais dans un cauchemar. Dans mon affolement, je ne trouvais plus rien à dire. A la pensée que je ne reverrais peut-être plus jamais mon petit frère et ma petite sœur, je perdais tous mes moyens. En quelques instants, Keith et *notre* Jane avaient été vendus, comme des veaux à la foire. L'homme que sa femme appelait Lester se tourna vers notre « père ».

— J'espère que vous réalisez, monsieur Casteel, que cette vente est légalement irréversible, ce qui veut dire que vous ne pourrez jamais réclamer vos enfants. Je suis avoué et j'ai établi un contrat mentionnant que vous avez pleinement conscience de vos agissements et que vous êtes parfaitement instruit des conséquences de vos actes. Ce contrat stipule également que, de votre plein gré, sans pression d'aucune sorte et en toute connaissance de cause, vous avez accepté de vendre vos deux enfants, ci-dessous mentionnés, à moi-même et à ma femme. Il stipule également que vous abandonnez de façon irrévocable tous vos droits parentaux à leur égard, et le droit de les voir par la suite.

J'étais effondrée. Pa ne savait peut-être même pas ce que ce mot « irrévocable » signifiait. Personne n'avait tenu compte de mon intervention. Tom me prit dans ses bras.

— Cela n'arrivera pas, Heaven. Après ce qu'il vient d'entendre, Pa va sûrement changer d'avis.

L'avoué continuait :

— ... Vous nous cédez, par le présent acte, le droit de prendre toutes décisions concernant l'avenir de vos enfants : Keith Mark Casteel et Jane Ellen Casteel. Et si vous cherchez, par voie légale ou illégale, à les soustraire à mes soins ou à ceux de ma femme, nous nous réservons le droit de vous poursuivre et le droit d'exiger le paiement des frais engagés pour nous défendre, ainsi que le recouvrement des sommes que nous aurions dépensées pour l'éducation de ces enfants, leur entretien, les frais médicaux, les frais scolaires et autres. Nous avons l'intention de faire examiner ces enfants le plus rapidement possible par un docteur et par un dentiste. Nous les enverrons à l'école, leur constituerons une vraie garde-robe, nous leur achèterons des livres, des jouets et nous leur arrangerons de jolies chambres.

Il était clair que Pa ne pourrait jamais racheter Keith et *notre* Jane, même s'il travaillait dans ce but sa vie durant.

— Je vous suis parfaitement, dit Pa. C'est une des raisons pour lesquelles j'ai accepté de me séparer de ces enfants. *Notre* Jane a besoin d'être suivie médicalement et probablement Keith aussi. Ma fille aînée s'est montrée un peu nerveuse, mais elle a dit la stricte vérité. Vous savez donc à quoi vous en tenir.

— Quelle charmante petite fille, dit la dame ; en grandissant, elle deviendra ravissante.

Elle tenait le bras de *notre* Jane pour l'empêcher de se précipiter vers moi. Elle ajouta :

— C'est aussi un merveilleux petit bonhomme.

Et elle caressa les cheveux de Keith qui s'était collé à *notre* Jane et lui tenait la main. Je pleurais. J'étais en train de perdre le frère et la sœur que j'avais élevés. Des images de leur petite enfance affluèrent soudain. Je les revis, bébés, puis faisant leurs premiers pas. Je me rappelai avec précision les petites jambes de *notre* Jane et les chutes de Keith. Ces souvenirs devenaient déchirants.

Pa empocha l'argent. C'était plus qu'il n'avait jamais eu. Il me jeta un coup d'œil menaçant pour m'empêcher de parler. J'étais pétrifiée.

Mille dollars... Les yeux de Pa se mirent à briller.

— Fanny chérie, il commence à pleuvoir. Va donc chercher un parapluie pour abriter cette dame jusqu'à sa voiture.

Il était plein d'onction pour ces riches personnages qui lui avaient acheté ses enfants. Il prit Keith et Jane et leur ordonna d'arrêter de hurler. Je courus chercher une couverture pour les envelopper. Je pris la meilleure, celle que Granny avait faite, il y avait bien longtemps. Puis je dis en hâte à la dame :

— Ils n'ont ni manteaux, ni bonnets, ni bottes. En fait, ils n'ont rien. Soyez gentille avec eux. Donnez-leur des jus de fruits et de la viande, surtout de la viande rouge. Nous n'en avons jamais ici. *Notre* Jane aime les fruits, mais elle mange peu. Keith, lui, a bon appétit, même s'il est souvent enrhumé. Ils ont, tous deux, peur du noir et font souvent des cauchemars, soyez assez compréhensive pour leur laisser une petite lumière...

— Veux-tu te taire ! dit Pa.

— Ne vous en faites pas, mon enfant, je serai bonne pour votre frère et pour votre sœur. Je vois que vous êtes une vraie petite mère pour eux. Ne vous tourmentez pas ! Je ne suis pas une méchante femme. Nous serons très affectueux à leur égard. Leur petit Noël les attend déjà à la maison. Ils auront tout ce qu'ils désirent. En venant ici, nous ne savions pas si nous prendrions la petite fille ou le petit garçon, nous avons donc acheté les jouets pour les deux : il y a un cheval à bascule, un tricycle, une maison de poupée et des tas de voitures. Nous avons aussi des vêtements. Ils auront tout ce dont ils ont besoin, rassurez-vous, ma chérie. Ne pleurez surtout pas, nous ferons de notre mieux pour être des parents merveilleux, n'est-ce pas, Lester ?

Lester avait l'air pressé de partir.

— Oui, dit-il. Dépêchons-nous, le temps passe et nous avons une longue route à faire.

Pa tendit *notre* Jane à la femme et l'homme se chargea de Keith. Ils ne se débattaient plus, mais ils pleuraient toujours.

— Heavenly... Heavenly, disait Jane, je ne veux pas m'en aller, je ne veux pas...

— Dépêche-toi, Lester, je ne peux pas supporter de les voir pleurer.

Ils sortirent avec Pa sur leurs talons. Il tenait, d'un air obséquieux, un parapluie déchiré au-dessus de la tête de la dame. Je m'écroulai sur le sol et sanglotai. Tom courut à la fenêtre. Je me levai, malgré moi, et me précipitai derrière lui. Fanny était accroupie par terre et disait :

— Oh ! comme j'aurais aimé qu'on me choisît ! Grand Dieu, j'aurais tant voulu avoir toutes ces choses qu'ils leur ont achetées. Ils auraient dû me prendre. *Notre* Jane pleure sans arrêt et Keith fait encore pipi au lit. Tu aurais dû leur dire, Heaven !

J'essuyai mes larmes et essayai de reprendre le contrôle de moi-même. Je me répétais que Keith et *notre* Jane allaient avoir la vie facile, qu'ils mangeraient à leur faim, qu'ils auraient des jouets, que *notre* Jane guérirait. Je bondis jusqu'au porche, la voiture démarrait. Je criai :

— Envoyez-les à l'école, s'il vous plaît.

La dame baissa la vitre et agita la main.

— Ne vous mettez pas dans cet état, chérie. Je vous écrirai de temps à autre. Vous aurez de leurs nouvelles. Je vous enverrai même des photographies, mais je ne pourrai pas vous donner notre adresse.

Et elle referma la vitre. J'entendis Keith et *notre* Jane sangloter.

Pa ne se donna même pas la peine d'entrer dans la cabane pour connaître l'opinion de ses enfants, ou plutôt, de ceux qui lui restaient, au sujet de son merveilleux cadeau de Noël. Il s'en fut, loin de nos yeux accusateurs. Il sauta dans sa vieille camionnette et démarra. En peu de temps, ses mille dollars seraient partis en fumée, avec les filles, l'alcool et le jeu. Je présumais que, ce soir même, il n'aurait pas une pensée pour Keith, *notre* Jane ou même pour l'un d'entre nous.

Nous nous serrâmes les uns contre les autres, comme des moineaux dont on aurait détruit le nid. Grandpa était dans son fauteuil. Il taillait tranquillement ses morceaux de bois, comme si rien d'important n'était arrivé. Fanny se mit à pleurer

— Crois-tu que tout ira bien pour eux ? demanda-t-elle. Ils sont si petits, ces gens les aimeront sûrement, ils sont si mignons...

— Bien sûr, Fanny. Nous les reverrons un jour. La dame a promis de nous écrire. Et puis, ils grandiront et pourront nous écrire eux-mêmes. Et ce sera...

J'éclatai en sanglots. Soudain, je me figeai.

— Tom, dis-je, as-tu regardé la plaque d'immatriculation ?

— Evidemment, répondit-il. Ils viennent du Maryland. J'ai retenu les trois premiers numéros : 9, 7, 2, mais je ne peux pas me souvenir des derniers.

Tom, une fois de plus, s'était montré efficace.

Nos petits s'en étaient allés. Il n'y aurait plus de pleurs dans la nuit, plus de lit mouillé, plus de rires au matin, mais il y aurait beaucoup de place dans le grand lit de cuivre.

La cabane semblait déserte, les heures se traînaient. Nous pensions, pour nous consoler, que c'était peut-être leur unique chance de s'en sortir. Malgré cela, nous n'arrivions pas à accepter leur départ. L'amour valait plus que l'argent et les liens du sang ne se dénouaient pas ainsi.

— Grandpa, dis-je, il y a de la place pour toi dans le grand lit, maintenant.

— Ce n'est pas sain, répondit-il, de mélanger la jeunesse et les vieillards.

Il marmonnait sans arrêt ; ses mains décharnées s'agitaient comme s'il avait eu la fièvre. Ses yeux semblaient me supplier de comprendre. Ils me disaient que son fils, Luke, notre père, n'était pas mauvais et qu'il avait cru agir pour le mieux.

— Grandpa, dis-je, tu le défends parce qu'il est ton fils. Qu'il ait vendu deux de ses enfants et qu'il ait abandonné les autres ne semble avoir aucune importance pour toi. A partir d'aujourd'hui, je ne le considérerai plus comme mon père, je ne l'appellerai plus jamais Pa. Il sera Luke Casteel, un homme fourbe et sans cœur. Un jour viendra où il paiera pour cela, j'en suis sûre. Je le hais, Grandpa, je le hais si fort que j'en ai mal au ventre.

Sa pauvre figure devint blanche. Il était déjà pâle et souffreteux, mais il eut l'air de se tasser davantage sur lui-même.

— Heaven, dit-il, la Bible nous dit : « Honore ton père et ta mère... » Souviens-toi de cela, ma fille.

— Et pourquoi ne dit-elle pas d'honorer aussi ses enfants, Grandpa ?

La tempête se leva et tourna au blizzard. La neige s'amoncela jusqu'en haut des fenêtres et recouvrit le porche. Pa, heureusement, avait apporté assez de nourriture pour tenir quelques jours. La tristesse avait envahi la cabane. On n'entendait plus le babillage de *notre* Jane, on ne voyait plus le petit visage tranquille de Keith. J'avais oublié combien il avait été difficile de les élever ; je ne me souvenais plus des plaintes continuelles de *notre* Jane, de ses sempiternelles crampes d'estomac. Je ne voyais plus que son petit corps tendre, la courbe de son cou et le creux de sa nuque, là où les boucles étaient humides lorsqu'elle dormait. Keith aimait qu'on le berçât, il fallait lui lire des histoires pour l'endormir. Je lui en avais tant lu ! Je me rappelais ses câlins quand il me souhaitait bonne nuit. Je les entendais, tous deux, faire leur prière du soir, à genoux l'un à côté de l'autre, pieds nus et remuant leurs orteils. Je sanglotais, j'étais à bout de forces. Je rêvais de tuer un jour l'homme qui m'avait tout pris. Mon père...

Grandpa en oubliait de parler. Il était à présent redevenu aussi muet qu'il l'avait été du vivant de Granny. Il ne sculptait plus de figurines et ne jouait plus de violon. Il regardait au loin en se balançant. Dans ses meilleurs moments, il marmonnait quelques prières.

Je pensais toujours à Keith et à *notre* Jane : ils avaient de jolies robes de chambre en flanelle rouge et jouaient dans un salon élégant. Au pied d'un superbe arbre de Noël, il y avait une montagne de paquets. Ils se couraient après en déchirant les papiers de leurs cadeaux. Puis *notre* Jane se glissait dans la maison de poupée et Keith faisait du tricycle. Un bas rayé contenait des oranges, des pommes, des sucres d'orge, des chewing-gums et des gâteaux. On leur servait un somptueux repas sur une table qui étincelait de cristaux et d'argenterie. On apportait sur un plat d'argent une dinde dorée à point, ainsi que tout ce que nous avions eu au restaurant. Ensuite il y avait une tourte au potiron, exacte réplique de celle que j'avais vue dans un magazine. J'étais plus disponible pour Fanny. Elle ressassait sans arrêt la même chose. Elle ne pouvait se faire à l'idée de ne pas avoir été choisie.

— Quand je pense que cette dame riche aurait pu me prendre à la place de *notre* Jane... Je n'avais pas eu le temps de me baigner, ni de me laver les cheveux.

C'est ta faute, parce que tu avais utilisé toute l'eau chaude pour eux. Ces gens riches ne m'ont pas regardée parce que j'étais sale. Pa aurait dû nous prévenir...

J'étais à bout de patience.

— Fanny ! tu dois être dénaturée pour regretter de ne pouvoir vivre avec des étrangers. Dieu seul sait ce qui a pu arriver à...

J'éclatai de nouveau en sanglots. Tom essaya de me consoler.

— Je suis sûr que tout va bien pour eux, Heaven. Ils avaient l'air riches, mais gentils. Que serait-il arrivé si Pa les avait donnés à des gens aussi pauvres que nous, hein ?

Grandpa prit le parti de son fils.

— Luke a agi comme il croyait devoir le faire en son âme et conscience. La prochaine fois que tu verras ton père, tu as intérêt à tenir ta langue, ma fille, sinon, il pourrait devenir très méchant. Ce n'est plus un endroit pour des petits, ici. Ils sont mieux ailleurs. Cesse de pleurer et accepte ce que tu ne peux pas changer. C'est la vie...

Quand on en venait à Pa, Grandpa, ainsi que l'avait été Granny de son vivant, n'était d'aucun secours. Granny avait toujours eu quelque excuse pour expliquer la conduite de son fils. « C'est un bon garçon, dans le fond, disait-elle. Mais il est malheureux et n'arrive pas à trouver sa voie. »

Je pensais, moi, qu'il était un monstre.

Grandpa me décevait. Il aurait dû se montrer plus ferme et défendre ses petits-enfants. Il aurait pu parler et user de son influence. Mais ses pensées les plus intimes s'exprimaient sous la forme de charmantes figurines de bois. Il aurait dû empêcher son fils de vendre ses propres enfants. Or, il n'avait pas ouvert la bouche. J'étais pleine d'amertume à la pensée que mon grand-père allait à l'église chaque dimanche, qu'il chantait, qu'il y priait et qu'il rentrait, le cœur léger, dans une maison où ses petits-enfants avaient été brutalisés, abandonnés et enfin, vendus. La nuit venue, je dis à Tom :

— Nous nous enfuirons. Quand la neige aura fondu et avant que Pa ne revienne, nous prendrons tous nos vêtements et nous courrons jusque chez mademoiselle Deale. Elle doit être rentrée de Baltimore. Elle saura quoi faire. Elle pourra retrouver Keith et *notre* Jane.

Mlle Deale, elle, saurait faire échouer les projets de Pa. Elle l'empêcherait de nous vendre les uns après les autres. Elle était beaucoup plus instruite que lui et, de plus, elle avait des relations.

Il neigea sans arrêt pendant trois jours. Puis, soudain, le soleil fit une apparition spectaculaire. Tom ouvrit la porte, la lumière crue nous aveugla.

— La tempête est passée, dit Grandpa. Ce sont les voies du Seigneur. Il s'occupe toujours des siens au moment où ils s'y attendent le moins.

J'allai à notre buffet branlant. Il n'y avait plus rien, que quelques noix rescapées du naufrage.

— J'aime bien les noix, dit Tom. La neige va fondre et nous pourrons bientôt partir. On devrait se diriger vers l'ouest, vers le soleil. On irait en Californie. On se nourrirait de dattes et d'oranges et on boirait du lait de coco. On dormirait à la belle étoile, au pied de montagnes dorées...

— Y a-t-il des rues dorées à Hollywood ? demanda Fanny.

— Je suppose que tout est doré, là-bas, répondit Tom, ou tout du moins, argenté.

Grandpa ne disait mot.

Notre région avait des saisons capricieuses. Le printemps pouvait être là en un instant et faire autant de ravages que l'hiver. Nous avions des journées de printemps aussi bien en décembre qu'en janvier ou en février. La terre se réchauffait, la végétation bourgeonnait à contretemps. Alors, l'hiver reprenait le dessus et tuait dans l'œuf ce début de vie. Quand le vrai printemps arrivait, les arbres et les plantes fatigués par cet effort inutile ne voulaient plus rien savoir.

Le soleil transformait les monceaux de neige en bourbiers. En fondant, ils faisaient déborder les cours d'eau qui emportaient les ponts et effaçaient les routes. Nous ne pouvions plus nous enfuir, nous n'avions plus ni pont ni chemin. Tom avait prospecté les alentours, à la recherche d'un passage. Il était rentré, épuisé de son expédition, pour nous apprendre que le pont le plus proche avait été balayé.

— Si le courant n'était pas si fort, nous pourrions traverser à la nage, dit-il. Demain sera un jour meilleur !

J'étais en train de relire *Jane Eyre*. Je posai mon livre et vins à côté de Tom. Fanny nous rejoignit.

— Faisons un vœu, dit-il. Nous nous enfuirons à la première occasion qui se présentera et nous ne nous séparerons pas. Nous resterons ensemble pour le meilleur et pour le pire. Heavenly, nous nous le sommes juré auparavant. Nous devons aujourd'hui refaire ce serment avec Fanny. Fanny, mets une de tes mains au-dessus de la mienne, l'autre sur ton cœur et jure que tu mourras si tu te parjures.

Fanny parut hésiter. Puis, dans un élan de solidarité fraternelle, rare chez elle, elle posa sa main sur celle de Tom et sur la mienne et répéta après lui :

— Je jure solennellement que nous resterons ensemble et que nous prendrons soin les uns des autres, à travers peines et joies...

Fanny hésita de nouveau.

— Pourquoi « à travers peines » ? On dirait un mariage...

— Bon, dit Tom, à travers toutes les épreuves, jusqu'à ce que nous ayons retrouvé Keith et *notre* Jane. Ça va comme ça ?

— C'est parfait, dis-je.

Fanny en fut impressionnée. Elle était plus proche de nous qu'elle ne l'avait jamais été. Nous parlâmes tous ensemble du futur. Nous attendions la décrue de la rivière et la réparation du pont.

— Eh ! dit Tom, je viens de me rappeler qu'il y a un autre pont à une dizaine de kilomètres d'ici. Avec un peu de courage, on pourrait l'atteindre. Heaven, si nous devons nous balader pendant dix kilomètres, nous aurions intérêt à trouver quelques noix supplémentaires.

— Tu penses que deux noix par personne ne suffiront pas ?

— Avec l'énergie que nous avons, nous pourrions probablement aller jusqu'en Floride, ce qui ne serait pas plus mal que la Californie, répondit Tom.

Nous nous vêtîmes de notre mieux. Nous entassâmes sur nous tous les vêtements que nous possédions. J'essayai de repousser la pensée que nous laissions Grandpa livré à lui-même. Fanny était impatiente de quitter la cabane qui respirait la tristesse, la vieillesse et la pauvreté. Ce fut avec un sentiment de culpabilité, mais avec une grande détermination, que nous fîmes nos adieux à Grandpa. Il se leva, nous sourit et hocha la tête, comme si la vie, pour lui, n'avait jamais recelé de surprise.

J'emportai la valise de ma mère. Fanny l'avait enfin découverte. Mais son excitation avait été tempérée par l'imminence du départ. Tom et Fanny foncèrent dehors. Je traînai un peu et revins vers Grandpa.

— Grandpa, je te demande pardon d'agir ainsi. Ce n'est pas bien de te laisser tout seul, mais nous n'avons pas le choix. Nous ne voulons pas être vendus comme Keith et *notre* Jane. S'il te plaît, Grandpa, comprends-nous !

Il regardait droit devant lui, les yeux fixes, une main sur son couteau et l'autre sur son morceau de bois.

— Nous reviendrons quand nous serons plus grands et que Pa ne pourra plus nous vendre.

— Ça va, mon petit, prenez soin de vous.

Il pleurait.

— Je t'aime, Grandpa. Je ne sais pas pourquoi je ne te l'ai pas dit avant, mais je t'ai toujours aimé.

Je m'approchai de lui et l'embrassai.

— Nous ne t'aurions jamais quitté si nous avions pu faire autrement.

Il sourit, il me croyait.

— Luke sera bientôt là avec des provisions. Ne t'en fais pas pour moi, mon enfant, et oublie les vilaines choses que j'ai pu te dire. Je ne les pensais pas.

Une voix rude nous parvint du porche.

— Et de quelles vilaines choses s'agissait-il ?

10

Trop d'adieux

Pa bloquait l'entrée et nous regardait d'un air menaçant. Il portait une veste rouge, flambant neuve, des bottes et des pantalons fort chics et enfin un chapeau fourré à oreillettes. Il avait les bras pleins de provisions.

— Me voilà ! Je vous apporte des vivres.

Il dit cela négligemment, comme s'il nous avait quittés la veille. Puis il fit plusieurs voyages de sa camionnette à la maison, pour y transporter ses achats. Il n'était plus question de nous enfuir. Ses longues jambes nous auraient vite rattrapés. Ou bien il aurait pu nous poursuivre avec sa camionnette. Fanny, d'ailleurs, n'avait plus la moindre envie de partir. Elle sautait autour de lui et essayait de se suspendre à son cou pendant qu'il déchargeait la voiture.

— Pa, tu arrives toujours à temps. Je savais que tu reviendrais. Nous ne sommes plus obligés de nous enfuir, maintenant. Nous avions faim ; aussi, nous avions décidé d'aller à la recherche de nourriture ou bien d'en voler. Nous attendions la fonte des neiges. Oh ! je suis si contente que tu sois là !

— Vous alliez vous enfuir... pour chercher de quoi manger. Vous n'auriez pu aller bien loin. Je vous aurais retrouvés. A présent, faites-vous vite un repas et préparez-vous. J'attends de la visite.

Le visage de Fanny s'éclaira comme par enchantement.

— Oh Pa ! Tu as trouvé quelqu'un pour moi, cette fois ! C'est mon tour, dis !

— Fais-toi belle, Fanny. Tu vas avoir un nouveau papa et une nouvelle maman. Tu vois, j'ai pensé à toi. Ils sont très riches, ma chérie.

Elle cria de joie et se précipita pour mettre de l'eau à chauffer puis installa la bassine près du poêle.

— J'ai besoin de vêtements neufs, Heaven, tu ne pourrais pas m'arranger quelque chose ?

— Je ne ferai rien pour t'aider, Fanny.

J'étais effondrée qu'elle tînt si peu à nous, révoltée parce qu'cllc avait oublié notre serment.

— Tom, dit-elle, il n'y a pas assez d'eau pour remplir la bassine. Va m'en chercher, s'il te plaît !

Papa devait lire dans mes pensées. Il regarda de mon côté. J'avais une expression dure et méprisante. Il comprit peut-être pourquoi il me haïssait. Il vit enfin en quoi je pouvais être différente de ma mère. J'étais, en effet, très différente. Je n'aurais jamais pu tomber amoureuse, comme elle, d'un illettré, vivant dans un taudis et faisant de la contrebande d'alcool. Il retroussa ses lèvres dans une grimace qui lui découvrit les dents. Il était très laid.

— Tu mijotes encore quelque chose, ma petite ! Vas-y, j'attends !

Instinctivement, j'attrapai le tisonnier. Tom rentrait. Il posa son seau d'eau, se jeta sur moi et me dit à l'oreille :

— Il va te tuer, si tu t'en sers.

Pa regarda Tom et lui dit d'un ton sarcastique :

— Tu es un vrai champion, mon vieux !

Puis il ajouta, comme si de rien n'était :

— Ils vont arriver d'un moment à l'autre. Dépêche-toi, ma petite Fanny. Tu vas comprendre combien ton papa t'aime quand tu verras qui vient te chercher. Tu seras traitée comme une princesse.

Il venait à peine de fermer la bouche qu'une voiture déboucha dans la cour. Elle ne nous était pas inconnue. Nous l'avions souvent croisée dans les rues de Winnerrow. C'était une longue Cadillac noire. Elle appartenait à l'homme le plus riche de la ville, le révérend Wayland Wise. C'était peut-être Mlle Deale qui nous l'envoyait. Fanny poussa un cri de plaisir et me lança un regard extasié.

— Ils viennent me chercher ! C'est « moi » qu'ils veulent !

En un tour de main, elle fut habillée avec « ma » meilleure robe. Pa bondit dehors pour accueillir le révérend et sa femme, qui ne parlait ni ne souriait. Elle avait l'air aigrie et mécontente. Elle ne parut pas surprise de notre intérieur misérable, elle devait s'y attendre. Le révérend ne s'y attarda pas non plus.

Quelle naïveté d'avoir cru qu'ils venaient de la part de Mlle Deale ! Fanny était infiniment plus réaliste que moi. Le révérend savait déjà, en arrivant ici, lequel des trois enfants Casteel il voulait. Son regard se posa longuement sur moi. J'en fus effrayée et jetai un coup d'œil mauvais dans la direction de Pa. Il douta un instant du choix du révérend et eut un moment de panique en pensant que je pourrais vivre à Winnerrow.

— Ma fille aînée est insolente, entêtée et méchante. Révérend Wise et madame, croyez-moi, la plus jeune serait un meilleur choix. Fanny est facile à vivre, charmante et douce. Je l'appelle ma colombe.

Quel mensonge ! Il ne nous avait jamais donné de petits noms tendres. Cette fois-ci, il n'y aurait ni drame ni adieux déchirants. Fanny semblait enchantée. Le révérend Wise nous offrit des boîtes de bonbons au chocolat, puis il donna à Fanny un manteau rouge avec un col de fourrure noire. Il était juste à sa taille. Elle écouta à peine la description de la chambre qu'on lui avait préparée et encore moins l'énumération des choses qui feraient partie de sa nouvelle vie, comme des leçons de danse et de musique.

— Je serai ce qu'il vous plaira que je sois, dit-elle. Je ferai tout ce que vous voudrez. Je suis prête et très impatiente de partir. Merci d'être venus, merci de m'avoir choisie. Merci mille fois !

Elle se jeta au cou du révérend.

— Soyez béni ! Je n'aurai plus jamais ni froid ni faim. Je vous suis reconnaissante de m'avoir préférée à Heaven. Je vous aime déjà.

Je souffrais. Fanny avait tout oublié de notre enfance. Dieu n'avait jamais voulu que l'on séparât les familles, que l'on dispersât les enfants...

— Vous voyez, dit Pa, elle est spontanée et très affectueuse. Vous faites un choix que vous ne regretterez jamais.

Il me lança un regard ironique. J'avais honte de Fanny. Tom me prit la main. Il était pâle et avait beaucoup de peine. Notre histoire me rappelait la comptine :

« Cinq petits Indiens s'amusaient,
Ils disparurent tous un à un.
Il n'en restait plus que deux... »

Fanny était si heureuse qu'elle se répétait.

— Je suis fière d'avoir été choisie... Je vais vivre dans une grande maison... Vous pourrez venir me voir...

Elle renifla deux ou trois fois, nous jeta quelques regards suppliants, puis ramassa sa boîte de chocolats et se dirigea vers la grosse voiture.

— On se verra en ville !

Elle ne se retourna pas.

Une fois les papiers signés, le révérend donna à Pa cinq cents dollars en argent liquide et Pa lui tendit un reçu rédigé avec difficulté. Comme le *monsieur* qu'il était, le révérend aida Fanny et sa femme à monter en voiture. Ils se mirent tous trois sur le siège avant, Fanny au milieu. La portière claqua.

J'étais triste, pas autant, cependant, que pour Keith et *notre* Jane. Fanny, elle, avait gardé les yeux secs. Elle allait vivre à Winnerrow, tandis que *notre* Jane et Keith étaient en Maryland et que nous avions très peu d'indices pour les retrouver : juste trois chiffres sur une plaque minéralogique. Fanny allait me manquer. C'était une peste, mais elle était ma sœur et avait été mon amie. Elle avait été ma honte, aussi, avec son impudence...

Cette fois, Pa ne s'en alla pas. Il se méfiait de nous ; Fanny lui avait mis la puce à l'oreille. Il ne voulait pas risquer de trouver le nid vide quand il viendrait avec d'éventuels acheteurs... Tom et moi étions toujours résolus à nous enfuir et nous devenions nerveux. Nous attendions son départ. Nous restions, la plupart du temps, assis par terre l'un contre l'autre, près du poêle. Nous étions si proches que nos chaleurs et nos souffles se confondaient.

Pa n'avait nullement l'intention de nous donner la moindre chance de fuite. Il se carra sur une chaise dure, de l'autre côté du poêle, et se renversa en arrière en fermant à demi les yeux. Il avait l'air d'attendre. J'essayai de me convaincre que personne ne viendrait plus et que nous avions du temps devant nous. Il n'en fut rien. Un camion brun, aussi vieux et sale que celui de Pa, s'arrêta dans la cour. Je fus prise de panique et vis la peur dans les yeux de Tom. Il attrapa ma main et la serra très fort. Nous nous adossâmes au mur. Fanny n'était partie que depuis quelques heures et la liquidation continuait...

Il y eut des bruits de pas sous le porche, puis des coups à la porte. Pa se leva vite et alla ouvrir. Un petit homme robuste pénétra à l'intérieur, jeta alentour un coup d'œil désapprobateur, puis aperçut Tom qui avait une tête de plus que lui.

— Je t'en supplie, Heavenly, ne pleure surtout pas ! Je ne pourrai faire un pas si tu pleures.

Il passa une main sur mon visage et m'embrassa doucement.

— Nous ne pouvons rien faire, Heavenly ! Surtout quand des gens comme le révérend Wise et sa femme trouvent normal d'acheter des enfants. Cela s'est toujours fait et cela se fera toujours.

Je me jetai dans ses bras et le serrai fort. Je ne pleurerais pas, je ne me ferais pas de mal inutilement. Personne ne pouvait être plus cruel que Pa. Personne n'était plus paresseux et plus pourri que lui. Il n'y avait rien à regretter ; nous allions vivre dans des maisons confortables, manger à notre faim. Nous allions faire trois repas par jour, comme tout un chacun, dans ce pays de liberté qu'on appelle les Etats-Unis.

Mais je m'effondrai et hurlai :

— Sauve-toi, Tom ! Va-t'en !

Pa prévint sa fuite et bloqua la porte. Les fenêtres étaient trop hautes et trop petites pour Tom. Pa serra la main du gros homme qui était vêtu d'un bleu de travail sale. Son visage avait un aspect rude, enfin, ce que l'on pouvait en voir, parce qu'une barbe embroussaillée cachait tout, excepté un gros nez et des petits yeux malveillants. Il avait d'épais cheveux poivre et sel qui lui faisaient une tête énorme, comme enfoncée dans les épaules, le torse bombé et un ventre gonflé de bière. Il dit sans aucun préliminaire :

— Je viens le chercher, s'il est bien comme vous me l'avez décrit.

— Examinez-le, répondit Pa.

Il ne souriait plus ; les affaires étaient les affaires.

— Tom a quatorze ans et il mesure déjà un mètre quatre-vingt-cinq. Regardez ces épaules, regardez ces mains et ces pieds ! C'est à cela que l'on peut voir ce qu'un garçon donnera quand il sera un homme. Touchez ses muscles ! Ils se sont endurcis au maniement de la hache. Il peut faire les foins aussi bien qu'un adulte.

Je me sentais mal. Quelle monstruosité de parler de Tom comme d'un veau qu'on allait vendre à la foire ! Le fermier tira Tom à lui. Il lui ouvrit la bouche pour examiner ses dents, tâta ses muscles et lui posa quelques questions embarrassantes auxquelles Pa s'empressa de répondre.

— Il est en parfaite santé. Il est tout à fait au courant des problèmes du sexe. Je l'étais à son âge. J'étais même prêt à entrer en service.

Il prenait Tom pour un étalon, maintenant...

Le fermier se présenta. Son nom était Buck Henry. Il avait une ferme et faisait du lait. Il avait besoin d'aide. Il cherchait quelqu'un de jeune et de costaud, quelqu'un qui travaillerait dur pour se faire un bon salaire.

— Je n'ai nul besoin d'un paresseux ou d'un garçon qui ne voudrait pas recevoir d'ordres.

Pa prit ombrage de ce commentaire.

— Mais Tom n'a jamais été un paresseux.

Il le regarda avec fierté. Tom, lui, était pitoyable. Il se recroquevillait sur lui-même.

— Oui ! dit le fermier. C'est un bon garçon et il a l'air costaud.

Il tendit à Pa les cinq cents dollars, en argent liquide, signa les papiers, prit le reçu des mains de Pa, attrapa Tom par le bras et le poussa vers la porte. Tom essaya de traîner les pieds, mais Pa lui donna un coup de pied dans les jarrets pour le faire avancer. Grand-père se balançait dans son fauteuil et taillait ses morceaux de bois. Lorsqu'il fut à la porte, Tom commença à se débattre. Pa se précipita derrière moi, je tentai de m'échapper, mais il était trop tard. Il m'attrapa par les cheveux, puis posa ses grandes mains sur mes épaules, juste à la base du cou. Un mouvement de plus et il serrait, comme on fait pour tuer un poulet. Tom cria :

— Pa, ne la touche pas ! Je te conseille, si tu as l'intention de vendre Heavenly, comme tu l'as fait pour nous autres, de lui trouver de très bons parents. Si tu ne le fais pas, je reviendrai un jour et je te ferai regretter de m'avoir eu pour fils.

Ses yeux me cherchèrent.

— Je reviendrai, Heavenly, je te le promets. Merci de ce que tu as fait pour moi et pour nous tous. Je t'écrirai souvent, si souvent que je n'aurai pas le temps de te manquer. Je te retrouverai, Heavenly, où que tu sois. Je t'en fais la promesse solennelle.

Je criai :

— Tom, écris-moi ! Je t'en supplie, écris-moi ! Nous nous reverrons, Tom, je le sais. Monsieur Henry, où habitez-vous ?

— Ne le lui dites pas, dit Pa. Elle ne peut que vous causer des ennuis, celle-là ! Ne laissez pas Tom écrire, pas à elle, surtout.

— Pa, elle est la meilleure de nous tous et tu ne t'en es jamais aperçu.

Tom était dehors, je criai encore :

— Il y a toujours un pont quelque part, Thomas Luke, souviens-t'en. Nous réaliserons notre rêve !

Il m'entendit, me comprit et me sourit. Puis il monta dans la camionnette et mit la tête à la portière.

— Où que tu sois, Heavenly, chez n'importe qui, je te retrouverai ! Je ne t'oublierai jamais ! Ensemble, nous retrouverons Keith et *notre* Jane, comme nous nous le sommes promis.

Le camion sale démarra, se dirigea vers la route et disparut. J'étais toute seule avec mon père et mon grand-père. J'étais si désespérée et si faible que, lorsque Pa relâcha son étreinte, je m'effondrai par terre.

Je savais ce qui attendait Tom : il n'y aurait plus, pour lui, d'instruction, plus de parties de chasse ni de pêche, plus de base-ball. Il n'aurait que du travail, encore du travail et toujours du travail. Il serait enterré dans une ferme, avec des vaches. Il mènerait cette vie de garçon de ferme qu'il avait toujours détestée. Et pourtant, il était brillant, fin, plein de sensibilité et d'ambition.

Ce qui m'attendait, moi, me faisait plus peur encore.

11

Mon choix

Tom s'en était allé. Je n'avais plus personne pour m'aimer. On ne m'appellerait plus Heavenly.

Tom emmenait avec lui la gaieté, l'esprit, le courage, tout ce qui rendait cette vie possible dans des conditions impossibles. Une partie de moi-même mourut quand disparut cette camionnette sale ; je n'avais même pas distingué les chiffres de la plaque minéralogique. J'étais seule, aux mains d'un père qui me haïssait. Je me consolais en essayant de croire que Pa ne pouvait me vendre, puisqu'il fallait quelqu'un pour s'occuper de Grandpa. Il ne le laisserait sûrement pas seul. J'avais hâte qu'il s'en allât, qu'il claquât la porte, comme d'habitude, qu'il sautât dans sa voiture et disparût où bon lui semblait, puisqu'il lui était, maintenant, impossible d'aller *Chez Shirley*.

Mais il resta. Il se posta près de la porte, comme un chien de garde, et surveilla mes allées et venues. Il ne devait pas encore avoir de client pour moi. Il ne parlait pas. Il s'asseyait d'un air morne et, le soir venu, poussait sa chaise près du poêle ; alors il étendait ses grands pieds et fermait les yeux.

Les jours qui suivirent le départ de Tom, j'essayai

de trouver une occasion de m'enfuir. Mais la disparition de Tom, de Keith et de *notre* Jane m'avait brisée. Je n'avais plus le cœur à rien, même pas à me sauver. J'aurais pu faire parvenir un message à Mlle Deale, mais je ne savais si elle était de retour. J'attendais un miracle : Logan ou Mlle Deale.

Personne ne vint.

Pa me haïssait, c'était un fait. Pour moi, il n'y aurait pas de gens riches pour me faire une vie agréable. Il choisirait le pire. L'idéal, pour lui, serait de me vendre à la patronne de *Chez Shirley*.

Je n'arrivais pas à accepter le sort qui m'attendait. J'étais de plus en plus révoltée. Je n'étais pas un animal que l'on pouvait brader. J'étais un être humain. J'avais des droits inaliénables : droit à la liberté, droit au respect et à la poursuite d'un idéal. Mlle Deale nous l'avait répété si souvent que je savais ces mots par cœur. J'étais d'autant plus amère qu'elle nous avait aussi appris l'espoir et la volonté de tenir bon. Je l'entendais, sa voix restait proche, mais je n'avais plus de forces. Il fallait qu'elle vînt et qu'elle me sauvât. J'avais besoin d'elle. Toute ma fierté avait disparu...

Je m'approchai du buffet de la cuisine et regardai dedans. Il fallait manger ; la vie continuait.

Grandpa revint d'une de ses petites promenades pendant lesquelles il choisissait des branches pour ses sculptures. Il s'assit avec précaution dans son fauteuil et me regarda. Il y avait de l'espoir dans ses yeux rougis qui m'imploraient en silence. Ses yeux disaient : « Ne me quitte pas, reste avec moi ! »

— Tout va bien pour moi, mon enfant. Je sais que tu cherches le moyen de t'enfuir. Saisis la première chance qui se présentera à toi. Glisse-toi dehors quand Luke dormira.

Je lui fus reconnaissante de ces paroles et lui

pardonnai de ne pas s'être interposé quand Pa avait vendu ses enfants.

— Tu ne m'en voudras pas si je te quitte, Grandpa ? Tu ne me détesteras pas ?

— Non, je désire que tu fasses ce que tu veux. Au fond de moi, je sais que ton père pense agir pour le mieux. Toi, tu le juges et tu penses que ce qu'il fait est monstrueux.

Il me semblait que Pa ne s'endormirait jamais plus ; il ne somnolait même plus. Ses yeux durs ne me quittaient pas. Il n'essayait pas de rencontrer mon regard qui le défiait, non, il regardait n'importe où ailleurs. Il scrutait mes cheveux, mes mains, mes pieds, mais jamais mon visage.

Une semaine passa de la sorte.

Puis un jour, Logan survint. On frappa, j'ouvris la porte, je lui souris en rougissant.

— Bonjour, dit-il. J'ai souvent pensé à toi. Pourquoi Tom et les autres ne vont-ils pas en classe ? Le temps est meilleur. Qu'est-ce qu'il vous arrive ?

Je l'attirai à l'intérieur, en pensant qu'autrefois je l'aurais repoussé. Je lui dis très vite, les mots se bousculaient :

— Pa coupe du bois, derrière la maison, Grandpa fait un petit tour, je n'ai pas beaucoup de temps pour te parler. Pa rentre souvent pour voir ce que je fais. Logan, j'ai des ennuis, de très graves ennuis. Pa nous vend un à un. Il a d'abord vendu Keith et *notre* Jane, puis ensuite Fanny et Tom... C'est mon tour...

— A qui parles-tu, ma fille ?

Je me fis toute petite. Logan se tourna vers la brute qui me tenait lieu de père.

— Je m'appelle Logan Stonewall, monsieur. Mon père est Grant Stonewall, il possède la pharmacie. Depuis que nous sommes arrivés à Winnerrow, je suis un ami d'Heaven et de Tom. J'étais inquiet de ne voir personne de la famille à l'école et je suis venu prendre des nouvelles.

— Qu'ils aillent à l'école ou pas, je me demande en quoi cela peut vous concerner. Maintenant, sortez d'ici ! Je n'aime pas les curieux.

Logan se tourna vers moi.

— Heaven, prends soin de toi, s'il te plaît. Au fait, ma maîtresse m'a dit que mademoiselle Deale revenait la semaine prochaine.

Il regarda Pa d'une manière insistante et significative. Il croyait ce que je lui avais dit. Il le croyait !

— Vous direz à ce professeur de s'occuper de ses affaires. Partez !

Logan était très calme. Il regarda autour de lui et la misère de notre cabane lui sauta aux yeux. Je sentis qu'il essayait de feindre l'impassibilité. Nos regards se rencontrèrent ; dans le sien, il y avait un message que je ne savais comment interpréter.

— J'espère te voir dans quelques jours, Heaven. Je dirai à mademoiselle Deale que tu n'es pas malade. Mais où sont les autres ?

— Ils sont allés visiter de la famille, dit Pa.

Il ouvrit la porte. Il signifiait ainsi à Logan de partir s'il ne voulait pas être jeté dehors.

— Prenez bien soin d'Heaven, monsieur Casteel.

— Sortez, dit Pa.

Il ferma la porte avec violence et se tourna vers moi.

— Peux-tu me dire pourquoi ce garçon est venu ? Tu l'as envoyé chercher, hein ! Tu as dû avertir quelqu'un !

— Il est venu parce qu'il se fait du souci pour nous, mademoiselle Deale s'en fait aussi. Et le monde entier va s'en faire à ton sujet quand il apprendra la façon dont tu nous a traités, Luke Casteel !

— Merci de me prévenir, je tremble de peur !

Après la visite de Logan, ce fut pire qu'avant. Il ne me quitta pas d'une semelle.

J'espérais de toutes mes forces que Logan rencontrerait Fanny et qu'elle lui raconterait tout. Logan pourrait alors aviser Mlle Deale qui tenterait quelque chose avant qu'il ne fût trop tard. Mais j'avais l'intuition que Pa avait demandé au révérend de garder Fanny chez lui quelque temps.

J'avais eu l'occasion de lire dans un journal que l'on adoptait des enfants pour dix mille dollars. Pa avait été assez stupide pour n'en demander que cinq cents. Cette somme, multipliée par cinq, était plus d'argent qu'il n'en avait jamais vu. Il se croyait riche, parce que, dans ces collines, on ne savait pas compter au-delà de mille.

Tom était parti depuis dix jours déjà. Je trouvai le courage de demander à Pa :

— Comment peux-tu aller à l'église chaque dimanche et faire ce que tu fais ?

— Tais-toi !

— Je ne me tairai pas. Je veux revoir mes sœurs et mes frères. Tu n'auras pas besoin de nous entretenir, nous ne te demanderons rien. Tom travaillera et je me débrouillerai.

— Tais-toi !

Je sentis qu'il me fallait rester tranquille, sous peine d'être battue. Puis soudain, il commença à parler comme pour se justifier.

— Je ne suis pas le premier à agir ainsi et je ne serai pas le dernier. Personne n'en parle, mais cela arrive souvent. Les gens pauvres, comme nous, ont plus d'enfants qu'ils ne peuvent en nourrir. Ils ne savent comment éviter d'en avoir trop. Tu sais, les nuits d'hiver, il n'y a pas grand-chose d'autre à faire, ici, que de se donner un peu de bon temps avec sa femme. Pourquoi ne pas profiter des avantages de la nature ?

C'était plus qu'il ne m'en avait jamais dit. Il parut soulagé. Je me demandai s'il était guéri. Il me semblait au meilleur de sa forme et était toujours aussi beau.

Une nuit, je l'entendis parler à Grandpa : il racontait que sa vie était gâchée. Ses enfants l'avaient empêché d'atteindre le but qu'il s'était fixé.

— Quand je serai en possession de la dernière partie de la somme, Pa, je ferai alors ce que j'avais décidé de faire, ce que j'aurais fait pour elle. Il ne sera pas trop tard.

Je cessai définitivement de pleurer cette nuit-là. Je cessai de supplier Dieu de me rendre les frères et les sœurs que j'aimais. Je chassai de mon esprit l'idée que Logan allait me sauver. Je cessai de m'appesantir sur le mauvais sort qui avait fait mourir la mère de Mlle Deale à un moment inopportun, en la retenant à Baltimore. Je devais me prendre en main. Il fallait m'enfuir.

Dimanche, le soleil se montra. Pa m'ordonna de m'habiller de mon mieux. Je pensai aussitôt que mon tour était arrivé. Ses yeux méchants se moquaient de moi.

— C'est dimanche, ma fille, il est temps d'aller à l'église.

Cela faisait plusieurs dimanches que nous n'y allions plus...

Quand il entendit le mot « église », le visage de Grandpa s'illumina. Il se débrouilla pour s'habiller décemment tout en grognant. Nous fûmes enfin prêts.

Les cloches sonnaient à toute volée. Pa se gara loin de l'église, toutes les places proches étaient déjà occupées. Il me prit le bras et le serra d'une poigne d'acier.

Dans l'église, on chantait. Je fermai les yeux. Alors, je revis le petit visage de *notre* Jane, j'entendis la voix de Mlle Deale. Je les gardai fermés et sentis la main de Tom attraper la mienne et Keith tirer sur ma jupe. Le prêche du révérend Wise me fit reprendre mes esprits. Je le regardai et me demandai comment il pouvait acheter un enfant et avoir l'audace de prétendre qu'il était sien.

— Mes bien chers frères, veuillez vous lever et ouvrir votre livre de chants à la page cent quarante-sept.

Je chantai. J'étais plus détendue, presque heureuse. Soudain, j'aperçus Fanny, assise au premier rang, à côté de Rosalynn Wise. Je l'observai ; elle ne se retourna pas. Elle ne semblait pas le moins du monde préoccupée par le fait qu'il pouvait y avoir quelqu'un de son « ancienne famille », au fond de l'église. Elle préférait sans doute nous oublier.

Elle se tourna et je la vis de profil. Elle était très belle dans son manteau de fourrure blanche. Une toque de même fourrure mettait en valeur ses cheveux noirs. Elle avait les mains dans un petit manchon. Il faisait très chaud dans l'église ; Fanny avait tout gardé sur elle, afin de ne pas rater son effet. Elle se levait de temps à autre, priait ses voisins de l'excuser et disparaissait Dieu sait où, comme si elle avait eu quelque chose d'important à faire. Elle reparaissait quelques minutes plus tard et s'asseyait avec solennité auprès de sa nouvelle « mère ». Ainsi, on avait le temps de l'admirer.

Une fois le service terminé, Fanny se plaça aux côtés du révérend Wise et de sa femme ; celui-ci serrait les mains des paroissiens qui auraient été privés d'un grand honneur s'ils n'avaient pu toucher la main du révérend. Ils s'en allaient ensuite avec la perspective de pouvoir pécher en paix pendant six jours !

Si le Seigneur aimait tant les pécheurs, il devait être content de voir Luke Casteel !

Nous suivîmes pas à pas la procession vers la sortie. Personne ne nous adressa la parole. Quelques paysans nous firent un vague signe de tête. Chaque fois que s'ouvrait un des battants de la porte, le vent s'engouffrait dans l'église en sifflant. Tout le monde, sauf moi, voulait approcher le beau révérend, sa femme et leur nouvel enfant.

Fanny paradait telle une princesse, dans son manteau blanc et sa robe de velours vert. Elle mettait un pied en avant, puis l'autre, pour que l'on remarquât ses bottes neuves. Un instant, j'oubliai mes griefs et ma peine pour me réjouir de son bonheur.

Mais hélas, quand elle aperçut sa famille, elle se détourna, murmura quelque chose à l'oreille de Rosalynn Wise et disparut. Pa se glissa sur le côté et se dirigea vers la porte, sans un regard pour le révérend et sa femme. Il me serrait le bras avec force. Personne ne semblait nous voir.

Grandpa suivait son fils aveuglément. Sa vieille tête chauve était baissée en signe de soumission. Je m'arrachai à la poigne de Pa et courus prendre la queue. Quand j'arrivai à la hauteur de Rosalynn Wise, je lui dis :

— Auriez-vous l'obligeance de prévenir ma sœur Fanny que je souhaiterais avoir de ses nouvelles ?

Elle répondit d'une voix glaciale.

— Je n'y manquerai pas. Voudriez-vous avoir l'amabilité de dire à votre père de s'abstenir, désormais, de venir dans cette église ? Nous préférerions, d'ailleurs, qu'aucun Casteel ne s'y montrât plus.

Je regardai cette femme dont le mari était un homme de Dieu.

— C'est bien une Casteel qui vit chez vous ?

— Vous voulez parler de notre fille... Nous avons changé son nom. Elle s'appelle légalement Louisa Wise.

— Louisa est le second prénom de Fanny. Vous ne pouvez pas changer son nom, son père est toujours vivant.

On me tira en arrière. Il me sembla que des mains m'agrippaient. J'étais effrayée. Je m'apprêtai à crier mon mépris à tous ces hypocrites quand, en face de moi, je vis Logan Stonewall. Pour lui, j'aurais bravé le révérend Wise, j'aurais hurlé la vérité à la face du monde. Logan me regarda ; en fait, il ne me regarda pas, il regarda à travers moi. Il ne me parla ni ne me sourit. J'étais profondément blessée, désespérée. J'aurais aimé crier son nom, mais la fierté m'en empêcha. Je levai le menton et passai devant la famille Stonewall. Pa me tira le bras et me traîna dehors.

Cette nuit-là, j'étais étendue sur ma paillasse près du *vieux qui fume,* quand j'entendis craquer le parquet de pin. Pa s'était levé et marchait à pas feutrés dans le petit réduit qui servait de chambre. Il vint vers moi aussi silencieusement que ses ancêtres indiens. J'avais les paupières à demi fermées et j'apercevais ses pieds et ses jambes nues. Je me tournai, comme si j'étais profondément endormie et lui présentai mon dos. Puis je me roulai en boule dans la vieille couverture.

Il s'était agenouillé près du poêle et je sentis qu'il me caressait les cheveux. Il ne m'avait jamais touchée. Je fus instantanément sur mes gardes. Mon cœur se mit à cogner, mes yeux s'ouvrirent malgré moi et je fixai l'obscurité. Je l'entendis murmurer :

— Ils sont doux... comme les siens... soyeux comme les siens.

Puis sa main fut sur mon épaule. Cette main, qui m'avait frappée bien des fois, descendit doucement sur mon bras et remonta à l'épaule jusqu'à la base du cou où elle s'attarda. Je retenais mon souffle, terrorisée, et j'attendais... j'attendais...

Grandpa demanda d'une voix bizarre :

— Luke... que fais-tu ?

Pa enleva brusquement sa main. Il ne m'avait pas battue, il ne m'avait fait aucun mal. J'étais émerveillée de la douceur de sa main sur mon bras. Pourquoi, après toutes ces années de haine, me touchait-il avec amour ?

A l'aube, la voix faible de Grandpa me parvint. J'avais dormi plus longtemps que d'habitude, assommée par la découverte de cette nuit. Il était près du poêle et faisait chauffer de l'eau pour me laisser me reposer.

— Je t'ai vu, Luke ! Je ne l'accepterai pas. Je ne veux pas de ça ici. Tu vas laisser cette enfant. La ville est pleine de femmes, tu m'entends, je ne tolérerai pas ça !

— Elle est à moi... et je suis guéri. C'est moi qui l'ai faite et je ferai avec elle ce que bon me plaira. Elle a l'âge qu'il faut... Sa mère avait le même quand je l'ai épousée.

La voix de Grandpa devint un murmure :

— Je me souviens d'une nuit où tout devint noir pour toi. Il fera encore plus noir si tu touches à cette enfant. Eloigne-la, et vite. Elle n'est pas plus pour toi que l'autre ne l'était.

Dans la nuit du lundi, Pa disparut. Il revint à l'aube. Je m'éveillai le cœur lourd et l'esprit engourdi. Je me levai et commençai ma journée. J'ouvris la porte du poêle, y enfournai du bois, puis mis de l'eau à chauffer. Pa me regardait en s'efforçant de deviner quelle serait mon humeur du jour et quelles pourraient être mes réactions. Il paraissait réfléchir et n'avait manifestement pas l'air bien dans sa peau. Il dit enfin, d'une voix tendue et assez douce, avec une diction plus élégante que d'habitude :

— Ma petite, tu vas avoir un choix à faire ; un choix qui se présente à peu d'entre nous. En bas, dans la vallée, il y a deux couples sans enfants et qui en désirent. Il semble qu'ils t'aient quelquefois aperçue et qu'ils se soient pris d'affection pour toi. Je suis entré en contact avec eux. Ils vont arriver. Je pourrais te vendre aux enchères, mais je m'y refuse.

Je le regardai avec méfiance et ne trouvai rien à dire qui aurait pu l'empêcher de faire comme bon lui semblait.

— Je t'offre de choisir toi-même tes nouveaux parcnts.

Une chape me tomba sur les épaules. J'entendais les mots de Grandpa : « Eloigne-la d'ici... vite. » Grandpa lui-même n'avait plus besoin de moi. Fanny l'avait crié souvent : n'importe quoi, n'importe où serait mieux qu'ici.

Grandpa souhaitait mon départ. Il me fallait donc m'en aller. Il était assis et taillait une figurine. On aurait pu discuter devant lui le prix d'une bonne centaine d'enfants sans qu'il s'en avisât ; il sculptait.

En fait, je ne pensais qu'à Logan Stonewall. Il m'avait ignorée et ne s'était même pas tourné pour me regarder partir. En admettant qu'il eût été gêné par la présence de ses parents, il aurait pu me faire un signe de complicité. Il était pourtant monté jusqu'ici par amour. Ce qu'il y avait vu avait dû l'éloigner de moi, ou bien il ne m'avait pas crue lorsque je lui avais raconté notre histoire !

Cela n'avait plus d'importance... plus d'importance... Je me le répétais pour m'en convaincre. Pour la première fois, j'envisageais une vie meilleure. Je calculais qu'une fois en sécurité loin d'ici, j'aurais le droit de rechercher ceux que j'aimais.

— Tu ferais mieux de t'habiller, dit Pa, ils vont arriver.

J'essayai de rencontrer son regard, mais sans succès. Je fouillai sans enthousiasme dans les boîtes qui nous servaient de placards pour trouver quelque chose à me mettre. Puis je balayai la cabane. Pa me suivait des yeux. Je fis le lit et rangeai, comme si c'était un jour ordinaire. Pa m'observait toujours. Cela me rendit nerveuse et maladroite alors que d'ordinaire, j'étais rapide. Je sentis la tension monter. J'étais dans une grande confusion de sentiments.

Deux voitures luisantes, l'une blanche et l'autre noire, entrèrent dans notre cour et se garèrent l'une derrière l'autre. La noire était longue et d'aspect luxueux ; l'autre, plus petite, était plus racée.

Je portais la seule robe que Fanny m'eût laissée ; une espèce de chemise qui, jadis, avait été bleue, mais était devenue grise à force de lavages. En fait de lingerie, j'avais en tout et pour tout deux culottes et pas de soutien-gorge. C'était un accessoire que nous n'avions jamais eu les moyens d'acheter. Je me brossais les cheveux, quand je me souvins de la valise de ma mère. Il me fallait à tout prix la prendre avec moi. Je la retirai de sa cachette et l'enveloppai dans de vieux châles ayant appartenu à Granny.

Pa me vit avec la valise. Ses yeux devinrent méchants, mais il ne dit rien. Il avait dû deviner que je me serais fait tuer plutôt que de l'abandonner. Il sembla s'arracher à la contemplation de mon visage. La voyait-il, elle, lorsqu'il me regardait ? Je ne savais plus que penser. J'étais évidemment le portrait de ma mère, puisque je ressemblais à la poupée en robe de mariée.

Perdue dans mes pensées, je n'entendis pas les coups frappés à la porte, pas plus que je ne vis les deux couples entrer. Je m'avisai, soudain, qu'ils étaient dans la salle. Le *vieux qui fume* ronflait avec force. Pa serra en souriant la main aux visiteurs, comme tout hôte accueillant. Je regardai autour de moi pour voir si je n'avais rien oublié.

Je m'avançai. Je pris alors conscience du silence, un long silence, un affreux silence : quatre paires d'yeux me dévisageaient. J'étais à vendre, je l'avais oublié. Les yeux m'étudiaient, me jaugeaient, me mesuraient, me soupesaient. Bientôt, je ne les sentis plus. J'étais au loin, dans un trou noir.

Je savais maintenant ce que Tom avait dû ressentir. Je l'imaginais à mes côtés, essayant de me donner du courage. « Heavenly, tout ira bien, tout ira mieux. »

La voix de Pa s'éleva, coupante. Je remarquai alors que le couple le plus âgé s'était placé devant l'autre, peut-être pour avoir la chance d'emporter la vente. Je me rapprochai de Grandpa. J'aurais voulu lui dire : « Regarde-moi, Grandpa, vois ce que fait ton fils ! Il te vole le dernier petit-enfant qui te reste et qui t'aime. Empêche-le de faire cela ! Dis quelque chose, dis-le ! »

Il ne dit rien, il sculptait.

Le couple âgé était très distingué. Ils avaient tous deux les cheveux gris et portaient des manteaux gris. On sentait qu'ils venaient d'un monde étranger aux collines, un monde où l'on était instruit et intelligent. Ils ne regardaient pas avec insistance autour d'eux comme le faisait l'autre couple. Ils étaient plus décents.

Leur façon de se tenir était arrogante, superbe, mais il y avait une certaine gentillesse dans leurs regards. J'avais le dos au mur et j'étais dans une grande détresse. Je vis passer un éclair de pitié dans les yeux de l'homme. La femme restait impassible. J'avalai ma salive avec difficulté, je me sentis perdue et j'eus peur. J'étais aux abois, mes genoux faiblissaient et j'avais des nausées. J'aurais voulu que Grandpa me regardât, qu'il ordonnât à Pa d'arrêter tout cela.

Je me répétai : « Ceux-là ne m'aiment pas, ils ne m'aimeront pas... », à propos du vieux couple qui avait refusé de me sourire. Ils auraient pu m'encourager à les choisir. Avec la rage du désespoir, je jetai un coup d'œil au couple plus jeune. L'homme était grand et assez beau. Il avait les cheveux châtains et raides, des yeux bruns. Sa femme était aussi grande que lui. Même sans talons, elle devait arriver à sa hauteur. Ses cheveux formaient une masse auburn, d'un ton plus sombre et plus chaud que ceux de Sarah. Sarah n'avait jamais mis les pieds dans un institut de beauté. Visiblement, cette femme n'aurait pu survivre sans y aller. Ses yeux avaient une couleur étrange. Ils étaient pâles, si pâles qu'ils en paraissaient décolorés. Elle avait le teint de porcelaine des rousses, sans défaut. Elle était maquillée à la perfection. Elle était jolie, très jolie. Mais il y avait quelque chose d'imperceptible en elle qui rappelait les gens des collines.

Elle n'était pas du même genre que l'autre couple. Elle portait un tailleur rose si moulant qu'il aurait pu être cousu à même sa peau. Elle fit le tour de la pièce et inspecta tout ; elle se baissa et ouvrit même le four. Elle se redressa et sourit à tout le monde et à personne. Elle se tourna et contempla avec ironie le vieux lit de cuivre, leva la tête pour regarder les paniers qui pendaient au plafond, évaluant l'effort pitoyable que nous avions fait pour rendre la cabane accueillante et plus confortable. Son visage avait des expressions fugaces qui changeaient au gré de ses surprises ou de ses dégoûts. Elle attrapa, entre deux doigts aux ongles bien laqués, le torchon qui m'avait servi à essuyer la table ; elle le tint un instant avec précaution et le laissa tomber par terre. Son sourire se figea. Pendant ce temps, son jeune et beau mari m'observait. Il souriait comme pour me rassurer. Son sourire lui éclairait le visage et m'apaisait.

Pa se planta devant moi, les poings sur les hanches.

— Alors, ma fille, on se décide ?

J'allais de l'un à l'autre. Que pouvais-je savoir d'eux ? La jeune femme au tailleur rose sourit d'un air triomphant. Cela la rendit plus attirante encore. J'admirai ses longs ongles peints, ses boucles d'oreilles, la forme de sa bouche, ses vêtements, sa coiffure. La femme aux cheveux gris rencontra mon regard, elle ne cilla ni ne sourit. Elle avait pour boucles d'oreilles deux perles minuscules.

Je crus déceler dans ses yeux une nuance d'hostilité. Je regardai son mari, mais il m'évita. Il ne pouvait y avoir aucune communication entre nous.

Je me tournai de nouveau vers le couple le plus jeune. Leurs vêtements étaient très à la mode. Ils n'étaient ni si bien coupés ni si onéreux que ceux des autres qui portaient, eux, des choses classiques, indémodables ; des vêtements collet monté et vieux jeu, n'aurait pas manqué de dire Fanny. Je ne faisais pas encore de différence entre les gens qui avaient vraiment de la fortune et les nouveaux riches.

Je me sentais plus pauvre et plus mal fagotée que jamais. L'encolure de ma robe était trop large et glissait sur une de mes épaules. Je n'avais jamais eu le temps de la reprendre. Des mèches folles me tombaient sur le front. Je les repoussais constamment en arrière, ce qui attirait l'attention sur mes mains. Elles étaient rouges, gercées et avaient les ongles cassés. C'étaient des mains qui avaient fait la lessive et la vaisselle. Je tentai de les cacher. J'étais un véritable désastre ! Qui aurait voulu de moi ?

Fanny avait été adoptée rapidement et avec joie. Elle n'avait pas les mains abîmées, elle. Ses longs cheveux épais restaient en place. Moi, j'étais laide et pitoyable. Logan n'avait même pas voulu me regarder. Je m'étonnais d'avoir pensé qu'il pourrait m'aimer.

Pa commençait à s'impatienter.

— Maintenant, fais ton choix ! Ou bien je vais être obligé de le faire à ta place.

J'étais indécise. J'avais l'intuition que quelque chose n'allait pas, mais je ne savais quoi. L'attitude du couple le plus âgé m'intriguait. Ils m'étudiaient avec réserve et froideur, mais n'avaient pas l'air de s'intéresser à moi. A cause de cette attitude, je décidai qu'ils devaient être ennuyeux et peu affectueux. En revanche, la femme aux cheveux auburn souriait de toutes ses dents. Elle me rappelait Sarah, qui était rousse et avait été très aimante. Le jeune couple devait être plus amusant, moins strict. Je me décidai en un instant et les désignai.

La femme paraissait un peu plus âgée que le mari, mais elle était encore jeune. Plus je la regardais, plus je la trouvais jolie.

Ses yeux se mirent à briller. Etait-ce de bonheur ? Elle s'avança rapidement vers moi, me serra dans ses bras et lança un regard de triomphe à Pa et à son mari.

— Tu ne le regretteras jamais, dit-elle, je te le promets. Je vais être pour toi la meilleure des mères, tu verras, la meilleure qui puisse exister.

Puis, comme si elle venait de se brûler, elle laissa

retomber ses bras et recula, tout en inspectant son tailleur rose, au cas où je l'aurais sali.

De près, elle n'était plus si jolie. Ses yeux pâles étaient un peu trop rapprochés et ses oreilles, très petites, semblaient plaquées sur sa tête, si bien qu'on les distinguait à peine. Si on ne la détaillait pas, l'ensemble restait superbe. Je n'avais jamais approché une femme d'une féminité si provocante. Elle avait les fesses rondes, la poitrine pleine, la taille fine. Son chandail était si serré, qu'il en était presque transparent.

Pa la regardait avec un sourire dédaigneux. Je me demandais comment il pouvait avoir tant de mépris pour une femme qu'il ne connaissait pas. Mais il devait la connaître... Il devait l'avoir déjà rencontrée pour organiser cette entrevue. J'étais méfiante et je me tournai vers le couple âgé. Ils s'en allaient. Je me sentis flouée.

— Merci, monsieur Casteel, dit l'homme.

Puis il ouvrit la porte et s'effaça devant sa femme. Ils paraissaient soulagés. Pa les suivit dehors, leur dit quelques mots à voix basse et rentra. Comme il franchissait la porte, il me fit une grimace moqueuse.

Que voulait-il dire ? Etais-je tombée dans un piège ? J'étais affolée.

— Je m'appelle Calhoun Dennison, dit le mari, voici ma femme, Kitty. Merci de nous avoir choisis, Heaven.

Je tremblais. Il s'avança et me prit la main. Il avait une voix douce et assez basse. Je n'avais jamais entendu un homme parler avec une voix aussi douce. Ce devait être la voix de quelqu'un d'instruit. Ceux qui criaient et juraient n'avaient, en général, aucune éducation.

— Cal, n'est-elle pas mignonne ? dit Kitty Dennison. Cela va être très amusant de l'habiller et de l'arranger.

Je respirais avec peine. Grandpa pleurait doucement. Il aurait dû tenter quelque chose, au lieu d'attendre qu'il fût trop tard.

— Tu vois, Cal, cela a été facile, dit Kitty. A un moment, j'ai pensé qu'elle allait les choisir à cause de leur grosse voiture, mais en fin de compte, cela a bien marché.

Elle se tourna vers moi.

— Mon chou, va mettre ton manteau, ne prends rien d'autre, je vais t'acheter des tas de choses. Je n'ai pas envie d'emmener chez moi des microbes et de la saleté. Je suis impatiente de te voir hors d'ici.

Elle eut une expression qui montrait clairement son dégoût. Mes jambes étaient de plomb. Dans la chambre, j'attrapai mon manteau et l'enfilai. Puis je pris « la » valise enveloppée dans les châles. Je devais l'emporter. Elle était le seul souvenir que j'eusse de ma mère.

— Je t'ai dit de ne rien prendre.

Je sortis de ce que nous appelions *la chambre* et j'apparus en pleine lumière, dans mon manteau râpé, traînant mon pauvre paquet. Je regardai Kitty avec méfiance. Elle répéta avec une certaine irritation :

— Mais enfin, ne t'ai-je pas dit de ne rien emporter ! Je ne veux pas de ces saletés chez moi.

— Je ne veux pas laisser ici ce que j'ai de plus précieux au monde. Ma grand-mère a fait ces châles, ils sont propres, ils viennent d'être lavés.

— Tu les relaveras.

Bien qu'un peu fâchée, elle avait l'air plus conciliante. Je m'arrêtai derrière Grandpa et embrassai le dessus de son crâne chauve.

— Porte-toi bien, Grandpa. Tâche de ne pas tomber et de ne rien te casser. Je t'écrirai souvent, quelqu'un pourra bien... Je t'écrirai, Grandpa.

Je ne voulais pas dire à ces étrangers que mon grand-père ne savait ni lire, ni écrire.

— Tu as été une bonne fille, dit-il, la meilleure des filles. Je n'en aurais pas voulu d'autre. Va-t'en et sois heureuse ! Tu m'entends !

Il pleurait.

— Oui, bien sûr, Grandpa. Prends soin de toi !

— Et sois sage !

— Je le serai. Je te le jure. Au revoir, Grandpa.

— Au revoir...

Il attrapa un morceau de bois et commença à en tailler l'écorce. Il ne me regarda plus. J'étais sur le point d'éclater en sanglots, mais je me retins, je ne voulais pas que Pa me vît pleurer. Je le regardai droit dans les yeux et, pour une fois, il ne m'évita pas. Nous nous défiâmes du regard. Dans le mien, il pouvait lire : « Je te hais, Pa, tout m'est égal à présent et je ne te dirai pas adieu. » Personne n'avait plus besoin de moi. Personne d'ailleurs, n'avait jamais eu vraiment besoin de moi, à part Tom, Keith et *notre* Jane ; en tout cas, pas Fanny, ni même Granny, et certainement pas Grandpa.

— Tu ne vas pas pleurer, dit Kitty. Tu m'as déjà vue et tu ne le sais pas ! Moi, je t'ai aperçue à l'église, quand j'allais à Winnerrow voir mes parents. Tu y étais assise avec ta famille et tu avais l'air d'un *ange*, un vrai ange...

Pa leva brusquement la tête. Ses yeux sombres étaient menaçants, mais il ne dit rien. J'étais très inquiète. Je sentis, entre eux, une certaine complicité, quelque chose que je ne savais comment définir et qui me terrifiait. Kitty continua, comme si elle se moquait de Pa. Cela me rendit encore plus soupçonneuse.

— J'étais très envieuse de ta mère. Depuis que tu es haute comme trois pommes, je l'observais lorsqu'elle emmenait sa nichée à l'église. Je l'enviais beaucoup. J'aurais voulu des enfants comme les siens parce qu'ils étaient beaux. Je ne peux pas avoir d'enfants...

Sa voix était pleine d'amertume. Elle eut pour Pa un regard dur et accusateur. J'étais sûre maintenant qu'ils se connaissaient.

— Il y en a qui pensent que j'ai de la chance de ne pas avoir d'enfants... mais je m'en suis trouvé un, et c'est un ange. Evidemment, elle n'a pas les cheveux blond cendré, mais cela n'a pas d'importance parce qu'elle a le visage et les yeux d'un ange... N'est-ce pas, Cal ?

— Oui, enfin... si tu veux dire par là qu'elle respire l'innocence, oui, elle ressemble à un ange.

Je ne comprenais pas bien ce qui se passait, mais je percevais une lutte sous-jacente, des signes tacites de reconnaissance entre Pa et Kitty. J'étais certaine de n'avoir jamais vu cette femme, elle n'était pas du genre que l'on pût facilement oublier. Je regardai son mari. Il examinait la cabane et quand ses yeux se posèrent sur Grandpa, assis comme une marionnette dans son fauteuil, son regard s'embua de pitié.

— Mon prénom est Kitty. Ce n'est pas un diminutif. Je n'aurais pas voulu de Katherine, Katie, Kate ou Kit. Lui, tu peux l'appeler Cal, comme je le fais. Chez nous, tu t'amuseras avec les télévisions en couleurs. Nous en avons une dizaine.

Elle battit des cils dans la direction de Pa, pour souligner l'importance de l'homme qu'elle avait réussi à prendre dans ses filets. Pa paraissait absolument indifférent.

Ils possédaient une dizaine de télévisions... Je la regardai avec incrédulité et me demandai ce qu'ils pouvaient bien en faire. Elle s'esclaffa.

— Je savais que cela vous surprendrait. Cal possède un magasin de télévisions. Il y a des clients qui nous laissent leurs vieux postes pour rien ou presque. Cal les répare et les vend à des paysans qui n'y voient que du feu. Il est malin, hein ! Je me suis trouvé un homme bien de sa personne et intelligent. On ne pourrait pas rêver mieux.

Cal semblait très embarrassé.

— Maintenant, fais tes adieux à tout le monde, nous partons, dit-elle.

Elle prit un air autoritaire, regarda une dernière fois autour d'elle avec dégoût, pour bien montrer à Pa ce qu'elle pensait de sa maison.

— Dis au revoir à ton père ! Je ne veux pas arriver chez moi trop tard.

J'étais plantée là, je ne voulais surtout pas le regarder. C'était elle qui s'intéressait à Pa, pas moi. Elle continua :

— Ma maison est belle. Chaque chose a une place et chaque chose est à sa place. Ce n'est pas comme dans cette bicoque, croyez-moi !

Pa s'appuya au mur, tira une cigarette et l'alluma. Kitty se tourna vers moi.

— Je ne peux supporter ni le désordre, ni la saleté. Ton père m'a dit que tu savais faire la cuisine ; j'espère qu'il ne m'a pas menti !

J'étais très intimidée. Cette femme allait peut-être exiger des repas compliqués, alors que je ne savais préparer que des galettes et de la sauce au lard.

— Je sais faire la cuisine, dis-je, mais des choses simples.

Pa affichait une expression bizarre, mitigée de tristesse et de satisfaction. Il me regarda et dit avec solennité, en se tournant pour étouffer un sanglot ou un rire, je ne savais :

— Tu as fait le bon choix.

J'étais angoissée, j'éclatai en sanglots. Je passai devant lui sans un mot. Il ne dit rien non plus.

A la porte, je ne pus m'empêcher de me retourner pour regarder une dernière fois ce qui avait été la maison de mon enfance ; celle de Tom, de Fanny, de Keith et de *notre* Jane.

L'hiver touchait à sa fin et le soleil tapait dur lorsque je traversai la cour. Pa sortit sous le porche, ses chiens sur ses talons. Des chats et leurs chatons étaient perchés sur le toit et les cochons fouillaient le sol de leur groin. Les poulets erraient ici et là ; un coq pourchassait l'une des poules avec des intentions visiblement malveillantes. J'étais stupéfaite. D'où venaient ces animaux ? Il y avait bien longtemps qu'il n'y en avait plus dans la cour. Pa les avait sans doute apportés dans sa camionnette. Il projetait donc de rester là avec son père !

Dans le ciel, de longs nuages paisibles formaient des vagues et donnaient à la nature un air de plénitude et de sérénité. Cal et Kitty Dennison montèrent en voiture et me firent asseoir à l'arrière. J'étais anxieuse. Je me retournai pour regarder, une fois encore, ce que je connaissais si bien et que j'aurais voulu oublier d'un cœur léger : la vieille cabane et ses odeurs, le poêle qui crachait, les paillasses abîmées. Je perdais les collines et toute mon enfance...

Il ne fallait plus pleurer, puisque j'allais vers une vie meilleure, dans un endroit plus beau, avec des gens... riches...

Pa était sous le porche, il ne pleurait pas... Il regardait dans le vague. Son visage était dénué d'expression. Cal mit le moteur en marche, accéléra et Kitty fut projetée en arrière.

— Ralentis, espèce d'idiot ! Je sais bien que nous sortons d'un endroit horrible, mais ce n'est pas une raison pour me tuer. Enfin, nous avons une fille, c'est le principal !

Je me répétais sans arrêt : tout ira bien, tout ira très bien. Je vais vers une vie plus heureuse, dans un endroit meilleur...

Nous nous dirigions vers Winnerrow. J'aurais aimé vivre dans une de ces jolies maisons peintes et, s'il était possible, près de la pharmacie des Stonewall. J'aurais pu y terminer mes études à l'école et ensuite aller au collège. J'aurais vu Fanny souvent et puis Grandpa, le dimanche, à l'église.

Cal tourna sur la droite et nous passâmes Winnerrow. Je n'en pouvais plus... Je demandai d'une toute petite voix :

— J'ai entendu Pa dire que vous étiez de la vallée ?

Kitty se retourna et me sourit.

— Oui, dit-elle, je suis née et j'ai grandi dans cette petite ville minable. J'étais pressée d'en sortir. Maintenant que nous sommes loin de ton père, je préfère être honnête et te dire que j'ai connu ta mère. Pas Sarah, ta vraie mère. Elle était superbe, pas seulement jolie, mais belle. Je la détestais.

Je respirais avec peine.

— Mais pourquoi la détestiez-vous ?

— Elle avait mis la main sur Luke Casteel et elle le tenait bien... Quand j'étais plus jeune et que je n'avais rien vu d'autre, Luke Casteel aurait pu être à moi. Quelle idiote j'étais alors, de penser qu'une belle gueule et un beau corps étaient tout. Aujourd'hui, je le déteste lui aussi.

Ce sentiment aurait dû m'emplir de joie, mais j'étais mal à l'aise. Pourquoi avait-elle adopté la fille de l'homme qu'elle détestait ? Kitty continua :

— Oui, j'apercevais ta mère quand elle venait à Winnerrow. Tous les hommes de la ville lui couraient après. Personne n'arrivait à comprendre comment elle avait fait pour épouser quelqu'un comme Luke Casteel. L'amour l'avait rendue aveugle. Il y en a qui sont comme ça !

— Tais-toi, Kitty, dit Cal.

C'était un avertissement, mais elle l'ignora.

— Et moi, j'étais là, amoureuse comme une idiote de ton beau papa. Toutes les filles de la ville le voulaient, c'est bien simple !

— Ça suffit, Kitty !

Le ton devenait menaçant. Kitty le regarda avec impatience, puis elle se tourna et alluma la radio. Elle essaya plusieurs stations avant de trouver la musique qui lui plaisait. Nous ne pouvions plus parler.

Le paysage défilait. Nous avions passé les collines, nous étions dans la plaine. Elles devinrent, peu à peu, des ombres lointaines. La lumière de l'après-midi décrut. Nous roulions depuis des heures. Jamais je n'avais été aussi loin. Nous avions rencontré de grandes fermes, puis des petites, des villages, des stations à essence, des étendues de terres incultes, avec des parcelles de poussière rouge, çà et là.

Le crépuscule entachait le ciel de violet et d'orangé. C'était le même ciel et le même crépuscule que dans nos collines, mais le paysage que j'aimais n'était plus là. Il était différent. Les stations d'essence se succédaient, ainsi que les restaurants de *fast-food* aux enseignes de néon qui prétendaient imiter les couleurs changeantes du ciel à la tombée du jour.

— C'est très étrange, dit Kitty, la façon dont le ciel s'éclaire. J'ai entendu dire que le crépuscule était le moment le plus dangereux pour conduire. C'est l'heure entre chien et loup ; un instant irréel qui incite au rêve. Mon rêve à moi, c'est d'avoir des tas d'enfants, tous beaux.

— Je t'en prie, Kitty, dit son mari.

Elle se tut et me laissa à mes pensées. J'avais vu des tas de couchers de soleil, mais jamais encore de ville, la nuit. J'en oubliais ma fatigue et regardais sans me lasser. Je me sentis, pour une fois, une vraie fille de la montagne. Nous n'étions plus à Winnerrow, mais dans une immense cité.

La voiture ralentit et nous fûmes bientôt assis autour d'une très petite table.

— Qu'est-ce que tu dis ? Tu n'es jamais allée dans un *McDonald* (1) ? dit Kitty. Je parie que tu n'as jamais mangé de *Kentucky Fried* (2) ?

— Qu'est-ce que c'est ?

— Cal, cette fille est ignorante, absolument i-gno-ran-te... Et son père disait qu'elle était intelligente !

Il était drôle que Pa eût parlé de moi ainsi. Que n'aurait-il pas fait pour cinq cents dollars !

— Prendre un repas dans une boîte comme celle-là n'a jamais rendu quelqu'un intelligent, juste un peu moins affamé...

— Je parie que tu n'as jamais été au cinéma !

Je répondis très vite :

— Si, une fois.

— Tu as entendu, Cal ? Cette fille évoluée n'a été au cinéma qu'une fois. Ça, c'est quelque chose ! Et que connais-tu d'autre, à part cela ?

Le ton était si mordant que j'éprouvai soudain le désir d'être à l'abri dans notre pauvre cabane. Des images pénibles se bousculaient. Je croyais voir *notre* Jane, puis Keith. Je les chassai à grand-peine. Il me restait une chose, une seule, la poupée de ma mère. Quand Kitty la verrait, elle serait sûrement impressionnée.

(1) *McDonald :* Chaîne de restaurants de *fast-food.*
(2) *Kentucky Fried :* Poulet frit.

— Que penses-tu de ton *hamburger* ? demanda-t-elle.

Elle avait déjà mangé le sien et se mettait du rouge à lèvres. Elle semblait très experte et maniait le tube avec dextérité, du bout de ses longs ongles peints en rose ; du même rose que celui de son ensemble.

— C'était très bon.

— Alors, pourquoi ne l'as-tu pas terminé ? La nourriture coûte cher. Si nous t'emmenons au restaurant, c'est pour que tu manges.

— Kitty, tu parles trop fort, laisse-la tranquille.

— Et puis, je n'aime pas ton nom. C'est un nom stupide. Heaven, c'est un endroit, ce n'est pas un prénom. Ton second prénom est-il aussi niais ?

— Leigh, c'était le prénom de ma mère.

Kitty sauta en l'air. Elle frappa ses poings l'un contre l'autre et jura.

— Je le déteste ! C'était bien le prénom de cette garce de Boston. Je ne veux plus jamais l'entendre.

Puis son humeur changea. Elle passa de la colère aux regrets.

— Si j'avais eu une fille, je l'aurais appelée Linda. J'aurais aimé m'appeler Linda moi-même. Il y a quelque chose de frais et de doux dans ce prénom.

Ce fut pour moi un soulagement de me retrouver dans la voiture. Nous continuâmes à rouler.

— Je vais l'appeler Linda. J'aime vraiment ce prénom, dit Kitty.

La réponse fut immédiate.

— Il n'en est pas question. Heaven lui va mieux. Elle vient de perdre sa maison et sa famille, pour l'amour du ciel, ne la force pas aussi à perdre son prénom. Laisse-la donc tranquille.

Il y avait une certaine autorité dans la voix de Cal. Cela calma Kitty. Il éteignit la radio. J'étais pelotonnée sur le siège arrière et j'essayais de rester éveillée en lisant les panneaux indicateurs. J'eus vite fait de remarquer que Cal se dirigeait vers Atlanta. Nous prenions des voies rapides, tournions à des carrefours, passions sur des ponts, longions des voies ferrées, traversions de petites et de grandes villes. Cal allait toujours vers Atlanta.

La masse sombre des gratte-ciel, étincelant dans la nuit de mille fenêtres éclairées, me coupait le souffle. Je suivais des yeux les vitrines des magasins de Peachtree Street. Je regardais les policiers debout au milieu d'une circulation intense ; ils ne paraissaient pas avoir peur de se faire écraser. J'en vis d'autres à cheval. Les piétons se promenaient dans les avenues, comme s'il était midi. A la maison, j'aurais dormi depuis longtemps. J'avais d'ailleurs du mal à garder les yeux ouverts. Kitty alluma de nouveau la radio et se blottit contre Cal. Je sortis de ma torpeur.

— Kitty, il y a un lieu et un temps pour tout, dit-il. Fais-moi le plaisir de rester à ta place !

Je me frottai les yeux et regardai par la fenêtre. Nous avions dépassé le centre de la ville et laissé les gratte-ciel derrière nous. Nous roulions maintenant dans des rues moins larges et moins encombrées.

— Nous habitons dans la banlieue, dit Cal, à Candlewick. Les maisons y sont à deux étages et elles sont presque toutes semblables. En fait, il y a six styles différents, vous choisissez celui qui vous plaît et l'on vous construit la maison. La seule façon de vous distinguer est dans la manière dont vous décorez votre intérieur et arrangez votre jardin. Nous espérons que tu te plairas ici, Heaven. Nous voudrions faire de notre mieux et te donner le meilleur, comme nous l'aurions fait pour notre propre enfant. L'école à laquelle tu iras n'est pas très éloignée de la maison.

A moitié endormie, Kitty marmonna :

— Que l'école soit près ou loin n'a aucune importance. Elle ira à l'école, même si elle doit y aller sur les mains. Je ne veux surtout pas être encombrée toute la journée d'une gamine.

Je m'assis, très droite, pour me tenir éveillée et ne pas rater la première image de ma nouvelle demeure. J'étudiais les maisons avec intérêt. Elles étaient en effet presque toutes semblables, mais pas tout à fait. Je les trouvai agréables. Elles devaient toutes avoir le confort et, au moins, deux salles de bains chacune.

La voiture tourna dans une allée, la porte d'un garage s'ouvrit comme par enchantement et nous fûmes à l'intérieur. Kitty me secoua.

— Nous voici à la maison, petite !

A la maison !

J'ouvris la portière de la voiture et sortis du garage. Je me plantai devant la façade et la contemplai. Elle était baignée par le clair de lune. Elle me plut. Nichée dans un brouillard de verdure, elle avait deux étages de brique rouge et des fenêtres à stores. C'était un palais, comparé à notre pauvre cabane. La porte d'entrée était laquée de blanc.

— Cal, tu mettras ses affaires dans la cave, c'est là leur place.

Je regardai avec tristesse la valise de ma mère. Kitty ne pouvait évidemment pas deviner ce qui se trouvait sous ces vieux châles. La valise était en cuir et plus luxueuse que tout ce que Kitty devait posséder.

— Mon chou ! Il est presque onze heures et je suis éreintée. Tu as toute la vie pour regarder la maison !

SECONDE PARTIE

La vie à Candlewick

CHAPITRE PREMIER

Une nouvelle maison

Kitty effleura le bouton près de la porte et la maison entière s'éclaira. J'en eus le souffle coupé. C'était un intérieur merveilleux, si propre, si confortable... Et c'était dorénavant le mien. Tout me sembla très élégant et blanc, aussi blanc que de la neige. J'avais toujours su qu'il existait pour moi un endroit autre que notre misérable cabane.

C'était indiscutablement la maison de Kitty, pas celle de Cal. Il n'y avait pas le moindre indice qu'un homme pût y vivre. Tout y était féminin et précieux. Kitty y régnait, pas Cal.

Kitty alluma d'autres lampes, comme si les coins d'ombre la mettaient mal à l'aise. En fait, elle cherchait les défauts sur la peinture fraîche.

— Il est certain que c'est plus agréable que ta cabane dans les collines. Hein, la petite ! C'est même beaucoup mieux que tout ce qui se trouve à Winnerrow... Ce sapristi de bled... Je n'y aurais pas fait de vieux os. Je ne sais pas pourquoi j'y retourne...

Puis elle commença à se plaindre des ouvriers qu'ils avaient laissés seuls et qui, d'après elle, avaient tout fait de travers. A ses yeux, sa maison n'avait rien d'extraordinaire, elle en voyait toutes les imperfections.

— Mais regarde donc où ils ont mis mes lampes... et les chaises ! Rien n'est à sa place. Je leur avais pourtant expliqué. Je peux t'assurer qu'ils vont m'entendre...

Il y avait peut-être un manque d'imagination de ma part, mais tout me paraissait parfait. Kitty me regarda. Elle vit que j'étais intimidée et me sourit avec indulgence.

— Alors, mon chou ! Qu'est-ce que tu en penses ?

Son salon était, à lui seul, plus grand que notre cabane. Il contenait, chose surprenante, un zoo en céramique. Il y avait des animaux partout : dans les embrasures des fenêtres, sur les meubles d'angle, sur les tables, alignés sur la moquette, en haut de l'escalier. Il y en avait qui servaient de cache-pot, d'autres étaient montés en lampes. Il y en avait en guise de tabourets, de bonbonnières et de bibelots divers.

Des plantes vertes sortaient du dos de grenouilles géantes en céramique ; d'énormes poissons rouges à la bouche béante crachaient eux aussi de la verdure. On voyait des oies bleues, des canards blanc et jaune, des poules à pois roses, des lapins bronzés, des écureuils roses encore et des cochons à la queue en tire-bouchon, roses également. Kitty me prit la main et m'attira au milieu de la pièce.

— Il faut les voir de près pour apprécier le talent de l'artiste qui les a faits.

J'étais stupéfaite.

— Eh bien, dis quelque chose !

— C'est très beau !

A part les animaux, tout était blanc : le papier au mur était blanc et soyeux, les fauteuils, le divan, les pieds de lampes et les abat-jour. Je réalisai à quel point Kitty avait dû être dégoûtée par notre intérieur. Chez elle, la cheminée était en bois ouvragé et le devant de marbre blanc. Il y avait des tables luxueuses d'un bois assez sombre qui, je l'appris par la suite, était du bois de rose, puis des tables basses en cuivre et en verre. Il n'y avait pas une trace de poussière, pas une marque de doigt et chaque chose était à sa place.

J'avais peur de marcher sur cette moquette immaculée que l'on devait salir rien qu'en la regardant. Je jetai un coup d'œil à mes vieilles chaussures et les retirai sur-le-champ. Kitty se tenait derrière moi, intéressée peut-être de voir l'effet de son luxe sur une paysanne aussi naïve que moi.

J'errais d'un objet à un autre, comme dans un rêve, les pieds enfoncés dans la moquette de laine. Cet étalage d'animaux défiait l'imagination : je caressai des chats gras et d'autres efflanqués, des chiens à quatre pattes sur leur train arrière ou couchés, des éléphants, des tigres, des léopards, des faisans. J'effleurai des hiboux, des perruches et des paons.

— C'est quelque chose, hein ! Ce sont mes créations, eh oui ! C'est moi qui ai fait tout cela. Je les cuis dans mon four à céramique. Il y en a un énorme dans mon atelier et j'en ai un petit à l'étage. Chaque samedi, je donne des cours. Je demande trente dollars pour une série complète de leçons et j'ai à peu près trente étudiants qui viennent régulièrement. Aucun de mes élèves n'est aussi doué que moi. C'est parfait, comme cela, ils reviennent toujours pour essayer de me surpasser. Les as-tu regardés de près ? As-tu remarqué tous les détails ?

Je remuai la tête en signe d'assentiment. J'étais subjuguée. Je ne pus que dire de nouveau :

— C'est très beau... Tout est très beau.

— Je savais que cela te plairait !

Elle attrapa quelques pièces et me les mit sous le nez au cas où elles m'auraient échappé.

— Je gagne pas mal d'argent ; je n'accepte pas les chèques, aussi je ne paie pas d'impôts. Je pourrais donner beaucoup plus de cours si je n'avais pas mon salon de beauté. Mais je ne veux pas laisser tomber ce salon, qui est une mine d'or. Il y a pas mal de gens connus qui y viennent. Nous faisons tout : teintures, décolorations, permanentes, manucure, pédicure. J'ai huit filles qui travaillent pour moi, je me réserve pour les célébrités. Et puis, dans la boutique, je vends des centaines de mes œuvres, on les adore.

Elle se croisa les bras sur la poitrine et m'adressa un sourire triomphant.

— Crois-tu que tu pourrais en faire autant ?

— Non, je ne saurais par où commencer.

Cal entra par la porte de derrière et regarda Kitty d'un air mécontent. Il ne semblait pas partager son goût immodéré pour « ses créations ». Le temps qu'elle y passait le dérangeait peut-être.

— Penses-tu que je sois une artiste ?

— Oui, Kitty, une vraie artiste... Avez-vous pris des cours ?

Elle fronça les sourcils.

— Il y a des dons que tu reçois à la naissance. Je suis née avec celui-là. Je suis douée, voilà tout ! N'est-ce pas, Cal ?

— Oui, Kitty, pour cela tu es douée...

Cal se dirigea vers l'escalier.

— Tu oublies que cette gamine n'a rien à se mettre. Je ne la laisserai pas dormir ici avec des guenilles sur le dos. Elle sent mauvais, tu ne trouves pas ? Cal, prends ta voiture et va jusqu'à ce magasin qui est ouvert toute la nuit. Achète-lui des vêtements décents, choisis-les un peu grands, je veux qu'ils lui servent longtemps.

— Il est presque onze heures.

Sa voix était froide et assez distante. Il avait eu le même ton, dans la voiture, pour marquer sa désapprobation.

— Je sais qu'il est onze heures, je sais encore lire l'heure. Mais elle ne dormira pas dans ma maison sans avoir pris un bain, s'être lavé les cheveux et avoir mis des vêtements propres, compris ?

Il avait compris. Il fit demi-tour et disparut en grommelant. Pa n'aurait jamais admis qu'une femme lui donnât des ordres. Je me demandai quelle était la nature du pouvoir que Kitty avait sur Cal pour le faire marcher ainsi.

— Viens avec moi ! Je vais tout te montrer. Cela va te plaire, j'en suis sûre... J'ai bien connu ton Pa. Ça, tu l'avais compris ! Je savais qu'il était un incapable. Il n'a rien fait pour vous. Moi, je vais te donner tout ce dont je rêvais quand j'avais ton âge. Tout le luxe que je n'ai pu avoir, tu l'auras. Tu as de la chance de nous avoir trouvés. Nous ne sommes pas comme ton Pa qui, lui, a tout raté. Bon, dis-moi ce que tu aimes pardessus tout.

— J'aime... lire. Ma maîtresse, mademoiselle Deale, nous prêtait, à mon frère Tom et à moi, des tas de livres. Pour notre anniversaire, elle nous en offrait des neufs. J'en ai apporté quelques-uns pour moi, mes préférés, ils ne sont pas sales, Kitty, pas du tout. Tom et moi avions appris à Keith et à *notre* Jane à aimer les livres et à en prendre soin.

Elle semblait dégoûtée.

— Des livres... c'est ce que tu voudrais avoir de préférence à n'importe quoi d'autre ? Tu dois être complètement folle !

Elle semblait désireuse de me faire visiter la salle à manger. J'étais si fatiguée que mes impressions devenaient très floues.

Je dus m'y traîner. La table trônait en son milieu. Trois dauphins dorés supportaient son plateau de verre. Je me balançai d'un pied sur l'autre, j'étais épuisée. J'essayai désespérément de m'intéresser aux objets que Kitty me montrait.

Ensuite, nous passâmes à la cuisine, d'un blanc aveuglant. Les carreaux du sol reluisaient.

— C'est du vinyle de la meilleure qualité, dit-elle, le plus cher que l'on puisse trouver.

J'acquiesçai, je n'aurais pas pu distinguer le meilleur du pire. Ce fut avec des yeux pleins de sommeil que j'aperçus ces merveilles de la vie moderne dont j'avais tellement rêvé : la machine à laver la vaisselle, le double évier de porcelaine, la cuisinière à deux fours, les placards blancs alignés au-dessus d'un comptoir, une table ronde et quatre chaises. Et, pour rompre la monotonie due à tout ce blanc, il y avait partout des œuvres de Kitty.

Elle avait fait des boîtes et des paniers de céramique en forme d'animaux et y avait entreposé la farine, le sucre, le thé et le café. Un cochon rose contenait des ustensiles de cuisine et un cheval lie-de-vin portait des serviettes en papier.

— Qu'en penses-tu vraiment ? demanda Kitty.

— C'est ravissant, net et très gai.

Nous retournâmes au salon. Kitty vérifia à nouveau la place de chaque chose.

— Ça y est ! Ils ne sont pas où il faut. Regarde où ils ont disposé mes éléphants ! Je viens juste de m'en apercevoir, ils sont dans les coins. Tu te rends compte, on ne les voit plus ! Bon, il faut les remettre en place.

Cela prit un certain temps. Les sujets de céramique étaient plus lourds que je ne le pensais. Je n'en pouvais plus. Kitty s'en aperçut, me prit la main et me tira vers l'escalier.

— Je te montrerai tout ça demain. Allez, prépare-toi pour aller au lit.

Dans l'escalier, elle se mit à divaguer au sujet de ses clients célèbres, des stars de cinéma.

— Ils viennent chez moi avant de passer à la télévision ou de jouer au théâtre. Ils veulent que je m'occupe d'eux. J'en ai vu des choses et j'en ai entendu. Mais ce sont des secrets. Je ne parle pas, bouche cousue !

Elle se retourna et me regarda.

— Qu'est-ce qui ne va pas ? Tu m'entends ? Tu ne m'écoutes pas...

Tout devenait flou. J'aurais pu m'écrouler et dormir par terre, là, dans l'escalier. Je fis un effort pour paraître enthousiaste au sujet de ses clients et je lui demandai d'excuser mon manque de réaction. J'en profitai pour lui glisser que la journée avait été longue.

— Pourquoi parles-tu de cette façon ?

Je me crispai. Depuis que j'allais à l'école, je m'efforçais de ne plus parler comme elle le faisait, comme les gens des collines qui escamotaient les conjonctions et avalaient les mots.

— Mademoiselle Deale nous a toujours demandé d'articuler convenablement.

— Qui est mademoiselle Deale ?

— Ma maîtresse.

Kitty s'esclaffa.

— Je n'ai jamais eu besoin de maîtresse, ni même d'aller à l'école. Personne ne parle comme toi. Tu vas te faire des ennemis ici, avec ton accent yankee (1). Apprends à parler comme nous, ou... subis-en les conséquences.

— Oui, Kitty.

(1) *Yankee :* Américain du nord des Etats-Unis.

Nous arrivions en haut de l'escalier, les murs dansaient devant mes yeux. Kitty se retourna brusquement, m'attrapa par les épaules et me cogna la tête contre le mur.

— Réveille-toi et écoute bien ! Je ne suis pas Kitty, tu m'appelleras mère, tu entends ? Pas Mummy ou Mommy ou Mum et surtout pas Ma. Ce sera mère.

La tête me tournait, je trouvai cependant la force de répondre.

— Oui, mère.

— Très bien. Voilà qui est gentil ! Maintenant, viens prendre ton bain.

Je savais maintenant que l'humeur de cette femme changeait d'un instant à l'autre, sans raison apparente, et que je devais me tenir sur mes gardes.

Nous traversâmes un petit hall et pénétrâmes dans une pièce tapissée de papier noir imprimé d'or.

— C'est la salle de bains principale, dit Kitty. Tu vois, pour ce que les paysans appellent *les commodités,* moi, je dis les toilettes. Tu soulèves le couvercle, tu t'assois et ensuite, tu tires la chaîne. Et n'y mets pas trop de papier sinon nous aurons une inondation et ce serait à toi de réparer les dégâts. En fait, ce sera ton rôle de garder cette maison propre. Je te montrerai comment t'occuper des plantes, les arroser, les nourrir, faire briller les feuilles et puis, comment nettoyer la maison et t'occuper du linge. Mais d'abord, viens prendre ton bain.

Mon rêve devenait réalité, j'allais enfin me baigner dans une vraie salle de bains, avec l'eau courante, une baignoire, un lavabo, des miroirs sur les murs et j'étais trop épuisée pour apprécier ce moment tant attendu.

La voix de Kitty me sortit de ma torpeur.

— Tu m'écoutes ? Comme tu peux le constater, tout ici est neuf : le papier aux murs, la moquette, la peinture. Je veux que cela le reste. Ce sera ton travail de le maintenir dans cet état.

J'acquiesçai de façon mécanique.

— Je préfère mettre les choses au point dès le départ ; j'attends de toi que tu travailles suffisamment pour couvrir les dépenses que nous allons faire pour toi. Je suis persuadée que tu ne sais pas tenir une maison. Je vais perdre beaucoup de temps à te l'apprendre. Si tu veux rester ici, il faudra t'y mettre vite.

Elle fit une petite pause et me regarda avec insistance.

— Cela te plaît ici, n'est-ce pas ?

Comment aurais-je pu savoir ! Je venais d'arriver et ce qu'elle m'avait dit commençait à me faire douter de la vie qui m'attendait. Sa maison serait une prison et non pas un foyer. J'essayai de montrer un peu d'enthousiasme.

— Oui, tout est très beau.

— N'est-ce pas ! Il y a une seconde salle de bains en bas ; très jolie également. Elle est pour les invités. Elle doit être parfaite. Cela fera partie de ton travail de l'entretenir.

Tout en parlant, elle sortait d'une armoire murale tout en miroirs des pots et des flacons qu'elle posait sur le comptoir de marbre rose assorti à la baignoire. Tout était noir, rose et or dans cette salle de bains.

— Bien, dit Kitty, la chose la plus urgente à faire est de te récurer des pieds à la tête, de te laver les cheveux, de te frotter pour éliminer les microbes. Ton Pa devait en regorger et tu as vécu dans cette saleté depuis ta naissance. Les histoires que l'on raconte sur Luke Casteel à Winnerrow ont de quoi vous faire dresser les cheveux sur la tête. Il est d'ailleurs en train de payer ses amusements très cher.

Elle en paraissait enchantée. Comment avait-elle

pu avoir connaissance de la maladie de Pa ? Je tentai de lui dire qu'il était guéri, mais j'étais trop fatiguée pour m'exprimer clairement.

— Pardonne-moi, mon chou, si je t'ai blessée, mais je ne peux vraiment pas supporter ton père.

Ceux qui n'aimaient pas mon père devaient avoir un jugement sain. Je souris à Kitty.

— J'ai grandi à Winnerrow, dit-elle, mes parents y vivent toujours. Ils ne voudraient habiter nulle part ailleurs. Les gens deviennent étroits d'esprit quand ils ne sortent pas de chez eux. Ils ont peur de tout. Je vois les choses ainsi. Ils redoutent l'anonymat d'une grande ville, alors ils ne quittent plus leur maison. A Atlanta, où je travaille, ils avaient l'impression de ne plus exister. Ils ne peuvent pas faire ce que je fais, ils n'ont aucun talent particulier. Nous n'habitons plus à Atlanta même, nous sommes, ici, à vingt-cinq kilomètres du centre. Cal et moi travaillons tous les deux et nous devons nous battre pour nous faire une place au soleil. Notre vie est une lutte quotidienne. Cal est à moi et je l'aime. Je préférerais mourir plutôt que de le perdre.

Elle s'arrêta et me regarda pensivement, puis elle reprit :

— Ma boutique est située dans un grand hôtel qui possède une belle clientèle. Il est impossible d'acheter une maison, ici, à Candlewick, si l'on ne gagne pas au moins trente mille dollars par an. Un de ces jours, Cal et moi aurons le double de revenus chaque année. Voilà pourquoi, mon chou, tu vas te plaire ici. Tu iras en classe dans une école très chic. Il y a une piscine et un auditorium pour les concerts, le théâtre et le cinéma. Tu y seras bien plus heureuse que dans cette petite école de second ordre où tu étais avant. Tu arrives juste à temps pour commencer le trimestre.

Cela me fit mal de penser à ma vieille école et à

Mlle Deale. C'était là que j'avais appris le monde. Un monde meilleur et dans lequel les choses de l'esprit avaient de l'importance. C'était là que j'avais appris à aimer les livres, les arts, les sciences. Ce n'était pas un endroit où on apprenait à survivre, mais à vivre. Je n'avais pas pu faire mes adieux à Mlle Deale. J'aurais dû laisser de côté ma fierté et lui montrer toute la reconnaissance que j'avais pour elle. Je pensai à Logan et réprimai un sanglot. Ma vie passée me semblait irréelle et lointaine, même notre cabane devenait un souvenir flou. Je l'avais pourtant quittée il y avait quelques heures à peine. Grandpa devait y dormir alors qu'ici, les magasins étaient encore ouverts et que les gens s'y promenaient. Cal, en ce moment, était en train de m'acheter des vêtements, lesquels, avait précisé Kitty, devaient être trop grands. Je baissai la tête avec résignation ; il y avait décidément des choses qui ne changeraient jamais.

Kitty remplissait la baignoire, j'avais des jambes de plomb. La buée couvrait les miroirs et m'emplissait les poumons. Je voyais Kitty dans un brouillard et dérivais sur des nuages de coton. J'étais ivre de fatigue. J'entendis, comme dans un rêve, Kitty m'ordonner de me déshabiller et de mettre à la poubelle tout ce que j'avais sur moi. J'enlevai mes vêtements avec maladresse.

— Tu vas avoir des tas de choses neuves. Je vais dépenser une fortune pour toi. Il faudra y penser quand tu auras la nostalgie de cette cabane à lapins que vous appelez une maison. Maintenant, je te prie de retirer tout ce que tu as sur toi. Il faudra que tu apprennes à obéir quand je te parle, au lieu de rester plantée là, comme si tu n'entendais pas, tu m'as comprise ?

Je commençai de déboutonner ma robe avec des

doigts maladroits. J'arrivais au second bouton quand Kitty sortit d'un tiroir un tablier de plastique.

— Mets-toi là et laisse tomber tes vêtements autour de toi. Je ne veux pas qu'ils touchent ma moquette ou le comptoir de marbre.

J'étais nue sur le morceau de plastique. Kitty m'examinait.

— Mais tu n'es plus une petite fille ! Quel âge as-tu donc ?

— Quatorze ans.

J'avais la bouche pâteuse, les idées fumeuses et je ne pouvais garder les yeux ouverts. Je bâillais et je tanguais.

— Quand auras-tu quinze ans ?

— Le vingt-deux février.

— Et tu es une jeune fille ?

— Oui, depuis mes douze ans.

— Je ne l'aurais jamais cru. Quand j'avais ton âge, j'avais déjà beaucoup de poitrine. Tous les garçons me regardaient. Tout le monde ne peut pas avoir cette chance !

J'espérais que Kitty me laisserait seule prendre ce premier bain dans une vraie baignoire, mais elle n'avait aucunement l'intention de s'en aller. Je me dirigeai vers les toilettes avec l'espoir que cela la ferait sortir.

— Non ! Tu dois d'abord couvrir le siège de papier, dit-elle.

Ce qu'elle fit. Alors, elle se détourna. Comme la salle de bains était tapissée de miroirs, je ne pouvais avoir la moindre intimité. Puis Kitty passa à l'action. Elle s'agenouilla près de la baignoire et vérifia la température de l'eau.

— C'est de l'eau très chaude qu'il te faut. Je vais te frotter à la brosse et mettre du désinfectant sur tes cheveux pour tuer les poux qui doivent y loger.

Je tentai de lui expliquer que je me lavais régulièrement, que je me baignais une fois par semaine et que j'avais lavé mes cheveux le matin même, mais toute énergie m'avait quittée. Je n'avais même plus la force de me défendre. Je me sentais faible et j'avais l'esprit confus. Les sanglots m'étouffaient. Pourtant, les larmes ne coulaient pas. J'enviais Fanny qui savait s'extérioriser. Elle pouvait hurler son désarroi ou sa colère et s'en délivrer. Et j'étais là, à attendre que la baignoire fût remplie. Quand elle fut pleine, l'eau était bouillante. Pour moi, tout le rose de la salle de bains vira au rouge et, au travers de ce brouillard rouge, je devinai Kitty qui enlevait son ensemble de tricot. En dessous, elle portait un soutien-gorge et un slip si petits qu'ils couvraient à peine ce qu'ils auraient dû cacher.

Je regardai avec inquiétude Kitty verser un liquide dans l'eau du bain. J'en connaissais l'odeur, c'était du Lysol, un produit désinfectant que l'on mettait d'ordinaire dans les toilettes. On s'en servait à Winnerrow, dans notre école. Je n'avais jamais entendu dire que l'on pût se baigner dedans.

J'attrapai une serviette rose et moelleuse qui était si grande qu'elle pouvait me dissimuler complètement. J'avais honte que Kitty vît ma maigreur.

— Pose ça ! Tu ne dois pas te servir de mes serviettes. Les roses sont réservées à mon usage exclusif, tu m'entends ?

— Oui, madame.

— Oui, mère. Tu ne dois pas m'appeler autrement. Répète-le !

Je répétai. Je tremblais à l'idée d'entrer dans cette eau si chaude.

— Les serviettes noires sont celles de Cal, pas les tiennes, souviens-t'en ! Quand la couleur des miennes aura passé au lavage, tu pourras t'en servir. Pour l'instant, je t'en donnerai de vieilles que je rapporterai du salon de coiffure.

Je ne pouvais quitter des yeux la vapeur qui sortait de la baignoire.

— Maintenant que tout est prêt, fais glisser le tablier en plastique sous tes pieds et bouge avec lui. Quand tu seras près de la baignoire, tu n'auras qu'une enjambée à faire pour être dedans.

— L'eau est trop chaude.

— Evidemment qu'elle est chaude.

— Je vais me brûler.

— Et comment crois-tu pouvoir te débarrasser de ta crasse autrement qu'avec de l'eau chaude ? Allez, vas-y !

— C'est trop chaud.

— Ce... n'est... pas... trop... chaud.

— Si, c'est bouillant. Je n'ai pas l'habitude de l'eau si chaude, seulement de l'eau tiède.

— Je le sais. C'est pourquoi je vais te décrasser dans de l'eau très chaude.

La vapeur d'eau était si dense qu'elle cachait presque la brosse rose que Kitty tenait à la main. Elle la frappa de la paume de son autre main. La menace était claire.

— Autre détail ; quand je te demande de faire quelque chose, tu le fais sans commentaire. Nous t'avons achetée assez cher. Tu nous appartiens et nous pouvons faire de toi ce que bon nous semble. Je t'ai choisie pour une bonne raison : parce que j'ai été assez idiote, dans le temps, pour aimer ton père jusqu'à m'en briser le cœur. J'attendais un enfant de lui, il m'avait fait croire qu'il m'aimait. Je lui dis que je me tuerais s'il ne m'épousait pas. Il rit et répondit : « Vas-y », et il me quitta. Il partit pour Atlanta où il rencontra ta mère et l'épousa. Et moi, je restai seule avec mon bébé. Je fus obligée de me faire avorter. Je n'ai jamais pu avoir d'enfant depuis. Mais j'ai SON enfant à ELLE, maintenant. Ne crois surtout pas que, parce que j'ai eu des faiblesses pour ton père jadis, tu vas régenter la maison. Il y a des lois dans ce pays qui ne prévaudront pas en ta faveur ; si on peut prouver que tu es si dure que ton père lui-même a dû te vendre, tu peux te retrouver en maison de correction.

— Mais... mais... je ne suis pas mauvaise. Pa n'était pas obligé de me vendre.

— Ne discute pas avec moi. Entre dans la baignoire !

J'obéis à Kitty et, pieds nus, je glissai avec précaution jusqu'à la baignoire sur mon tablier de plastique. J'allais le plus lentement possible, espérant que l'eau serait moins chaude. Je fermai les yeux et balançai une jambe au-dessus de l'eau. Je ne pus y plonger le pied, c'était au-dessus de mes forces. Je poussai un cri plaintif, reposai mon pied à terre et me tournai vers Kitty avec des yeux suppliants. Elle m'arracha la serviette rose et la précipita dans le panier à linge sale.

— Mère, c'est vraiment trop chaud.

— Ce n'est pas trop chaud ! Je prends mes bains dans de l'eau très chaude. Si je peux le supporter, tu le peux aussi.

— Kitty...

— Mère !

— Mère, l'eau n'a pas besoin d'être si chaude.

Je l'implorai d'une voix soumise. Je dus toucher une corde sensible. En l'espace d'un instant, elle changea de ton.

— Mon chou, c'est pour ton bien, tu sais ! L'eau chaude va tuer les microbes. Je ne te demanderais pas de faire quelque chose qui soit mauvais pour toi.

Ses yeux délavés se firent tendres et sa voix douce. Elle devenait maternelle. Kitty avait besoin d'un enfant à aimer. Moi, j'avais besoin d'une mère qui m'aimât. Elle plongea son bras dans l'eau jusqu'au coude.

— Tu vois bien que ce n'est pas si chaud que tu le prétends. Maintenant, sois gentille, entre dans la baignoire et assois-toi. Mère va te frotter et tu seras plus propre que tu ne l'as jamais été.

— Es-tu sûre que l'eau de ton bain soit aussi chaude que celle-là ?

— Sans mentir, mon chou, je prends très souvent des bains à cette température. Quand tu seras dedans, une fois le choc passé, tu te sentiras bien, tu seras détendue et tu dormiras mieux. Regarde, je vais y mettre des sels moussants. Cela va t'amuser. Quand tu sortiras, tu sentiras la rose ; tu seras d'ailleurs aussi fraîche qu'une rose.

Nous y étions. Un bain parfumé, le rêve de ma vie, m'attendait dans une baignoire rose, ceinte de miroirs, et le rêve se transformait en cauchemar.

— Tout ira bien, ma chérie. Allons, de quoi as-tu peur ? Est-ce que je te ferais du mal ? J'ai été une petite fille comme toi et je n'ai jamais eu la chance que tu as. Un jour, tu remercieras le Seigneur à genoux de t'avoir sauvée de l'enfer. Pense à cette eau chaude comme à un bienfait. C'est comme ça que tu dois le prendre. C'est ce que je fais, moi. Allez, pense que tu es en train de boire un Coca-Cola bien frais, assise sur une montagne de glace et tu ne sentiras rien. Cela ne te fera aucun mal. Je le fais bien, moi, et j'ai gardé une peau de bébé.

Kitty me poussa. Je perdis l'équilibre et tombai dans l'eau la tête la première. Ce fut comme si j'avais touché les charbons embrasés du *vieux qui fume.* Je me débattis avec angoisse, j'étais aveuglée et essayai de me relever en agrippant Kitty. Mais ses mains me maintenaient dans l'eau. Je me mis à hurler. Je hurlai et hurlai encore, tout en me débattant.

— Laisse-moi ! Laisse-moi !

Elle me frappa.

— Tais-toi ! Ferme-la ! Et ne t'avise pas de crier quand Cal rentrera, pour lui faire croire que je te martyrise. Je fais ce que je dois faire. C'est tout.

Cal ne rentrait pas. Personne n'était là pour me protéger. J'avais si mal que je n'avais plus la force de crier, je suffoquais. J'essayai de repousser Kitty ; sa brosse m'arrachait la peau, tout mon corps cuisait. Mes yeux demandaient grâce, mais Kitty s'acharnait sur les microbes et la crasse des Casteel.

J'avais l'impression d'entendre le révérend Wayland Wise me parler du paradis. J'étais dans un état de demi-conscience. J'avais la bouche ouverte et les yeux hagards. Je perçus le visage de Kitty, au-dessus du mien, déterminé à achever son œuvre d'extermination. Le lavage s'éternisait, l'eau commençait à tiédir. Kitty me versa alors sur les cheveux un shampooing de couleur foncée. Ma peau était à vif et le liquide me brûla. Je me débattis et faillis faire basculer Kitty dans la baignoire. Elle me frappa une nouvelle fois.

— Arrête ça ! Tu te conduis comme une idiote. Ce n'est pas aussi chaud que tu le prétends.

Elle plongea son bras dans l'eau et approcha son visage du mien.

— Regarde ! Ce n'est pas trop chaud, je ne crie pas, moi.

Ce fut un moment atroce ; j'avais beau me secouer, me tourner et me retourner, donner des coups de pied, je ne pouvais échapper à la poigne de Kitty. Elle savonna mes cheveux avec ce shampooing noir à l'odeur de soufre. C'était la pire chose qui pût leur arriver ; ils étaient longs et si fins que le traitement qu'elle leur infligeait les rendrait à jamais impossibles à démêler. J'essayai de le lui expliquer.

— Tu te tais ! Tu t'imagines peut-être que je n'ai pas remarqué quel genre de cheveux tu as. C'est mon métier, tu entends, mon métier ! Je fais ça depuis des années. Les gens me paient pour que je leur fasse un shampooing et toi, tu te plains. Encore un glapissement, j'ouvre le robinet d'eau chaude et je te mets la figure dessous.

Je m'efforçai de rester tranquille pendant qu'elle poursuivait sa « tâche ». Quand elle m'eut décapé les cheveux, elle prit la brosse et commença de m'étriller le cuir chevelu. L'eau était moins chaude, mais j'avais mal partout et pleurais à petits sanglots plaintifs. Elle s'avisa alors que je pouvais avoir des ulcères et m'inspecta minutieusement.

— Mère, je t'assure que je n'en ai pas.

Ce que je pouvais dire lui était bien égal ; elle ferait ce qu'elle avait décidé de faire, même si elle me tuait. J'aurais cru me trouver en enfer, des vapeurs de soufre me séparaient du monde des vivants. Je distinguais un visage blafard entouré de mèches qui pendaient comme des ficelles. En son milieu, il y avait une crevasse rouge sang d'où sortait un flot d'imprécations. Ma plainte était intérieure ; aucun son ne voulait plus sortir de ma gorge. J'étais comme un poulet dans un four, on me faisait rôtir pour le dîner. Je me mis à pleurer convulsivement. Le Lysol qu'elle avait versé dans l'eau me brûlait les yeux. Alors, je cherchai à tâtons le robinet d'eau froide et l'ouvris. Je recueillis de l'eau dans le creux de mes paumes et me la fis couler sur la figure. La douleur s'atténua. Curieusement, Kitty ne fit aucune objection. Elle finissait son inspection. Je m'aspergeai d'eau fraîche.

— Maintenant, je vais te rincer.

Elle me tapota comme si j'avais été un bébé.

— Tu vois, tous les microbes sont morts. Tu es toute propre, toute douce. Allez, tourne-toi, mère va te rincer !

J'émergeais de l'enfer. Je battis des bras et des pieds et balançai une jambe par-dessus la baignoire pour m'aérer un peu.

— Je vais faire très attention à ce que l'eau ne te coule pas dans les yeux, tu vas m'aider en restant tranquille. Le désinfectant a tué ta vermine, tu es toute neuve. C'est ce que tu voulais, non ? Tu aimerais que nous soyons gentils avec toi, tu voudrais que nous t'aimions, hein ? Dans ce cas, tu dois aussi payer de ta personne. C'est la moindre des choses que d'être propre pour nous faire plaisir. Arrête de pleurer ! Et surtout, ne va pas dire à Cal que tu as mal, cela lui ferait de la peine. Il est tendre et vulnérable, tu sais ! Tous les hommes le sont. En fait, ce sont des petits garçons, mais tu ne peux pas le leur dire. Cela les rend furieux. C'est pourtant la vérité. Ils ont peur des femmes, tous, sans exception. A dire vrai, ils sont terrifiés par leur mère, leur femme, leur fille, leur sœur, ainsi que par leur grand-mère ou leur tante. Sans compter leurs petites amies. Ils ont leur fierté, ils en ont trop, d'ailleurs, mais dans le fond d'eux-mêmes, ils craignent d'être rejetés. Ils nous veulent, ils ne peuvent se passer de nous et quand ils nous tiennent, ils voudraient être libres. Mais le pire, c'est qu'ils aimeraient ne pas avoir besoin de nous. Alors ils se mettent à chercher une autre femme, espérant que le processus sera différent. Puéril... Aucune de nous ne l'est. Alors, sois très douce avec lui ! Fais-lui croire qu'il est grand, fort et merveilleux, tu me rendras service et je serai très très gentille avec toi.

Elle malaxait mon cuir chevelu avec vigueur.

— J'ai vu le taudis dans lequel tu vivais. Je sais

bien ce qu'il y a sous ce visage innocent. Ta mère était pareille, je la haïssais. Fais attention à ce que je ne te haïsse pas non plus !

Kitty me souriait. L'eau froide rafraîchissait ma peau et calmait mes brûlures. Je fus enfin hors du bain, debout sur une serviette blanche. Il n'y avait pas un pouce de ma chair qui ne fût rouge, j'avais même le blanc des yeux rouge. Mon corps me cuisait de partout, mais j'étais vivante et... propre. C'était la seule chose pour laquelle Kitty avait eu raison.

— Tu vois, c'est fini. Ce n'était pas si terrible, mon chou ! Je vais te mettre sur la peau une lotion pour en atténuer la rougeur. Je n'ai pas voulu te faire peur, tu sais ! Je ne savais pas que tu avais la peau si tendre, voilà tout ! Mais tu dois comprendre qu'il fallait un traitement énergique pour faire disparaître la crasse de plusieurs années et l'odeur qui en émanait. Tu ne sentais rien, mais moi, je t'assure que si. A présent, tu es fraîche comme un bébé.

Et, souriante, elle attrapa une bouteille portant une étiquette dorée et me versa le liquide crémeux sur tout le corps. Je parvins, tant bien que mal, à lui sourire avec reconnaissance. Elle n'était pas si mauvaise, après tout. Elle me faisait penser au révérend Wayland Wise qui inspirait aux fidèles la crainte de la revanche divine pour les inciter à mieux se conduire.

— Ne te sens-tu pas merveilleusement bien ? Reconnais que je t'ai tirée du caniveau. Tu renais, tu es prête à affronter un monde qui t'aurait rejetée si je n'avais pas été là pour t'aider.

— Oui...

— Oui qui ?

— Oui, mère.

Elle me sécha les cheveux avec une serviette et m'en enroula une autre autour de la tête. Puis elle m'essuya le corps avec une troisième, ce qui m'irrita affreusement.

— Tu vois ! Tu as survécu. D'accord, tu as la peau rouge et elle te pique un peu, mais tous les médicaments qui guérissent ne sont pas sans douleur. Il faut souffrir pour être belle... et propre.

La voix hypnotique de Kitty endormait ma souffrance et me donnait une impression de fausse sécurité. Elle commença à me démêler les cheveux. Cela faisait très mal. Ils étaient en paquets et pleins de nœuds ; elle semblait déterminée à les débrouiller rapidement, dût-elle les arracher un à un. Je lui pris le peigne des mains.

— Laisse-moi le faire, dis-je, j'en ai l'habitude.

— Ah ! vraiment ! Sans doute as-tu passé des années de ta vie debout derrière les clients, jusqu'à ce que tu ne sentes plus tes pieds ? Ou bien peut-être as-tu fait une école de coiffure ?

— Non, mais je connais mes cheveux. Quand ils sont mouillés, il faut faire attention à ne pas les tordre, ni les secouer dans tous les sens comme tu viens de le faire.

— Tu prétends me donner une leçon ?

Une porte claqua en bas, on entendit la voix de Cal.

— Chérie, où es-tu ?

— En haut, mon chou, je suis en train de m'occuper de cette pauvre enfant, elle était repoussante de saleté. Dès que j'en aurai fini avec elle, je suis à toi.

Elle me dit à l'oreille :

— J'espère que tu n'auras pas l'idée d'aller te plaindre. Ce que nous faisons toutes les deux ne le regarde pas. Compris ?

Je ne pus faire autrement qu'acquiescer. Je serrai ma serviette contre moi et me reculai dans un coin de la salle de bains. Cal était monté et parlait à travers la porte.

— Je viens d'acheter des vêtements pour Heaven. J'ai pris deux chemises de nuit. Je ne connaissais pas sa taille, alors je les ai achetées au juger. Je descends faire le lit dans le salon.

— Mais elle ne dort pas en bas, dit Kitty.

Il parut très surpris.

— Qu'est-ce que tu veux dire ? Et où pourrait-elle dormir ? La seconde chambre est remplie de ton bric-à-brac de céramique que tu devais entreposer dans ton atelier. Tu savais pourtant qu'elle coucherait là ce soir, tu aurais pu déménager tout cela. Mais non, c'était trop te demander. Tu avais décidé qu'elle dormirait sur le divan du salon et tu as changé d'avis. Mais qu'est-ce que tu as dans la tête ?

Kitty sourit, elle alla à la porte et d'un air autoritaire me tint à distance.

— Pas un mot, chérie, tu ne lui dis rien, n'est-ce pas ?

Elle repoussa ses cheveux pour ne pas se montrer à son désavantage et entrebâilla la porte.

— C'est un pauvre petit oiseau perdu, mon cœur. Passe-moi une des chemises de nuit et elle sera bientôt visible.

Elle claqua la porte et me lança une chemise de nuit fine, avec un imprimé charmant. Je n'avais jamais possédé de chemise de nuit. J'imaginais souvent qu'un jour, il me serait possible d'enfiler cet objet de luxe incroyable en le jetant avec désinvolture par-dessus ma tête. Mettre pour dormir, quand personne n'était plus là pour le voir, un vêtement spécial était, à mon idée, le comble du raffinement. Et voilà, je l'avais sur moi ; le frisson de plaisir ne dura pas longtemps. L'apprêt du tissu neuf m'irritait la peau et les volants de dentelle autour des poignets et du cou me faisaient l'effet d'un papier de verre.

— Tu as enregistré, dit Kitty, tes serviettes, tes

gants de toilette et ta brosse à dents sont blancs. Mes affaires sont roses et celles de Cal, noires. Ne l'oublie pas !

Elle sourit, ouvrit la porte et traversa le palier, moi sur ses talons. Elle entra dans la chambre. J'y pénétrai à sa suite. C'était une très grande pièce luxueusement décorée. Cal y était déjà. Il devait être en train de se déshabiller ; il ferma précipitamment la ceinture de son pantalon et rougit. J'étais gênée et baissai la tête. Cal réagit violemment.

— Mais enfin, Kitty, tu n'as jamais appris à frapper avant d'entrer ? Et où vas-tu la faire dormir ? Dans notre lit ?

— Exactement.

Elle avait répondu sans l'ombre d'une hésitation. Je la regardai, elle avait une expression étrange.

— Elle va dormir au milieu ; toi d'un côté et moi de l'autre.

— Ciel ! dit Cal. Tu es tombée sur la tête !

— Je suis la seule qui ait un grain de bon sens, ici.

Sa notion du bon sens me donnait la chair de poule...

— Kitty, je n'accepterai pas cela. Elle dormira en bas ou nous la ramènerons chez elle.

— De quoi te mêles-tu ? Tu n'y comprends rien. Tu as grandi dans une grande ville et elle, dans ces collines où les gens sont presque des sauvages. Elle ne doit avoir aucune notion de morale et j'entends m'occuper d'elle et lui en inculquer. Les leçons commencent dès ce soir. Quand elles auront porté leurs fruits, elle pourra dormir en bas. Mais pas avant.

J'étais restée derrière Kitty, il m'aperçut et me regarda avec effarement.

— Mon Dieu, mais que lui as-tu fait ?

— Je l'ai simplement lavée.

Il me contemplait d'un air incrédule.

— Tu es devenue folle, Kitty, elle a la peau à vif. Mais quel traitement lui as-tu infligé ? Tu devrais avoir honte.

Il me tendit la main avec gentillesse.

— Viens, montre-moi ça ! Je vais tâcher de te trouver une crème qui puisse te soulager.

— Laisse-la tranquille ! J'ai fait ce que j'avais à faire. Tu sais bien que je ne ferais pas de mal à une mouche. Elle était sale et sentait mauvais, il fallait bien employer les grands moyens. Maintenant, elle va dormir sagement comme une grande fille. Et demain, une nouvelle vie commence...

Cal ne répondit rien, mais lui jeta un regard glacial. Il avait, comme Pa, la colère froide. Il se dirigea vers la salle de bains et en claqua la porte avec rage. Kitty le suivit en marmonnant, pour elle seule, ce qui lui venait à l'esprit. Personne n'avait plus besoin de moi... Je me glissai dans le grand lit ; j'avais à peine posé ma tête sur l'oreiller que je m'endormis. Je fus éveillée par la voix de Cal. Je sus que je n'avais dormi que peu de temps. Ils se disputaient.

— Mais quelle idée t'a prise de t'affubler de ce petit rien de dentelle noire ? Si c'est ta façon de me faire comprendre tes dispositions, elles sont plutôt malvenues, Kitty. Qu'espères-tu ? Que je te fasse l'amour dans un lit dans lequel dort une gamine, et entre nous, par-dessus le marché !

— Evidemment que non. Je n'attends rien de tel, répondit Kitty.

— Mais alors, pourquoi diable t'es-tu attifée ainsi ?

Je me risquai à entrouvrir les yeux. Kitty était drapée dans une chemise de nuit noire et transparente qui ne cachait rien ou presque. Cal se tenait debout devant elle, les poings sur les hanches.

Je fermai les yeux précipitamment. Kitty répondit à Cal avec superbe :

— C'est ma manière de t'apprendre la maîtrise de soi.

Et elle se mit au lit à mes côtés.

— Tu n'en as pas, reprit-elle. Tout ce qui t'intéresse chez moi, c'est *ça*. Eh bien, tu vas devoir t'en passer pendant un moment.

J'étais éberluée qu'il l'écoutât sans réagir. Pa n'aurait jamais accepté qu'une femme lui parlât de cette façon. L'homme n'était-il pas le chef de famille ? Je fus déçue qu'il ne la remît pas à sa place.

Il entra dans le lit, de l'autre côté. Je me raidis quand il me frôla. J'étais furieuse qu'il ne fût pas allé dormir en bas sur le divan du salon. Il aurait pu, ainsi, marquer son indépendance, délimiter son territoire. Pour des raisons obscures encore, j'avais pitié de lui. Je compris qui était l'homme du couple. Il lui donna quand même un avertissement avant de s'installer pour la nuit.

— Ne va pas trop loin, Kitty !

Elle lui répondit d'une toute petite voix :

— Mais je t'aime, mon cœur. Quand cette gamine saura se tenir, nous aurons le lit pour nous seuls.

Il se tourna en soupirant.

— Ciel !

C'était une affreuse sensation d'essayer de dormir entre un mari et sa femme. Je me mis à réfléchir : Kitty voulait peut-être imposer ma présence à Cal pour qu'elle lui devînt insupportable. Elle avait dû remarquer qu'il était enclin à me protéger de ses idées fixes et de ses sautes d'humeur. Sans l'appui de Cal, comment pourrais-je endurer la vie ici ? Cela devait être sa façon de détruire un commencement de complicité entre Cal et moi, une manière d'être assurée, en quelque sorte, d'une autorité absolue.

J'avais envie de pleurer. J'appelai ma mère, la vraie, celle qui était enterrée à flanc de montagne, là où le vent chantait dans les arbres et où les loups hurlaient à la lune.

J'aurais tout donné pour être à la cabane avec Granny et Sarah, avec Grandpa et ses morceaux de bois, avec eux tous, Tom, Fanny, Keith et *notre* Jane. Je commençais à comprendre que le paradis était à Winnerrow. Là où j'aimais et où j'étais aimée. Et l'enfer...

Mais non, je me refusais à ce que ma vie prît ce chemin. J'inspirerais confiance à Kitty. Il fallait d'abord la convaincre de me laisser dormir seule. Je me ferais aimer d'elle.... Je refusai de m'étendre plus avant sur mes douleurs physiques et morales et m'endormis.

2

Un rêve fiévreux

Je m'éveillai à l'heure habituelle, comme si je m'étais encore trouvée dans notre cabane des Willies. Je me sentais raide et endolorie. J'avais mal chaque fois que je bougeais. Des images de la nuit passée dansaient devant mes yeux et je crus à un cauchemar. Ma peau brûlée me rappela vite à la réalité. Je n'avais pas rêvé.

Il devait être cinq heures du matin. Je pensai à Tom ; si tout avait continué comme avant, il aurait été dehors, en train de couper du bois ou bien serait parti chasser. Il était rare que je fusse levée avant lui. J'étais dans les Willies et j'avais le cœur gros. J'étais désorientée. Malgré moi, j'étendis le bras pour caresser la petite boule douce qu'était *notre* Jane quand elle dormait. Mais, à sa place, je rencontrai un bras couvert de poils.

Je me dressai soudain, éveillée, et regardai autour de moi. Je vis avec déplaisir Kitty et son mari, étalés dans le lit et qui dormaient. La lueur du petit matin pénétrait dans la chambre à travers les rideaux.

Je bougeai avec précaution et tentai de passer par-dessus Cal pour sortir du lit. Je préférais l'éveiller, lui. Je l'enjambai maladroitement. Je regardai autour de moi et admirai la chambre. Je n'en avais eu ni le loisir ni l'envie la veille au soir. Quelque chose cependant m'intrigua. Kitty, en se déshabillant, avait laissé tomber sur le sol tous ses vêtements. Ils étaient là, épars. Nous ne faisions pas cela, chez nous, dans la cabane. De plus, toutes les « dames » dont parlaient les romans que m'avait prêtés Mlle Deale prenaient davantage soin de leurs affaires. Cela contredisait ses théories au sujet de l'ordre qui devait, envers et contre tout, régner dans la maison. Puis je me dis qu'elle n'avait pas à craindre les cafards. Chez elle, il n'y en avait pas. Néanmoins, elle n'aurait pas dû agir ainsi. Je ramassai les effets et les rangeai dans sa penderie. Je restai bouche bée devant le nombre de vêtements qu'elle contenait.

Je quittai la chambre sans bruit et fermai la porte avec soulagement. Je ne pourrais pas tenir longtemps si j'étais obligée de dormir dans cette pièce avec eux. C'était trop pesant.

Dans la maison, il n'y avait pas un bruit. Je longeai le hall et entrai dans la salle de bains. La première chose qui me sauta aux yeux fut mon visage reflété par la glace ; il était rouge et enflé. J'étais méconnaissable. Je le touchai : il y avait des endroits mous et tendres et d'autres rugueux, irrités. Par endroits, la peau était à vif et me cuisait affreusement, elle saignait même comme si je l'avais grattée pendant la nuit. Des larmes me vinrent aux yeux, je me crus défigurée.

Je me rappelai ces paroles de Granny : « Il faut se contenter de ce que l'on a et faire avec. »

Il fallait accepter la situation... Tout me faisait mal : bouger les jambes, lever les bras, remuer la tête. Je devais pourtant ôter cette chemise de nuit de rêve et m'habiller. J'étais étonnée d'avoir pu dormir sans gémir et sans me plaindre, mais la fatigue avait dû l'emporter sur la douleur. Je n'étais pourtant pas reposée. La nuit avait engendré de mauvais rêves peuplés de Tom, de Keith et de *notre* Jane. Ce matin, j'étais d'humeur sombre. J'utilisai les toilettes et hésitai à tirer la chaîne, pour ne pas les réveiller. Puis je m'attaquai à mes cheveux qui ressemblaient à une botte de paille impossible à coiffer. Avec les doigts, j'essayai de démêler les nœuds.

Au travers du mur qui séparait la salle de bains de la chambre me parvinrent quelques grognements. Kitty s'éveillait. Je l'entendis grommeler :

— Où peuvent bien être passés mes chaussons ? Et que fait cette gamine ? J'ose espérer qu'elle n'a pas utilisé toute l'eau chaude, cela vaudrait mieux pour elle !

Puis ce fut la voix de Cal, calme et douce, qui essayait de la consoler, comme on le fait pour un enfant. Il la mettait en garde aussi.

— Sois gentille avec elle, Kitty. C'est toi qui l'as voulue, ne l'oublie pas ! La raison pour laquelle tu veux qu'elle dorme dans notre lit est incompréhensible. Une fille de son âge doit avoir sa chambre à elle. Elle a besoin de se sentir quelque part chez elle, d'avoir un endroit qu'elle puisse décorer à son goût, où elle puisse rêver et cacher ses petits secrets.

— Il n'y aura pas de secrets, dit Kitty.

Il continua sans faire attention à elle :

— Je suis désolé pour elle de la façon dont tu l'as accueillie. Je suis écœuré du traitement que tu lui as fait subir hier soir. Quand je pense à sa cabane misérable et à tous ses efforts pour la rendre plus confortable, je réalise combien nous sommes gâtés d'avoir ce que nous avons. Ecoute, Kitty, même si cela t'ennuie de débarrasser la pièce du bas de tes poteries, on pourrait s'arranger pour mettre un second lit et un placard dans la chambre d'invités. Et peut-être une table de chevet et une lampe, ainsi qu'un bureau pour qu'elle puisse travailler. Qu'en penses-tu, Kitty ?

— C'est non !

— Chérie, elle a l'air si douce, ce n'est pas très gentil de ta part !

D'après ce que je pouvais entendre, il devait essayer de la faire céder à force de caresses et de baisers. Soudain, j'entendis une gifle claquer.

— Nous y sommes ! Tu la trouves jolie, hein ? Tu as déjà remarqué ça ! Mais elle n'est pas pour toi, mets-toi ça dans la tête. Je suis patiente et assez tolérante, mais ne t'avise pas de batifoler avec une gamine qui va être notre fille.

Elle était hors d'elle.

— Ne me frappe plus, Kitty, plus jamais, dit Cal. Je te passe pas mal de choses, mais je n'accepterai jamais la violence physique. Si tu ne te sens pas capable de te conduire normalement, alors, ne t'occupe pas de moi.

— Je t'ai fait mal, chéri ?

— Là n'est pas la question, Kitty. Je n'aime pas les gens violents, particulièrement les femmes qui crient et ne se contrôlent pas. De plus, les murs sont minces !... Tu traites Heaven comme une enfant qui dormirait quelquefois avec ses parents, mais elle n'est plus une enfant, Kitty ; c'est une adolescente.

— Tu n'y comprends rien ! Je les connais, ces filles des collines. Pas toi. Elle pourrait faire le mur pour aller traîner je ne sais où. Alors, si tu veux la paix chez toi, tu me laisses agir à ma guise.

Cal ne dit plus un mot pour prendre ma défense. Il ne parla ni du bain bouillant ni de ma peau brûlée. Visiblement, il n'était pas chez lui et devenait soumis quand il se trouvait dans la maison. En voiture, hier, il s'était montré plus ferme.

La porte de la chambre s'ouvrit et le flip-flop des pantoufles de Kitty résonna dans le couloir. Elle allait à la salle de bains. Je fus saisie de panique. J'attrapai précipitamment une des serviettes déteintes et la mis devant moi.

Kitty entra sans frapper. Elle me jeta un regard dur et, sans un mot, arracha sa chemise de nuit transparente, secoua ses chaussons et s'assit, nue, sur le bord de la baignoire. Je fis un mouvement de retraite. Alors, elle me dit d'une voix qui n'attendait pas de réplique :

— Fais quelque chose pour arranger ta figure, tu es affreuse.

Je baissai la tête pour éviter de la regarder tout en continuant à me démêler les cheveux avec les doigts. Elle sortit de la douche et s'essuya avec une serviette rose épaisse et moelleuse.

— Je ne veux plus jamais entrer ici et trouver ce que j'ai trouvé dans les toilettes, tu m'entends ?

— Excuse-moi, mais j'avais peur de vous réveiller en tirant la chaîne. Demain, je me servirai de la salle de bains du bas.

— Ce serait la moindre des choses ! Allez, dépêche-toi de finir ta toilette et habille-toi ! Je veux te voir dans une de ces jolies robes que Cal t'a achetées. Cet après-midi, nous allons te faire faire un tour à Atlanta ; nous irons à ma boutique, tu verras comme le personnel m'aime et comme c'est joli. Demain, nous nous rendrons à l'église et lundi tu commenceras l'école. Je sacrifie mes cours de poterie, aujourd'hui, pour me consacrer à toi. Rappelle-t'en ! Je pourrais gagner beaucoup d'argent cet après-midi, mais je tiens à m'occuper de toi comme il se doit.

Je n'avais toujours pas fini de me coiffer. Kitty se

maquilla et s'habilla en rose, des pieds à la tête. Elle prit un curieux outil qui ressemblait à une vis géante et entreprit d'y enrouler des mèches. Quand elle eut terminé, la masse auburn de ses cheveux était impeccablement mise en plis.

— Qu'est-ce que tu en dis ?

— Tu es belle, vraiment très belle ! Je n'ai jamais vu quelqu'un de si élégant que toi !

Ses yeux se mirent à briller et elle sourit avec coquetterie en découvrant des dents parfaites.

— Tu ne devineras jamais l'âge que j'ai ? J'ai trente-cinq ans.

J'étais stupéfaite, elle était plus vieille que Sarah et paraissait tellement plus jeune.

— Cal n'a que vingt-cinq ans. J'y pense souvent. Cela m'angoisse d'avoir un mari de dix ans plus jeune que moi. Je me suis trouvé un homme très bien, vraiment, mais ce n'est pas de tout repos. Surtout, ne dis mon âge à personne, hein !

— Personne ne le croirait.

— C'est adorable de ta part... Tu sais, je n'avais pas l'intention de t'abîmer la peau, ni même de te faire du mal. Souffres-tu beaucoup ?

Elle semblait touchée par mon compliment. Elle s'approcha de moi, me prit dans ses bras et m'embrassa sur la joue.

— Oui, j'ai mal.

Alors elle prit un onguent et, avec une grande douceur, m'en enduisit le visage.

— Tu sais, quelquefois, j'en fais trop. Je ne veux pas que tu me détestes. J'aimerais par-dessus tout que tu m'aimes comme une mère. Mon chou, je regrette ce que j'ai fait, mais tu dois admettre que nous avons tué tous ces microbes qui te collaient à la peau depuis si longtemps.

Elle avait dit, enfin, ce que j'avais rêvé de lui

entendre dire. Spontanément, je lui mis les bras autour du cou et l'embrassai avec délicatesse pour ne pas gâter son maquillage.

— Tu sens très bon, lui dis-je.

— Et tu vas voir que nous allons bien nous entendre, toutes les deux.

Elle parut heureuse de mon ton affectueux et me sourit. Et, pour me montrer qu'elle disait vrai, elle m'enleva le peigne des mains et commença à me coiffer. Elle s'y prit avec une grande douceur et beaucoup d'habileté. Bientôt, une cascade de cheveux lisses et soyeux me coula sur le dos. Alors elle attrapa une brosse, que j'avais, dit-elle, la permission d'utiliser, et brossa ma chevelure d'une manière qui m'était inconnue. Elle trempait la brosse dans l'eau, la secouait et enroulait, de ses doigts, les mèches autour. Quand elle eut terminé, elle me poussa devant le miroir : j'y vis une tête couronnée de boucles sombres et luisantes qui encadraient un petit visage aux yeux bleus, immenses.

— Merci, Kitty.

Je lui étais reconnaissante de s'occuper de moi ainsi. Je voulais oublier la nuit dernière.

— Bon, allons à la cuisine prendre le petit déjeuner. Il faut nous dépêcher, j'ai beaucoup à faire.

Nous descendîmes l'escalier. Cal y était déjà.

— L'eau du café est en train de chauffer, c'est moi qui prépare le petit déjeuner aujourd'hui.

Il faisait frire du bacon et des œufs dans deux poêles et ne se retourna pas pour nous accueillir.

— Bonjour, Heaven ! Préfères-tu les toasts ou les *muffins* (1) ? Je suis un très grand amateur de muffins anglais, particulièrement avec de la gelée de groseille ou de la marmelade d'oranges.

(1) *Muffin* : Petit pain rond.

Ce ne fut qu'une fois assis qu'il vit mon visage ; il ne remarqua même pas ma coiffure. Je sentis qu'il avait pitié de moi.

— Mon Dieu, Kitty, c'est insensé d'avoir abîmé un si joli visage. Et qu'est-ce que c'est que cette crème blanche qui lui donne l'air d'un clown ?

— Cette crème ! C'est celle que tu voulais lui mettre hier soir.

Il était très contrarié. Il prit son journal et s'absorba dans sa lecture, puis il dit, sans lever la tête pour éviter de regarder Kitty qui visiblement l'agaçait :

— La prochaine fois, fais-moi le plaisir de refréner ton envie de lui laver la figure. Elle le fera aussi bien elle-même.

— Ce n'est rien, dans quelques jours il n'y paraîtra plus. Allez, Heaven, attaque le petit déjeuner ! Je suis pressée, nous avons tant à faire. C'est un grand jour pour toi, aujourd'hui.

— Il aurait été encore plus agréable pour Heaven si elle n'avait pas eu à se montrer ainsi, dit-il.

Malgré tout, ce fut un jour mémorable. Je fus fascinée par tout ce que je vis à Atlanta. Nous allâmes dans l'hôtel où se trouvait le salon de beauté de Kitty. Il était rose, noir et or, comme sa salle de bains. C'étaient décidément ses couleurs. De riches clientes, en peignoir rose, étaient assises sous des casques noirs, ornés de bandes dorées. Huit femmes travaillaient pour elle. Elles étaient toutes jeunes et blondes.

— Elles sont jolies ! dit Kitty. J'aime le blond doré, c'est gai et ensoleillé, mais pas le blond cendré, que je trouve une couleur froide.

Elle pensait probablement à ma mère... Elle me présenta à tout le monde. Cal était resté dans le hall de l'hôtel. Les filles du salon pouvaient être un danger pour Kitty...

Ensuite, nous allâmes faire des courses. Je portais un manteau bleu choisi par Cal. Il m'allait très bien. Kitty voulut faire de nouveaux achats, ce fut catastrophique. Elle prit des chemisiers, des jupes, des chandails et de la lingerie. Tout était une taille au-dessus de la mienne. Quant aux chaussures, je les détestais, j'en étais presque honteuse. Même les filles de Winnerrow en avaient de plus jolies. Elles étaient disgracieuses et épaisses. J'essayai de le lui dire, mais elle avait des idées bien précises sur ce que je devais porter.

— Tu n'as rien à dire. Ce sont des chaussures comme celles-là que l'on doit mettre pour aller à l'école.

Nous regagnâmes la voiture. J'aurais dû sauter de joie à la pensée de tous ces vêtements. Il y en avait plus que je n'en avais jamais eu dans toute mon existence. J'avais même trois paires de chaussures. Les deux autres, je l'avoue, étaient plus élégantes que celle destinée à aller en classe. Il y en avait une pour les dimanches. Nous nous arrêtâmes dans un fast-food. Cal parut dégoûté.

— Mais enfin, Kitty, tu sais parfaitement que je déteste ce genre de nourriture.

— Je sais surtout que tu aimes jeter l'argent par les fenêtres. Moi, ce que je mange m'est égal, du moment que c'est bon marché.

Cal ne répondit rien et se désintéressa de la conversation. Il conduisit en silence pendant que Kitty faisait le guide.

— Voilà ton école.

C'était un énorme bâtiment de brique rouge entouré de terrains de jeu et de gazon.

— Les jours de pluie, tu pourras prendre le

bus jaune, dit-elle. Tu iras à pied les autres jours. Cal, mon chéri, avons-nous bien acheté tout ce dont elle a besoin pour aller en classe ?

— Oui.

— Pourquoi es-tu fâché avec moi ?

— Tu n'as pas besoin de crier, je ne suis pas sourd.

Elle se pressa contre lui et l'embrassa.

— Mais je t'aime, je t'aime tant que j'en ai mal...

Il toussa, gêné.

— Et... Où Heaven dort-elle ce soir ?

— Mais avec nous, mon cœur, je n'ai pas changé d'avis.

— C'est vrai, tu me l'as déjà dit.

Il y avait une certaine ironie dans sa voix. Une fois à la maison, nous nous installâmes devant la télévision. Cal était muet. C'était la première fois que je voyais une télévision en couleurs et j'en eus le souffle coupé. Les couleurs étaient superbes. Des gens dansaient dans des costumes extraordinaires. Puis il y eut un film d'horreur. Cal se leva et disparut. Kitty éteignit la télévision.

— Tu vois comment il est quand il est furieux, dit-elle. Il n'ouvre pas la bouche et disparaît. Il va au sous-sol pour faire soi-disant du bricolage. Bien, tu vas prendre un bain et te laver les cheveux, mais seule cette fois-ci. Je n'entrerai pas tant que tu seras dans la salle de bains. Et moi, je rejoins mon homme pour lui faire un peu de charme.

Elle eut un petit rire de gorge et se dirigea vers la cuisine. Je détestais l'idée de devoir dormir encore entre Kitty et Cal. La façon dont Kitty le taquinait ou le tourmentait me laissait à penser qu'elle l'aimait moins qu'il ne l'aimait, lui. Aimait-elle seulement les hommes ?

Dimanche, j'étais de nouveau debout la première. Pieds nus, je me glissai en bas, traversai la cuisine et cherchai la porte du sous-sol. Elle était dans un petit couloir attenant. J'y descendis. Une fois là, je me mis à chercher dans la demi-obscurité, parmi un entassement de choses qui n'étaient « ni rangées ni propres », la valise de ma mère. Je la vis enfin, posée sur une étagère, au-dessus d'un établi. Le châle de grand-mère était proprement plié à côté. Je me hissai sur l'établi pour prendre ma valise. J'espérais que Cal ne l'avait pas ouverte. Tout y était comme je l'avais disposé. J'avais emporté six de mes livres préférés, plus un ; c'était un livre de contes qui avait appartenu à Keith et à *notre* Jane et que je leur lisais le soir, pour les endormir. Les larmes me vinrent aux yeux : « Lis-nous une histoire, Hevlee... Fais-la durer... Lis-le encore, s'il te plaît, Hevlee... »

Je m'assis à l'établi, pris un bloc de papier et commençai à écrire à Logan. L'urgence de la situation me faisait gribouiller à toute vitesse. Je lui racontai mon départ et le suppliai de retrouver la trace de Tom, de Keith et *notre* Jane. Je lui donnai le nom de Buck Henry et les trois premiers chiffres de la plaque minéralogique de la voiture immatriculée dans le Maryland. Puis je voulus lui envoyer mon adresse et je m'avisai que je ne l'avais pas. Je sortis regarder le numéro sur la porte d'entrée et courus jusqu'au coin de la rue pour en savoir le nom. Quand je fus de retour, j'aperçus une pile de magazines portant le nom et l'adresse de Kitty. Je me traitai d'idiote. Je fouillai fébrilement dans un petit bureau et y trouvai une enveloppe et des timbres.

La dernière chose à faire et la plus risquée serait de trouver le moyen de poster mon message. Ma merveilleuse poupée attendait en paix le jour où Tom, Keith, *notre* Jane et moi viendrions la chercher pour nous envoler pour Boston...

Je montai sur la pointe des pieds et me dirigeai vers

la salle de bains. Je cachai ma lettre sous le tapis du couloir, je fermai la porte derrière moi et poussai un soupir de soulagement. Le chemin de la liberté passait par la lettre à Logan.

— Regarde, Cal, notre petite fille est habillée et prête à partir pour l'église. Alors, ne soyons pas en retard.

— Tu es très jolie ce matin, dit Cal.

J'avais une nouvelle robe et mon visage n'était plus ni rouge ni enflé.

— Elle serait encore mieux si elle me laissait lui couper les cheveux et les mettre en forme.

— Non, laisse-la comme elle est. Je déteste les cheveux apprêtés. Elle ressemble à une fleur des champs.

Elle lui lança un regard meurtrier et entra dans la cuisine. Elle prépara le petit déjeuner si rapidement que je m'attendais à un désastre. Mais l'omelette était délicieuse. Il y avait du jus d'orange... et je pensai à Tom, Keith et à *notre* Jane.

— Aimes-tu mon omelette ?

— C'était très bon, mère, tu fais vraiment bien la cuisine !

— J'espère que tu sais en faire autant.

Je n'avais jamais rien vu de comparable à l'église dans laquelle nous entrâmes. C'était une splendide cathédrale de pierre. L'intérieur en était sombre et la foule recueillie.

Je demandai alors à Cal :

— Est-ce une église catholique ?

— Oui. En fait, Kitty est baptiste. Elle espère trouver Dieu, elle le cherche. Alors elle essaie toutes les religions. En ce moment, elle est catholique. La semaine prochaine, elle sera peut-être juive ou méthodiste. Nous sommes allés une fois à un office musulman. Tu imagines ! Ne lui en parle pas ! Son obstination me surprendra toujours.

J'aimais l'atmosphère de cette cathédrale. Des cierges y brûlaient partout. Il y avait des statues de saints dans leur niche et un prêtre, dans le chœur, avec une longue robe. Il récitait des prières que je ne comprenais pas. J'imaginais qu'il parlait de l'amour de Dieu pour l'humanité. On entonna des cantiques que je ne connaissais pas non plus, j'essayai de chanter. Kitty remuait les lèvres, mais pas un son ne sortait de sa bouche. Cal fredonnait comme moi.

Avant de prendre le chemin du retour, Kitty dut aller aux toilettes. C'était l'occasion ou jamais de poster ma lettre à Logan. Cal me regarda faire tristement.

— Tu écris chez toi ? Tu ne te plais pas ici ?

— Si, mais il faut que je retrouve mes frères et sœurs. Si je laisse passer trop de temps, je ne retrouverai peut-être jamais leur trace.

Il me prit le menton et me leva le visage.

— Heaven, serait-il trop pénible pour toi d'oublier ton ancienne famille et de te consacrer seulement à la nouvelle ?

Les larmes que je retenais coulèrent sur mes joues.

— Cal, vous êtes merveilleux et Kitty aussi, je veux dire, mère... Mais j'aime Tom, Keith et *notre* Jane et même Fanny, ma sœur qui est chez le révérend Wise. Nous sommes du même sang... Nous avons affronté ensemble tant de choses que nous sommes liés pour toujours.

Il y avait de la compassion dans ses yeux quand il me dit :

— Heaven, accepterais-tu que je t'aide à retrouver tes frères et sœurs ?

— Le feriez-vous vraiment ?

— Je serais heureux de t'aider. Tu me diras tout ce que tu sais à leur sujet et je ferai de mon mieux.

— Tu feras de ton mieux pour quoi ? Que complotez-vous tous les deux ?

Cal répondit avec le plus grand naturel.

— Je ferai de mon mieux pour qu'Heaven soit le plus heureuse possible dans son nouveau foyer. C'est tout.

Elle fit la moue. Nous montâmes en voiture et il fallut encore s'arrêter dans un fast-food pour ne pas dépenser trop d'argent en « choses inutiles ». Cal voulait aller au cinéma, mais Kitty n'aimait pas ça.

— Je ne peux pas supporter d'être assise dans le noir, sans bouger, en compagnie de tous ces inconnus. Et puis, Heaven doit se lever tôt demain, elle va à l'école.

Le mot « école » me fit bondir de joie. Je n'arrivais pas à imaginer ce que pouvait être une école dans une grande ville. Nous verrions demain...

Ce soir-là, nous regardâmes de nouveau la télévision. Et, pour la troisième fois, Kitty me mit dans le grand lit, au milieu. Elle portait une chemise de nuit rouge avec un volant de dentelle noire. Cal ne lui jeta pas un regard. Il se glissa dans le lit, se tourna vers moi, me prit dans ses bras et enfouit son visage dans mes cheveux. J'étais muette de surprise.

— Sors du lit ! dit Kitty. Va coucher en bas, Heaven. Et toi, Cal, c'est comme ça que tu lui dis bonsoir...

Je crus entendre Cal étouffer un petit rire. Je descendis au salon, ravie. J'avais les bras pleins de draps, de couvertures et d'un merveilleux oreiller en plume d'oie. J'avais enfin un lit pour moi seule, dans une pièce à moi seule.

J'ouvris les yeux en pensant à ma nouvelle école.

J'allais devoir affronter des centaines d'élèves que je ne connaissais pas. Mes vêtements étaient, évidemment, beaucoup mieux que ceux que j'avais dans nos montagnes, mais d'après ce que j'avais pu voir dans les rues d'Atlanta, ils n'étaient pas exactement comme ceux que portaient les filles de mon âge, ici. C'étaient des copies bon marché de ce qu'il y avait de mieux. De plus, ils étaient trop grands. Je priai le ciel pour qu'on ne se moquât pas de moi. Je pris un bain rapide et enfilai ce que je préférais parmi les vêtements choisis par Kitty.

Je ne sais ce qui se passa dans la grande chambre cette nuit-là, mais quand Kitty apparut dans la cuisine, elle était plus maussade que de coutume. Elle me regarda des pieds à la tête.

— J'ai été très gentille avec toi ces premiers jours. Maintenant, la vraie vie commence. Tu te lèveras tôt et, à partir d'aujourd'hui, tu prépareras le petit déjeuner avant d'aller à l'école. Tu n'auras pas le temps de traîner dans la salle de bains pour te tripoter les cheveux.

— Mère, je ne sais pas me servir de la cuisinière.

— Il me semble que je te l'ai appris hier ou avant-hier.

Et elle me montra de nouveau chaque élément : la cuisinière, le réfrigérateur, le lave-vaisselle. Il y avait beaucoup de boutons et c'était très compliqué... Puis elle m'emmena au sous-sol. Dans une alcôve garnie d'étagères étaient installés la machine à laver et son séchoir électrique. Sur les étagères se trouvait une collection extraordinaire de produits d'entretien : du savon, des détergents, de la lessive, de l'eau de Javel, de la cire, des produits pour faire briller les chromes, d'autres pour astiquer les cuivres et l'argenterie, du désinfectant pour les toilettes, sans oublier un liquide en bombe pour nettoyer les vitres. Je me demandai comment il pouvait leur rester assez d'argent pour la nourriture...

C'était là notre principal souci dans les collines : avoir assez d'argent pour s'acheter de quoi manger. Le reste n'était pas de première nécessité et nous faisions à peu près tout avec du savon, depuis les shampooings jusqu'à la lessive. Je commençais à comprendre pourquoi Kitty me traitait de sauvage.

— Là-bas, dit-elle, c'est le coin de Cal. Il aime bricoler. Ne touche à aucun de ses outils, il y en a qui sont dangereux : par exemple la scie électrique et ceux pour la menuiserie. Ce n'est pas pour une petite fille comme toi. Mets-toi cela dans la tête, compris ?

— Oui.

— Oui qui ?

— Oui, mère.

— Très bien. Revenons maintenant à nos affaires. Crois-tu que tu serais capable de laver et de sécher nos vêtements sans les faire déteindre ou sans les brûler ?

— Oui, mère.

— Eh bien, fais-le.

Dans la cuisine, Cal avait mis l'eau à chauffer pour le café. Il était assis et parcourait le journal. Il le posa et me sourit.

— Bonjour, Heaven, tu es fraîche et très jolie pour ton premier jour d'école.

— Je t'ai déjà fait remarquer, il me semble, qu'elle serait jolie bien assez tôt.

C'était on ne peut plus équivoque ! Kitty s'empara d'une partie du journal.

— Voyons quelles célébrités seront en ville aujourd'hui.

J'étais debout au milieu de la cuisine et ne savais par où commencer. Elle me regarda avec dureté.

— Allez, ma fille, vas-y ! Nous attendons notre petit déjeuner.

Je brûlai les minces tranches de bacon. Je n'en avais jamais fait cuire auparavant. Le nôtre arrivait en pavé épais et nous ne le préparions pas de cette façon.

Kitty m'observait, mais ne faisait aucun commentaire.

Les toasts furent calcinés. Je ne savais pas me servir du grille-pain et j'avais dû en repousser le levier, sans m'en apercevoir, quand j'avais frotté sa partie chromée. Kitty ne supportait pas les marques de doigts.

Quant aux œufs, ce fut une catastrophe. Cal, qui pourtant y mettait de la bonne volonté, ne put les avaler. Le café fut, si je puis dire, la goutte d'eau qui fit déborder le vase. Kitty bondit de sa chaise et m'appliqua une gifle retentissante.

— N'importe quelle idiote saurait griller du pain et faire revenir du bacon ! Je vais le faire pour aujourd'hui, mais demain, ce sera toi, tu m'entends ! Et si tu recommences ton exploit, je te plonge dans un bain bouillant. Cal, tu peux t'en aller travailler, tâche de prendre un petit déjeuner ailleurs. Je reste ici, je l'emmènerai moi-même à l'école.

Cal embrassa Kitty. C'était un baiser qui n'avait rien de passionné, mais qui devait tout au devoir et à l'habitude.

— Ne sois pas dure avec elle, Kitty. Tu attends trop d'elle, tu sais parfaitement qu'elle n'est pas habituée à ces gadgets et à ces appareils. Donne-lui un peu de temps et tout ira bien. On voit très bien sur son visage qu'elle est intelligente.

— On ne le voit pas à sa façon de faire la cuisine.

Il sortit.

J'étais seule avec Kitty et je me sentais anxieuse.

La femme attentionnée, qui me coiffait avec gentillesse, avait cédé la place à la furie. Je savais quelles tempêtes elle pouvait soulever et j'avais déjà appris à les redouter. Je me méfiais aussi de ses moments de tendresse. Et maintenant, avec une patience surprenante, elle m'expliquait le fonctionnement de chaque appareil. Puis elle me montra comment ranger la vaisselle.

— Je ne veux pas ouvrir ces placards et trouver une chose qui ne soit pas à sa place.

Elle me tapota la joue.

— Cours vite t'habiller, il est presque l'heure de partir pour l'école.

Le bâtiment de brique rouge paraissait énorme, vu de l'extérieur. L'intérieur était gigantesque. J'allais m'y perdre. Des centaines d'adolescents y grouillaient. C'était une fourmilière. Ils étaient tous très bien habillés, moi pas. Je ne vis pas une fille avec les mêmes chaussures que les miennes. De plus, Kitty m'avait fait enfiler des socquettes blanches. Le principal, M. Meeks, sourit à Kitty. Il paraissait comblé d'avoir une femme si... voluptueuse assise en face de lui, dans son bureau. La poitrine de Kitty était juste à la hauteur de ses yeux et je suis sûre qu'il ne les leva pas jusqu'à son visage pour constater qu'il n'était pas mal non plus.

— Evidemment, madame Dennison, nous prendrons soin de votre fille... vous pouvez compter sur nous... bien sûr...

Une fois à la porte, elle me donna ses instructions :

— Il faut que je m'en aille. Obéis à tes professeurs ! Tu rentreras à la maison à pied. Je t'ai laissé une liste sur la table de la cuisine. Tu y trouveras tout ce que tu as à faire avant mon retour. J'espère rentrer dans une maison propre ! Tu comprends ?

— Oui, mère.

Elle fit un signe au principal et traversa le hall sans se presser. Ce fut tout juste s'il ne la suivit pas. A la façon dont il la regarda, je réalisai que Kitty était pour les hommes un objet de fantasmes.

Ce fut une journée très dure. Je n'aurais pas pu dire si l'hostilité que je croyais sentir était réelle ou imaginaire. J'avais un peu honte de moi. Mes cheveux longs et rebelles n'étaient pas de mode ici, mes vêtements bon marché m'allaient mal. J'étais en détresse et ne savais où aller. Une fille aux cheveux bruns me prit en pitié et me servit de guide.

On me fit passer un examen, on se méfiait de mon éducation campagnarde. Je souris en voyant les questions, nous avions étudié tout cela avec Mlle Deale depuis longtemps. Je pensai à Tom et les larmes me vinrent aux yeux.

La journée fut longue et fatigante. Je me débrouillai tant bien que mal pour trouver mon chemin à travers l'école. Et je rentrai lentement, très lentement à la maison. Il ne faisait pas aussi froid ici que dans nos montagnes, mais ce n'était pas si joli. Il n'y avait pas de petites sources jaillissant des rochers, pas de lapins, pas d'écureuils, pas de ratons laveurs. C'était un jour d'hiver sous un ciel gris et bas ; je ne voyais que des visages étrangers dans une banlieue de grande ville.

J'atteignis Eastwood Street, m'arrêtai au numéro 210 et ouvris la porte avec la clé que Kitty m'avait donnée. J'ôtai mon manteau et le suspendis avec soin dans la penderie de l'entrée. Puis j'entrai dans la cuisine. Sur la table trônaient les instructions. Il y en avait plusieurs feuilles. J'entendais presque la voix de Kitty :

— Tiens, lis ça ! C'est la liste de ce que tu dois faire.

— Oui.

— Oui qui ?

— Oui mère.

Je secouai la tête et m'assis devant la table. Il n'y avait pas de soleil et la cuisine était triste sans lumière. Kitty m'avait recommandé d'utiliser le moins possible l'électricité quand j'étais seule. J'avais interdiction d'allumer la télévision en l'absence de Kitty ou de Cal. Je baissai la tête et commençai à lire la liste.

1) Chaque jour, après chaque repas, essuyer le comptoir et frotter l'évier.

2) Après chaque repas et avec une éponge différente, donner un coup au réfrigérateur, à l'intérieur comme à l'extérieur. Vérifier la viande et les légumes pour que rien ne pourrisse. C'est à toi de faire attention à ce que tout soit utilisé avant que cela ne se gâte.

3) Utiliser le lave-vaisselle.

4) Faire fonctionner le broyeur à ordures et ne jamais oublier d'ouvrir le robinet d'eau froide quand il est en marche.

5) Sortir la vaisselle du lave-vaisselle et la ranger dans les placards. Chaque chose doit être à sa place. Ne pas empiler les tasses.

6) Les couverts doivent être rangés par catégorie et dans les plateaux correspondants. Ils ne doivent pas être disposés pêle-mêle dans le tiroir.

7) Les vêtements doivent être triés avant d'être mis dans la machine. Le blanc avec le blanc, le foncé avec le foncé. Ma lingerie se place dans la machine, dans un sac en filet. Les chaussettes de Cal se lavent à part, les draps, les taies d'oreiller et les serviettes de toilette également. Lave tes affaires à part, aussi.

8) Pour sécher la lessive, lis les instructions sur le séchoir. Je t'ai montré comment te servir de la machine.

9) Pour ranger les vêtements, pends-les dans les

penderies ou range-les dans les placards, ceux de Cal ou les miens. Plie la lingerie et mets-la dans les tiroirs correspondants. Plie les draps et les taies d'oreiller comme ceux que tu trouveras dans le placard à linge. Que tout soit net.

10) Chaque jour, passe dans la cuisine et les salles de bains une éponge avec du désinfectant.

11) Une fois par semaine, nettoie le sol de la cuisine avec le produit que je t'ai indiqué et une fois par mois, frotte-le et remets de la cire. Une fois par semaine, lave le sol des salles de bains et le sol de la douche. Tu frotteras la baignoire après chaque bain pris dans cette maison, que ce soit toi, Cal ou moi.

12) Tous les deux jours, passe l'aspirateur dans toute la maison. Une fois par semaine, déplace les meubles et aspire à leur place.

13) Chaque jour, passe le chiffon à poussière partout en soulevant les bibelots.

14) Après notre départ le matin : range la cuisine, fais les lits avec des draps propres et change les serviettes dans la salle de bains.

Les feuilles me tombèrent des mains. Ce n'était pas une fille que désirait Kitty, c'était une esclave. J'aurais fait n'importe quoi pour lui être agréable si elle s'était conduite comme une mère. Mais elle n'aimait personne et je n'aurais jamais de mère.

Je venais de réaliser la vanité de mon espoir et je sanglotai. Comment pourrais-je vivre ici sans affection ? Il me serait impossible de venir à bout de toutes ces tâches, sans personne à qui parler, sans pouvoir jamais rien partager. Mais je ne recevais que des ordres et on m'utilisait comme un objet, sans la moindre considération.

Pa devait savoir quel genre de femme était Kitty. Il m'avait vendue à elle pour me punir de ce dont je n'étais pas responsable.

Je séchai mes larmes et décidai de m'enfuir dès que j'en aurais l'occasion. Je ferais regretter à Kitty le jour où elle m'avait choisie pour faire en un jour ce que Sarah faisait en une semaine.

Malgré tous les appareils et les produits d'entretien, il y avait ici beaucoup plus de travail qu'à la cabane. Je regardai d'un air abattu les feuilles sur la table. J'avais oublié de lire la dernière, et quand je m'en aperçus, je ne pus la retrouver.

Il faudrait que je demande à Cal, qui semblait m'aimer, lui, ce que Kitty avait bien pu écrire sur cette feuille. Si c'était quelque chose « à ne pas faire », mieux valait le savoir...

J'étais assise et ne pouvais plus me lever. J'avais le mal du pays. Il n'y avait pas de chats pour se frotter à mes jambes, pas de chiens pour remuer la queue et me sauter dessus. Il n'y avait ici que des animaux de céramique aux couleurs étranges.

Je regardai la pendule. Plongée dans mes pensées, je n'avais pas vu le temps passer. La panique me gagnait. Je n'aurais jamais tout fait avant le retour de Kitty. De toute façon, peu importait que j'aie fini ou pas, je savais qu'elle ne serait jamais satisfaite. Elle m'enlevait toute confiance en moi.

Je passai l'aspirateur et époussetai comme dans un rêve. Puis je retournai à la cuisine pour essayer de commencer le repas du soir. Kitty disait le « dîner » et insistait sur ce terme, parce que le dîner était le principal repas de la journée, à ne pas confondre avec le souper.

Il était environ six heures du soir quand rentra Cal. Il était impeccable. Je me demandai par quel miracle il pouvait être aussi frais après une journée de travail. J'avais l'intention de lui expliquer qu'il était le seul en qui j'avais confiance ici et que j'avais besoin de son aide. Je ne pouvais pourtant pas lui jeter cela à la figure la première fois que nous étions seuls.

— Pourquoi me regardes-tu de cette façon ? demanda-t-il.

— Je m'attendais à vous voir plus... moins... tiré à quatre épingles.

— Je prends toujours une douche avant de rentrer. C'est une des règles du jeu de Kitty. Je change aussi de vêtements. Je suis le patron de mon magasin, j'ai six employés, mais j'aime de temps à autre bricoler un peu.

Seule avec lui, je me sentais intimidée. Je fis un geste vers la rangée de livres de cuisine.

— Je ne sais pas quoi faire pour le dîner.

— Je vais t'aider. Avant tout, rappelle-toi que tu dois oublier tout ce qui fait grossir. Par exemple, Kitty adore les spaghettis, mais cela lui fait prendre du poids. Si elle pèse un kilo de plus, elle t'en accusera.

Cal prépara un ragoût que, disait-il, Kitty appréciait. Il se mit à parler tout en m'aidant à émincer les légumes pour la salade.

— Je suis content que tu sois là, Heaven. Avant, j'étais seul pour tout préparer chaque soir. Kitty déteste faire la cuisine, quoiqu'elle soit très douée. Elle pense que je ne gagne pas assez d'argent et que je peux bien faire ça. Je lui dois une très grosse somme, je suis endetté jusqu'au cou. C'est elle qui tient les cordons de la bourse. J'étais très jeune quand je l'ai rencontrée ; je la trouvais belle et avisée. Elle voulait m'aider à démarrer dans la vie.

— Comment l'as-tu connue ?

J'essayai d'imiter la façon dont il coupait les légumes et les feuilles de salade pour pouvoir le refaire seule. Il me montra comment mélanger la sauce. Pendant qu'il travaillait, il continuait à parler, presque pour lui seul.

— On se met dans une situation impossible, souvent, quand on confond désir et amour. Rappelle-toi cela, Heaven. J'avais vingt ans et j'étais seul dans cette grande ville. C'était pendant les vacances d'été et je me préparais à aller en Floride. J'ai rencontré Kitty par hasard, dans un bar, le premier soir de mon arrivée à Atlanta. C'était la plus belle femme que j'avais jamais vue. J'étais jeune et naïf, Heaven. Je vivais alors dans la Nouvelle-Angleterre (1) et j'étais étudiant à l'université de Yale. J'en avais encore pour deux ans avant d'avoir mes diplômes. J'étais perdu, seul dans Atlanta. Il se trouva que Kitty était un peu perdue aussi. Nous avions au moins une chose en commun. Nous nous mariâmes quelque temps après. Elle m'acheta ce commerce. J'aurais voulu être professeur d'histoire, te rends-tu compte, Heaven ? A la place, j'ai épousé Kitty et je n'ai pas remis les pieds sur un campus universitaire depuis. Je ne suis jamais retourné chez moi. Je n'écris même plus à mes parents. Kitty ne veut pas que je sois en contact avec eux. Elle a peur qu'ils n'apprennent qu'elle n'est presque jamais allée à l'école. Et pour finir, je lui dois vingt-cinq mille dollars.

J'en oubliai ce que j'étais en train de faire.

— Mais comment a-t-elle gagné autant d'argent ?

— C'est bien simple. Kitty laisse les hommes affectivement vulnérables et financièrement à sec. Elle les plume. T'a-t-elle dit qu'elle s'était mariée pour la première fois à treize ans ? Elle a eu trois autres maris avant moi. Chacun lui a laissé un bon petit magot pour pouvoir divorcer. Mettons à son

(1) *Nouvelle-Angleterre :* Région du nord-est des Etats-Unis.

crédit que son salon de beauté est le meilleur d'Atlanta.

J'étais médusée. Ce n'était pas ce à quoi je m'attendais, mais c'était quand même très agréable d'avoir quelqu'un à qui parler et merveilleux qu'il se confiât à moi.

— Aimes-tu Kitty ?

Je dis cela sans réfléchir et me mordis la langue.

— Oui... je l'aime... je ne peux pas faire autrement. Je sais quelle jeunesse elle a eue et je comprends ce qui a pu faire dévier sa personnalité. Mais il y a une chose, cependant, dont je veux t'entretenir. Elle peut être violente parfois. Elle t'a plongée dans de l'eau trop chaude l'autre jour. Je n'ai pratiquement rien dit, pour la bonne raison qu'elle s'en serait pris à toi de façon bien pire la première fois que tu te serais trouvée seule avec elle. J'ai préféré limiter les dégâts. Fais tout ce qu'elle veut, flatte-la, dis-lui qu'elle paraît jeune, plus jeune que moi. Sois soumise et tu auras la paix.

— Mais je ne comprends pas pourquoi elle veut faire de moi son esclave.

Il me regarda, surpris.

— Tu n'as pas compris, Heaven ? Tu représentes, à ses yeux, l'enfant qu'elle a perdu et qui a ruiné sa vie par la faute de ton père. Elle t'aime parce que tu es un peu de lui et te déteste pour la même raison. A travers toi, elle veut l'atteindre, lui.

— A travers moi, elle veut atteindre Pa ?

— Quelque chose comme ça !

Je ne pus m'empêcher de rire.

— Pauvre Kitty. Parmi ses cinq enfants, je suis justement celle qu'il n'aime pas, qu'il méprise. Elle aurait dû choisir Fanny ou Tom. Il les aimait, eux !

Il me prit dans ses bras avec tendresse, comme j'aurais toujours aimé que Pa le fît. Mon besoin d'être aimée était si profond que je lui jetai les bras autour du cou. Puis j'en fus honteuse parce qu'il était un étranger. Il était ému et toussa pour s'éclaircir la gorge.

— Heaven, il ne faut à aucun prix que Kitty sache ce que tu viens de me dire. Aussi longtemps qu'elle croira que tu es aimée de ton père tu seras en sécurité.

J'eus soudain confiance en lui, je sus qu'il m'aimerait et qu'il m'aiderait. Alors, rassemblant tout mon courage, je lui parlai de la valise et de ma mère. Il m'écouta comme Mlle Deale l'aurait fait, avec une affectueuse compréhension.

— Cal, un jour, j'irai à Boston et je retrouverai la famille de ma mère. Je prendrai la poupée avec moi, comme cela ils verront qui je suis. Mais je ne peux y aller avant d'avoir retrouvé...

— Je sais... Tu emmèneras avec toi Tom, Keith et *notre* Jane. Mais pourquoi appelles-tu ta petite sœur ainsi ?

Je lui racontai et il se mit à rire.

— Fanny doit être un drôle de numéro. La verrai-je un jour ?

— Pourquoi pas ? je l'espère bien. Elle vit chez le révérend Wise et sa femme. Ils l'ont adoptée et ont changé son nom ; ils l'appellent Louisa.

— Ah... Le bon révérend, l'homme le plus riche de Winnerrow.

Il paraissait pensif.

— Tu ne l'aimes pas ?

— Il a très bien réussi. Les gens qui se prétendent religieux et qui ont trop de succès dans la vie m'ont toujours laissé sceptique.

Il était reposant d'être aux côtés de Cal. Je n'aurais pu imaginer pouvoir être aussi détendue auprès d'un étranger. Je me sentais cependant encore un peu intimidée, mais je désirais de toutes mes forces l'avoir pour ami, pour confident et, pourquoi pas, pour père.

Il me sourit et je sus qu'il serait tout cela à la fois.

Le ragoût attendait dans le four, les galettes étaient prêtes et Kitty n'était toujours pas rentrée. Elle n'appela même pas pour expliquer son retard. Je vis Cal regarder plusieurs fois sa montre. Il avait l'air soucieux.

Elle ne rentra qu'à onze heures du soir. Cal et moi étions au salon en train de regarder la télévision. Le reste du ragoût était un peu sec, il ne devait plus être très bon. Elle le mangea néanmoins de bon appétit.

— Tu l'as fait toute seule ?

— Oui, mère.

— Cal ne t'a pas un peu aidée ?

— Si, mère. Il m'a aidée à préparer la salade et m'a dit quel genre de plats ne te convenaient pas.

— T'es-tu rincé les mains avec du désinfectant avant de commencer ?

— Oui, mère.

Elle étudia l'expression de Cal.

— Bon, maintenant débarrasse. Nous irons au lit après un bon bain.

Cal la regarda froidement.

— Elle dort ici, plus jamais en haut. La semaine prochaine, nous allons lui acheter des meubles et nous les mettrons dans la chambre du bas. Tu pourras y laisser ton tour et ce qui est dans les placards. Mais nous achèterons un lit, un bureau, une chaise et une coiffeuse.

La manière dont elle nous regarda me fit froid dans le dos. Malgré cela, elle eut l'air d'accord.

J'allais avoir une chambre pour moi seule.

Les jours se suivaient, tous semblables : la classe et le travail de la maison, tôt levée et tard couchée. Il fallait attendre que Kitty eût dîné pour desservir.

Quelquefois, elle rentrait à minuit. Cal aimait bien nos tête-à-tête devant la télévision. Chaque soir, nous préparions ensemble le dîner et la plupart du temps le prenions sans Kitty. Je ne me débrouillais pas mal à l'école et je m'y étais fait des amis. Ils ne pensaient pas, comme Kitty, que je parlais d'une façon étrange, mais ils ne m'avaient pas dit ce qu'ils pensaient de mes vêtements trop grands et de mes affreuses chaussures.

Le samedi arriva. Je pouvais dormir un peu plus tard. Kitty avait accepté que Cal m'achetât des meubles.

Cal travaillait le matin et ne rentrait que pour le déjeuner. J'étais très excitée par la perspective de passer l'après-midi à Atlanta, et commençai le ménage. Je ne savais quoi faire pour le repas de midi. Nous l'avions toujours pris dehors, moi à l'école, Kitty et Cal à leur travail. Je me rappelais des déjeuners en classe, à Winnerrow. Je n'avais jamais mangé de sandwich jusqu'à ce que Mlle Deale m'en donnât un. Ceux au jambon, avec des tomates et de la salade, étaient mes préférés. Tom et Keith aimaient mieux ceux au thon.

Soudain, je me sentis triste ; je n'avais pas revu Mlle Deale et Logan n'avait pas répondu à ma lettre.

Je me remis au travail. Je courus en haut pour vérifier que tout était en ordre ; j'entrai dans la salle à manger pour m'assurer que tout était à sa place, puis je terminai les pièces du bas. Au hasard de mes rangements, j'espérais encore trouver des livres quelque part. Il n'y en avait pas un, même pas une bible. Il n'y avait dans cette maison que des magazines féminins disséminés çà et là dans des tiroirs ou des journaux de décoration que Kitty exposait en piles nettes sur les tables du salon.

Dans la petite pièce qui devait être ma chambre et

qui avait été transformée en atelier pour Kitty, il y avait bien des étagères. Mais, là encore, le zoo en céramique prenait toute la place. Les placards étaient fermés à clé.

Je revins à la cuisine et chargeai le lave-vaisselle, puis je me reculai. C'était là un moment crucial : je m'attendais toujours à ce qu'il explosât et j'eus un fou rire en pensant qu'il fonctionnait toujours après une semaine de mauvais traitements.

Je trouvai comique que le contrôle de ces appareils me donnât un sentiment de puissance et l'assurance d'être une vraie fille de la ville.

Frotter le sol n'avait rien de bien nouveau pour moi, excepté le fait qu'il ne fallait pas me tromper de produit.

J'arrosai les plantes et, en y regardant de près, je m'aperçus qu'elles n'étaient pas toutes vraies. Quelques-unes étaient en soie et, sans m'en rendre compte, je leur avais également versé de l'eau...

A midi, je n'avais pas accompli le quart du travail prescrit. Il y avait tellement de machines à faire fonctionner, tant d'instructions à lire sur les bouteilles que cela prenait plus de temps que le ménage lui-même.

Je venais de m'emmêler les pieds dans le fil de l'aspirateur, quand j'entendis la porte du garage. Quelques secondes plus tard, Cal entra par la porte de derrière. Il m'observa un moment et prit un air mécontent.

— Hé, la gamine ! tu n'as pas besoin de travailler comme une esclave. Repose-toi un peu ! Il n'y a personne ici que moi.

— Mais je n'ai pas fait les vitres, je n'ai pas encore lavé ses poteries et je n'ai pas fini...

— Assieds-toi. Je vais préparer le déjeuner et ensuite, nous irons faire nos courses. Et pour finir, que dirais-tu d'aller au cinéma ? En attendant, que veux-tu pour déjeuner ?

— Ce que tu voudras... mais il faut que je termine mon travail...

Il sourit avec amertume.

— Elle ne rentrera pas avant dix ou onze heures du soir et je pense qu'il y a un film que tu aimerais voir. Cela te fera du bien de te distraire. Cela n'a pas dû t'arriver souvent ! La vie dans les montagnes n'est pas toujours aussi dure qu'a été la tienne, Heaven, il est vrai qu'en échange, tu avais la nature à ta porte, sa beauté, son harmonie...

Cela, je le savais.

Je n'avais pas que de mauvais souvenirs, j'en avais même de merveilleux. La rivière et nos parties de pêche, les oiseaux, les animaux et nos jeux.

Je secouai la tête pour chasser les souvenirs... Je n'arrivais pas à croire qu'il voulût m'emmener au cinéma.

— Mais il y a une dizaine de télévisions ici...

Il sourit, il était très beau.

— Elles ne fonctionnent pas toutes, elles servent de supports aux œuvres d'art de Kitty. Et puis, le cinéma, c'est vraiment autre chose !

Il était assez sarcastique et n'avait pas l'air d'être impressionné par les créations de sa femme.

— Cal, je n'ai jamais été au cinéma, jamais !

Il me caressa la joue avec gentillesse.

— Eh bien ! c'est l'occasion ou jamais. Va t'habiller en vitesse pendant que je prépare des sandwiches. Mets la robe bleue que je t'ai achetée, ce doit être la seule qui ne soit pas trop grande pour toi.

En effet, elle ne l'était pas !

Je me regardai dans la glace et me trouvai jolie. Les marques de mon visage avaient disparu et mes cheveux brillaient. Cal était bon avec moi, il m'aimait.

Je savais à présent qu'un homme pouvait m'aimer comme un père. Il allait m'aider à retrouver Tom, Keith et *notre* Jane. Tous les espoirs étaient permis...

Aujourd'hui était un jour heureux : j'allais avoir « ma » chambre avec des meubles de mon choix, des couvertures neuves et un vrai oreiller et j'allais pour la première fois au cinéma. J'imaginais Tom avec un petit sourire en coin...

Mon propre père ne m'aimait pas. Je n'avais plus si mal, car j'en avais trouvé un autre et celui-là m'aimait.

3

Une petite musique

Le sandwich était délicieux ; il était au jambon avec de la salade et de la tomate. Cal me tendit mon manteau bleu.

— Je peux marcher en baissant la tête. Comme cela, personne ne verra que je ne suis pas ta fille.

Cela ne le fit pas rire, il me mit un bras autour des épaules.

— Non, marche la tête droite, il n'y a rien en toi qui puisse me faire honte et je suis fier de t'accompagner au cinéma. J'ose espérer que Kitty n'abîmera jamais ton visage.

Nous étions, tous deux, à la merci de Kitty. Il baissa la tête d'un air résigné, me prit le bras et me guida à travers le garage.

— Heaven, si jamais il arrivait à Kitty d'être violente avec toi, je veux que tu me le dises immédiatement. Je l'aime énormément, mais je ne veux pas qu'elle te fasse de mal, physiquement ou autrement. Je dois admettre qu'elle peut être très forte à ce jeu. N'aie surtout pas peur de me demander de l'aide.

Cela me fit du bien. J'avais enfin quelqu'un pour

me défendre. Je lui souris. Il rougit et détourna la tête, il avait l'air gêné.

Je montai en voiture et m'assis, non sans fierté, à côté de lui. J'étais joyeuse. Pendant le voyage Cal sembla préoccupé. Nous arrivâmes enfin au magasin et il se montra soudain très gai. Il y avait un grand choix de meubles pour chambres à coucher. Je ne parvenais pas à me décider. Le vendeur nous étudia pour se faire une idée de nos relations et nous proposer la marchandise appropriée.

— Ma fille choisira ce qu'il lui plaît, dit Cal.

Tout me plaisait. Après de nombreuses hésitations, ce fut Cal qui finit par choisir ce qui me conviendrait le mieux.

— Nous voulons ce lit, cette coiffeuse et ce bureau. Ils ne font pas trop « petite fille » et tu pourras encore t'en servir quand tu auras vingt ans.

J'eus un moment de panique. Il avait oublié que, quand je serais grande, je ne serais plus avec eux, mais à Boston avec mes frères et sœurs. Le vendeur s'écarta et j'en profitai pour le lui rappeler.

— D'accord, mais l'on doit s'occuper du futur en fonction du présent. Sinon, on ne ferait jamais rien.

Je ne compris pas bien ce qu'il voulait dire et j'en déduisis qu'il aimerait me voir rester avec eux. Je devais avoir les yeux brillants d'excitation parce qu'il me dit :

— Tu es vraiment ravissante !

— Quand je pense que je vais avoir une chambre aussi jolie que celle de Fanny !

Alors il m'acheta une table de nuit avec une lampe de céramique bleue.

— Je voudrais que la table ait des tiroirs qui ferment à clé, dit-il au vendeur.

Et il se tourna vers moi.

— Cela au cas où tu aurais des secrets.

Cette expédition nous avait rapprochés. Nous commencions à mieux nous connaître. Une fois dans la voiture, je lui demandai :

— Quel film allons-nous voir ?

Il me regarda d'un air moqueur.

— Si j'étais à ta place, je ne penserais pas que le choix ait beaucoup d'importance.

— Pas pour moi, dis-je, mais pour toi.

— Tu vois bien !

Il y avait beaucoup de promeneurs dans les rues. J'allais au cinéma et me sentais très importante. C'était une chance que Kitty ne fût pas là, elle aurait trouvé le moyen de tout gâcher. Quand nous fûmes à l'intérieur du cinéma, je regardai autour de moi, je n'avais jamais vu tant de monde rassemblé dans un seul endroit. Cal m'acheta du pop-corn, du Coca-Cola et deux sucres d'orge. Nous nous assîmes côte à côte, il faisait presque noir et j'en fus étonnée.

Mes yeux s'agrandirent quand apparurent sur l'écran géant les premières images en couleurs. C'était *La Famille Trapp,* le film que Logan aurait voulu voir avec moi. Rien n'aurait pu me rendre plus heureuse. Cal et moi partagions la même boîte de pop-corn ; il était tiède, salé et plein de beurre. Je ne pouvais m'arrêter de plonger ma main dans le paquet. J'y rencontrais quelquefois celle de Cal. Je n'avais plus les pieds sur terre, j'étais dans un conte de fées.

On chantait et on dansait dans le film, moi aussi. Les enfants étaient Tom, Fanny, Keith et *notre* Jane... et moi, bien sûr. Nous aurions tous dû vivre comme dans le film, avec le même père que dans le film. J'avais tellement envie de voir Tom, Keith et *notre* Jane pour leur raconter...

En sortant du cinéma, Cal me conduisit dans un

restaurant élégant, le *Midnight Sun* (1). Le maître d'hôtel m'avança une chaise et attendit que je fusse assise. Cal me regardait en souriant. Le maître d'hôtel me tendit le menu, je ne compris pas ce qu'il me voulait et Cal le prit à ma place. Soudain, je me sentis près des larmes, j'avais un besoin déchirant de Tom, de *notre* Jane, de Keith et même de Grandpa. Ce n'était pas gentil pour Cal... Pourtant, il ne s'aperçut de rien, il voyait quelque chose de différent sur mon visage. Ma jeunesse et mon inexpérience le rendaient plus sûr de lui, plus viril que lorsqu'il était avec Kitty.

— Si tu me fais confiance, je vais choisir pour nous deux. Dis-moi ce que tu préfères : du veau, du bœuf, de l'agneau, du poulet, du canard, des fruits de mer ? Qu'est-ce qui te plairait ?

Je revis Mlle Deale dans son joli tailleur, nous souriant pour nous faire comprendre qu'elle était fière d'être en notre compagnie quand personne ne voulait de nous. Ses cadeaux étaient-ils jamais arrivés jusqu'à notre cabane, nous attendaient-ils sous le porche ?

— Heaven, que veux-tu ?

Je ne savais pas. Je me concentrai sur le menu compliqué. Nous avions eu du rôti de bœuf au restaurant de Mlle Deale.

— Prends quelque chose dont tu as toujours eu envie et que tu n'as jamais mangé.

— Bien... J'ai déjà mangé du poisson de notre rivière, du porc, des tas de poulets et une seule fois du rosbif, c'était très bon, d'ailleurs. Choisis pour moi.

Il rit et commanda une salade et du veau « cordon-bleu ».

— En France, on donne du vin aux enfants. Nous attendrons quelques années pour toi !

Puis il commanda des escargots. Quand j'en eus

(1) *Midnight Sun :* Le soleil de minuit.

mangé six, il m'expliqua que c'étaient vraiment des escargots avec une sauce au beurre et à l'ail. J'étais justement en train de la finir, en trempant mon pain dedans. Je me figeai. Il se moquait de moi !

— De vrais escargots... Mais Cal, même le plus pauvre des paysans, dans les collines, ne mange pas ça.

Il était très content de lui.

— Heaven, cela m'amuse beaucoup de t'instruire. Tu es si spontanée. Ne dis rien à Kitty, elle n'aime pas les restaurants, elle dit qu'ils sont trop chers. Nous n'y sommes jamais allés ensemble depuis notre mariage, seulement dans des *fast-foods*. Elle n'est ni gourmet, ni connaisseur. Elle ne sait pas ce que c'est. Si elle passe une demi-heure à préparer un repas, c'est un exploit et elle pense que c'est le fin du fin. Tu as remarqué sa rapidité à concocter un plat. Ce n'est pas de la bonne cuisine, Heaven, c'est du réchauffé.

— Tu m'as pourtant dit que Kitty faisait bien la cuisine.

— Evidemment, si tu ne manges que des petits déjeuners... C'est ce qu'elle fait le mieux.

A partir de ce jour, je commençai à aimer la vie dans une ville.

Nous étions à peine rentrés que Kitty arriva de son cours de céramique. Elle était d'humeur irritable.

— Qu'avez-vous fait aujourd'hui ?

— Nous sommes allés acheter les meubles d'Heaven.

— Dans quel magasin ?

Il lui en dit le nom.

— Et combien cela a-t-il coûté ?

Il annonça un chiffre.

— C'est insensé, Cal. Tu es absolument stupide. Tu aurais pu prendre des meubles bon marché. De toute façon, elle n'aurait pas fait la différence. Si je suis absente lors de la livraison, je te demande de tout renvoyer. Si je suis là, je les renverrai moi-même.

— Tu ne renverras rien du tout, Kitty. Et je t'informe que j'ai commandé, par la même occasion, ce qu'il y a de mieux en fait de matelas, d'oreillers et de draps. J'ai même choisi un très joli dessus-de-lit à volant, assorti aux rideaux.

Elle se mit à hurler.

— Tu es un imbécile, un foutu imbécile !

— Tout à fait d'accord. L'imbécile paiera avec son argent, pas avec le tien. Bonne nuit, Heaven. Viens, Kitty, tu as l'air fatiguée. Après tout, l'idée d'avoir une fille venait de toi et je ne pense pas que tu aies eu l'intention de la faire coucher par terre ?

Deux jours plus tard, mes meubles arrivèrent. J'étais folle de joie. Cal était là pour les recevoir. Il indiqua aux livreurs la place de chaque chose. Puis il me demanda si j'aimerais du papier peint sur les murs.

— Je déteste le blanc, dit-il. Elle ne m'a jamais demandé quelle couleur j'aimais.

— C'est très bien comme cela, Cal, j'aime tant ces meubles !

Quand les livreurs furent partis, ensemble nous fîmes le lit avec des draps à fleurs, les couvertures neuves et, pour finir, nous arrangeâmes le joli couvre-lit.

— Aimes-tu le bleu ? dit-il. Je suis fatigué du rose.

— J'aime le bleu.

— Bleu comme les bleuets, bleu comme tes yeux.

Il se tenait au milieu de la chambre qui paraissait trop petite et trop féminine pour lui. Je tournais en rond, en allant d'un meuble à l'autre. J'étais muette de bonheur. Il avait, sans me le dire, commandé quelques accessoires supplémentaires. Deux canards de cuivre, en guise de serre-livres. J'avais entreposé mes livres dans le placard à balais où je mettais aussi mes vêtements. Un buvard de bureau, une timbale à crayons avec des stylos, une petite lampe et des gravures pour mettre au mur. Les larmes me vinrent aux yeux, c'était trop.

— Merci.

Ce fut tout ce que je pus dire, j'avais perdu ma voix. Et je me mis à pleurer, le visage contre mon joli dessus-de-lit. Cal s'assit gauchement sur le lit en attendant que je fusse plus calme.

— Il faut que j'aille à mon travail, Heaven, mais avant de partir, je veux te donner quelque chose. C'est une surprise, la dernière. Je la mets sur ton bureau, tu la regarderas quand je serai parti.

Je l'entendis s'en aller, je me redressai et voulus le remercier encore, mais j'entendis sa voiture démarrer. Alors, je regardai sur le bureau.

Posée sur le cuir bleu marine de mon buvard, il y avait une lettre.

Je me levai et m'assis à mon bureau. Je regardai fixement l'enveloppe à mon nom : Mademoiselle Heaven Leigh Casteel, était-il écrit. Dans le coin à gauche, il y avait le nom et l'adresse de Logan. Je restai là un bon moment sans pouvoir y toucher.

Logan ne m'avait pas oubliée. Je pris mon coupe-papier, autre cadeau de Cal, et je l'étrennai. Logan avait une jolie écriture, sans pattes de mouche, comme celle de Tom ; ce n'était pas non plus une petite écriture appliquée, comme celle de Pa. Il écrivait comme un artiste.

« Chère Heaven,

Tu ne peux savoir à quel point je me suis fait du souci à ton sujet. Dieu merci, je viens d'avoir ta lettre et je peux enfin dormir.

Tu me manques tellement que j'en ai mal. Quand

le ciel est bleu, je revois tes yeux, mais c'est pire parce que, alors, tu me manques encore plus.

Je dois te dire, pour être franc, que ma mère a intercepté ta lettre et l'a cachée. Je ne l'aurais jamais trouvée si je n'étais allé fouiller dans son bureau pour y chercher des timbres. Pour la première fois de ma vie, ma mère m'a déçu. Nous avons eu une dispute à ce sujet. Elle a enfin reconnu qu'elle avait eu tort et m'a demandé de lui pardonner.

Je vois assez souvent Fanny. Elle est superbe et en pleine forme. Mais je dois dire qu'elle se donne des airs et qu'elle est affreusement prétentieuse. Le révérend Wise va avoir du fil à retordre.

Elle raconte partout qu'elle n'a pas été vendue, mais que ton père vous a donnés à de braves gens pour éviter que vous ne fussiez morts de faim. Je déteste devoir faire un tel choix, mais comme tu ne m'as jamais menti, c'est toi que je crois. Je n'ai pas vu ton père, mais j'ai vu Tom. Il est venu au drugstore pour demander si j'avais de tes nouvelles et, bien sûr, ton adresse. Ton grand-père est dans une maison de retraite.

Je ne sais comment t'aider à retrouver Keith et *notre* Jane. Je t'en prie, écris-moi ! Je n'ai encore jamais rencontré personne que je puisse aimer autant qu'Heaven Leigh Casteel.

Et jusqu'à ce que je te revoie, je ne pourrai regarder personne d'autre.

Avec tout mon amour,

Logan. »

Peu de temps après avoir reçu la lettre de Logan, j'eus quinze ans.

Je n'attirai l'attention ni de Kitty ni de Cal sur cet événement important. Cal devait savoir ma date de naissance, car il me fit un cadeau inestimable ; il m'offrit une machine à écrire.

— Cela t'aidera dans ton travail, dit-il.

Il avait l'air enchanté de ma stupéfaction et de ma joie.

— Tu devrais apprendre à taper à la machine à l'école, c'est très utile.

La machine à écrire ne fut pas mon seul présent. Un paquet arriva pour moi ; à l'intérieur se trouvaient une carte de vœux géante avec un poème, un foulard de soie et une lettre de Logan.

J'étais comblée, quoique Tom ne m'eût toujours pas écrit. Pourquoi ne le faisait-il pas, puisqu'il avait mon adresse ?

A l'école, je m'étais fait deux amies. Elles m'invitaient sans cesse chez elles. Je refusais chaque fois. Je ne pouvais leur en donner la raison. Découragées, elles s'éloignèrent de moi petit à petit. Comment aurais-je pu leur expliquer que ma mère adoptive me traitait comme une esclave et qu'elle m'interdisait de recevoir des amies parce que leur présence m'aurait empêchée de faire le travail de la maison ? Des jeunes gens m'invitaient également. Je refusais aussi, mais pas tout à fait pour les mêmes raisons. C'était Logan que je voulais, pas eux. Je me gardais pour Logan et ne doutais pas un instant de sa constance.

Je me tuais à la tâche pour entretenir cette maison. Quand Kitty rentrait, elle pouvait, en un instant, réduire à néant des heures de travail. Elle était négligente et sans considération pour mon labeur.

Les plantes que j'époussetais, arrosais, fertilisais se mirent à dépérir, probablement à cause de trop de soins.

— Espèce d'idiote, dit Kitty, tu n'es même pas capable de garder les plantes en vie.

Elle aperçut, par hasard, quelques marques laissées par l'eau sur ses fausses plantes à feuilles de soie.

— Mais tu n'as pas un gramme de cervelle, ma pauvre fille. Tu ne penses qu'aux garçons, je le vois dans tes yeux.

Un après-midi, elle revint à l'improviste et me trouva inoccupée.

— Tu n'es pas autorisée à t'asseoir au salon quand nous ne sommes pas là et la télévision t'est interdite. Allez, fais quelque chose, paresseuse !

J'étais debout très tôt pour leur préparer leur petit déjeuner. Kitty rentrait rarement dîner avant huit heures du soir, quand Cal et moi avions terminé. Cela n'avait pas l'air de l'ennuyer, bien au contraire. Elle tombait sur une des chaises de la cuisine avec un certain soulagement et fixait son assiette en rêvassant jusqu'à ce qu'elle fût servie. Elle engloutissait alors son repas en quelques minutes, sans la moindre considération pour le mal que je m'étais donné.

Avant de me coucher, je devais ranger la cuisine et vérifier le bon état de toutes les autres pièces. Je devais faire attention à ce qu'il ne traînât aucun papier ou journal sur les tables ou par terre. Le matin, je me dépêchais de faire mon lit avant que Kitty n'entrât dans ma chambre, puis je me précipitais en bas pour commencer le petit déjeuner. Ensuite, je m'occupais du linge que je mettais dans la machine à laver et montais faire leur lit. Je redescendais à la cuisine que je nettoyais, et je chargeais le lave-vaisselle. Alors, j'étais libre d'aller en classe. Je ne respirais que quand j'avais claqué la porte.

J'étais bien nourrie et mes vêtements étaient chauds, mais je me languissais de chez nous. J'en oubliais la faim, le froid, les privations qui auraient dû me marquer à jamais. J'avais besoin de Tom, de *notre* Jane et de Keith, de Grandpa aussi et même de Fanny.

Il pleuvait chaque jour et je prenais le bus pour aller en classe. Kitty avait refusé de m'acheter un imperméable et des bottes parce que, disait-elle, nous serions bientôt en été. Elle avait oublié le printemps. Le printemps était une saison merveilleuse dans nos montagnes. Les fleurs sauvages sortaient et recouvraient les collines. Il y avait un miracle à chaque détour du chemin. A Candlewick, on ne connaissait pas cela. Une fois en classe, je travaillais avec acharnement pour avoir le temps, lorsque j'étais rentrée à la maison, de terminer mes travaux forcés.

Les nombreux postes de télévision représentaient pour moi une tentation permanente. Mais la maison était vide et triste. Malgré l'interdiction de Kitty, je devins vite un amateur de feuilletons. La nuit, dans mon lit, je pouvais passer en revue les nombreux problèmes de leurs héros. Il y en avait autant que chez les Casteel, mais aucun n'était d'ordre financier. Il me semblait aujourd'hui que, chez nous, tout tournait autour du manque d'argent.

Chaque jour, je visitais la boîte aux lettres. Logan m'écrivait régulièrement, mais j'attendais toujours une lettre de Tom. Un matin, à bout de patience, j'écrivis une longue lettre à Mlle Deale. Je lui racontai notre histoire et la suppliai de retrouver mes frères et ma sœur.

Les semaines passaient, sans aucune nouvelle de Tom. La lettre de Mlle Deale me fut retournée avec la mention : « inconnue à cette adresse ».

Puis un jour, Logan cessa d'écrire. Ma première pensée fut qu'il avait trouvé quelqu'un pour me remplacer. J'étais malade d'angoisse. Par fierté, j'arrêtai également mes lettres. Chaque jour qui passait sans nouvelles de lui était comme une agonie et je savais maintenant que personne ne m'aimerait jamais assez. Je n'avais plus que Cal. C'était le seul ami qui me restât et je ne dépendais plus que de lui. Quand il rentrait, la maison reprenait vie. Il allumait la télévision et je pouvais oublier mes tâches. Aux alentours de six heures, je l'attendais maintenant avec impatience et quand il arrivait, le dîner était prêt. J'appris à faire des menus et à arranger joliment la table. Je passais des heures à préparer ses plats favoris, sans plus me soucier du régime de Kitty, car nous aimions tous deux les pâtes. Quand la pendule de la cheminée sonnait six heures, je commençais à tendre l'oreille pour entendre le bruit de sa voiture dans l'allée. Je courais à lui pour prendre son manteau. Le cérémonial était chaque jour identique, mais il nous plaisait.

— Bonjour, Heaven ! Quoi de neuf ?

Il me souriait et cela me rendait gaie. Ses plaisanteries me faisaient rire. Je commençais à l'idéaliser et j'en oubliais ses faiblesses en face de Kitty. Quand je lui parlais, il m'écoutait vraiment, il s'intéressait à moi et à ce que je lui disais. Il devenait un père, celui que j'avais tant espéré, dont j'avais toujours eu besoin. Il m'aimait telle que j'étais, il comprenait tout, ne critiquait jamais et me défendait quoi qu'il pût arriver.

— Cal, je n'arrête pas d'écrire à Fanny et elle ne me répond pas. Je lui ai adressé cinq lettres depuis que je suis ici et elle ne m'a même pas envoyé une carte postale. Ferais-tu cela à ta sœur ?

— Non, mais ma famille ne m'écrit pas, alors je n'ai pas besoin de lui répondre. Kitty est jalouse et tu sais bien que je n'ai plus de contacts avec ma famille.

— Tom n'écrit pas non plus et pourtant, Logan lui a donné mon adresse.

— Buck Henry ne lui laisse peut-être pas assez de temps pour le faire ou alors, il l'empêche de poster ce qu'il a écrit.

— Ce n'est pas possible, Cal, il trouverait bien le moyen de se débrouiller.

— Attends encore un peu. Je suis certain que tu auras une lettre de lui bientôt.

Je lui savais gré de me rassurer. Je l'aimais parce qu'il me rendait plus confiante ; avec lui, je me sentais jolie. Il m'appréciait et évaluait les efforts que je faisais à leur juste valeur. Kitty ne remarquait jamais rien, sauf si j'avais commis une erreur.

Les jours passaient. Cal et moi devenions de plus en plus proches l'un de l'autre, comme l'auraient été un père et une fille. Cal était ma seule affection vraie à Candlewick.

Je décidai de lui faire une surprise. Il avait une passion pour les œufs accommodés de toutes les manières. J'allais lui faire un soufflé au fromage. Je suivais les cours de cuisine à la télévision. Le jour indiqué serait samedi, pour le déjeuner, avant notre expédition à Atlanta. Nous devions aller ensemble au cinéma.

Je tremblais à l'idée qu'il ne fût raté, comme la plupart de mes innovations culinaires. Je le sortis du four, il était doré à point, léger et très bien pris... J'allai dans la salle à manger prendre un plat de porcelaine pour le présenter mieux. Cela s'imposait. Puis je courus à l'escalier qui menait au sous-sol et appelai Cal :

— Le déjeuner est servi, monsieur Dennison.

— J'arrive tout de suite, mademoiselle Casteel.

Nous prîmes place dans la salle à manger. Il contempla mon œuvre avec admiration. Il la goûta et ferma les yeux pour la savourer.

— C'est superbe et délicieux. Ma mère faisait des soufflés exprès pour moi. Tu n'aurais pas dû te donner tout ce mal.

Il n'avait pas l'air à son aise. Il était pourtant chez lui, dans sa salle à manger. On aurait dit qu'il n'y avait jamais pris un repas. J'en devins, moi aussi, gênée.

— Maintenant, Heaven, tu vas avoir des tas de plats à nettoyer avant que nous ne partions nous amuser en ville.

— Ce n'est donc que cela !

Je fis tout en deux temps, trois mouvements. Je plaçai le plat de porcelaine dans le lave-vaisselle, puis je courus en haut pour prendre un bain et m'habiller. Cal était prêt et m'attendait en souriant. Il paraissait soulagé de voir la salle à manger bien nette. La pièce ressemblait à un musée. J'allais passer la porte quand je me souvins que je n'avais pas rangé la vaisselle.

— J'en ai pour une minute, Cal. Si Kitty trouve ses plats de porcelaine dans la cuisine, ce sera terrible.

Il en profita pour descendre au sous-sol graisser ses outils. On sonna à la porte ; nous avions rarement des visites et j'en fus étonnée. C'était le facteur. Il me tendit un pli en souriant.

— Une lettre recommandée pour mademoiselle Heaven Leigh Casteel.

— Oui...

J'en bredouillais. Il me la remit, ainsi que le reçu. J'y apposai ma signature en tremblant. Je fermai la porte et tombai à genoux ; ce devait être Tom... Un rayon de soleil tomba sur l'enveloppe que je n'osais regarder, ce n'était pas lui... c'était une écriture inconnue. Oppressée, j'ouvris l'enveloppe.

« Très chère Heaven,

Pardonnez-moi cette familiarité. Je suis certaine que vous l'oublierez quand vous lirez la suite. Vous ne connaissez pas mon nom et je ne puis signer cette lettre. Je suis la femme qui est devenue la seconde mère de votre petit frère et de votre petite sœur.

Vous devez vous rappeler que j'avais promis de vous écrire pour vous donner de leurs nouvelles. J'ai été très touchée par l'affection profonde et la sollicitude que vous leur portiez. Je vous respecte et vous admire pour cela. Ces deux petits vont on ne peut mieux et se sont adaptés sans trop de mal à leur nouvelle famille. Leurs montagnes leur manquent de moins en moins.

Votre père avait refusé de me donner votre adresse, mais j'ai insisté parce que je voulais tenir ma promesse. *Notre* Jane, comme vous l'appeliez, a été opérée d'une hernie intestinale. Regardez dans un dictionnaire médical et vous comprendrez ce qui rendait votre petite sœur si fragile. Elle s'en est très bien remise, elle a pris du poids et a maintenant un très bon appétit. Elle est aussi vigoureuse qu'une enfant de sept ans peut l'être. Nous leur donnons chaque jour autant de jus de fruits qu'ils en veulent. La nuit, je laisse une petite veilleuse dans chacune de leurs chambres. Ils vont dans une école privée. On les emmène et on les ramène en voiture chaque jour. Ils ont beaucoup d'amis.

Keith a des talents artistiques certains et la petite Jane aime beaucoup chanter et écouter de la musique, elle prend d'ailleurs des leçons. Keith a un chevalet de peintre et tout un matériel pour la peinture et le dessin. Ce qu'il dessine le mieux, ce sont les animaux.

J'espère avoir répondu à toutes les questions que vous pouviez vous poser et que vous cesserez de vous faire du souci pour eux. Mon mari et moi aimons ces deux enfants comme s'ils étaient les nôtres. Et je pense qu'ils ont énormément d'affection pour nous.

Votre père m'a dit qu'il avait trouvé des foyers agréables pour chacun de ses autres enfants. J'ose espérer que c'est la vérité.

Par courrier séparé, je vous fais parvenir des photographies de votre petit frère et de votre petite sœur.

Avec mes meilleurs sentiments,

R. »

Il n'y avait pas d'adresse, rien ; juste une initiale. Je pris l'enveloppe avec des mains tremblantes pour essayer d'en lire les cachets. La lettre avait été postée à Washington. Je ne comprenais plus. Auraient-ils quitté le Maryland ?

Je remerciai le ciel que *notre* Jane fût guérie et restai assise à la même place, plongée dans mes pensées. J'étais reconnaissante à cette femme d'avoir tenu sa promesse. Je relus sa lettre plusieurs fois et les larmes me vinrent aux yeux. Ils me manquaient, mais c'était merveilleux d'apprendre que *notre* Jane était en bonne santé, qu'ils étaient tous deux heureux. C'était aussi très dur d'accepter d'être oubliée d'eux.

— Préfères-tu rester par terre à relire ton courrier tout l'après-midi ou bien aller au cinéma ?

Je me levai précipitamment et lui tendis ma lettre. Pendant qu'il la parcourait, je lui en commentai le contenu. Il partagea ma joie. Puis il regarda mon courrier.

— Tiens ! Il y a autre chose pour toi, Heaven.

Je vis une grande enveloppe brune. J'y trouvai une douzaine de photographies d'amateur et trois portraits de professionnel. Tous représentaient Keith et *notre* Jane.

— Ce sont des photos faites au Polaroïd, dit Cal. Quels beaux enfants !

Sur la photographie que j'étais en train d'examiner, ils étaient tous deux assis dans le sable et portaient des vêtements coûteux. A l'arrière-plan, on pouvait voir une piscine et, sous des parasols, des tables et des chaises de jardin. Leurs parents d'adoption étaient aussi sur la photo ; ils portaient des costumes de bain et leur souriaient avec affection. Les photos montraient clairement que c'était l'été, là où ils se trouvaient. Où cela pouvait-il bien être ? En Floride, en Californie ou dans l'Arizona ? J'étudiai les autres clichés. Sur l'un d'eux, *notre* Jane, assise sur une balançoire, riait aux éclats pendant que Keith la poussait. D'autres clichés avaient été pris dans leurs chambres et l'on pouvait voir tous leurs jouets : *notre* Jane était couchée dans un joli petit lit à baldaquin, plein de volants. Keith, lui, avait une chambre bleue, pleine de livres d'images. Puis je regardai les portraits. *Notre* Jane, adorable dans une robe d'organdi rose ornée de ruchés, avait les cheveux bouclés et souriait à celui qui prenait la photo. On l'aurait crue sortie d'un film. Keith avait un élégant costume bleu et une cravate. Pour le troisième portrait, on les avait photographiés ensemble.

— C'est assez cher de faire tirer des portraits de ce genre, dit Cal. Regarde leurs vêtements, Heaven, on peut constater que ce sont des enfants dont on s'occupe bien ; ils ont l'air aimés et heureux. Vois comme ils ont les yeux pétillants. Des enfants délaissés ne souriraient pas de cette façon. Tu devrais remercier le ciel que ton père les eût vendus.

Je réalisai que je pleurais lorsque Cal m'attira contre lui. Il me berça comme on l'aurait fait d'un bébé et me donna son mouchoir.

— Là... là... cela va passer. Maintenant, tu pourras

t'endormir sans pleurer et tu n'auras plus de cauchemars à leur sujet. Bientôt, j'en suis certain, tu recevras des nouvelles de Tom et tout ira mieux. Tu sais, Heaven, il n'y a pas beaucoup de Kitty en ce bas monde et je suis désolé que tu sois justement tombée entre ses griffes. Mais je suis là... Je ferai tout ce qui m'est possible pour te venir en aide.

Et il me serra plus fort contre lui. J'en fus alarmée. Je me sentais embarrassée et voulais me dégager. Etait-ce normal ? Cela devait l'être, puisque Cal ne me voulait que du bien. Je m'écartai cependant en lui souriant à travers mes larmes. Avant de partir, je cachai avec soin la lettre et les photographies. Quelque chose me disait qu'il ne serait pas bon que Kitty les trouvât et qu'elle vît combien les autres enfants de Pa étaient beaux.

Ce samedi-là fut encore plus joyeux que les autres. Aujourd'hui, je pouvais vraiment m'amuser sans arrière-pensée puisque, bientôt, je recevrais aussi des nouvelles de Tom.

Quand nous rentrâmes d'Atlanta, il était à peu près dix heures et demie du soir. Nous étions assez fatigués car nous avions fait beaucoup de choses : nous avions vu un film qui avait duré trois heures, nous avions été au restaurant et fait des courses. Cal m'avait acheté des vêtements. Il ne voulait pas que Kitty les vît.

— Je déteste autant que toi ces chaussures qu'elle t'a achetées pour aller en classe, mais ne lui montre pas les nouvelles. Les tennis sont juste bonnes pour la gymnastique et les chaussures à barrettes qu'elle t'a choisies pour aller à l'église font beaucoup trop jeune pour toi. Je mets ce que nous avons acheté dans mon placard à outils, il est fermé à clé et je te donnerai un double. Autre chose, Heaven, ne montre jamais à Kitty ce qui te vient de ta mère. J'ai honte de constater qu'elle nourrit une haine tenace et hors de propos pour cette pauvre morte qui n'a jamais su que Kitty avait été amoureuse de ton père. C'est peut-être, d'ailleurs, le seul homme qu'elle aurait pu vraiment aimer.

Cela me fit très mal. Je regardai Cal avec tristesse.

— Cal, elle t'aime, ça, j'en suis certaine.

— Non, Heaven. De temps à autre, elle a besoin de moi pour montrer ce qu'elle a pu s'offrir à son âge, un jeune et bel intellectuel, « son homme », comme elle aime à dire, mais elle ne m'aime pas. Sous une apparence très féminine se cache une petite âme froide qui déteste les hommes. Peut-être est-ce la faute de ton père, je ne sais pas ! J'ai pitié d'elle. J'ai essayé pendant des années de lui faire oublier son enfance malheureuse ; ses parents la battaient, sa mère l'obligeait à rester assise dans de l'eau très chaude pour se laver de ses péchés. On l'attachait à son lit pour l'empêcher de sortir et de rencontrer des garçons ! Alors, dès qu'elle en trouva l'occasion, elle s'enfuit avec le premier qu'elle rencontra. Maintenant j'abandonne, je ne peux plus rien pour elle, j'en ai assez. J'attends la goutte d'eau qui va faire déborder le vase. Alors, je m'en irai.

— Mais tu disais l'aimer. Quand on aime, on ne s'en va pas. Est-ce que tu confondrais la pitié et l'amour ?

— Rentrons, la voiture de Kitty est là. Elle va nous faire payer nos sorties. Ne dis rien, laisse-moi parler !

En effet, Kitty arpentait la cuisine de long en large. Nous n'avions pas plus tôt poussé la porte de derrière qu'elle se mit à crier :

— D'où venez-vous ? Qu'est-ce que c'est que ces airs fautifs ? Qu'avez-vous fait ?

Elle se dirigea vers l'escalier.

— Nous sommes allés au cinéma et puis nous

avons dîné dans un de ces bons restaurants que tu détestes. A présent, nous allons nous coucher. Dis bonsoir à Heaven. Elle est assez fatiguée. Ce matin, elle a astiqué la maison de la cave au grenier.

— Comment ! Rien n'est fait. Elle est partie en laissant la maison dans un état affreux.

Et elle avait en partie raison. Je n'avais pas fait grand-chose, ce matin. Mais la maison n'était ni sale ni en désordre. Et puis, Kitty n'était jamais là.

J'essayai de suivre Cal, mais elle me barra la route et m'attrapa le bras.

— Espèce d'idiote, tu as mis ma porcelaine dans le lave-vaisselle, hein ! Tu sais très bien que je ne m'en sers que s'il y a des invités. Ce n'est pas pour tous les jours, tu m'entends ? Tu as ébréché deux assiettes, empilé les tasses et cassé une anse. Je t'ai déjà dit de ne pas empiler les tasses, mais de les suspendre.

— Tu m'as dit de ne pas les empiler, mais tu ne m'as jamais dit de les suspendre.

— Je te l'ai dit. Tu n'obéis pas et tu ne fais attention à rien.

Elle me frappa.

— Combien de fois faudra-t-il que je me répète ?

Elle me frappa de nouveau.

— Tu n'as pas vu les crochets sous les étagères ? Imbécile !

Je les avais vus et je m'étais même demandé à quoi ils servaient, parce que aucune tasse n'y était accrochée. Je tentai de lui expliquer, je m'excusai de ma maladresse. Je lui promis même de rembourser les dégâts.

— Je me demande bien comment tu t'y prendrais ? Ces plats valent au moins quatre-vingt-cinq dollars. Où trouverais-tu cette somme ?

J'étais atterrée. Comment aurais-je pu savoir que

les plats exposés dans la salle à manger n'étaient destinés qu'à la décoration ?

— Pauvre idiote. Tu as abîmé ce que j'avais de mieux. Cela m'a coûté une fortune et il a fallu que tu arrives pour tout briser. Ciel ! Quelle crétine !

Elle me serrait le bras avec force et me secouait. J'essayai de me dégager.

— Je ne le ferai plus, mère, je te le promets.

— Ça, je te le garantis.

Et elle m'envoya un coup dans la figure, puis un deuxième et un troisième. Mon nez commença à saigner et je sentis mes paupières qui enflaient.

— Monte en vitesse, enferme-toi dans ta chambre et n'en sors sous aucun prétexte. Tu y resteras toute la journée, demain. Pas d'église et pas de nourriture. Cela te servira de leçon.

Je me précipitai dans l'escalier en sanglotant et me dirigeai vers ma petite chambre. Kitty continua à crier, à jurer. Elle dit même d'horribles choses, que je n'oublierai jamais, sur les filles des collines. Dans le couloir, je me cognai à Cal. Il m'attrapa et me leva le visage pour se rendre compte des dégâts.

— Mon Dieu ! dit-il. Mais pourquoi ?

— J'ai ébréché deux assiettes en porcelaine, cassé l'anse d'une des tasses et mis ses couteaux à manche de bois dans le lave-vaisselle.

Il descendit rapidement l'escalier et je l'entendis élever la voix.

— Je sais que tu as été maltraitée quand tu étais petite, ce n'est pas une raison pour en faire autant avec une enfant qui essaie d'agir pour le mieux.

— Tu ne m'aimes pas, dit-elle.

Elle pleurait.

— Evidemment que si.

— Evidemment que non. Tu crois que je suis folle ou quoi ? Tu me quitteras quand je serai plus âgée, tu épouseras une femme plus jeune.

— S'il te plaît, Kitty, cela n'a rien à voir et nous n'allons pas remettre ce sujet sur le tapis.

— Cal... je n'ai jamais eu l'intention de la frapper. Je n'ai jamais voulu lui faire de mal, ni à toi non plus. Je sais qu'elle n'est pas mauvaise... mais je n'arrive pas à... il y a quelque chose en moi qui... je ne comprends pas ce que c'est.

Ce qui se passa dans leur chambre, cette nuit-là, me fit clairement comprendre pourquoi il restait avec elle, malgré sa façon de le traiter. Au matin, il souriait, ses yeux brillaient et il marchait avec plus d'assurance.

Le lendemain, dimanche, Kitty décida de me pardonner. Elle avait reconquis Cal. Nous l'attendions dans la voiture pendant qu'elle vérifiait ce que j'avais fait ou pas fait. Il me dit sans me regarder :

— Je t'ai promis de faire tout ce qui était en mon pouvoir pour t'aider à retrouver Tom. Et quand tu seras prête à partir pour Boston, j'engagerai un détective pour retrouver la famille de ta mère. Ils doivent avoir de la fortune parce qu'une poupée de Tatterton coûte plusieurs milliers de dollars. Je veux voir cette poupée. Si tu as confiance en moi, montre-la-moi.

L'après-midi même, je lui prouvai ma confiance. Kitty était en train de se reposer à l'étage, j'entraînai Cal au sous-sol. Je chargeai d'abord la machine à laver avec le linge de Kitty, puis j'allai à ma précieuse valise.

— Tourne-toi ! dis-je.

Je pris la poupée, défroissai sa robe et arrangeai ses cheveux.

— Tu peux regarder, maintenant.

Il en eut le souffle coupé. Muet, il contemplait la poupée aux cheveux d'or. Il dit enfin :

— C'est toi avec des cheveux blonds... Ta mère a dû être très belle, mais tu es aussi jolie qu'elle.

Cal me regardait avec des yeux neufs, c'était comme s'il me découvrait. Je ne sais pourquoi j'en fus profondément affectée. J'enveloppai la poupée dans ses papiers de soie et la replaçai dans la valise.

Ensuite, dans ma petite chambre toujours encombrée des animaux de céramique que Kitty avait refusé de déménager, je me posais tellement de questions auxquelles je ne trouvais pas de réponse que je ne pouvais m'endormir. Kitty et Cal se disputaient. La voix de Cal me parvint, grave et tendue.

— Cesse de me repousser. La nuit dernière, tu as prétendu me vouloir chaque jour et chaque nuit et ce soir, tu m'éconduis. Je suis ton mari.

— Elle est dans la chambre à côté, là où tu as voulu l'installer. C'est très gênant.

— Mais tu l'as mise toi-même dans notre propre lit et entre nous deux, encore !

— Je ne peux pas, Cal, les murs sont trop minces et cela me dérange de penser qu'elle puisse entendre.

— Eh bien ! Tu n'as qu'à déménager ton matériel. Ainsi, nous pourrons placer son lit contre l'autre mur. Tu as un four dans ta classe, mets-y le reste de ton bric-à-brac.

— Ce n'est pas du bric-à-brac.

— Bon, d'accord...

— Cal, les seules fois où tu t'intéresses à moi, maintenant, c'est quand tu prends sa défense.

— J'ignorais, Kitty, que tu voulais que je m'intéresse à toi.

— Tu te moques de moi, alors que tu sais très bien que c'est vrai.

— Oh non ! Je ne sais rien du tout et j'aurais

toujours aimé savoir qui tu es réellement et ce que tu veux. Je donnerais tout pour connaître tes pensées. Je te préviens d'une chose : si jamais tu frappes encore Heaven, si jamais je la trouve, en rentrant, avec les yeux enflés et le nez qui saigne, je te quitte.

— Cal, je t'en prie, ne dis pas ça. Je t'aime, c'est vrai, je t'aime, je ne pourrais vivre sans toi. Je ne le ferai plus, je te le promets... Je n'ai jamais voulu lui faire de mal...

— Alors, pourquoi la maltraites-tu ?

— Je ne sais pas... elle est jeune, jolie et... je vieillis. Je vais avoir trente-six ans... Ce n'est pas très loin de la quarantaine. Je sais que je serai malheureuse après quarante ans.

— Mais non, tu te fais des idées, Kitty. Tu es une très belle femme, tu parais avoir à peine trente ans.

Elle se mit à crier :

— Je veux en paraître vingt.

— Bonne nuit, Kitty. Je n'ai plus vingt ans non plus et cela ne me pèse pas. Qu'avais-tu, à vingt ans ? Rien. Aujourd'hui, tu sais qui tu es et ce que tu veux, n'est-ce pas plus agréable ?

Apparemment, le fait de savoir qui elle était et ce qu'elle voulait l'emplissait d'horreur.

Pour fêter les trente-six ans de Kitty et, peut-être, pour en atténuer l'aspect négatif, Cal réserva des chambres pour l'été dans un très bon hôtel, au bord de la mer. Et au mois d'août, nous partîmes tous les trois. Kitty fit sensation à la plage. Elle restait le plus souvent sous son parasol.

— J'ai la peau délicate, je ne veux pas la brûler... Cal, Heaven, allez vous promener, ne vous occupez pas de moi.

— Pourquoi ne m'as-tu pas dit, Kitty, que tu n'avais pas envie d'aller au bord de la mer ?

— Tu ne me l'as pas demandé !

— Je croyais que tu aimais prendre des bains de soleil et te baigner ?

— Tu vois comme tu me connais !

Ces vacances furent un échec complet. Quand Kitty s'ennuyait, personne ne pouvait s'amuser. Elle s'arrangea pour gâcher notre séjour.

Le matin de notre retour, Kitty s'assit à la table de la cuisine avec sa trousse de manucure et décida de me faire les ongles. Elle avait des mains très soignées, aux ongles longs et bien laqués. J'avais honte des miens, ils étaient tout cassés.

Elle me fit la leçon :

— Tu dois arrêter de te mordiller les doigts et de te ronger les ongles. Il va te falloir apprendre à devenir une femme. Cela ne viendra pas tout seul. Les filles des collines n'ont aucune grâce, aucune élégance naturelles. Cela te prendra du temps et te donnera du mal. Et puis il te faudra apprendre à te montrer patiente avec les hommes.

L'appareil à air conditionné ronronnait et son bruit me donnait envie de dormir ; elle continua :

— Ils sont tous pareils, tu sais, même ceux qui paraissent doux et tendres, comme Cal. Il n'y a qu'une seule chose qui les intéresse. Etant née dans les collines, tu dois savoir ce que cela veut dire. Si tu attends un enfant, ils disent que ce n'est pas le leur et disparaissent. Alors, écoute mes conseils et ne te laisse pas embobiner si on te roucoule des choses tendres, que cela vienne d'un garçon de ton âge ou d'un homme, y compris du mien.

Kitty avait fini de me faire les ongles. Elle les avait peints d'un rose soutenu.

— Voilà ! Tes mains ont bien meilleure allure maintenant que tu ne fais plus la lessive à la main, comme chez toi. Tes articulations ne sont plus rouges. Ton visage n'a aucune cicatrice, je ne t'ai pas fait de mal, tu vois ?

— Non.

— Non qui ?

— Non, mère.

— Et tu m'aimes ?

— Oui, mère.

— Tu ne voudrais rien me prendre qui m'appartienne ?

— Non, mère.

Kitty se leva.

— J'ai une journée chargée devant moi. Je vais encore être debout des heures durant et tout cela, pour rendre belles les autres femmes.

Elle regarda ses chaussures aux talons très hauts. Elle était grande, mais ses pieds étaient remarquablement petits. Sa taille était d'une finesse adorable.

— Mère, tu devrais porter des chaussures à talons plats pour travailler. Cela serait plus confortable ; tu dois beaucoup souffrir ainsi.

Elle me regarda de la tête aux pieds. J'étais assise et j'essayai de ramener mes jambes sous ma jupe.

— Moi, je suis en acier. Je peux supporter les souffrances et les peines, pas toi.

C'était une curieuse façon d'envisager l'existence. J'avais cru bien faire en lui parlant de ses chaussures ; elles étaient trop justes et la serraient. Mais si elle tenait à avoir mal aux pieds, pourquoi m'en faire ?

Ces jours d'été furent, comme de coutume, remplis par les travaux ménagers. Les samedis restaient une fête. L'automne arrivait. Dans les vitrines des magasins, on voyait déjà des fournitures pour l'école ainsi que des manteaux, des chandails et des bottes. J'étais à Candlewick depuis huit mois et je n'avais toujours pas de nouvelles de Tom. Logan avait recommencé à m'écrire. J'étais désespérée du silence de Tom et me prenais à penser qu'il me fallait l'oublier. Puis un jour, une lettre arriva.

Je tenais la lettre dans ma main, c'était comme si Tom était à mes côtés. Je murmurai pour moi-même : « Oh ! Thomas Luke, je suis folle de joie de voir ton écriture, j'espère que dans ta lettre, il n'y a que de bonnes nouvelles. »

Je m'assis et ouvris l'enveloppe avec précaution pour ne pas déchirer l'adresse qui était au dos. Sa lettre avait l'accent et le parfum des collines, mais il y avait cependant quelque chose de nouveau dans son style, quelque chose d'impalpable qui me surprit et me rendit jalouse.

« Chère Heavenly,

J'espère que cette lettre, tu vas la recevoir. Je t'écris des romans entiers et tu ne m'as jamais répondu. Je vois Logan de temps à autre et chaque fois, il me harcèle pour que je t'écrive. Je l'ai fait et je ne comprends pas où sont passées mes lettres. Aussi, je persévère.

Avant tout, Heavenly, je veux que tu saches que je vais bien et que monsieur Henry n'est pas un homme dur, comme tu dois le penser. Il essaie de tirer de chacun le meilleur.

Je vis dans une ferme de douze pièces. J'y ai ma chambre. Elle est très propre, assez jolie quoique très simple. Monsieur Henry a deux filles : l'une a treize ans et s'appelle Laurie, l'autre a seize ans, son nom est Thalia. Elles sont toutes deux très jolies et si gentilles que je ne sais laquelle des deux je préfère. Laurie est drôle, Thalia est plus grave et plus réfléchie. Je leur ai souvent parlé de toi et elles meurent d'envie de te connaître.

Logan m'a appris l'opération de *notre* Jane. Je

sais que Keith et elle vont bien et sont heureux. C'est un grand soulagement pour moi. D'après ce que Logan m'a dit, tu parles très peu de toi et de ta vie là-bas, dans tes lettres. Ecris-moi vite et raconte-moi en détail tout ce qui est arrivé depuis que nous sommes séparés. Tu me manques affreusement, Heavenly. Je rêve souvent que nous sommes ensemble. Tout me manque, les collines, nos bois, nos jeux. J'ai besoin de te parler et je n'ai pas oublié nos rêves pour le futur. En revanche, je n'ai plus ni faim ni froid et j'ai des vêtements chauds et confortables. La nourriture est abondante et je bois du lait et mange beaucoup de fromage. (Qui l'aurait cru !)

Je pourrais t'écrire une lettre de deux cents pages si je n'avais tant de choses à terminer avant d'aller au lit.

Heavenly, ne te fais aucun souci pour moi, tout va bien. Nous nous verrons bientôt, j'en suis sûr.

Je t'aime.
Ton frère,
TOM. »

Je restai assise un certain temps, perdue dans mes pensées. Puis je cachai la lettre de Tom avec celles de Logan. Qui aurait pu intercepter ses lettres ? Il était douteux que ce fût Kitty, elle partait avant moi et rentrait après. Je prenais moi-même le courrier dans la boîte chaque jour. J'inspectai ma chambre. Kitty y entrait sans se gêner et fouillait partout. On ne pouvait pas vraiment dire que ce fût une chambre. Les placards étaient pleins de ses affaires et fermés à clé. Son tour de potier prenait tout un coin et les étagères étaient encombrées de bibelots et d'animaux. J'y aurais volontiers mis mes livres. Mais, dans la vie de Kitty comme dans sa maison, il n'y avait pas de place pour les livres. Je m'assis à mon bureau et commençai à écrire à Tom. Je lui mentis, comme je l'avais fait à Logan. Je lui décrivis Kitty sous les traits d'une mère douce et aimante... En ce qui concernait Cal, les choses étaient plus faciles ; il était pour moi le père idéal.

« Il est merveilleux, Tom. Chaque fois que je le regarde, je pense qu'il est tout ce que Pa aurait dû être. Cela me fait tellement de bien de savoir que j'ai enfin un père. Je l'aime et il m'aime. Alors, ne t'en fais plus pour moi. N'oublie pas que, plus tard, tu seras Président et non pas fermier... »

Tom allait bien, *notre* Jane et Keith étaient heureux, Fanny s'amusait et Logan m'aimait toujours. Tout était pour le mieux dans le meilleur des mondes.

Je n'avais pas à me plaindre.

De quoi me serais-je plainte ?

4

Une idole

Je m'éveillai au petit jour. Il était environ six heures du matin. Je pris une douche rapide dans la salle de bains du rez-de-chaussée et m'habillai. Puis j'allai préparer le petit déjeuner. J'étais impatiente de retourner en classe et de retrouver mes amis que je n'avais pas vus de l'été. J'avais un nouvel ensemble qui m'allait parfaitement. Cal me l'avait acheté en cachette de Kitty et l'avait payé très cher. J'en étais fière. Les garçons me regardaient avec beaucoup plus d'intérêt, maintenant que je ne flottais plus dans mes vêtements. Etre jeune et jolie me faisait, pour la première fois, mesurer mon pouvoir sur les hommes.

En classe, les héros qui avaient marqué l'histoire m'inspiraient et je me perdais en spéculations pour essayer de savoir si les historiens qui les faisaient revivre passaient volontairement sur leurs faiblesses et leurs erreurs pour nous inciter à les imiter. Et moi, laisserais-je un souvenir sur cette terre ? Et pourquoi pas Tom ? J'avais besoin de me prouver que j'étais bonne à quelque chose. Mlle Deale nous avait toujours décrit ces personnages sous un jour humain, donc faillibles, et cela nous permettait d'espérer que nous pourrions un jour leur ressembler.

Je me fis de nouveaux amis. Ils ne comprirent pas plus que les précédents la raison pour laquelle je ne les invitais pas chez moi.

— Et comment est ta mère ? Et ton père ? Lui, il est formidable ! Et puis, ce qu'il peut être beau...

— Oui, il est merveilleux, dis-je.

On me regardait avec curiosité. Les professeurs me traitaient comme si j'avais été une enfant demeurée dont il fallait prendre soin. C'était ce que Kitty avait dû leur dire. Je travaillai très dur pour leur prouver le contraire et je gagnai leur estime. Je tapais bien à la machine. Je passais des heures entières à m'exercer quand Kitty n'était pas là. Le cliquetis de la machine lui donnait la migraine. Tout, d'ailleurs, lui donnait mal à la tête...

Cal m'avait assuré une garde-robe fournie. J'avais des robes, des jupes, des chemisiers, des chaussures et des maillots de bain que Cal et moi avions choisis ensemble à Atlanta. Tout était entreposé dans un des placards du sous-sol. Il y rangeait ses outils. Kitty ne s'intéressait pas à son équipement et les appareils électriques lui faisaient peur. Mes vêtements trop grands, ceux achetés par Kitty, étaient pendus dans un placard à balais avec l'aspirateur, les seaux et les serpillières. Il y avait bien une armoire dans ma chambre, mais elle restait fermée à clé.

J'étais maintenant assez élégante, mais je devais toujours refuser les invitations. Il fallait courir en sortant de classe pour entretenir cette maison qui demandait tant de soins. Cela me pesait chaque jour davantage. J'en avais assez d'arroser des douzaines de plantes que personne ne venait jamais voir, de frotter les tables en forme d'éléphant. Si les meubles n'avaient pas été surchargés d'animaux et de bibelots, mon travail aurait été plus aisé. Il fallait les soulever un à un pour les nettoyer, puis les reposer sans rayer le meuble sur lequel ils se trouvaient. Il me fallait ranger le linge de Kitty, suspendre ses vêtements, plier, empiler d'une certaine façon, dans le placard à linge, les serviettes de toilette et les draps. Il me fallait enfin garder à la maison l'aspect d'un musée.

Heureusement qu'il me restait les samedis après-midi. Ils me faisaient un peu oublier les brutalités et les mots cruels de Kitty. Le cinéma, les bons restaurants, les promenades dans les parcs en compagnie de Cal me donnaient un peu de courage pour recommencer une semaine de labeur incessant.

J'aimais les expéditions dans les parcs de la ville. Nous donnions des cacahuètes aux éléphants, nous lancions du pop-corn aux canards et aux cygnes. Cal aimait m'entendre parler aux animaux. Il disait que j'avais un don.

— Quel est ton secret ? Ils ne viennent pas vers moi, c'est toujours à toi qu'ils en veulent.

— Je ne sais pas.

Cela me faisait rire. Tom me demandait toujours la même chose.

— Je les aime, ils doivent le sentir.

Je lui racontai alors nos jours sombres, ceux où nous volions notre nourriture et le soir où les chiens d'un certain fermier, insensibles à mon charisme, m'avaient obligée à me réfugier sur un arbre.

L'automne arriva avec ses petits vents froids qui soufflaient les feuilles et je me pris à penser à Grandpa et à nos collines. Logan m'avait donné l'adresse de l'hospice dans lequel Pa l'avait placé et je lui écrivis. Il ne savait pas lire, mais on pourrait le faire pour lui. Je me demandais si Fanny et Pa lui rendaient visite. Une partie de moi-même était restée dans les collines.

Avec l'aide de Cal, je plantai des tulipes, des jonquilles, des iris et des crocus. Kitty était assise à l'ombre et supervisait l'opération.

— Fais attention ! Ne vas pas gâcher mes six cents dollars d'oignons de tulipes de Hollande, souillon des collines !

— Kitty, si je t'entends l'appeler comme cela une fois encore, je te lance à la figure tous les vers de terre que je trouverai.

Il n'en fallut pas plus pour la faire disparaître et s'enfermer à l'intérieur de la maison. Nous éclatâmes de rire. Il me toucha la joue avec douceur.

— Et toi, n'as-tu pas peur de toutes ces bestioles ? Parles-tu aussi leur langage ?

— Non. Je les déteste autant que Kitty, mais je n'en ai pas peur.

— J'ai ta promesse que tu m'appelleras à mon travail si quelque chose ne va pas ici ? Ne la laisse pas te maltraiter. Je l'ai, cette promesse ?

Je promis. Il me tint un instant contre lui et j'entendis son cœur battre. Alors je vis Kitty qui nous regardait par la fenêtre. Je m'écartai et fis semblant de m'être blessé la main.

— Elle nous observe, Cal.

— Cela m'est bien égal.

— Pas moi. Si je t'appelle à ton magasin, il te faudra un certain temps pour arriver ici et tu peux me trouver à moitié morte.

Cette éventualité le fit réfléchir ; il me regarda longuement, comme s'il venait de réaliser que je pouvais être en danger, seule avec Kitty. Il resta silencieux jusqu'à ce que les outils fussent rangés. Nous rentrâmes pour trouver Kitty endormie dans un fauteuil.

La nuit, je n'avais plus à m'efforcer de ne rien entendre. Cal n'était plus très passionné avec elle, il l'embrassait sur la joue avec indifférence et avait abandonné tout espoir de lui faire entendre raison quand elle piquait une de ses crises. Je sentais sa colère intérieure grandir en même temps que la mienne.

Le jour du *Thanksgiving*, je fis rôtir seule ma première dinde. Kitty invita « ses filles » à admirer ses talents de cuisinière.

— J'ai si peu de temps à moi... Heaven m'a donné un petit coup de main, mais vous savez ce que sont les filles de son âge... Paresseuses et elles ne s'intéressent qu'aux garçons.

Puis ce fut Noël. Les cadeaux de Kitty furent petits et mesquins, ceux de Cal grandioses, mais secrets. Ils se rendirent à une fête et c'est à dater de ce jour que je découvris que Kitty buvait. Plusieurs fois, Cal dut la transporter dans la chambre, la déshabiller et la mettre au lit.

C'était assez gênant de dévêtir une femme inconsciente avec l'aide de son mari. Une grande complicité m'unissait à Cal. Nos yeux se rencontraient et nous nous comprenions. Quand je me glissais dans mon lit, le soir, je sentais sa présence protectrice et rassurante et je dormais en paix.

Un samedi de février, nous fêtâmes ensemble mon seizième anniversaire. Cela faisait un an et un mois que je vivais ici. Je savais maintenant que Cal était pour moi ni tout à fait un père, ni tout à fait un oncle. Il n'était rien de ce que j'avais jamais connu. Il avait besoin, comme moi, d'une famille; comme moi, il voulait être aimé, cela nous avait rapprochés. Il ne me grondait pas, ne me critiquait pas, ne me parlait jamais durement comme le faisait Kitty.

Nous étions amis. Je l'aimais. Il me donnait ce qu'on ne m'avait jamais donné. Il avait besoin de moi et il me comprenait. Pour lui, je me serais laissé couper en morceaux.

Pour mon anniversaire, il m'acheta des bas en nylon et des chaussures à talons. Je m'entraînais à marcher avec quand Kitty n'était pas à la maison. C'était comme si j'apprenais une nouvelle fois à marcher avec des jambes plus longues. Avec mes talons hauts et mes bas, je devenais très consciente de mes jambes et les croisais haut, afin que l'on pût les admirer. Cela amusait Cal. Je cachais ces lingeries au sous-sol avec le reste. Kitty n'y allait jamais.

Et puis vint le printemps. Le résultat de nos efforts fut que nous eûmes le jardin le plus réussi de tout Candlewick. Kitty ne pouvait en profiter à cause des abeilles qui butinaient les fleurs, des fourmis qui patrouillaient çà et là et des toiles d'araignée qui se prenaient dans ses cheveux.

Elle avait peur des coins d'ombre qui pouvaient receler des araignées ou des cafards. Les fourmis la mettaient dans un état proche de la panique et, si elle en voyait dans la cuisine, elle était sur le point d'avoir une crise de nerfs. Une mouche se posait sur son bras et elle hurlait, un moustique dans sa chambre ressemblait à un drame.

Elle avait peur de tout, du noir, des vers, de la poussière, des microbes, des maladies et des hommes.

Quand les exigences de Kitty devenaient insupportables, je m'enfermais dans ma chambre et me plongeais dans un livre rapporté de la bibliothèque de l'école. Je me perdais dans le monde de *Jane Eyre* ou dans celui des *Hauts de Hurlevent*. Je lus ces deux romans plusieurs fois avant de trouver une biographie des sœurs Brontë.

Petit à petit, je repoussais le zoo de céramique de Kitty pour installer mes livres. J'avais rapporté ma poupée du sous-sol. Elle reposait dans le dernier tiroir de la commode. Je pouvais ainsi la contempler à loisir pour me donner le courage d'attendre l'heure où je retrouverais la famille de ma mère.

De temps à autre, je revêtais quelques-uns de ses vêtements. Mais ils étaient vieux et fragiles et je décidai qu'il valait mieux les laisser à l'abri de la valise jusqu'au jour où j'irais à Boston.

Tom m'écrivait de longues lettres. Celles de Logan ne me racontaient presque rien. Le courrier que j'envoyais à Fanny restait toujours sans réponse, mais je persévérais. Le monde dans lequel je vivais était si rétréci que j'avais du mal à communiquer avec les autres... excepté avec Cal.

Ma vie devenait plus facile. L'entretien de la maison, avec tous les détails compliqués qui me terrifiaient auparavant, m'était devenu moins lourd. J'étais très à l'aise avec les robots et autres appareils ménagers. C'était comme si j'étais née avec un mixer dans une main et un aspirateur dans l'autre. L'électricité faisait maintenant partie de ma vie.

Cal était tout pour moi : un père, un ami, un sauveur, un confident, un tuteur et un chevalier servant, puisqu'il m'invitait au restaurant et au cinéma. Les jeunes gens de l'école ne me demandaient plus de sortir avec eux ; je n'étais jamais libre.

Cal m'avait dit un jour :

— Que ferai-je si tu sors sans moi ? Kitty déteste le cinéma et elle n'aime pas aller au restaurant. Ne m'abandonne pas pour des gamins qui ne t'apprécieront pas à ta juste valeur. Laisse-moi te sortir. Tu n'as pas besoin d'eux, que je sache ?

J'essayais de me convaincre que Logan m'était fidèle, mais j'avais quelquefois des doutes. Je ne regardais plus aucun garçon, les encourager m'aurait fait risquer de perdre le seul ami que j'avais et de qui je dépendais.

Pour faire plaisir à Cal, je faisais ce qu'il voulait, allais où il voulait et m'habillais comme il aimait. Mon ressentiment envers Kitty s'en accrut. C'était sa faute à elle si Cal était seul et s'il se tournait vers moi. Quand il me regardait, il avait quelquefois une expression ardente, comme s'il m'avait trop aimée. Ce regard me donnait une étrange sensation de culpabilité.

A l'école, mes camarades commencèrent à se poser des questions. Savaient-elles que je sortais avec Cal ?

— Toi, tu as un petit ami, dit Florence. Allez, parle-moi de lui !

— Non, il n'y a personne et rien à raconter.

Je rougis.

— Tu vois bien que si !

De retour à la maison, je retrouvai les éternelles corvées. Quelque chose m'obsédait ; pourquoi avais-je rougi ?

Kitty allait sur ses trente-sept ans. C'était pour elle une date redoutée. Elle compulsait fébrilement les calendriers comme si cela avait pu en reculer l'échéance. Elle devint dépressive. Quand elle était dans cet état, Cal et moi devions nous occuper de ses états d'âme, sous peine d'être accusés d'insensibilité et de cruauté mentale. Cal était malade de frustration. Elle le provoquait continuellement, puis l'envoyait promener. Il descendait au sous-sol passer ses nerfs sur ses outils plutôt que sur elle.

Je suivis Kitty dans la salle de bains. J'espérais que nous pourrions parler de femme à femme, mais elle s'étudiait dans la glace.

— Je ne peux pas supporter de vieillir.

Elle approcha de son visage un miroir grossissant qui, évidemment, mettait en évidence des rides très fines, presque imperceptibles autrement.

— Mais non, tu n'as pas de pattes-d'oie, dis-je.

Depuis quelque temps, elle devenait plus humaine. Quelquefois, je me risquais à l'appeler Kitty et non pas mère, elle ne me reprenait plus. Cela me rendait toutefois un peu méfiante qu'elle ne réclamât plus ces marques de déférence, alors qu'autrefois, cela aurait tenu du crime de lèse-majesté.

— Il faut que j'aille chez moi bientôt. Ce que je fais est injuste pour Cal.

Elle ouvrit la bouche en grimaçant et inspecta ses dents une à une. Puis elle passa à ses cheveux, au cas où quelques-uns d'entre eux auraient commencé à grisonner.

— Je dois retourner à Winnerrow, qu'on puisse me voir avant que je ne décline. La jeunesse et la beauté passent vite. Quand j'avais ton âge, je ne pensais jamais à la vieillesse. Je ne m'imaginais même pas que je pouvais vieillir. Je n'avais pas peur des rides, je ne savais pas ce que c'était. Aujourd'hui, elles m'obsèdent.

J'avais pitié d'elle.

— Tu te regardes de trop près. Tu parais dix ans de moins que ton âge.

Elle dit avec amertume :

— Oui, mais je ne parais pas plus jeune que Cal. A côté de moi, il a l'air d'un gamin.

C'était vrai, Cal avait l'air très jeune.

Un peu plus tard, pendant que nous dînions dans la cuisine, ses angoisses la reprirent.

— Quand j'étais jeune, j'étais la plus belle fille de la ville. N'est-ce pas, Cal ?

Il était en train de faire un sort à l'*apple pie* qui était son dessert favori.

— Oui... tu étais la plus belle fille de la ville.

Je retins un fou rire ; il ne la connaissait pas à l'époque dont elle parlait.

— Même l'arc de mes sourcils n'est plus aussi régulier qu'avant...

— Mais non, Kitty, tu es belle et tu le sais bien.

Il était vrai que bien habillée et bien maquillée, elle était toujours superbe. Je trouvais dommage que l'intérieur ne correspondît pas à l'extérieur.

Je vivais maintenant avec Kitty et Cal depuis deux ans et deux mois.

— En juin, quand la classe sera terminée, nous partirons pour Winnerrow, dit Kitty.

J'allais revoir Grandpa et Fanny ! J'étais intriguée à la perspective de connaître les parents de Kitty ; ils avaient été très durs avec elle et elle les détestait. D'après Cal, ils étaient responsables de ce qu'elle était devenue. Il était curieux qu'elle voulût séjourner chez eux.

Un jour d'avril, Kitty rentra d'une expédition à Atlanta ; elle avait fait des courses et, chose extraordinaire, m'avait acheté des vêtements. C'étaient trois robes d'été coûteuses qui venaient d'une boutique élégante. Cette fois-ci, elles m'allaient bien. Elle m'offrit aussi, plus tard, trois paires de chaussures et me laissa les choisir. Elles étaient assorties à mes robes : il y avait une paire bleue, une paire rose et une blanche.

— Je ne veux pas qu'ils pensent, là-bas, que je ne m'occupe pas de toi. Je m'y suis pris tôt, car, quand la saison est commencée, il n'y a plus de choix. C'est bien simple, ils proposent des vêtements d'été en hiver et des vêtements d'hiver en été. Alors, il ne faut pas traîner...

Son explication refroidit mon enthousiasme. Elle ne m'avait pas fait ces cadeaux pour me faire plaisir. C'était une façon de parader devant des parents qu'elle détestait et des compatriotes qu'elle méprisait.

Quelques jours plus tard, elle m'emmena pour la seconde fois dans son salon de beauté et me présenta à ses nouvelles employées comme étant sa *vraie* petite fille. Elle était visiblement très fière de moi. La boutique avait changé, elle était encore plus sophistiquée. L'éclairage était encastré, excepté deux énormes lustres de cristal qui scintillaient. Elle avait engagé des esthéticiennes venues d'Europe qui étaient au courant des techniques les plus modernes en ce qui concernait les soins du visage.

Elle me fit asseoir dans un fauteuil de cuir rose qui pouvait pivoter, monter et descendre à volonté et dont le dossier basculait. On me mit un tablier de plastique sur les épaules. On me fit un shampooing et on me coupa les cheveux. Kitty arriva pour vérifier le travail, elle déclara que j'étais affreuse et décida de s'occuper de moi. J'étais terrifiée. J'étais tendue et prête à sauter du fauteuil avant qu'elle ne les raccourcît trop. Ses huit *filles* m'entouraient pour admirer son coup de ciseaux. Elle sépara mes cheveux avec soin et commença à couper. Quand elle eut terminé, elle se recula pour juger de l'effet.

— Je vous avais dit que ma fille était une beauté. Toi, Barbara, tu l'as vue quand elle est arrivée, n'est-elle pas mieux ainsi ? Il faut aider la nature. On ne peut pas dire qu'elle est maltraitée ou mal nourrie. Je sais bien que je ne devrais pas lui faire tant de compliments, mais je ne peux m'en empêcher, elle est tellement jolie et c'est mon enfant à moi.

La plus âgée des filles, une femme d'une quarantaine d'années, lui dit :

— Kitty, je ne savais pas que vous aviez un enfant.

Kitty lui répondit avec un accent de profonde sincérité :

— Je ne tenais pas à ce qu'on sache que je m'étais

mariée si jeune. Ce n'est pas la fille de Cal, mais je trouve qu'elle lui ressemble.

Moi, je n'étais pas de cet avis. Je pouvais voir sur le visage de ses employées qu'elles ne croyaient pas un mot de ce conte. Kitty insistait, en donnant des détails qui contredisaient ce qu'elle avait raconté auparavant. J'étais atterrée. Je fus obligée d'en parler à Cal. Il grimaça.

— Elle commence à dérailler, dit-il. Elle vit en plein fantasme. Elle se persuade que tu es l'enfant qu'elle a perdu. De toute façon, tu serais un peu plus âgée. Fais très attention avec elle, à présent, ne dis rien qui puisse... elle est imprévisible.

« Comme une bombe à retardement », pensai-je. J'attendais l'étincelle.

Kitty avait nettement amélioré mon aspect physique et je lui en étais reconnaissante d'une façon enfantine. La moindre des attentions qu'elle avait pour moi prenait des proportions énormes et effaçait un peu de la rancœur que j'avais accumulée contre elle.

Je m'éveillai un matin avec une idée que je crus brillante. J'allais faire quelque chose pour Kitty. Je voulais peut-être me cacher le ressentiment grandissant que j'éprouvais à son égard. Elle était moins insupportable qu'avant mais, je ne savais pourquoi, elle me faisait encore plus peur. Il y avait quelque chose dans ses yeux trop pâles qui ne me disait rien de bon. Je voulais lui offrir une fête et je m'en ouvris à Cal.

Il fit une liste des invités, y compris les filles de son salon, leurs maris et ses étudiants en céramique. Il me donna cent dollars pour acheter un cadeau que je choisirais moi-même : ce fut un sac en cuir rose fuchsia pour lequel je dépensai soixante-quinze dollars. Avec le reste, j'achetai des fleurs et de quoi décorer la maison.

— Cela va te donner beaucoup de travail, dit Cal. Ce n'est pas possible de lui en faire la surprise, elle n'aime pas les surprises. Il faut la prévenir. Imagine qu'elle rentre ce soir-là mal coiffée ou sans avoir retouché son maquillage, elle ne nous le pardonnerait jamais. Il faut qu'elle puisse mettre sa robe la plus élégante, qu'elle ait une coiffure et un maquillage parfaits et que la maison soit bien nette. Alors, elle condescendra peut-être à s'amuser.

L'après-midi du jour J, Cal m'appela de son magasin.

— Heaven, ne te donne pas la peine de faire un gâteau, je l'achèterai chez le pâtissier.

— Oh non, Cal ! Elle se moque de mes talents de cuisinière et parle toujours des gâteaux que sa mère lui faisait ; alors, j'en ai fait un. Tu ne pourras en croire tes yeux quand tu le verras. Sur le dessus, il y a des guirlandes de roses et des petites feuilles vert tendre. Cal, c'est le plus joli gâteau que j'aie jamais vu et aussi le premier de ce genre que je vais pouvoir manger !

Cal rit et raccrocha.

Jamais je n'avais été à une fête et jamais nous n'avions eu de gâteaux d'anniversaire dans les collines. Nos anniversaires, nous les passions souvent devant les vitrines des pâtisseries à choisir un gâteau que nous ne mangerions jamais. C'est pourquoi celui-là me comblait de ravissement.

La fête était prévue à huit heures du soir. Cal et Kitty devaient dîner rapidement en ville avant de rentrer s'habiller.

Je montai à ma chambre et sortis de sa cachette la poupée de ma mère. Je l'assis sur le lit pour qu'elle puisse assister à mon habillage et voir la robe de crêpe bleu que Cal m'avait offerte pour mes dix-sept ans. C'était comme si ma mère avait été là. Je lui parlai tout en arrangeant mes cheveux dans un style plus élaboré que d'habitude. J'avais enfilé des bas et mis mes chaussures à talons hauts.

A six heures, j'étais déjà prête. J'étais excitée comme une petite fille et n'avais pas pu attendre plus longtemps pour me préparer. Je passai une dernière fois la maison en revue. J'avais accroché des guirlandes de papier au lustre de la salle à manger et Cal avait lâché des ballons dans le salon. La maison était très gaie. J'errai sans savoir quoi faire et me sentis fatiguée. Je montai dans ma chambre et regardai par la fenêtre. Des nuages noirs assombrissaient cette fin d'après-midi, le jour baissait. Bientôt, une petite pluie se mit à tomber. J'eus envie de dormir et m'allongeai sur mon lit en prenant soin d'étaler ma robe. Je pris ma poupée dans mes bras et je m'endormis.

Je rêvai de ma mère. Nous courions ensemble dans les collines. Nos cheveux flottaient au vent. Les siens étaient pâles et les miens sombres. Et puis nous changions de chevelure ; j'avais ses cheveux blonds et elle les miens. Nous ne savions plus laquelle de nous était l'autre. Nous étions heureuses.

Je m'éveillai en sursaut. Tous les animaux de Kitty semblaient me fixer : la grenouille verte avec ses yeux globuleux, le poisson rouge de son regard vide, l'éléphant d'un air menaçant.

Un violent coup de tonnerre ébranla les vitres de ma fenêtre, le zigzag d'un éclair éclaira la chambre. Je serrai ma poupée contre moi.

L'orage venait d'éclater. Ce n'était plus une petite pluie d'été qui tombait, mais des trombes d'eau. Je m'assis et regardai par la fenêtre. La rue était inondée et on distinguait à peine les maisons d'en face. J'oubliai ma robe de crêpe et me pelotonnai sur le lit, la poupée dans les bras. Je dus me rendormir.

Je rêvai... Cette fois-ci, j'étais avec Logan dans une forêt de conte de fées. Nous étions plus âgés. Quelque chose allait arriver qui faisait battre mon cœur...

Soudain, une silhouette colorée se superposa à celle de Logan : c'était Kitty ! Elle était habillée de rose fuchsia. Je me frottai les yeux.

— Et regardez ce que la souillon des collines a inventé, elle s'est mise au lit habillée.

On aurait dit la déesse de la vengeance en personne.

— Tu m'entends, espèce d'idiote ?

Je bondis. Comment pouvait-elle me traiter de cette façon alors que j'avais travaillé toute la journée pour elle ? J'en avais assez de sa cruauté, j'étais fatiguée de son hystérie. Cette fois-ci, je ne me laisserais pas faire. Elle me regardait avec mépris et une expression qui me rappela celle qu'elle avait quand elle me frappait sans raison. Je me mis en colère.

— Je t'ai entendue, grande gueule, dis-je.

— QUE VIENS-TU DE DIRE ?

Je répétai un peu plus fort :

— JE T'AI ENTENDUE, GRANDE GUEULE ! Kitty la forte en gueule, Kitty l'emmerdeuse qui, chaque soir, envoie paître son mari afin que je l'entende. Tu deviens trop vieille ou quoi ?

Elle n'entendit pas la fin, elle regardait ce que j'avais dans les bras.

— Qu'est-ce que c'est que ça ?

Elle m'arracha la poupée, alluma les lumières de la chambre et la regarda. Elle se mit à hurler :

— Mais c'est elle ! C'est l'*ange* de Luke !

Je m'élançai sur elle pour lui arracher le jouet des mains, mais j'avais oublié mes talons hauts et je trébuchai. Elle la jeta contre le mur. Je la ramassai : elle n'était pas cassée, elle avait juste perdu son voile.

— Donne-moi ça !

J'étais debout devant elle. Elle remarqua soudain ma robe, mes bas, mes sandales.

— Où as-tu trouvé ces vêtements ?

Je mentis avec aplomb.

— Je fais des gâteaux, je les décore et je les vends aux voisins et à leurs amis.

— Ne mens pas, s'il te plaît, et donne-moi cette poupée.

Qu'elle eût osé la jeter contre le mur me mettait dans une rage folle. C'était ce que j'avais de plus précieux au monde.

— Non, je ne te la donnerai pas.

Elle me regarda, incrédule. Elle ne s'attendait pas à me voir lui tenir tête.

— Ne me réponds pas sur ce ton, souillon des collines, et n'espère pas t'en tirer ainsi !

— Je t'ai dit non et c'est non. Tu peux te jeter sur moi, je n'ai pas peur de toi. Je suis plus âgée, plus grande et plus forte qu'avant et plus décidée également. Je suis bien nourrie, je dois t'en remercier, alors ne t'avise pas de toucher ma poupée, je te préviens !

— Et que ferais-tu ?

Elle me défiait. Il y avait une telle expression de cruauté dans ses yeux que j'en fus épouvantée. Les gentillesses qu'elle me prodiguait de temps à autre n'étaient que comédie. En réalité, elle me haïssait.

— Qu'est-ce qu'il te prend, souillon des collines, tu ne m'as pas entendue ?

— Si, très bien.

— Qu'est-ce que tu dis ?

— JE DIS QUE JE T'AI TRÈS BIEN ENTENDUE.

— COMMENT ?

Je redressai la tête ; je n'étais plus ni humble, ni démunie. Je lui lançai alors à la figure :

— Tu n'es pas ma mère, Kitty SETTERTON DENNISON, et je ne vois pas pourquoi je t'appellerais ainsi. Kitty est bien suffisant. Je me suis efforcée de t'aimer. J'ai même essayé d'oublier tout le mal que tu m'as fait. Maintenant, c'est fini. Je sais que tu n'es pas humaine. J'ai été assez stupide pour vouloir te faire plaisir. J'ai travaillé dur pour organiser cette fête. Cela aurait été l'occasion de faire admirer tes cristaux et tes porcelaines. Mais je vois dans tes yeux qu'un orage se prépare et je n'y suis pour rien. Tu es incapable d'être une mère et tu en seras toujours incapable. Dieu sait très bien, Kitty Dennison, pourquoi il ne t'a pas permis d'avoir des enfants...

Elle était pâle comme une morte et parlait d'une façon saccadée.

— Je rentre m'habiller pour la fête et qu'est-ce que je trouve, une petite garce, menteuse et hypocrite, sans la moindre gratitude pour ce que j'ai fait pour elle.

— Je reconnais volontiers certaines choses, c'est pour cela que je voulais t'offrir cette fête, mais je rejette tout le reste. Je n'en veux plus. Tu n'as aucun égard pour les autres, tu ne cherches qu'à détruire. Tu m'as fait assez de mal pour que je m'en souvienne ma vie durant, Kitty Dennison. Je ne t'ai rien fait pour que tu me maltraites ainsi. RIEN.

Elle était livide et se mit à hurler.

— Ne parle pas comme ça dans ma maison. Tu as transgressé les règles du jeu, tu m'as désobéi. Tu t'imagines que tu vaux mieux que moi parce que tu as de bonnes notes en classe, hein ! Et pendant ce temps, je dépense mon argent à te nourrir et à t'habiller. Je me demande bien pourquoi ! Et que vas-tu faire après ? Tu n'as aucun talent spécial, que je sache ! Tu peux à peine faire la cuisine, tu ne sais pas tenir une maison et tu t'imagines que tu vas réussir mieux que moi parce que tu as été à l'école plus longtemps. Cal t'a raconté ça, hein ?

— Cal ne m'a rien dit du tout. Et je suis sûre que si tu n'as pas fini l'école, c'était parce que tu étais bien trop pressée d'aller coucher avec les garçons et bien trop contente de ficher le camp avec le premier sur lequel tu as pu mettre la main, comme toutes les souillons des collines. Tu as peut-être grandi à Winnerrow, mais tu es exactement comme elles.

C'était sa faute si Cal ne me regardait plus tout à fait comme un père. Parce qu'elle était odieuse, invivable et sans cœur, elle l'avait poussé à chercher de l'affection ailleurs. Elle m'avait volé le seul genre d'homme que je désirais vraiment : un père.

— C'est lui qui t'a raconté ça, hein ? C'est lui ! Tu parles de moi avec mon mari, tu lui débites des mensonges à mon sujet, tu l'éloignes de moi. Je vois bien qu'il ne m'aime plus comme avant !

— Nous ne parlons jamais de toi. Ce serait trop ennuyeux. Nous faisons comme si tu n'existais pas...

J'étais décidée à lui rendre coup pour coup. Je n'avais pu oublier un seul de ses sarcasmes ni aucune de ses violences. Je savais que j'étais en train de verser de l'huile sur le feu et que tout allait exploser d'un moment à l'autre.

— Je ne t'appellerai plus jamais mère, tu ne l'as jamais été et tu ne le seras jamais. Tu es Kitty la coiffeuse, Kitty le faux professeur de céramique.

Je pointai une de mes sandales argentées vers les placards et me mis à rire comme si je m'amusais énormément.

— Derrière ces portes fermées à clé, il y a des moules, Kitty, des centaines de moules. Ils sont dans des boîtes et sur ces boîtes il y a encore les étiquettes de l'endroit où tu les as achetés. Tu n'as jamais rien imaginé, jamais rien créé, tu te sers de ces moules pour faire tes animaux et tu vas raconter partout que chaque modèle est ton œuvre et qu'il est unique. C'est de la fraude, Kitty.

Elle devint étrangement calme. Cela aurait dû me mettre en garde, mais j'avais gardé en moi la rage et la frustration de deux années entières, et il fallait m'en délivrer.

— C'est Cal qui t'a révélé ça ? Il m'a trahie...

Je tirai un des tiroirs de mon bureau et j'en sortis une petite clé de cuivre.

— Non, ce n'est pas Cal. J'ai trouvé cette clé dans cette pièce, un jour, en faisant le ménage. J'ai voulu savoir quelle serrure elle ouvrait. Voilà !

Elle sourit avec une étrange douceur.

— Et que sais-tu de l'art de la céramique ? Je fabrique mes moules et je les revends ensuite. S'ils sont enfermés à clé, c'est pour préserver mes idées.

Pour ce que j'avais à faire de ses idées... Le ciel pouvait me tomber sur la tête, un raz-de-marée entraîner Candlewick au fond des océans... Je m'en fichais complètement. Le temps était à l'orage et je songeais à m'en aller. Je pourrais faire de l'auto-stop, j'arriverais bien un jour à Winnerrow. Une fois là-bas, j'arracherais Fanny au révérend Wise, j'irais chercher Tom et nous retrouverions la trace de Keith et de *notre* Jane... Je venais d'avoir une idée pour assurer notre subsistance...

Pour prouver à Kitty ma détermination, je jetai ma poupée sur le lit et me laissai tomber à côté. Je n'y restai pas plus de deux secondes. Deux mains puissantes me saisirent aux aisselles et me firent tomber.

Je hurlai en me débattant. J'essayai de lui griffer le visage et de lui labourer les bras de mes ongles pour me libérer. Notre lutte ressemblait au choc du pot de terre contre le pot de fer. Elle me tira jusqu'en bas de l'escalier, puis de là dans la salle à manger. Elle me mit debout et me plaqua contre le lourd plateau de verre de la table.

— Fais attention, dis-je, tu vas laisser des traces de doigts sur la table. J'en ai assez de faire briller ce verre. J'en ai plus qu'assez de te préparer tes repas. J'en ai par-dessus la tête du nettoyage et de ta maison stupide où on ne voit que des animaux ridicules aux couleurs criardes !

— Ferme-la !

— Je n'ai pas du tout envie de la fermer et vais même m'en donner à cœur joie. JE TE HAIS, KITTY DENNISON ! J'aurais pu t'aimer si tu m'en avais donné la chance ; à présent, je te hais pour tout le mal que tu m'as fait. Tu détruis tout autour de toi. A ton mari non plus, tu n'as pas donné l'ombre d'une chance. Même si l'on t'aime, on est forcé de t'abandonner, parce que ce que tu fais aux autres est tellement laid qu'on se trouve obligé malgré soi de réaliser que tu es FOLLE, complètement CINGLÉE.

— Tais-toi ! Ne bouge pas de la table ! Assieds-toi et tâche d'être là quand je reviendrai.

Elle était trop calme. J'aurais pu m'enfuir, claquer la porte et dire au revoir à jamais à Candlewick. J'aurais gagné la voie express qui allait à Atlanta et arrêté une voiture. Malheureusement, il y avait en première page du journal du matin d'horribles photographies : deux jeunes filles avaient été retrouvées le long de l'autoroute, violées, assassinées.

J'hésitais et commençais à regretter ce que j'avais dit. Mais il était trop tard. Je voulais lui montrer que je ne la craignais pas. Que pouvait-elle faire de plus pour me nuire ?

Kitty revint.

Elle n'avait ni fouet, ni bâton, ni bouteille à me jeter à la figure. Elle avait juste une boîte d'allumettes.

— Nous allons retourner à Winnerrow, dit-elle. Tu verras ta sœur Fanny et ton Grandpa, moi, ma sœur Maisie et mon frère Danny. Si je reviens dans ma famille, c'est pour renouveler le vœu que je me suis fait il y a longtemps : ne jamais leur ressembler. Je vais te montrer à tout le monde. Je ne veux surtout pas qu'on pense que je te néglige. Tu as grandi et tu es beaucoup plus jolie que je ne l'aurais imaginé. Les garçons des collines vont te courir après, ça tu peux en être sûre. Je vais te donner une leçon, mais on ne verra rien. Je vais, en quelque sorte, supprimer la face cachée de toi-même, la pire. Et tu comprendras qu'on ne me désobéit pas impunément... Et si tu veux savoir où se trouve ta petite sœur Jane et ce qui est arrivé à un certain garçon appelé Keith, tu as intérêt à te conformer à mes ordres. Je sais où ils se trouvent... et chez qui...

— Tu sais où ils sont ?

— Evidemment. Il n'y a pas de secrets, à Winnerrow, et j'ai grandi là-bas... Je suis une des leurs, du moins c'est ce qu'ils pensent.

— Où sont-ils, Kitty, dis-le-moi ! Il faut que je les retrouve avant qu'ils ne nous oublient. Dis-le-moi, Kitty, s'il te plaît ! Je sais que je me suis mise en colère et que je t'ai dit des choses laides, mais toi aussi.

— S'il te plaît qui ?

Tout recommençait. Je ne voulais plus l'appeler ainsi.

— Tu n'es pas ma mère.

— S'il te plaît qui ?

— Ma vraie mère est morte, et ma belle-mère s'appelait Sarah.

— J'attends.

— Je suis désolée... mère.

— Et puis ?

— Dis-moi ce que tu sais de Keith et de *notre* Jane !

— J'attends toujours.

— Je te prie de m'excuser de t'avoir dit toutes ces vilaines choses... mère.

— Demander pardon n'est pas assez.

— Que veux-tu que je te dise ?

— Il n'y a rien d'autre à ajouter pour le moment. Tu m'as traitée de faussaire, tu m'as appelée souillon des collines. Je savais bien que tu te dresserais contre moi un jour ou l'autre, de préférence quand j'aurais le dos tourné.

— Est-ce que tu me diras où sont Keith et *notre* Jane ?

— Quand j'aurai fini, peut-être...

— Mère... Pourquoi grattes-tu une allumette ? Il y a de la lumière, nous n'avons pas besoin d'allumer les bougies tout de suite.

— Va chercher ta poupée !

J'étais désespérée.

— Mais pourquoi ?

— Ne pose pas de questions, fais ce que je te demande !

— Me diras-tu ce que tu sais au sujet de Keith et de *notre* Jane ?

Elle tenait une allumette très longue, de celles qu'on utilise pour allumer le feu dans les cheminées.

— Je te dirai tout. Avant que je ne me brûle les doigts, va chercher ta poupée.

J'y allai. Je tombai sur les genoux près de mon lit, j'étendis le bras et pris la poupée. J'embrassai le visage de ma mère, ce visage qui était aussi le mien. Je murmurai : « Pardon, maman. » Puis je courus à l'escalier ; je manquai deux marches et tombai lourdement. Je me retins de crier et me relevai le plus vite que je pus, malgré l'affreuse douleur que j'avais à la cheville.

Kitty était près de la cheminée, dans le salon. Elle pointa un doigt vers les chenets et me dit froidement :

— Pose-la dessus.

— S'il te plaît, ne la brûle pas, mère !

— Il est trop tard pour réparer le mal que tu as fait.

— Je te demande pardon, mère, je t'en prie, ne touche pas à ma poupée. Je n'ai pas de photographie de ma mère. C'est tout ce que j'ai d'elle.

— Menteuse !

— Mère... Elle ne t'a jamais rien fait, elle ne te connaissait pas. Elle est morte et toi, tu es vivante. Tu as épousé Cal qui vaut cent fois mieux que mon père. Il est ce que Pa ne pourra jamais être.

— Mets-la dans la cheminée.

Je me reculai, alors elle s'avança.

— Si tu veux vraiment savoir où se trouvent Keith et *notre* Jane, il faut me donner cette poupée toi-même. Si je devais te l'arracher, tu pourrais dire adieu à ton petit frère et à ta petite sœur.

La donner moi-même... Pour Keith et pour *notre* Jane...

Je lui tendis la poupée.

Je regardai Kitty mettre ma poupée dans le foyer et tombai à genoux, en larmes.

La fine dentelle, les perles, les voiles disparurent dans les flammes ; les cheveux d'argent prirent feu à leur tour, la peau parut fondre.

Je sanglotai.

— Maintenant, écoute-moi bien, souillon ! Qu'il ne te vienne pas l'idée de le dire à Cal. Quand les invités arriveront, tâche de sourire et de paraître gaie. Arrête de pleurer, ce n'était qu'une poupée, après tout.

Le petit tas de cendres dans la cheminée représentait ma mère. Comment pourrais-je prouver maintenant que j'étais bien sa fille ?

Sans réfléchir, je mis ma main dans la cheminée et ramassai une perle de cristal qui avait roulé loin du feu. Dans le creux de ma paume, elle brillait comme une larme. C'était une larme de ma mère.

— Je te hais, Kitty. Je te hais encore plus maintenant. Je te déteste tant que j'espère te voir toi aussi brûler dans les flammes.

Elle me frappa avec brutalité, me faisant tomber par terre. Alors elle me donna des coups de pied et des coups de poing, je perdis connaissance.

5

Mon sauveur, mon père

Quand la fête fut finie et que les amis de Kitty furent partis, Cal me trouva dans la pièce qui me servait de chambre, étendue la face contre le sol. Sa silhouette se détacha soudain dans l'encadrement de la porte, éclairée par la lumière du couloir. J'avais mal partout et ne bougeais pas. Ma robe était salie et déchirée. Même pour lui, je ne trouvai pas la force de me lever. Ma tête était douloureuse et je pleurais sur tout ce que j'avais perdu. Ma fierté, mes frères et mes sœurs, ma mère et sa poupée.

Cal entra dans la chambre et s'agenouilla près de moi.

— Qu'est-ce qu'il t'arrive, Heaven ? Où étais-tu ? Que s'est-il passé ?

Je pleurai de plus belle.

— Heaven chérie, tu dois me le dire ! J'ai essayé de m'éclipser de la soirée, mais Kitty ne me quittait pas d'une semelle et s'accrochait à mon bras. Elle m'a dit que tu ne te sentais pas bien parce que tu avais des crampes d'estomac. Mais pourquoi es-tu par terre ? Où étais-tu pendant la soirée ?

Il me tourna avec douceur et considéra avec effroi

mon visage enflé et livide, ma robe déchirée et mes bas troués. Il eut une expression de colère si soudaine et si violente que j'en fus effrayée.

— Mon Dieu, j'aurais dû m'en douter. Elle t'a encore frappée et je n'ai pas été là pour te protéger. Je commence à comprendre pourquoi elle était si possessive avec moi ce soir. Raconte-moi ce qui s'est passé.

Il me prit dans ses bras et se mit à me bercer.

— Va-t'en, laisse-moi seule, ça va aller, je ne suis pas vraiment blessée.

Je cherchais les mots justes pour le calmer, pour lui cacher mon désarroi devant une situation que, pour une fois, j'avais provoquée. Je me demandais si je n'étais pas, en effet, une souillon des collines. Mon propre père ne m'aimait pas. Alors, qui d'autre pourrait m'aimer ? Personne, sans doute. J'étais seule... Je ne serais jamais aimée comme j'aurais tant voulu l'être.

— Non, je ne m'en irai pas, Heaven !

Il me caressa les cheveux et ses lèvres se promenèrent sur mon visage déformé. Il pensait peut-être me consoler. Il n'y avait pas de lumière dans la chambre et il ne pouvait pas bien me voir. Ces baisers étaient sa façon à lui de soulager ma peine. Et cela m'apaisa un peu...

— Est-ce que tu as très mal ? Tu parais si belle dans mes bras, avec ce rayon de lune sur ton visage. Tu n'es plus tout à fait une enfant et pas encore une femme. Tu fais plus âgée que tu ne l'es, mais tu es en même temps si jeune, si vulnérable et si fraîche.

— Cal, tu l'aimes toujours ?

— Qui ?

— Kitty.

Il parut stupéfié.

— Kitty ? Je ne veux pas penser à elle, c'est toi qui m'intéresses. Je voudrais parler de nous deux.

— Où est Kitty ?

— Avec ses amies. Elles sont allées voir un strip-tease d'hommes et m'ont laissé seul.

Il avait parlé avec dégoût, puis reprit d'un ton sarcastique :

— Je préfère de beaucoup être avec toi que n'importe où ailleurs. Je ne peux plus supporter tous ces gens qui se goinfrent et boivent en lançant des plaisanteries idiotes. Je viens de réaliser que je me sens très seul quand tu n'es pas avec moi. Tu es arrivée dans ma vie tout d'un coup et, franchement, je ne voulais pas de toi. Je ne désirais pas jouer le rôle du père, même si Kitty avait des velléités pour celui de mère. A présent, j'ai peur qu'elle ne te fasse du mal. J'ai essayé le plus possible de te protéger et je n'ai rien empêché. Raconte-moi ce qui s'est passé.

J'aurais pu le lui dire et il l'aurait alors détestée. Mais j'avais peur ; pas seulement de Kitty, mais de lui aussi. C'était un homme et j'avais dix-sept ans. Ses sentiments pour moi m'effrayaient. Je restai dans ses bras, épuisée et sans réaction.

— Heaven, elle t'a frappée, n'est-ce pas ? Elle a dû voir cette robe neuve et a essayé de te l'arracher, hein !

Perdue dans mes pensées, je n'avais pas vu qu'il m'avait pris la main et l'avait posée sur son cœur. Je pouvais en sentir les battements. Je voulais lui dire que j'étais presque sa fille et qu'il ne devait pas m'aimer ainsi. Personne ne m'avait jamais regardée comme il le faisait. J'avais besoin de ce regard et j'en étais effrayée en même temps.

Il me rassurait et me faisait peur. Il me donnait un sentiment de culpabilité et une impression de sécurité. Je lui devais tant que je ne savais plus que faire.

Une petite flamme dansait dans ses yeux et, à ma surprise, il commença à promener ses lèvres sur mon cou. Il fallait l'arrêter, mais j'avais peur de le repousser. S'il devait ne plus m'aimer, je n'aurais plus personne pour me protéger. Alors, je ne dis rien.

Etendue là, je ne savais que faire et mes sentiments étaient si confus que je ne me reconnaissais plus... Cette tendresse était-elle défendue ? Ses lèvres caressaient les miennes avec une infinie douceur, comme s'il avait craint de m'effrayer. Je vis qu'il pleurait.

— J'aurais aimé que tu ne sois plus une enfant, une enfant très belle...

Ses larmes me bouleversèrent. Il était, lui aussi, seul et prisonnier de Kitty. Il n'aurait jamais le courage d'abandonner son magasin. Il était, comme moi, dans une impasse. J'aurais pu le repousser, mais il avait été si gentil avec moi que je n'en eus pas le courage.

Je lui soufflai « non » à l'oreille, ce qui ne l'arrêta pas. Je frissonnai... Cal pleurait dans mes bras. Je n'avais rien fait pour l'encourager. Je me sentais cependant honteuse.

J'aurais aimé raconter à Cal que Kitty avait brûlé la poupée de ma mère. Mais il aurait sans doute pensé que ce n'était qu'un chagrin d'enfant... Pourquoi lui parler des coups reçus alors que ce que j'endurais en ce moment était bien pire.

J'aurais surtout voulu le supplier de m'épargner, mais mon corps me trahissait. C'était si agréable d'être bercée, d'être caressée. Dans ses bras, je me sentais précieuse et désirée.

— Je t'aime, dit-il.

Je ne lui demandai pas de quelle manière il m'aimait ; comme sa fille ou bien autrement, je ne voulais plus savoir.

— Comme tu es douce !

Je fermai les yeux et m'efforçai de ne penser à rien. Maintenant, j'étais sûre qu'il ne me laisserait plus jamais seule avec Kitty et qu'il la forcerait à dire où se trouvaient Keith et *notre* Jane.

Soudain, je me mis à parler sans pouvoir m'arrêter. Il revint à lui et se rappela qui j'étais. Tout jaillit pêle-mêle.

— Penses-tu qu'elle sache vraiment où se trouvent Keith et *notre* Jane ?

— Je ne sais pas...

Il me regarda. Je devais avoir l'air égaré.

— Pardonne-moi, je n'aurais pas dû agir ainsi. Pardonne-moi, Heaven, d'avoir oublié qui tu étais.

Il tira de la poche de sa chemise un minuscule paquet enveloppé dans un papier d'argent retenu par un ruban bleu. Il me le mit dans la main.

— C'est un petit cadeau pour te féliciter d'être une si bonne élève et te remercier de me rendre si fier de toi, Heaven Leigh Casteel.

Il ouvrit le paquet et souleva le couvercle d'un écrin de velours violet : je vis une superbe montre en or. Il prit un ton suppliant :

— Je sais que tu ne vis que pour le jour où tu pourras t'échapper d'ici et nous fuir, Kitty et moi... Aussi voilà une montre avec un calendrier : tu pourras compter les jours, les heures et même les minutes qui te séparent du moment où tu retrouveras ton frère et ta sœur. Je te promets que j'arriverai bien à faire parler Kitty. Mais, s'il te plaît, Heaven, ne t'éloigne pas de moi.

Je savais qu'il ne me mentait pas. J'acceptai son cadeau et lui tendis mon poignet pour qu'il y attachât la montre. Il me dit avec amertume :

— Naturellement, Kitty ne doit pas la voir !

Il me prit le visage dans ses mains et m'embrassa le front.

— Pardonne-moi, Heaven, de m'être laissé aller, mais j'avais un si grand besoin de toi. Tu es tellement douce, si fraîche et si compréhensive.

Je lui avais caché que je m'étais foulé la cheville. J'avais évité de marcher devant lui. Maintenant, la porte de ma chambre était fermée, je ne pouvais trouver le sommeil. Cal était trop près, dangereusement près. Il était de l'autre côté du mur, à quelques mètres de moi. Je sentais qu'il m'appelait, qu'il avait toujours besoin de moi et que ce besoin pourrait me faire oublier la plus élémentaire décence. Je me levai, passai une robe de chambre sur ma chemise de nuit et descendis l'escalier. Mon pied me faisait mal. Je m'étendis sur le canapé en attendant le retour de Kitty.

Toute la nuit, la pluie tambourina sur les vitres et martela le toit. Les éclairs et les grondements de tonnerre me tinrent à demi éveillée. J'avais l'intention de confondre Kitty. Nous verrions qui serait le vainqueur cette fois-ci. Je trouverais le moyen, d'une façon ou d'une autre, de lui faire dire où se trouvaient Keith et *notre* Jane. Je serrais dans ma main la minuscule perle de cristal que j'avais ramassée dans la cheminée. J'étais sur son divan, dans son salon, dans sa maison blanche, aseptisée, entourée de son zoo couleur d'arc-en-ciel et je me sentais de trop. Je m'endormis enfin et manquai le retour de Kitty qui arriva ivre morte. Sa voix m'éveilla.

— Je me suis vraiment amusée ! C'est la meilleure soirée que j'aie eue depuis longtemps. J'en donnerai une chaque année... Tu ne pourras m'en empêcher.

— Tu peux faire ce que bon te semble, je m'en fiche complètement, répondit Cal. Ce que tu fais ou dis m'est franchement égal.

— Tu veux me quitter, hein ?

— Oui, Kitty, je veux te quitter.

— Eh bien, tu ne le peux pas. Si tu t'en vas, tu perdras tout. Je prendrai ton magasin et tu n'auras plus rien. Tu seras obligé de retourner chez papa et maman et de leur expliquer quel imbécile tu as été.

— Tu as une façon absolument charmante et surtout très convaincante de dire les choses, Kitty.

— Je t'aime et c'est tout ce qui compte.

Je me demandais ce qui allait arriver...

Au matin, j'entendis Cal qui prenait sa douche dans la salle de bains du bas en sifflotant. Etait-il plus heureux que d'ordinaire ? Je me levai et allai préparer le petit déjeuner.

Kitty descendit, métamorphosée. Elle avait dû oublier qu'elle avait brûlé ce que j'avais de plus cher et qu'elle m'avait bourrée de coups de poing.

— Alors, mon chou, qu'est-ce que tu faisais là-haut pendant la fête que tu as donnée pour moi ? Tu m'as manqué, tu sais, moi qui voulais te montrer à mes amis. Ils mouraient tous d'envie de connaître ma jolie petite fille. Tu étais intimidée, je parie, et tu n'as pas voulu descendre !

Je me mis à crier :

— Maintenant, dis-moi où sont Keith et *notre* Jane, tu me l'as promis.

— Mais, mon chou, de quoi parles-tu ? Et comment le saurais-je ?

Elle sourit gentiment, comme si elle avait complètement oublié la scène de la veille. Ce n'était pas possible, elle devait jouer la comédie, elle ne pouvait être détraquée à ce point. Alors me vint un soupçon affreux : elle était peut-être vraiment folle.

Cal entra dans la cuisine, il regarda Kitty avec dégoût, mais ne dit rien. Ses yeux rencontrèrent les miens et m'adressèrent un avertissement silencieux.

Nous étions maintenant au mois de mai. Je travaillai d'arrache-pied et passai mes examens. A la fin du mois, un curieux vent de nord-est se mit à souffler et chassa la tiédeur du printemps. Le temps devint très frais pour la saison... On fut obligé de rallumer le chauffage fermé depuis mars et de ressortir les chandails et les jupes de laine. Un vendredi où il faisait particulièrement froid, M. Taylor, notre professeur de biologie, me demanda d'emmener chez moi, pour le week-end, Chuckles, le hamster de notre classe.

En d'autres circonstances, j'aurais été ravie de prendre soin de notre mascotte. Mais Kitty détestait les animaux vivants, bien sûr, et je restai là, désemparée.

— Non, ce n'est pas possible, monsieur Taylor, ma mère ne veut pas d'animaux à la maison. Elle dit qu'ils sont sales et qu'ils sentent mauvais.

— Allons, Heaven, tu ne crois pas que tu exagères un peu ? Ta mère est absolument charmante, cela se voit à la façon dont elle te sourit.

Le sourire de Kitty Dennison était très doux, en effet. Les hommes étaient parfois stupides, même ceux qui, comme M. Taylor, étaient cultivés.

Le vent du nord fouettait le bâtiment et M. Taylor n'avait pas l'air de vouloir me laisser partir sans notre hamster.

— La ville nous demande d'éteindre le chauffage pendant le week-end, tous les élèves sont partis, on ne peut laisser Chuckles mourir de froid. Tu sais bien qu'elle attend un petit, il faut que quelqu'un prenne soin d'elle. Allez, Heaven, aie un bon mouvement.

— Mais ma mère déteste les animaux et...

J'étais hésitante, j'aurais vraiment aimé avoir Chuckles tout un week-end. M. Taylor dut s'en apercevoir parce qu'il renchérit :

— Même si on lui laisse de l'eau et la nourriture, il fait tellement froid ici quand le chauffage est éteint, qu'elle ne tiendra pas jusqu'à lundi.

— Mais...

— C'est une obligation que tu as là, c'est même un devoir. Je m'en vais avec ma famille pour le week-end, sinon je l'aurais emmenée avec moi. Je pourrais, bien sûr, la laisser à la maison, mais elle peut faire son petit d'un moment à l'autre et, si cela arrivait chez toi, j'aimerais que vous vous serviez de la caméra de la classe pour filmer la naissance et la projeter ensuite, en cours.

Malgré mes protestations, j'installai Chuckles dans la maison de Kitty. Son poil blanc, taché de brun, détonnait parmi les animaux de céramique aux couleurs criardes. Je l'installai au sous-sol, endroit où Kitty ne mettait jamais les pieds, maintenant qu'elle avait une esclave à sa disposition.

Elle était cependant imprévisible. Ses états d'âme pouvaient devenir dramatiques, voire dangereux. Je cherchai un endroit idéal pour la cage et la disposai sous une fenêtre qui laissait passer le soleil. Je trouvai un vieux paravent dont la laque noire s'écaillait et le mit en écran devant la cage. Chuckles serait à l'abri, non seulement des courants d'air, mais aussi des yeux inquisiteurs de Kitty, si jamais il lui prenait la fantaisie d'entrer ici. Il n'y avait aucune raison pour qu'elle y vînt, mais j'avais quand même une certaine appréhension pour la sécurité de Chuckles.

Assise sur son derrière, elle grignotait avec délicatesse un morceau de pomme que je lui avais donné.

— Maintenant, tu te tiens tranquille, Chuckles! Essaie de ne pas trop te servir de ta roue, s'il te plaît, dans ton état, ce n'est peut-être pas très indiqué!

Sa roue grinçait et couinait à plaisir. J'essayai de la graisser un peu, mais le résultat ne fut pas très probant. Quand j'eus terminé mon bricolage, Chuckles se rua sur sa roue et sauta dessus pour continuer ses exercices. Elle couinait toujours, mais moins.

Je remontai dans le couloir et mis l'oreille à la porte qui conduisait au sous-sol : on n'entendait rien. Je l'ouvris. Je n'entendais toujours rien. Je descendis quelques marches. A la septième, je perçus un léger bruit. Cela pouvait aller. Kitty n'irait pas au sous-sol toute seule ; si Cal y travaillait, elle n'oserait rien faire. Et puis, j'avais fini la lessive et elle n'avait aucune raison d'y descendre.

J'ajoutai quand même deux vieilles chaises pour caler le paravent et l'empêcher de tomber sur la cage. Je fis un essai, c'était stable. Je répétai mes recommandations à Chuckles :

— Sois sage et tâche de ne pas avoir tes bébés avant lundi !

Elle fonça droit sur la roue.

Kitty rentra tôt. Elle paraissait épuisée. Il y avait une expression de détresse dans ses yeux pâles. Elle dit d'une toute petite voix :

— J'ai de nouveau la migraine, je vais au lit. Je ne veux pas entendre le lave-vaisselle, il fait vibrer toute la maison. Je vais prendre un cachet et dormir... dormir.

C'était inespéré !

Samedi commença, comme tous les autres samedis. Kitty se leva fatiguée. Elle avait les yeux bouffis et rouges et ne se sentait pas bien.

— Je ne sais pas si je vais pouvoir aller à mon cours de céramique aujourd'hui. Je suis tout le temps fatiguée, je ne comprends pas. La vie n'en vaut plus la peine.

— Prends une journée de repos, dit Cal. Retourne au lit et dors jusqu'à ce que tu te sentes mieux.

— Mais il faut bien pourtant que je donne ce cours. Mes étudiants m'attendent.

— Kitty, tu devrais consulter un docteur.

— Tu sais bien que je déteste les médecins.

— Tu as sans arrêt des migraines, il faut te soigner ou t'acheter des lunettes.

— Ne t'imagine pas que je vais porter des lunettes, j'aurais l'air d'une vieille dame !

— Tu pourrais porter des lentilles de contact. Je ne serai pas là aujourd'hui : je travaille toute la journée jusqu'à six heures au moins. J'ai embauché deux nouveaux employés et je dois les mettre au courant.

Il me jeta un coup d'œil pour me faire comprendre que je ne devais pas m'attendre à grand-chose en fait d'amusement. Kitty se frotta les yeux et regarda l'assiette que j'avais posée devant elle, comme si elle avait oublié qu'elle prenait son petit déjeuner.

— Je n'ai envie de rien.

Elle se leva en disant qu'elle retournait au lit.

— Appelle mes étudiants et présente-leur mes excuses.

Toute la matinée, je frottai et lavai comme d'habitude ; je n'aperçus pas Kitty. Je pris mon déjeuner seule. L'après-midi je passai l'aspirateur et j'époussetai. Je fis une visite à Chuckles pour lui donner à manger ; elle n'avait pas envie de me voir partir et le manifesta de toutes sortes de manières. S'il n'y avait pas eu Kitty, j'aurais ramené Chuckles à la maison chaque soir et je l'aurais installée dans ma chambre. Je grattai sa tête et elle émit des petits bruits satisfaits.

— Joue tant que tu veux ! Le démon de la maison s'est drogué au Valium et tu es en sécurité.

Dimanche, je fus éveillée par Kitty qui chantait à pleins poumons.

— Je me sens bien, dit-elle.

Elle parlait à Cal. Je me levai et me dirigeai vers l'escalier pour me rendre dans la salle de bains du bas. Elle m'entendit passer dans le couloir et me cria :

— Ça va mieux, Heaven, nous allons à l'église. Dépêche-toi de préparer le petit déjeuner. Je vais remercier le ciel de m'avoir remise sur pied.

Ce matin, moi, j'étais fatiguée, j'avais trop à faire. J'entrai dans la salle de bains pour prendre une douche rapide. Puis je décidai de mettre à chauffer l'eau pour le café avant de prendre ma douche. J'irais voir Chuckles pendant que le bacon cuirait. Mais quelqu'un avait déjà mis l'eau dans la bouilloire qui fumait. Je retournai à la salle de bains. Je suspendis ma robe de chambre et ma chemise de nuit à une patère et me retournai pour entrer dans la baignoire.

Alors, je vis Chuckles.

Elle était dans la baignoire, couverte de sang. Ses intestins lui sortaient par la bouche et un bébé était à moitié né. Je tombai à genoux et vomis. La porte s'ouvrit.

— Pourquoi cries-tu de cette façon ? Qu'est-ce qui te surprend ? Tu viens de faire du joli ! Allez, prends ton bain. Si tu t'imagines que je vais emmener une souillon des collines dans cette tenue !

Je regardai Kitty.

— Tu as tué Chuckles !

— Tu deviens folle ! Je n'ai tué aucun *Chuckles*. Je ne comprends même pas de quoi tu parles.

— Regarde dans la baignoire !

Elle regarda.

— Je ne vois rien du tout. Allez, remplis la baignoire pendant que je te regarde et lave-toi.

Je me mis à hurler.

— Cal... Au secours...

— Cal est sous la douche. Il doit être en train d'essayer de laver ses péchés. Allez, fais-en autant, lave les tiens !

— Tu es folle, complètement folle !

Avec le plus grand calme, elle ouvrit le robinet de la

baignoire. J'attrapai une serviette pour la mettre autour de moi. Je la quittai des yeux un bref instant. Elle me frappa avec une telle force que je faillis perdre l'équilibre. Elle essaya de me pousser dans la baignoire, mais j'arrivai à lui échapper et courus vers l'escalier en hurlant.

— Reviens ici tout de suite et prends ton bain !

Je martelai de mes poings la porte de la salle de bains du haut en appelant Cal. L'eau de la douche coulait à flots et de plus, il chantait à tue-tête. Kitty pouvait arriver d'une seconde à l'autre et me traîner en bas. J'essayai d'ouvrir la porte, mais elle était fermée au loquet. L'affolement me gagna et je cognai de plus belle. Il arrêta enfin la douche. Alors je me mis à hurler son nom. Il ouvrit la porte brusquement, une serviette autour des hanches, les cheveux dégouttant d'eau.

— Qu'est-ce qui ne va pas ?

Il m'attira dans ses bras et pencha sur moi son visage mouillé. Je m'accrochai à lui.

— Pourquoi as-tu l'air si effrayée ?

Je racontai tout ensemble : comment j'avais installé Chuckles au sous-sol et comment Kitty l'avait tuée. Elle lui avait enserré l'abdomen d'un lien et avait serré jusqu'à la mort. Son visage se ferma, il attrapa sa robe de chambre et se dirigea vers l'escalier. Une fois en bas, j'attendis à la porte pour ne pas voir Chuckles. Kitty avait disparu.

— Il n'y a rien dans la baignoire, Heaven !

Je me penchai. Il n'y avait rien. Le hamster et son petit n'étaient plus là et la baignoire était étincelante. J'entraînai Cal au sous-sol. La cage était vide et la porte ouverte. Nous entendîmes Kitty crier :

— Qu'est-ce que vous faites tous les deux ? Heaven, viens prendre ta douche et dépêche-toi, je ne veux pas être en retard à l'église.

— Qu'as-tu fait de Chuckles ? dis-je.

Nous étions dans la cuisine.

— Tu veux dire ce rat que j'ai tué ? Je l'ai jeté. Tu voulais peut-être le sauver, Cal ? Elle est hystérique parce que j'ai tué un rat ! Tu sais que je ne peux supporter les rats, surtout dans ma maison.

— Va-t'en, Heaven, dit Cal. Je vais lui parler.

Je ne voulais pas m'en aller. Je voulais que les choses fussent claires une fois pour toutes. Je voulais que Cal reconnût ce qu'elle était : une maniaque que l'on aurait dû enfermer depuis longtemps. Mais j'étais si désemparée que je lui obéis. Je me douchai, je me lavai les cheveux, je préparai même le petit déjeuner. Kitty se mit à divaguer : elle racontait qu'elle n'avait jamais vu l'ombre d'un hamster, qu'elle ne savait même pas comment c'était fait et qu'elle n'avait d'ailleurs jamais mis les pieds au sous-sol. Quand je revins, elle me contempla avec haine.

— Je te déteste. Tu veux me prendre Cal. Je vais aller voir la direction de l'école et je leur raconterai ce que tu as fait à ce pauvre animal et comment tu as essayé de m'accuser. Il était sous ta responsabilité, non ? Et puis je ne ferais jamais rien de semblable. C'est toi qui as fait ça pour pouvoir me discréditer ! Tu peux rester ici jusqu'à ce que la classe soit finie, mais après, dehors ! Tu peux bien aller où tu veux, pour ce que je m'en soucie !

— Chuckles attendait un petit, c'est probablement pour cela que tu l'as tuée, dis-je.

— Cal, tu entends comme elle ment ! Je n'ai jamais vu de hamster. Et toi ?

Il était impossible que Cal la crût. Ses yeux me suppliaient de me taire... Je ne comprenais pas son attitude. Il aurait dû traîner Kitty jusqu'à la poubelle et lui demander des explications. Mais pourquoi ne le faisait-il pas ? Pourquoi ?

Le cauchemar continua à l'église. Tout le monde chantait avec recueillement. Je me tenais près de Kitty, dans ma robe du dimanche. Nous avions l'air de bons chrétiens respectables. Personne ne m'aurait crue si j'avais raconté la vérité. Kitty laissa tomber son obole dans le plateau de la quête. Cal en fit autant. Je fixai le plateau et n'y mis rien. Kitty me donna un coup de coude.

— Donne quelque chose. Je ne veux pas que mes relations pensent que ma fille se moque de la religion.

J'entendis quelques murmures derrière moi, alors je me levai et sortis de l'église. Le déséquilibre de Kitty m'affectait profondément et me faisait voir la vie sous un jour différent. Je me demandais maintenant si beaucoup de gens n'étaient pas comme elle.

Je marchais vite. J'avais à peine longé deux pâtés de maisons que la voiture de Cal freina à ma hauteur. Kitty était à l'intérieur.

— Allons, dit-elle, ne fais pas l'enfant. De toute façon, tu ne peux aller nulle part avec deux dollars en poche et, de plus, ils appartiennent à l'église. Monte ! Je me sens bien maintenant, j'ai l'esprit plus clair. Je dois dire que toute la nuit et ce matin encore, j'avais extrêmement mal à la tête.

Elle essayait peut-être de me faire croire qu'elle ne savait pas ce qu'elle faisait quand elle avait tué Chuckles ! Je montai dans la voiture contre mon gré. Elle disait vrai, je n'avais nulle part où aller et ne pouvais rien faire avec deux dollars.

Pendant le retour, je me creusai la tête pour trouver une explication plausible à la mort de Chuckles. Kitty ne pouvait être saine d'esprit pour avoir accompli un acte aussi sadique. Quelle excuse allais-je donner à M. Taylor ?

Dans le courant de la journée, Kitty eut de nouveau mal à la tête. Elle alla s'étendre.

— Tu ne peux pas dire la vérité à ton professeur, dit Cal, il faut lui raconter que le hamster est mort en mettant son petit au monde.

— Tu la protèges !

— Pas exactement. Je veux que tu finisses l'école. Nous vois-tu allant raconter l'histoire à la direction ? Kitty jurera le contraire. Il nous faudra alors avouer qu'elle est déséquilibrée. Qui le croira ? Personne ne la connaît sous ce jour-là. Il n'y a que toi et moi qui le sachions, parce que nous vivons avec elle. Les employées du salon de coiffure pensent qu'elle est absolument merveilleuse et, de surcroît, très généreuse. Il va falloir la convaincre d'aller voir un psychiatre, sinon tout cela va mal tourner. En attendant, nous devons nous tenir tranquilles. Elle est dangereuse. Je suis en train de mettre de l'argent de côté pour que tu puisses échapper à cet enfer.

— Je me débrouillerai seule, de la façon qu'il me plaira, à l'heure qui me conviendra.

Il resta là à me regarder, comme un petit garçon qui aurait perdu son chemin.

6

Une chance inespérée

J'eus de la chance. M. Taylor accepta naïvement ma version de la mort de Chuckles. Je rapportai la cage à l'école et, le jour suivant, on y mit un autre hamster. C'était une femelle. Bien qu'elle ne ressemblât pas tout à fait à Chuckles, elle attendait, elle aussi, des petits. On l'appela Chuckles. Cela me fit de la peine. Les gens comme les animaux étaient interchangeables puisqu'on pouvait si facilement les remplacer.

Je décidai de ne pas m'attacher à celle-là. En fait, il ne fallait plus m'attacher à rien tant que je dépendais de Kitty.

Après ce drame, notre vie à Candlewick prit un tour inattendu. La mise à mort du hamster avait dû égarer un peu plus l'esprit de Kitty. Elle pouvait rester des heures entières assise dans sa chambre à regarder dans le vide ou bien à se brosser les cheveux indéfiniment. Elle les crêpait. Ils se tenaient alors tout raides au-dessus de sa tête et elle oubliait de les rabattre. Puis elle les démêlait et recommençait. Je me demandais par quel miracle il lui en restait.

Sa personnalité avait complètement changé :

d'explosive et sarcastique, elle était devenue taciturne. Elle me rappelait Sarah. Elle ne s'intéressa plus bientôt ni à ses cheveux, ni à ses ongles. Son apparence lui était devenue indifférente. Elle jeta une bonne partie de sa lingerie, y compris une douzaine de soutiens-gorge très coûteux. Elle se mettait à pleurer, puis tombait dans un état d'hébétude. Je ne la plaignais pas : elle avait fait trop de mal.

Pendant une semaine, Kitty trouva des excuses pour ne pas aller travailler. Elle restait au lit et contemplait les murs de sa chambre. Plus Kitty était éteinte, plus Cal prenait de l'assurance. Lui contrôlait désormais sa vie, mais plus Kitty.

Je n'arrivais pas à tirer de conclusion de la situation. Quel bouleversement intérieur avait pu plonger Kitty dans une telle apathie ? Etait-ce la honte ? Ou bien se sentait-elle écrasée par un terrible sentiment de culpabilité ? Je n'avais pas de réponse. Mais si elle devait changer, plût au ciel que ce fût en mieux.

L'école finit et l'été commença.

La chaleur devint très forte et Kitty ne fut plus qu'une ombre. Le dernier lundi du mois de juin, je montai à sa chambre pour lui demander comment elle se sentait. Elle ne me regarda ni ne me parla. Elle avait l'air paralysée. Cal avait dû croire qu'elle dormait encore quand il s'était levé. Je lui criai de monter. Il appela une ambulance qui l'emmena à l'hôpital.

Là, on commença de lui faire des examens médicaux. Cette première nuit à la maison, seule avec Cal, fut très inconfortable. Il était évident qu'il me désirait. Je pouvais le voir à la façon dont il me regardait, le sentir dans les longs silences qui s'installaient entre nous. Nos rapports harmonieux avaient disparu, je me sentais vide et perdue. Je le tins à distance en organisant un emploi du temps sans faille. J'insistai pour passer le plus de temps possible avec Kitty à l'hôpital. J'allais la voir chaque jour au cas où elle aurait eu besoin de quelque chose, mais elle ne se rétablissait pas. Elle disait juste quelques mots :

— A la maison... Je veux rentrer à la maison.

Les docteurs n'étaient pas d'accord sur ce point.

J'avais maintenant la maison pour moi seule. J'aurais pu jeter ses innombrables plantes vertes dont l'entretien était épuisant et entreposer ses céramiques au grenier, mais je continuai comme par le passé. Je faisais la cuisine, je passais l'aspirateur, j'époussetais jusqu'à en être exténuée. C'était ma façon de tenir Cal à distance. Je me sentais responsable de son désir pour moi. J'étais la souillon des collines et, entre les deux tendances qui s'affrontaient en moi, celle des collines et celle de ma mère, la pire avait eu le dessus.

J'étais la coupable. Tout comme Fanny, je ne pouvais changer ce qu'il y avait de mauvais en moi.

Bien sûr, je connaissais depuis longtemps l'engouement de Cal pour moi qui avais dix ans de moins que lui. Il avait d'ailleurs été encouragé dans ses inclinations par Kitty elle-même. Depuis le jour où elle avait brûlé ma poupée, ce besoin était devenu plus évident, plus intense. Il ne voyait aucune autre femme, il n'avait plus d'épouse. Si moi, je le repoussais, qu'allait-il faire ? Allait-il se détourner de moi et me laisser seule ? J'éprouvais pour lui deux sentiments contradictoires : je l'aimais et le craignais à la fois. J'aurais aimé lui faire plaisir et je ne voulais pas lui céder.

On fit subir à Kitty tous les examens possibles et imaginables, une armée de docteurs se pencha sur son cas. On ne trouva rien. Elle ne donna d'ailleurs aucune précision qui pût faciliter les recherches.

Nous fûmes convoqués, Cal et moi, à l'hôpital, et

nous ne pûmes apporter aucune indication supplémentaire.

Au retour, Cal n'ouvrit pas la bouche. Je sentais son chagrin, sa frustration et sa solitude. Cela à cause de moi. Nous étions issus de milieux différents, mais nous luttions tous deux pour la même cause, survivre malgré les blessures infligées par Kitty. Dans le garage, il m'ouvrit la porte de la voiture, je courus en haut, à l'abri dans ma chambre. Je me déshabillai, mis une jolie chemise de nuit et souhaitai pouvoir pousser le verrou de ma porte. Dans la maison de Kitty, il n'y en avait pas, excepté dans les salles de bains. Je m'allongeai sur mon lit, angoissée à l'idée qu'il vînt me voir.

Il n'en fit rien.

Du salon me parvint de la musique. C'était la musique qu'il aimait, pas celle de Kitty. Il dansait peut-être tout seul ! La pitié me submergea. Je me levai, passai ma robe de chambre et laissai mon roman sur la table de nuit. La musique m'attirait de façon irrésistible, du moins je le pensais.

Cal n'avait plus d'avenir. Il avait épousé la première femme qui l'avait attiré. Maintenant, il m'aimait et c'était une autre erreur. J'avais pitié de lui, je l'aimais et je m'en défiais. J'étais déchirée.

Il ne dansait pas. Il était debout et il fixait le tapis persan, mais il ne semblait pas le voir. Je m'approchai de lui. Rien n'indiquait qu'il m'avait entendue. Il continua à contempler le tapis comme s'il y voyait tous ces lendemains désespérants avec Kitty. Elle ne serait plus qu'un fardeau. Il avait vingt-sept ans.

Je lui touchai le bras.

— Quelle est cette chanson, Cal ?

Il ne répondit pas, mais se mit à la chanter très doucement. Je n'oublierai jamais la tendresse de sa voix et l'expression qu'il eut lorsqu'il me regarda en en fredonnant les paroles.

Il me prit la main et me regarda. Ses yeux étaient lumineux et profonds. Ils reflétaient une lueur venue de l'intérieur. A cause de cette lueur, il ressemblait à Logan...

La musique m'emporta, son regard m'émut et, sans que je l'aie vraiment voulu, je lui mis les bras autour du cou et l'attirai à moi. Je lui caressai les cheveux et nos lèvres se rencontrèrent avec une grande douceur. Ce n'était pas ma faute à moi, ni sans doute la sienne. Cela devait arriver.

Il me serrait contre lui, il me découvrait. Soudain, je le repoussai et le giflai.

— Non, arrête !

Je courus à ma chambre et claquai la porte. A cet instant, j'aurais voulu avoir le naturel de Fanny et, en même temps, je me méprisais.

J'aimais profondément Cal et je souffrais de l'avoir frappé. Les garçons de Winnerrow m'auraient traitée d'allumeuse ou de bien pire encore. J'avais envie d'aller le trouver et de lui demander pardon, mais les injures que Kitty ne m'avait pas ménagées me retenaient.

Un instinct mystérieux m'attira vers l'escalier. Je regardai en bas. Cal était toujours là, planté au milieu du salon comme une statue ; la musique jouait encore. Je déboulai l'escalier. Il ne se tourna pas vers moi et ne me dit rien non plus. Je glissai ma main dans la sienne.

— Je te demande pardon de t'avoir frappé.

— Ne sois pas désolée, je le méritais.

— Tu as l'air si triste...

— Je ne suis qu'un imbécile de rester là à ruminer le passé, mais la chose la plus grave est de m'être laissé aller à penser que tu m'aimais. Tu ne m'aimes pas. Tu veux un père. Je hais Luke Casteel pour ne pas avoir su l'être avec toi. S'il t'avait aimée, tu aurais peut-être été amoureuse de moi ?

Je l'entourai de mes bras, fermai les yeux et attendis son baiser. Cette fois-ci, je ne m'enfuirais pas. J'avais tort et je le savais, mais je lui devais beaucoup et je n'avais pas d'autres moyens de lui rendre ce qu'il m'avait donné. Je ne lui refuserais rien, comme Kitty l'avait fait si souvent. Je l'aimais et j'avais besoin de lui.

Il m'emporta dans ses bras jusque dans sa chambre et me déposa sur le lit. Je réalisai alors quelle tempête j'avais provoquée. Mais il était trop tard. Je ne savais comment répondre à sa passion. Mais j'y répondis tout de même...

Ensuite, je me sentis comme hébétée. Il me tenait serrée contre lui. Des larmes coulaient le long de mes joues et mouillaient l'oreiller. En brûlant la poupée, Kitty avait brûlé le meilleur de moi-même. Il ne restait que la face noire de l'ange.

Plus tard, dans la nuit, les baisers de Cal m'éveillèrent. J'eus l'impression d'entendre Kitty crier « Non... Non... » Mais je me coulai dans ses bras. Je fus effrayée de mon élan. J'entendais Kitty et la terre entière gronder : « Que pouvait-on attendre d'autre d'une Casteel, cette famille de débauchés, la pire de la colline ! »

Les jours et les nuits passèrent. La situation ne changea pas. Cal fit tomber toutes mes objections en me disant qu'il m'aimait, que Kitty, elle, n'aimait personne et qu'elle récoltait ce qu'elle avait semé. Il m'aimait, j'en étais certaine. Aucun des arguments qu'il avança n'effaça mon sentiment de honte et la certitude que ce que je faisais était mal.

Ces deux semaines seul avec moi semblaient l'avoir comblé. Un matin, de bonne heure, Cal prit sa voiture pour aller chercher Kitty à l'hôpital. La maison étincelait. J'avais disposé des fleurs partout. Elle était allongée sur son lit, comme absente, regardant tout, mais paraissant ne rien reconnaître. Elle était pourtant chez elle, comme elle l'avait demandé. La seule chose qu'elle avait la force de faire était de se traîner avec une canne et d'attirer notre attention quand elle avait besoin de nous. Je détestais le martèlement de cette canne sur le plafond du salon...

Une fois par semaine, une de ses *filles* venait du salon de coiffure pour lui faire un shampooing, lui arranger les cheveux et la manucurer. Kitty devait être la malade la plus attirante de toute la ville. J'étais quelquefois émue par sa faiblesse et son abandon, quand elle était étendue sur son lit, dans une jolie chemise de nuit rose, ses superbes cheveux rejetés en arrière. Les employées du salon de beauté lui étaient très dévouées. Il y en avait toujours une qui venait pour essayer de la distraire. Je servais alors quelques gâteries dans la belle porcelaine de Kitty. Puis je courais m'occuper de la maison, tenir compagnie à Cal, faire les comptes et payer les factures en utilisant le carnet de chèques de Kitty.

— Elle ne serait pas contente de me voir faire tout cela, c'est toi qui devrais t'en occuper, Cal.

— Je n'ai pas le temps, Heaven.

Il attrapa la pile de factures sur le petit bureau de Kitty et les rangea dans une armoire.

— Regarde cette belle journée d'été! Cela fait bientôt un mois que nous nous occupons de Kitty nuit et jour. Il va falloir prendre de sérieuses décisions. L'infirmière qui vient t'aider coûte une fortune et quand tu retourneras en classe, il en faudra une seconde. As-tu des nouvelles de sa mère?

— Je lui ai écrit, mais elle n'a pas encore répondu.

— Préviens-moi quand elle le fera, je lui téléphonerai, je veux lui parler. Elle doit beaucoup à sa fille. Avec son aide, nous pourrons organiser un arrangement pour Kitty.

Il la regarda.

— Elle a l'air d'aimer la télévision en ce moment. Je ne l'ai jamais vue si apathique.

La maladie de Kitty l'aiderait-elle à se corriger ? J'étais épuisée et j'accueillis l'idée de Cal avec soulagement. J'aurais enfin l'occasion de retrouver Grandpa et Fanny et de courir après Tom... Je ne voulais pas penser aux retrouvailles avec Logan. Je n'aurais jamais plus le courage de le regarder.

Une lettre de Reva Setterton, la mère de Kitty, arriva enfin. Cal la lut.

— L'idée de retourner là-bas me déplaît profondément. A la manière dont ils me regardent tous, il est évident qu'ils pensent que j'ai épousé Kitty pour son argent. D'un autre côté, si nous n'habitons pas chez eux, toi et moi, ils trouveront cela louche !

Il avait parlé sans me regarder. La honte me submergea.

— D'autre part, tu as besoin de repos. Tu travailles trop, Heaven. Et puis, je suis en train de me ruiner avec ces infirmières et il est hors de question que tu arrêtes l'école pour t'occuper d'elle. Ce qui est effrayant, c'est que personne ne sait ce qu'elle a. La seule chose qui a l'air de l'intéresser est la télévision.

La froideur, l'égoïsme et la cruauté de Kitty lui avaient fait perdre son mari. J'essayai de lui expliquer qu'il n'était peut-être pas trop tard, mais rien ne l'atteignait plus. Je commençais à m'inquiéter. Quand Cal rentra de son travail, je lui fis part de mes craintes :

— Cal, Kitty doit avoir quelque chose de très grave pour rester nuit et jour sans bouger.

— Elle a été examinée par les meilleurs médecins

de la région. On lui a fait tous les examens possibles et ils ne lui ont rien trouvé.

— Oui, mais quand ils ont rendu leur diagnostic, ils ont aussi laissé entendre que, même pour eux, le corps était un mystère. Les neurologues peuvent toujours dire qu'elle est en bonne santé, ils ne sont pas à l'intérieur de son cerveau !

— Heaven, nous ne pouvons continuer à nous occuper d'elle nuit et jour, la vie devient impossible. Au début de sa maladie, j'ai pensé que c'était pour nous une chance inespérée, mais maintenant... il faut l'emmener à Winnerrow.

Il rit avec amertume. Nous nous regardâmes et je ne sus quoi dire. Kitty était au lit dans une chemise de nuit rose fuchsia. Elle portait, par-dessus, une liseuse assortie, brodée de rangées de volants plissés. Ses cheveux avaient poussé et paraissaient très sains. Les muscles de son visage étaient mous et flasques et, dans ses yeux, il y avait comme une étincelle de vie. Comme nous entrions ensemble dans sa chambre, elle se tourna vers nous et demanda d'une voix faible :

— Où étiez-vous ?

Puis elle ferma les yeux et s'endormit. Je fus prise de pitié à la pensée que cette femme, jadis énergique, pourrait passer le restant de sa vie dans son lit.

— Cal, il y a des moments où j'ai l'impression qu'elle va mieux.

— Qu'est-ce qui te fait dire ça ?

— Je ne sais pas exactement. Rien en particulier. Mais, quelquefois, quand je fais le ménage dans sa chambre, je sens qu'elle me regarde, ce qu'elle ne faisait jamais auparavant. Une fois, je me suis retournée. Dans ses yeux il y avait quelque chose de vivant, une espèce d'émotion...

Il parut alarmé.

— C'est une raison de plus pour s'en aller rapidement, Heaven. T'aimer m'a fait comprendre qu'elle, je ne l'avais jamais aimée. Elle m'a ébloui, je l'ai désirée, mais je ne l'ai jamais aimée. Toi, je t'aime, et j'ai un tel besoin de toi que je ne pourrai le contenir longtemps. Ne me laisse pas, Heaven, ne t'éloigne pas de moi !

Il m'embrassa en essayant de me communiquer la passion qui l'habitait. Dans ses bras, je me sentis comme une noyée.

Il exigeait tant que je commençais à m'en effrayer. Il avait tout de moi : mon corps, ma volonté, ma tendresse. Je me sentais vidée. Toutefois, je l'aimais et j'avais toujours ce désir insatiable d'être choyée.

Retourner à Winnerrow nous sauverait tous, j'en étais sûre.

Je reverrais enfin mon Grandpa, je verrais Fanny et j'irais chercher Tom.

Je retrouverais toute mon enfance. Je me répétais cela comme une litanie, pour m'en persuader.

TROISIÈME PARTIE

Retour à Winnerrow

CHAPITRE PREMIER

La famille de Winnerrow

Nous installâmes un lit pour Kitty sur le siège arrière de la voiture. Nous chargeâmes les valises et sa malle et nous prîmes la route. C'était une belle journée d'août, peu avant son anniversaire. Kitty était invalide depuis déjà deux mois et paraissait devoir le rester longtemps encore.

La veille, on était venu du salon pour la coiffer et lui faire les mains et les pieds. Je l'avais lavée et lui avais passé un ensemble neuf. J'arrangeai ensuite ses cheveux du mieux que je pus et la maquillai pour qu'elle fût à son avantage. Elle ne dit pas un mot et resta allongée dans la voiture, comme une morte, ou plutôt comme la poupée qu'elle avait brûlée.

Cal et moi étions sur le siège avant. Nous aurions pu asseoir Kitty entre nous deux, si elle avait trouvé la force de rester ainsi. Nous gardâmes pour nous nos appréhensions quant à ce retour à Winnerrow. Cal et Kitty seraient dans peu de temps dans leur famille. Cal serait obligé de se tenir à l'écart de moi. En aurait-il la force ? J'espérais que les Setterton n'apprendraient jamais la nature de nos rapports. Cette pensée me rendait malade. Cal avait-il à l'esprit la même chose que moi ou bien regrettait-il déjà ses déclarations d'amour ?

Ce retour à Winnerrow serait notre moment de vérité. Cal regardait la route, moi le paysage. Dans quelques semaines, ce serait la rentrée des classes. Il nous fallait prendre auparavant une décision pour Kitty.

Je ne pouvais m'empêcher de comparer ce voyage-là avec celui que j'avais fait deux ans plus tôt, en plein hiver et dans le sens inverse. Tout ce qui m'avait impressionnée alors était maintenant sans intérêt pour moi. Les nombreux McDonald qui parsemaient la route me laissaient indifférente. Je n'aimais même plus cela depuis que Cal m'avait initiée à la grande cuisine, dans les meilleurs restaurants d'Atlanta. Je me demandais quelle serait, à présent, l'attitude de Cal envers moi. Son amour était-il profond ou n'était-il dû qu'à la solitude ? Je me forçai à penser à mon avenir avec calme. J'avais réussi mes examens et m'étais inscrite sur les listes de six universités. Cal avait l'intention de reprendre ses études et de les achever.

Ce ne fut qu'à mi-chemin de Winnerrow que je compris pourquoi Mlle Deale était venue dans nos montagnes. Elle avait voulu donner le meilleur d'elle-même à ceux qui en avaient le plus besoin. Nos collines étaient une région déshéritée, un pays de mineurs oublié de la civilisation. J'avais confié à Tom que mon idéal était de lui ressembler. J'avais dix-sept ans, Logan devait être chez lui pour les vacances d'été. Que lirait-il sur mon visage ? Devinerait-il ce que je voulais lui cacher ? Granny m'avait toujours dit qu'elle savait quand une jeune fille n'était plus *pure*. Il était au-dessus de mes forces d'avouer à Logan ce que j'avais fait. Je ne pourrais même pas en parler à Tom, ni à personne, d'ailleurs. Je me sentais lourde de cette honte dont je n'arrivais pas à me délivrer.

Atlanta était loin derrière nous. Nous entrâmes bientôt dans la région des collines. Elles s'arrondissaient doucement et se déroulaient à perte de vue. Les stations à essence s'espacèrent, les grands ensembles de motels furent remplacés par des cabanons rangés à l'ombre de bois épais. Des bâtiments mal construits, sans peinture, annoncèrent la proximité d'une bourgade à l'écart des grandes routes. Nous les dépassâmes et les laissâmes derrière nous. Il n'y avait pas d'autoroute pour arriver dans les Willies. Ce nom me faisait peur, maintenant.

Je regardais la campagne et la voyais comme ma mère avait dû la voir dix-sept ans auparavant. Elle n'aurait aujourd'hui que trente et un ans. Cette mort si précoce m'atterrait. Pour moi, l'ignorance qui régnait partout dans les collines était responsable de cette disparition.

Quelle aberration avait pu entraîner ma mère à épouser Luke Casteel ? Quelle folie avait pu la pousser à quitter un endroit comme Boston pour aller s'enterrer ici, où l'éducation et la culture étaient inexistantes ? Il n'y avait qu'une règle : « La vie est courte... attrape ce que tu peux et cours le plus vite possible. » C'était leur façon de tenter d'échapper à la misère, à la laideur et à la brutalité.

Je jetai un coup d'œil à Kitty. Elle paraissait dormir.

Devant nous, la route formait un embranchement. Cal prit le bon chemin en évitant la petite route défoncée qui conduisait à notre cabane dans les hauteurs. Le paysage devenait familier. Tous mes souvenirs se bousculèrent dans ma mémoire. Des odeurs me chatouillaient les narines : celles du chèvrefeuille, des fraises sauvages et des framboises.

Je pouvais presque entendre les notes si gaies des banjos et le violon de Grandpa. J'imaginai une scène d'autrefois : Granny se balançant dans son fauteuil sous le porche, Tom courant, *notre* Jane pleurant et Keith auprès d'elle, attentif à ses désirs. En dépit de la misère, nous avions été heureux, tous ensemble...

Nous atteignîmes Winnerrow, je me sentais nerveuse.

Des prés verdoyants s'étendaient jusqu'aux approches de la ville. Les champs seraient bientôt moissonnés. Ensuite, on apercevait les maisons des pauvres de la vallée, guère plus riches que ceux des collines. Au-delà et un peu plus sur les hauteurs se trouvaient les huttes des mineurs et les cabanes des contrebandiers qui trafiquaient de l'alcool.

Le fond de la vallée appartenait aux nantis. Les pluies de printemps y drainaient le riche limon provenant de la montagne. Il glissait là et venait fertiliser les jardins de ceux qui en avaient le moins besoin. Les familles riches de Winnerrow, celles qui habitaient les plus belles maisons, pouvaient cultiver de superbes tulipes, des jonquilles, des iris, des roses qui paraient leurs belles demeures victoriennes. Rien d'étonnant à ce que la ville s'appelât Winnerrow (1). Tous les gagnants avaient pignon sur rue dans l'artère principale. Les autres, les perdants, vivaient dans les collines. Il y avait bien longtemps, les propriétaires des mines de charbon et, avant eux, les propriétaires des mines d'or avaient construit leurs superbes maisons sur Main Street (2); lesquelles appartenaient à présent aux propriétaires des usines de coton ou à leurs directeurs.

(1) *Winnerrow :* Jeu de mots avec le nom de la ville qui se traduit littéralement par : rangée de gagnants.

(2) *Main Street :* La rue principale.

Cal descendit doucement Main Street. Nous passâmes les demeures pastel des puissants de la ville ; venaient ensuite celles de la classe moyenne. Ces habitants de Main Street occupaient une position assez importante dans les usines. Ils étaient directeurs ou contremaîtres. Winnerrow était aussi dotée ou affligée d'usines à égrener le coton. On y fabriquait des draps, du linge de table, des dessus-de-lit blancs au tissage irrégulier, très prisés, ainsi que des tapis. A cause des filatures, il y avait toujours des particules de coton en suspension dans l'air que respiraient les ouvriers. Tôt ou tard, ils étaient atteints par le même mal que les mineurs. Personne n'avait jamais pensé à attaquer les propriétaires des filatures ou des mines. C'était la vie, disait-on !

Je pensais à tout cela en contemplant les jolies demeures que j'avais tant admirées, enfant. Lorsque nous passions par là, Sarah me disait : « Regarde les porches, compte les étages, vois ces petites coupoles, il y a des maisons qui en ont jusqu'à trois. » C'étaient des demeures dignes de figurer sur des cartes postales.

Je me tournai pour surveiller Kitty. Elle avait ouvert les yeux.

— Comment te sens-tu, Kitty ? As-tu besoin de quelque chose ?

Ses yeux pâles me regardaient.

— Je veux aller à la maison.

Elle répétait cette phrase comme un perroquet. Elle ne disait plus rien d'autre.

La voiture ralentit, Cal tourna dans une allée qui débouchait sur une jolie maison peinte d'un jaune très pâle, rechampi de blanc. Elle avait deux étages, dans le style de la fin du siècle dernier. Il y avait un porche et une galerie au rez-de-chaussée et au premier étage ; au second, un balcon qui devait être celui du grenier. Cal m'expliqua que les galeries couraient tout autour de la maison. Il arrêta la voiture, en descendit et ouvrit la porte arrière pour prendre Kitty dans ses bras et la transporter sous le porche où sa famille attendait, impassible.

Ils ne coururent pas pour l'accueillir. Ils se tenaient à l'entrée de la maison, agglutinés, et regardaient Cal s'avancer, Kitty dans les bras. Elle m'avait raconté qu'ils jubilaient lorsqu'elle s'était sauvée. Elle avait alors treize ans. « Ils ne m'ont jamais aimée. Pas un d'eux ne m'aime », disait-elle. A voir leur manque d'enthousiasme, on pouvait en déduire qu'ils n'étaient pas particulièrement réjouis de la voir revenir. Mais pouvait-on leur jeter la pierre quand on connaissait Kitty ? Si elle s'était conduite envers eux comme elle l'avait fait avec moi, ils étaient encore généreux d'accepter de prendre soin d'elle maintenant qu'elle était malade.

J'hésitais à sortir de la voiture où je me sentais en lieu sûr. Je regardai Cal monter les marches du perron. Il s'arrêta, personne ne bougea. Cal avait besoin d'aide et je sentis que je devais quitter la voiture.

Cela me rappelait ce qu'on m'avait dit de l'arrivée de ma mère dans les collines. Granny aimait à me la raconter : Grandpa et elle refusaient l'intruse. Ils avaient dû la regarder avec indifférence s'avancer aux côtés de Pa. Elle avait probablement souffert de leur froideur...

Je courus vers Cal. Tous les yeux se tournèrent vers moi ; si les expressions n'étaient pas amicales, elles n'étaient pas hostiles non plus. Il était clair qu'ils ne désiraient pas vraiment la présence de Kitty chez eux. Nous leur avions un peu forcé la main. Ils avaient tout de même accepté de la recevoir et promis qu'ils s'en occuperaient de leur mieux : « Jusqu'à ce que tout soit fini... d'une façon ou d'une autre... »

La grande femme massive, à qui Kitty ressemblait, devait être sa mère, Reva Setterton. Elle portait une robe de soie verte, fermée de haut en bas par une rangée de boutons dorés. Ses chaussures étaient également vertes ce qui, stupidement, m'impressionna.

— Où puis-je la coucher ? demanda Cal.

Kitty regardait sa mère avec des yeux vides et Cal commençait à faiblir sous son poids.

— Son ancienne chambre est prête, répondit-elle.

Elle fit un semblant de sourire, puis me tendit une main forte et rougie et serra la mienne à contrecœur. Sa chevelure auburn était striée de blanc, on aurait dit un sucre d'orge rayé. Auprès d'elle se tenait un petit homme corpulent. Une couronne de cheveux gris auréolait son crâne presque chauve.

— Porter Setterton, dit Cal, le père de Kitty, Heaven. Je la monte jusqu'à sa chambre. Le voyage a été long et le siège arrière n'est pas très confortable. J'espère que je vous ai envoyé assez d'argent pour tout ce dont elle a besoin ?

— Nous pouvons nous occuper de cela nous-mêmes, répondit la mère. Elle n'a pas l'air très malade. En tout cas pas avec cette crème sur la figure !

— Nous parlerons de cela plus tard, dit Cal.

Il entra dans la maison.

Maisie, la sœur, n'était qu'une pâle imitation de Kitty. Elle me regardait des pieds à la tête et de la tête aux pieds. Quant au frère, Danny, il ne me quittait pas des yeux. Il avait un visage couvert de boutons, les cheveux blonds. Je lui donnais une vingtaine d'années.

Maisie s'avança vers moi, essayant de paraître amicale.

— Vous avez dû nous voir souvent. En tout cas, nous vous connaissons, ainsi que votre famille. Tout le monde regardait les... les Casteel.

Leurs visages ne me disaient rien. A l'église, je ne voyais personne, sauf le révérend, sa femme, les plus jolies filles, les plus beaux garçons et, bien sûr, Mlle Deale... C'était à peu près tout. Je regardais aussi ceux qui étaient le mieux habillés, parce que je les enviais. Maintenant, mes vêtements étaient bien plus élégants que tous ceux que j'avais pu voir ici.

Jusqu'à présent, Danny n'avait pas ouvert la bouche.

— Il faut que j'aille aider Kitty, ses affaires sont dans la malle... et j'en ai besoin.

— Je vais m'en occuper, dit Danny.

Je suivis Reva Setterton à l'intérieur de la maison. Maisie m'emboîta le pas et M. Setterton alla décharger la voiture avec Danny.

— Tu as un prénom superbe, dit Maisie. Heaven Leigh, c'est ravissant ! Ma, pourquoi m'as-tu donné un prénom si ennuyeux ? Tu n'as vraiment pas eu d'imagination !

— Tais-toi et estime-toi heureuse que je ne t'aie pas appelée *idiote* !

Vexée, Maisie rougit et baissa la tête. Les contes de Kitty à propos de son enfance malheureuse étaient peut-être vrais, après tout ? D'après ce que je pus voir de la maison, elle était spacieuse, nette et assez jolie. On me conduisit à la chambre de Kitty. On l'avait déjà installée sur un lit d'hôpital, elle était en chemise de nuit. Cal remonta ses draps et me sourit, puis il se tourna vers la mère de Kitty.

— Reva, je vous suis très reconnaissant d'avoir accepté de vous occuper de Kitty. J'ai dû demander l'aide d'infirmières de jour comme de nuit. Si vous pensez pouvoir vous arranger avec une infirmière seulement pour la nuit, je vous réglerai chaque semaine le montant de ses honoraires, ainsi que toutes les dépenses occasionnées par la maladie de votre fille.

— Nous ne sommes pas pauvres, répondit-elle. Je vous ai déjà dit que nous pourrions prendre ces frais en charge. Tu peux m'appeler Reva, ma fille.

Elle fit un geste pour me montrer la pièce qui était agréable.

— C'était autrefois la chambre de Kitty. Elle a toujours aimé faire croire qu'elle avait passé sa jeunesse dans une étable. Elle appelait la maison une prison. Elle était pressée de grandir pour s'en aller d'ici avec le premier homme qui voudrait d'elle... Et maintenant, regardez-la ! Voilà le résultat d'une vie de péché. Elle n'a jamais voulu faire son devoir...

Il n'y avait rien à répondre.

Je rafraîchis Kitty avec une éponge et lui changeai sa chemise de nuit. Elle me regarda avec une vague lueur interrogative et tomba dans un profond sommeil. C'était un soulagement pour moi de lui voir fermer les yeux.

Nous descendîmes dans le salon. Cal parlait de l'étrange maladie de Kitty, restée jusqu'à présent sans diagnostic. Reva Setterton retroussa ses lèvres avec mépris.

— Kitty est née en se plaignant. Rien ne lui plaisait, rien n'était assez bien pour elle. Elle ne nous aimait pas, ni son père, ni moi, ni personne, d'ailleurs. Elle n'aimait que les hommes, à condition qu'ils fussent beaux. Je veux, cette fois-ci, essayer d'oublier le passé. Ce sera plus aisé maintenant qu'elle ne peut plus répondre avec méchanceté en nous provoquant tous.

Maisie se rapprocha de moi. Elle ne me quittait pas d'une semelle.

— C'est vrai, dit-elle. Nous n'avions que des problèmes quand Kitty revenait ici. Elle n'aimait rien de ce que nous faisions, rien de ce que nous disions. Elle déteste Winnerrow et nous déteste tous. Je me demande pourquoi elle revenait...

Elle continua un moment sur ce chapitre puis me suivit jusque dans ma chambre. Elle me regarda défaire ma valise, émerveillée par ma lingerie et par ma garde-robe. Il faut dire que, depuis que Kitty était tombée malade, Cal n'avait pas lésiné sur la dépense...

— Je parie qu'elle est invivable, dit Maisie.

Elle se laissa tomber sur le lit et me regarda avec admiration. Il lui manquait ce qui donnait à Kitty du caractère : la vitalité et la force.

— Kitty n'a jamais été une sœur pour moi. J'étais trop petite pour me rappeler quand elle est partie. Elle n'aimait pas la cuisine de Ma. Maintenant, qu'elle l'aime ou pas, elle devra la manger. C'est quelqu'un de très curieux, Kitty. Je suis quand même triste de la voir dans cet état. Mais que peut-elle bien penser ?

C'était une bonne question et je me l'étais posée bien des fois.

Maisie sortit, je m'affalai dans un fauteuil recouvert de chintz jaune. Quand tout avait-il commencé ? Etait-ce à la mort de Chuckles ? Je fermai les yeux et me concentrai. Je voulais trouver une explication.

Un soir, Kitty était rentrée à la maison en tempêtant après des clientes qui étaient arrivées en retard à leur rendez-vous.

— Elles s'imaginent peut-être qu'elles sont plus importantes que moi, pour me faire attendre comme si je n'avais rien de mieux à faire. J'ai une faim de loup. Je mange tout le temps et je perds du poids. J'ai faim, je meurs de faim.

— Je me dépêche, lui avais-je répondu.

— Je monte prendre un bain en attendant.

Ses talons cliquetèrent sur les marches.

De la cuisine, je l'imaginais se débarrassant de son « uniforme » rose et le laissant tomber à ses pieds, enlevant ses dessous et les laissant choir à terre également. Je devais ensuite les ramasser, les laver et les ranger. J'entendis l'eau couler dans la baignoire. Puis Kitty se mit à chanter à pleins poumons ce qu'elle chantait toujours dans la salle de bains : « En bas dans la vallée... dans la vallée si bas... aaa, Tard dans la soirée... le train siffla... aaa. »

Elle chantait ces deux phrases indéfiniment, jusqu'à m'exaspérer.

Puis il y eut un cri. Un long cri horrible.

Je courus dans l'escalier, pensant qu'elle avait glissé et s'était blessée en tombant... Je la trouvai nue, devant le miroir de la salle de bains ; elle regardait son sein droit avec des yeux de folle.

— J'ai un cancer, c'est un cancer du sein.

— Mère, il faut aller consulter un docteur. Ce n'est probablement qu'un kyste bénin.

— Que signifie « bénin » ? On va me le couper, oui ! Ils vont me le débiter en tranches avec leur scalpel de mort. Je serai... mutilée. Plus aucun homme ne voudra de moi. Je serai une moitié de femme, infirme, quoi ! Et je n'ai jamais eu d'enfant ! Je ne saurai jamais ce que c'est. Ne me dis pas que ce n'est pas un cancer. Je suis sûre que c'en est un.

— Tu as été chez le médecin, mère ?

— Oui... Parfaitement. Et qu'est-ce qu'ils savent, eux, hein ? C'est quand tu es sur ton lit de mort qu'ils commencent à comprendre !

Elle était dans un état effroyable. J'appelai Cal et lui demandai de rentrer immédiatement. Quand je remontai dans sa chambre, elle était étendue sur le lit et regardait le plafond fixement, le regard vide.

C'était mon premier repas chez les Setterton. La cuisine était délicieuse. J'aidai Reva et Maisie à faire la vaisselle. Puis nous rejoignîmes M. Setterton sous le porche. Je profitai d'un aparté avec Cal pour lui rappeler l'incident du kyste. Reva Setterton était à l'étage, en train d'essayer de faire avaler son dîner à Kitty.

Quand elle revint, elle avait l'air victorieux :

— Elle a mangé, je ne veux pas que l'on meure de faim chez moi.

— Reva, dis-je, il y a quelques mois, Kitty a senti un kyste dans son sein droit. Elle dit avoir consulté un docteur, mais comment pourrions-nous en être certains ? Quand elle fut hospitalisée, on l'a de nouveau examinée et on ne lui a rien trouvé.

La mère de Kitty se leva.

— Quelle andouille de n'avoir rien dit ! s'écria Maisie. Remarquez, avec la poitrine qu'elle a, on ne peut lui en vouloir.

— Mais, dit Cal, elle a été examinée par de très bons docteurs.

— Le cancer du sein est une tradition de famille, reprit-elle. Ma n'a plus de seins, on l'a opérée et on lui a mis des prothèses. Voilà pourquoi elle est partie. Elle ne peut supporter ce sujet de conversation. Il faut la comprendre ! Notre grand-mère maternelle n'en avait plus qu'un et notre grand-mère paternelle s'était également fait opérer. Elle est morte, car l'autre était également atteint. Kitty a toujours été terrifiée à l'idée de perdre ce dont elle était si fière. A côté d'elle, je n'ai presque pas de poitrine. Mais il est sûr que j'aurais horreur de ce genre d'opération.

Etait-ce l'explication de l'état de Kitty ? Etait cc si simple ? Dire que ni les docteurs, ni Cal, ni moi n'y avions pensé...

Nous étions chez les parents de Kitty depuis quelques heures et je sentais déjà que Cal avait changé. Il y avait une espèce de distance entre nous qui n'existait pas auparavant. Je ne savais pas bien à quoi attribuer ce changement, mais j'en étais soulagée. C'était peut-être la pitié pour Kitty qui l'éloignait de moi. En ce moment, il était assis près de son lit et lui tenait la main. J'étais sur le pas de la porte et je le regardais essayer de la réconforter et de la distraire.

Ce qui nous était arrivé serait toujours un secret étouffant et honteux.

Je me mis à penser à Tom et à Fanny. Quand allais-je les revoir ? Et Logan... Mon retour lui ferait-il plaisir ? M'avait-il attendue ? N'allait-il pas prendre un air distant et se détourner comme il l'avait fait une fois dans l'église, quand il marchait à côté de ses parents ? Il ne m'avait jamais donné d'explication pour cette lâcheté. Je ne lui en avais d'ailleurs pas demandé.

Cette nuit-là, je dormis avec Maisie dans sa chambre. On installa un lit d'appoint pour Cal dans la chambre de Kitty. Le lendemain matin, je me levai très tôt et m'habillai. Les autres étaient encore au lit. Je commençais à descendre l'escalier quand Cal m'appela.

— Heaven, où vas-tu ?

— Voir Fanny.

Je ne me retournai pas, j'avais peur de le regarder. Ma honte était encore plus lourde ici, à Winnerrow, qu'elle ne l'avait été à Candlewick.

— Laisse-moi t'accompagner, s'il te plaît !

— Cal, ne m'en veux pas, je préférerais y aller seule. Mes rapports avec Fanny n'ont jamais été simples. Si tu es avec moi, elle va mentir et j'ai besoin de connaître la vérité.

— Comme tu cours vite, Heaven, quand tu es dans un territoire familier. Me fuis-tu ? Ta famille est-elle une excuse pour me laisser tomber ? Tu n'as pas besoin d'excuses ; tu ne m'appartiens pas. Va et viens à ta guise, je resterai là pour m'occuper de Kitty, mais sache que tu me manqueras quand tu seras partie.

Il avait l'air blessé et j'eus mal pour lui. J'étais heureuse de quitter cette maison ; chaque pas qui m'en éloignait me rendait ma jeunesse.

J'allais voir Fanny.

Je choisis un chemin qui passait, comme par hasard, devant la pharmacie des Stonewall. Je ne m'attendais pas à voir Logan, pourtant mon pouls s'accéléra aux approches du magasin. Je regardai à l'intérieur, le cœur serré. Je ne le vis pas. Je tournai la tête et aperçus les yeux bleu sombre d'un jeune homme de belle apparence. Il descendait d'une voiture de sport. Oh ! Mon Dieu... c'était Logan Grant Stonewall.

Lui aussi me regardait...

— Heaven Leigh Casteel... Est-ce toi ?

— C'est moi. Est-ce toi, Logan ?

— C'est moi, Heaven !

Son visage s'éclaira. Il fut près de moi en une enjambée et m'attrapa les deux mains. Il eut l'air de reprendre son souffle.

— Tu as grandi... Tu es devenue très belle. Je ne sais pas pourquoi j'en suis surpris, j'ai toujours su que tu serais très belle.

Il eut son sourire resplendissant. Je me tassai sur moi-même, prise dans la toile d'araignée que j'avais tissée pour mon malheur. J'aurais aimé me précipiter dans ses bras. Il n'attendait que cela.

— Merci d'avoir répondu à toutes mes lettres, dis-je, ou à... presque toutes.

Il était déçu.

— Quand j'ai su que tu allais arriver avec Kitty Dennison, j'ai écrit à Tom pour le prévenir.

— Moi aussi.

Il était beau... J'en étais sidérée. Il était grand... il était... ce que j'avais toujours voulu. Je me sentais malade et dépossédée. C'était à lui que j'aurais dû offrir ce que j'avais donné à Cal. Cet amour si pur n'était plus qu'un rêve. Je baissai les yeux, terrifiée à l'idée qu'il pût y voir quelque chose qui me trahirait. La honte me paralysait. Je fis un pas en arrière pour ne pas le toucher et je dis faiblement :

— Ce serait merveilleux de revoir Tom.

— Plus merveilleux que de me revoir, n'est-ce pas ?

Il m'attira à lui, me lâcha les mains et glissa ses bras autour de ma taille.

— Regarde-moi, Heaven, arrête de baisser la tête. On dirait que tu ne m'aimes plus. J'ai tellement attendu ce jour, et tu ne veux même pas me regarder en face. Depuis que tu es partie, je n'ai pensé qu'à toi. J'allais quelquefois à ta cabane et j'errais là-haut. Je te revoyais et t'admirais pour ton courage ; tu ne te plaignais jamais, tu ne demandais jamais rien. Heaven, tu es comme une rose, une belle rose sauvage, plus enivrante que toutes les autres. S'il te plaît, mets tes bras autour de mon cou, embrasse-moi et dis-moi que tu m'aimes.

Il avait dit tout ce que j'avais rêvé d'entendre, exactement. Je tremblais en pensant à ce que j'avais fait. Dans un élan irrésistible, je me suspendis à son cou, il me souleva et me fit tournoyer. Puis nos lèvres se rencontrèrent et je l'embrassai à en perdre le souffle.

— Oh ! Heaven... je savais que ce serait ainsi.

Ses yeux brillaient. Nous nous regardions sans parler, très près l'un de l'autre. Il me pressa contre lui, cela me rappela Cal. Ce n'était pas ce que je voulais... non. Je le repoussai, saisie d'une terreur incontrôlable. Je n'avais pas seulement peur de Logan, mais de tous les hommes. J'aurais voulu lui crier : « Ne me touche pas comme ça ! Embrasse-moi seulement ! »

Evidemment, il ne comprit pas. Comment l'aurait-il pu ? Je le lus dans ses yeux. Il me laissa aller et me dit d'une voix humble :

— Je te demande pardon, Heaven. Cela fait deux ans et huit mois que nous ne nous sommes pas vus. Je ne pensais pas que tu me traiterais comme un étranger.

Je me sentais prise au piège.

— Je suis très heureuse de t'avoir revu, Logan, mais je suis pressée...

— Tu t'en vas ! Cela fait presque trois ans que nous ne nous sommes pas vus et tu t'en vas ! Heaven, m'entends-tu ? Je t'aime.

— Je dois partir.

— Laisse-moi t'accompagner.

— Je suis désolée, Logan, mais je vais voir Fanny et après Grandpa... Il vaut mieux que je sois seule. Nous pourrions nous donner rendez-vous demain ?

— Demain matin, à huit heures. Nous passerons la journée ensemble. Dans tes lettres, tu ne m'as rien dit de toi, Heaven.

J'essayai de sourire.

— Je t'en parlerai demain. Nous aurons toute la journée.

— Je ne rêve qu'à ton retour depuis bientôt trois

ans ! Heaven, ne me regarde pas de cette façon, on dirait que je te fais peur. Qu'est-ce qui ne va pas ? Tu as changé. Tu ne m'aimes plus et tu n'as pas le courage de me le dire.

J'éclatai en sanglots.

— Ce n'est pas vrai, Logan.

— Qu'est-ce qu'il y a ? Je voudrais éclaircir la situation dès maintenant, je t'en prie...

— Au revoir, Logan !

Et je m'en allai.

— Où nous retrouvons-nous demain ? Ici ou devant chez les Setterton ?

Il paraissait désespéré.

— Ici. Après sept heures. Je me lèverai tôt pour m'occuper de Kitty.

L'amour avec lequel il me regardait me fit du bien. J'aurais tant aimé me garder intacte pour lui... Il courut et me rattrapa.

— Je t'accompagne jusqu'au presbytère. Je ne peux pas attendre demain pour savoir la vérité. Après, je m'en irai, Heaven... Tu m'as dit un jour, là-haut, que ton père vous avait vendus. D'abord Keith et *notre* Jane, puis Fanny, puis Tom. Et toi, t'a-t-il vendue ?

— Oui, j'ai été vendue comme une bête pour cinq cents dollars et on m'a emmenée pour servir d'esclave à une folle qui hait mon père autant que je le hais.

Je lui répondis avec colère ; j'étais outrée qu'il eût pu mettre ma parole en doute.

— Pourquoi es-tu furieuse contre moi ? Ce n'est pas moi qui t'ai vendue. Je suis navré que tu aies souffert, mais à te voir, on ne le dirait pas. Tu es superbe, habillée en *débutante,* et tu prétends que tu as été vendue et traitée comme une esclave. Si toutes les esclaves ressemblaient à des reines de beauté, on devrait vendre toutes les filles !

— Quel manque de sensibilité, Logan Stonewall ! Ta générosité et ta compréhension faisaient, jadis, mon admiration. Ce n'est pas parce que tu ne vois pas les traces de ma souffrance qu'elle n'a pas existé.

Je ne pus en dire plus et perdis le contrôle de moi-même. Je me mis à pleurer comme une petite fille.

— Heaven... oublie ça et donne-moi encore une chance. Parlons ensemble comme nous le faisions autrefois.

Pour son bien, j'aurais dû m'enfuir et ne jamais le revoir. Mais je l'avais aimé dès que je l'avais aperçu. Nous fîmes la paix et nous marchâmes, main dans la main, jusqu'à la maison du révérend Wayland Wise.

C'était une maison blanche d'un style très pur, une demeure presque seigneuriale. Elle était entourée d'un hectare de jardin aux fleurs superbes et aux gazons parfaits. La maison de Kitty, à Candlewick, était en comparaison une cabane à lapins. Fanny était maintenant une jeune fille de seize ans et quatre mois. Tom avait dix-sept ans comme moi, Keith allait sur ses douze ans et *notre* Jane en avait onze.

Mais j'étais là pour Fanny.

Je regardai à nouveau la maison, la plus grande de Winnerrow. Des colonnes de style corinthien soutenaient le porche. Les marches du perron formaient un entrelacs savant de briques rouges. Sous le porche, il y avait d'énormes jardinières de terre cuite remplies de géraniums et de pétunias rouges et des fauteuils en osier, laqués de blanc, dont les hauts dossiers semblaient faire la roue.

Les arbres étaient beaux et vieux, des oiseaux y chantaient. Pendu au plafond du porche un canari pépiait dans une cage. On avait dû la suspendre là pour la placer hors de portée des chats. L'oiseau devait appartenir à Fanny. Toute sa vie, elle avait désiré un canari...

A part le chant des oiseaux, on n'entendait aucun bruit.

Le silence était si pesant que la maison paraissait inhabitée.

2

Retrouvailles avec les Casteel

J'appuyai plusieurs fois sur la sonnette. Rien ne bougea. J'attendis ce qui me sembla être une éternité. Je devenais nerveuse. Je me retournais de temps en temps pour voir si Logan s'en était allé. Il était toujours là, appuyé contre un arbre. Il souriait.

J'entendis un léger bruit derrière la porte. Je me raidis et collai mon oreille au panneau : c'étaient des pas furtifs. La porte s'entrouvrit. Des yeux de chat aux prunelles noires et brillantes me transpercèrent d'un regard méfiant. Seule Fanny avait ces yeux-là... et Pa.

— Va-t'en.

Je reconnus sa voix.

— C'est moi, Heaven. Je suis venue te voir, Fanny, je veux savoir comment ça va. Tu ne vas pas fermer la porte !

— Va-t'en. Je ne veux pas te voir. Je ne te connais pas et je n'ai pas besoin de toi. Je suis Louisa Wise et j'ai tout ce que je désire. Tu ne vas pas venir ici pour semer la pagaille !

Elle parlait bas. Elle était toujours aussi blessante, mais en dépit de son hostilité et de sa jalousie, je savais qu'elle m'aimait. La vie l'avait souvent blessée, voilà tout !

— Fanny, je suis ta sœur, j'ai besoin de te parler, de te voir. As-tu des nouvelles de Keith et de *notre* Jane ?

Il me déplaisait que Logan fût témoin de cet accueil peu chaleureux.

— Je ne sais rien et ne veux rien savoir. Va-t'en et laisse-moi tranquille !

C'était maintenant une très jolie jeune fille. Elle avait un visage ravissant qui allait sûrement briser bien des cœurs. Elle n'en aurait aucun remords, j'en étais bien certaine. Mais qu'elle refusât de me voir, de me parler, qu'elle ne voulût plus me reconnaître comme sa sœur, cela, je ne pouvais l'accepter.

— Est-ce que tu as vu Tom ?

— Je ne veux pas voir Tom.

— Je t'ai écrit cent fois, Fanny Casteel ! N'as-tu pas reçu mes lettres ? Quand on t'écrit, tu pourrais au moins répondre, c'est la moindre des choses, non ? A moins que tu ne t'en fiches complètement ?

— On ne peut rien te cacher !

Je m'appuyai à la porte pour l'empêcher de la refermer.

— Tu ne m'as jamais écrit, dit-elle.

Elle regarda par-dessus son épaule et se mit à parler encore plus bas.

— Va-t'en, Heaven. Ils sont là-haut et ils dorment encore ; si jamais ils apprennent que tu es venue, cela ira très mal pour moi. Ils ne veulent pas entendre parler de vous, je suis leur fille. Je n'ai jamais revu Pa... jamais. J'avais toujours cru être sa préférée... On ne le dirait pas ! Tu as l'air en pleine forme, tant mieux ! Il faut que je m'en aille. Pousse-toi de là, Heaven Leigh ! Je ne vous connais plus. Je ne veux plus rien savoir de vous. Je n'ai que de mauvais souvenirs des vieux jours dans les collines, je me rappelle seulement que j'avais froid, que j'avais faim et que nous manquions de tout.

Pendant qu'elle parlait, des larmes se formèrent au coin de ses yeux et roulèrent sur ses joues. Elle les écrasa avec rage. Je bloquai la porte avec mon pied.

— Tu ne vas pas t'en tirer comme ça, Fanny Louisa Casteel, j'ai pensé à toi pendant plus de deux ans, chaque jour, et je ne m'en irai pas avant que tu ne m'aies raconté ce que tu deviens. Tu comprends, Fanny, moi je ne me fiche pas de toi. Je me rappelle les bons moments dans nos collines et j'essaie d'oublier les mauvais. Je me souviens que nous nous serrions tous les uns contre les autres pour nous tenir chaud. Tu es une véritable peste, mais je t'aime quand même, Fanny.

Elle pleurait maintenant.

— Est-ce que ça ne te ferait rien de t'en aller ? Je ne peux rien pour toi !

Elle repoussa brutalement mon pied, claqua la porte et tourna le verrou. J'étais seule sous le porche. Les larmes m'aveuglaient, je trébuchai sur les marches. Logan me reçut dans ses bras.

— Quelle garce ! dit-il.

Je le repoussai, j'avais mal et voulais être seule. Pourquoi s'en faire pour Fanny ? Elle n'avait jamais été une sœur très affectueuse... J'avais mal.

— Va-t'en, Logan, je n'ai pas besoin de toi, je n'ai besoin de personne.

Il m'attrapa par le bras et me fit pivoter.

— Qu'est-ce qu'il y a ? Qu'est-ce que j'ai encore fait ?

Je le suppliai.

— Laisse-moi m'en aller !

— Ecoute ! Je sais que Fanny t'a blessée et que tu as de la peine, mais ce n'est pas une raison pour te retourner contre moi. A quoi t'attendais-tu ? Elle a toujours été détestable. Je t'ai accompagnée ici parce que je me doutais de ce qui allait se passer ; je pensais que tu aurais besoin de moi. Aie besoin de moi, Heaven ! Je n'ai jamais fait que t'admirer, te respecter et t'aimer. Pardonne-moi d'avoir insisté pour savoir si ton père t'avait vendue, mais c'est tellement affreux que j'avais peine à y croire.

— As-tu au moins essayé de parler de moi à Fanny ?

— Plusieurs fois j'ai voulu lui parler de toi... Mais tu connais Fanny ! Rien ne l'intéresse en dehors de sa petite personne. Elle trouve toujours le moyen de détourner la conversation de manière à croire et à te faire croire que c'est elle qui est intéressante. J'ai vite compris qu'il était préférable de ne pas s'en occuper.

— Elle ne te lâche pas, n'est-ce pas ?

Je me demandais si, comme les autres, il avait succombé aux charmes de Fanny.

— Ouais... Il faut avoir les nerfs solides pour résister à Fanny. La seule chose à faire est de s'en écarter.

— Tu avais assez envie de succomber à la tentation, non ?

— Ça va, Heaven, depuis que je te connais, je me désintéresse des filles du genre de Fanny et depuis que tu es partie, j'ai toujours gardé l'espoir qu'un jour nous nous retrouverions. C'est toi que je veux ; je t'aime et je te respecte. Comment pourrais-je respecter Fanny ?

A présent, il ne pouvait plus me respecter, même s'il l'ignorait... De toute évidence, Fanny s'était bien adaptée à sa nouvelle vie. Nous nous éloignâmes du presbytère.

— Logan, Fanny a honte de nous. Je pensais qu'elle serait heureuse de me revoir, même si quelquefois nous étions comme chien et chat. C'est ma sœur et je l'aime toujours...

Il essaya de m'attirer à lui et de m'embrasser, je le repoussai.

— Sais-tu où est mon grand-père ?

— Evidemment. Je vais le voir de temps en temps et nous parlons de toi. Je l'aide à vendre ses sculptures. C'est bien, ce qu'il fait, il est très adroit. Il t'attend. Si tu avais vu ses yeux quand je lui ai annoncé ta venue ! Il m'a dit : « Je vais prendre un bain, me laver les cheveux et mettre des vêtements propres. »

J'étais émue aux larmes : Grandpa allait prendre un bain, se laver les cheveux et changer de vêtements... Opérations qu'il détestait...

— Que devient mademoiselle Deale ?

— Elle n'est plus ici. Elle est partie juste avant toi, tu te rappelles ? Personne n'a jamais eu de ses nouvelles depuis. De temps en temps, je vais à notre école, juste pour les vieux souvenirs, je m'assois sur la balançoire et je rêve... Je suis même monté chez toi, là-haut, mais je te l'ai déjà dit.

— Pourquoi, Logan ?

— Pourquoi ? Pour te comprendre. De savoir que tu es née et que tu as vécu dans cette cabane me faisait toucher du doigt ta force de caractère, ta dignité. Ta beauté intérieure n'en prenait que plus de relief. Je ne sais pas si j'aurais eu ton courage et quand je vois Tom...

— Tu as vu Tom ?

— Oui et tu le verras bientôt. C'est vraiment quelqu'un ! Ne sois pas impatiente, Heaven, tu vas le voir.

Nous arrivions dans Martin's Road. C'était un des quartiers les plus pauvres de la ville, à une douzaine de pâtés de maisons de l'endroit où vivait Fanny.

— Sally Trench tient une maison de retraite. C'est chez elle que se trouve ton grand-père. On m'a dit que ton père envoyait de l'argent tous les mois pour payer sa pension.

— Je me fiche de ce que fait mon père.

J'étais cependant surprise qu'il se donnât cette peine ; ainsi, il s'occupait encore un peu de son père...

— Non, tu ne t'en fiches pas, mais tu ne veux pas l'admettre. Il a pris le mauvais côté de la route, mais tu es toujours vivante et en bonne santé. Fanny est comblée, Tom se débrouille. Et je suis sûr que, lorsque tu reverras Keith et *notre* Jane, tu seras étonnée. Heaven, il faut faire confiance à la vie. C'est une des conditions du bonheur.

Du temps de Mlle Deale, je pensais comme lui. Mais à présent, j'étais désabusée. J'avais beaucoup donné, mais n'avais rien reçu. Je ne savais plus que croire et en qui espérer.

— Heaven, je n'aimerai jamais personne comme je t'aime. Je sais que nous sommes jeunes et que le monde est plein de gens que nous n'avons pas rencontrés et que nous pourrions aimer. Mais aujourd'hui, je ne pense qu'à toi. Tu ne peux pas me rejeter.

Je n'étais plus ce qu'il croyait et la honte m'écrasait.

— Regarde-moi, Heaven ! J'ai besoin que tu m'aimes et tu ne me laisses pas t'approcher. Nous ne sommes plus des gamins, nous sommes presque des adultes.

— J'en ai tellement vu que je me demande par quel miracle j'ai pu grandir !

— Permets-moi de te dire que tu as grandi « en beauté, en sagesse et en grâce »...

Je vis dans ses yeux toute la dévotion et tout l'amour du monde, ce qui me fit mal. J'avais tout gâché et n'avais plus d'espoir.

— Heaven, réponds-moi ! Te rappelles-tu le jour où nous nous sommes promis l'un à l'autre ?

Oh ! comme je m'en souvenais ! Nous étions au bord de la rivière. Nous étions encore des enfants. Il était facile, alors, de se promettre tout et pour toujours. Mais je n'étais plus digne de lui.

— Tu n'as jamais eu d'autres petites amies que moi, Logan ?

— Non, juste quelques rendez-vous.

Nous étions dans Martin's Road. Un affreux bâtiment peint d'un vert glauque, comme la mer ou les yeux de Kitty, faisait le coin de la rue. La maison était entourée d'une vaste cour bien entretenue. Il était difficile d'imaginer Grandpa enfermé là-dedans. Je m'attendais à le voir sous le porche, taillant ses morceaux de bois. Il y avait en effet des fauteuils, mais ils étaient tous vides.

— Si tu préfères, je t'attendrai dehors, dit Logan.

Je regardai la hauteur du bâtiment. Il devait y en avoir des marches pour arriver là-haut et Grandpa n'était plus très vaillant ! Cette rue était plantée d'arbres, les maisons coquettes et les jardins soignés. Les journaux du matin attendaient près des portes, des maris pressés promenaient leur chien avant de partir pour leur travail.

J'avais souvent parcouru en rêve les rues de Winnerrow ; mais elles étaient vides, les chiens n'aboyaient pas et les oiseaux ne chantaient plus. Tout était triste et silencieux. Terrible rêve... Je cherchais Keith, *notre* Jane, Tom. Quant à Grandpa, j'étais sûre qu'il était resté à la cabane. Je ne pouvais l'imaginer nulle part ailleurs.

— Il paraît que ton grand-père aide quelquefois à l'entretien de la maison pour payer sa pension quand ton père l'oublie ou qu'il est en retard.

Le soleil à peine levé était déjà brûlant. Dans la

vallée, il n'y avait pas de petite brise rafraîchissante comme dans les Willies. Dire que j'avais considéré cette ville comme un paradis !

— Allons-y, dit Logan.

Il me prit le coude et me fit traverser la rue.

— J'attendrai sous le porche, prends ton temps ! J'ai toute la journée, toute la vie pour t'attendre.

Je frappai timidement. Une grosse femme peu soignée ouvrit la porte. Elle me regarda, puis me laissa entrer.

— On m'a dit que mon grand-père, Toby Casteel, était ici.

— Oui, ma belle. Ça, on peut dire que tu es jolie, toi ! Une ravissante petite chose. Oh ! que j'aime la couleur de tes cheveux. J'ai un petit faible pour le cher vieil homme. Je l'ai pris ici quand personne n'en voulait. Je l'ai mis dans une bonne chambre et il est nourri mieux qu'il ne l'a jamais été, je t'en fais le pari. Je suis une vraie poire, ça tout le monde peut le dire. J'en vois de toutes les couleurs. Il y en a des petits malins ! Des jeunes arrivent avec leurs parents, ils promettent monts et merveilles et pffft... On ne les revoit plus jamais. Et voilà. Il y a de vieux papas et de vieilles mamans qui sont là jusqu'à la fin de leur vie, attendant une visite ou une lettre qui ne viendra jamais. C'est une honte. C'est à pleurer.

— On m'a dit que mon père envoyait de l'argent tous les mois.

— Pour ça, oui. C'est un homme charmant, ton père, un bel homme énergique. Je me rappelle, quand il était jeune, toutes les filles lui couraient après. Ça, dame, on ne pouvait pas leur en vouloir ! Evidemment, il a pris un chemin différent de celui auquel on s'attendait !

Que voulait-elle dire ? Pa était pourri jusqu'à la moelle, c'était un fait connu de tout Winnerrow. Elle grimaça un sourire, découvrant de fausses dents si blanches qu'elles paraissaient crayeuses.

— C'est agréable ici, n'est-ce pas ? Tu es Heaven Casteel, je présume ? J'ai aperçu ta mère une fois ou deux, c'était une vraie beauté, trop parfaite pour ce monde. Dieu a dû penser la même chose, puisqu'il l'a reprise. Tu lui ressembles... Ce n'est pas un endroit pour toi ici, ma petite, il ne faut pas y rester...

Elle aurait aimé s'étendre sur le sujet si je ne lui avais fait comprendre que j'étais là pour rendre visite à mon grand-père.

— Je n'ai pas beaucoup de temps et je voudrais voir mon grand-père, maintenant.

Elle me fit traverser un salon sombre aux abat-jour sales et aux portraits jaunis. L'intérieur de cette grande maison était vétuste. On n'avait refait que la façade. Ce n'était ni accueillant ni même propre et il y régnait une forte odeur de Lysol. Le Lysol... « Prends ton bain maintenant, souillon des collines ! Je vais y mettre du Lysol et te débarrasser de la crasse des Casteel. »

Nous montâmes au second étage.

— Tu as cinq minutes pour lui parler. Il y a seize personnes à nourrir ici et trois repas sont servis par jour. Ton grand-père doit faire sa part de travail.

Grandpa n'avait jamais effectué de travaux ménagers chez nous !

Je montai les trois étages d'un escalier raide, en colimaçon. Elle était devant moi et ses fesses tanguaient sous sa robe. Je regardai ailleurs. Comment mon Grandpa était-il arrivé jusque là-haut ? Il nc devait jamais sortir ! Plus nous montions, plus la maison devenait vieille et crasseuse. La peinture était écaillée et personne ne se souciait plus ici des bestioles qui couraient sur le plancher et des toiles d'araignée qui pendaient çà et là. Kitty en aurait fait une crise d'hystérie.

Nous atteignîmes enfin le dernier étage et longeâmes un étroit couloir bordé d'une rangée de portes. La dernière était celle de Grandpa. Elle s'ouvrit sur une petite pièce miteuse avec, pour tout mobilier, un lit affaissé, une vieille table de toilette et un fauteuil à bascule grinçant dans lequel se balançait Grandpa. Il avait tellement vieilli que ce fut à peine si je le reconnus. Près de lui se trouvait un second fauteuil à bascule ; c'était celui de Granny. Il était en train de lui parler, j'en eus le cœur brisé.

— Tu travailles trop à ton ouvrage de crochet, il faut se préparer, notre petite Heaven va venir nous voir.

Il faisait ici, sous les toits, une chaleur intenable. Grandpa n'avait rien à regarder autour de lui : ni chiens, ni chats, ni cochons, ni poulets. Rien ni personne qui puisse lui tenir compagnie. Il était si seul qu'il avait mis son Annie dans le fauteuil vide. Je me tenais figée sur le pas de la porte. La pitié me submergea.

— Grandpa... c'est moi, Heaven Leigh.

Il tourna ses yeux délavés dans ma direction. Il n'y avait aucun intérêt dans son expression, mais plutôt une certaine surprise d'entendre une voix nouvelle et de voir un visage inhabituel. Il avait atteint un degré d'indifférence où plus rien n'avait vraiment d'importance. Les larmes me vinrent aux yeux, je souffrais pour lui.

— Grandpa, c'est ta petite-fille, Heaven. Tu ne te souviens pas de moi ? Ai-je tellement changé ?

Doucement la mémoire lui revint. Il essaya de me sourire, ses yeux pâles s'éclairèrent et s'agrandirent. Il ouvrit lentement les bras, je m'y jetai. Je le tins serré contre moi pendant qu'il pleurait silencieusement. Alors, j'essuyai ses larmes avec mon mouchoir. Il me caressait les cheveux et dit d'une voix rouillée :

— Là, là ! Ne pleure pas ! Tout va bien pour Annie et pour moi. Nous sommes très contents ici, n'est-ce pas, Annie ?

Il regardait le fauteuil vide et y voyait Granny. Il étendit même le bras pour lui tapoter la main, là où elle la mettait autrefois. Puis il se baissa avec peine, étala de vieux journaux à ses pieds et commença à tailler l'écorce d'un morceau de bois. J'étais soulagée de le voir occupé.

— La dame qui tient la pension nous paie, Annie et moi, pour l'aider. Nous faisons de la cuisine et du ménage. Je vends mes sculptures aussi. Je déteste m'en séparer, mais je peux faire des extra pour Annie... Elle n'entend plus bien, alors je voudrais lui acheter un appareil. Moi, j'entends encore très bien et je n'ai pas besoin de lunettes. C'est toi, ma petite Heaven, c'est vraiment toi ! Tu es très jolie, juste comme ta mère quand elle arriva ici. Annie, d'où venait-elle, *l'ange de Luke* ? Je ne me rappelle plus grand-chose...

Je m'agenouillai près de lui.

— Granny a l'air de se porter à merveille, Grandpa. Sont-ils gentils avec vous, ici ?

Il regarda autour de lui et sembla ne rien reconnaître.

— Ça va, ça va ! Mais que je suis heureux de te voir si belle, tout juste comme ta mère. Et voilà ! *L'ange de Luke,* c'est Heaven... Cela me réjouit le cœur. C'est comme si ta mère était revenue. Je sais, je sais, tu n'aimes pas ton Pa, mais il sera toujours ton père, tu ne pourras rien y changer. Luke s'est trouvé un travail très dangereux, enfin c'est ce qu'on m'a dit. Je ne sais pas au juste de quoi il s'agit, mais il gagne beaucoup d'argent. Il nous a installés ici, tu vois ! Il ne nous a pas laissés mourir de faim, ça non !

Il était éperdu de reconnaissance pour son fils, alors qu'il vivait dans cette horrible petite chambre. J'en eus le cœur serré.

— Grandpa, où est Pa ?

Il me regarda avec une expression vide, baissa la tête sur sa pièce de bois et se mit à marmonner.

— ... C'est comme si les morts ressuscitaient... Comme si Dieu avait voulu réparer une erreur... Que Dieu la protège...

Il ne se rendait pas compte qu'il parlait tout seul. Il continua en se tournant vers le fauteuil vide :

— Mais l'as-tu vue, Annie, l'as-tu bien regardée ?

— Grandpa, arrête de radoter et dis-moi où se trouve Pa. Dis-moi où sont Keith et *notre* Jane. Pa doit t'en avoir parlé ? Il t'a bien dit quelque chose ?

Il avait perdu le fil de ses idées et regardait au loin. Il n'y avait rien à faire. Je me levai pour m'en aller.

— Je reviendrai bientôt, Grandpa. Prends soin de toi, m'entends-tu ?

Et je rejoignis Logan qui m'attendait sous le porche. Il n'était pas seul. Il parlait avec un grand jeune homme aux cheveux auburn. Lorsque j'arrivai, il se retourna. C'était Tom !

Mon frère Tom... Il me fit une grimace exactement comme autrefois. Maintenant, il ressemblait à Pa ! Je courus à lui, il m'attrapa dans ses grands bras et nous nous embrassâmes en criant, en riant, en pleurant et en parlant tous deux à la fois. Et, bras dessus, bras dessous, nous descendîmes tous trois Main Street. Nous nous arrêtâmes en face de l'église. Le presbytère la jouxtait et, même si Fanny était trop lâche pour se joindre à nous, elle pouvait nous apercevoir de ses fenêtres.

— Allez, Tom ! Raconte-moi maintenant tout ce que tu ne m'as pas dit dans tes lettres.

Il regarda Logan avec embarras. Logan prétendit aussitôt qu'il devait rentrer chez lui.

— Désolé, Logan, dit Tom, mais j'ai à peine dix minutes pour parler avec Heaven. Nous nous verrons la semaine prochaine.

— A demain à l'église, Heaven, dit Logan.

Je mangeais Tom des yeux. Il prit son air moqueur.

— Waououh ! Il ne faut pas avoir mal aux yeux pour te regarder.

— Et toi, tu as pris de l'embonpoint, on dirait ! Bref, tu es superbe. Je n'aurais jamais pensé que tu ressemblerais autant à Pa.

— Je ne te plais pas comme ça ?

— Bien sûr que si, tu es très beau. Mais est-ce que tu n'aurais pas pu faire autre chose que de ressembler à Pa ? Bon... oublie ce que j'ai dit, Tom ! Mais tu m'as prise de court !

— La plupart des femmes pensent que Pa est le plus bel homme qu'elles aient jamais vu.

— Je n'ai pas envie de parler de lui, Tom. As-tu des nouvelles de Keith et de *notre* Jane ?

— Oui, ils sont heureux et *notre* Jane se porte bien. Si Pa ne l'avait pas vendue, elle serait morte aujourd'hui.

— Tu essaies de lui trouver des excuses ?

— Tu n'as pas changé. Ne sois pas si haineuse, Heavenly ! Pense plutôt aux gens qui t'aiment. Ne gâche pas ta vie parce que tu as eu un père cruel et injuste. Il peut s'améliorer en vieillissant. Il s'occupe de Grandpa, c'est déjà quelque chose. Je n'aurais jamais cru qu'il le ferait, et toi ? Et puis, Buck Henry n'est pas si méchant qu'il en a l'air. Comme tu peux le voir, je ne meurs pas de faim, je ne suis pas malade et je ne suis pas exploité. Et le mieux de tout : j'ai continué mes études et j'en suis au même point que toi.

— Tes cheveux ne sont pas aussi cuivrés qu'auparavant !

— Tu m'en vois ravi ! Et mes yeux, sont-ils toujours aussi coquins ?

— Oui... toujours.

— Tu vois, je n'ai pas tellement changé.

Son visage était franc et ses yeux clairs. Il n'y avait que moi qui devais dissimuler...

— Pourquoi détournes-tu les yeux, Heavenly ?

Je me mis à trembler. La vie à Candlewick m'avait entraînée dans une impasse. J'avais la honte au cœur. Je ne valais guère mieux que Fanny. Je n'avais jamais eu de secret pour Tom, c'était la première fois que je lui cachais quelque chose.

Il me prit dans ses bras. Je mis ma tête sur son épaule.

— Ne pleure pas, Heavenly, tu vas me faire pleurer aussi. Je n'ai pas versé une larme depuis que Buck Henry m'a acheté à Pa. Cette nuit-là, j'ai pleuré sans pouvoir m'arrêter ; je ne pouvais supporter l'idée d'être séparé de toi. Heavenly, qu'est-ce qui ne va pas ? Est-il arrivé quelque chose ?

— Mais non, voyons !

Il étudia mon visage pour se faire une idée de la situation. Ce qu'il vit dut le rassurer.

— Heavenly, quelle joie d'être enfin avec toi ! Raconte-moi avec précision tout ce qui s'est passé depuis mon départ. Dépêche-toi parce que je n'ai plus que quelques minutes...

Il y avait une certaine nervosité dans sa voix.

— Raconte le premier, Tom. Tu n'en dis pas plus que moi dans tes lettres !

— Je n'ai pas le temps, Heaven. Le voilà qui vient me chercher, il faut que je t'embrasse. Il est descendu en ville pour acheter des remèdes chez le vétérinaire. Deux de ses vaches sont malades. La prochaine fois, on se racontera tout. Dans tes lettres, tu ne parles que de vêtements, de cinéma et de restaurants. On dirait que le ciel a décidé de nous gâter le jour où Pa nous a vendus.

Il dit cela avec légèreté, mais dans ses yeux, il y avait une ombre.

— Je vais le rejoindre. Attends-moi samedi prochain ! Je viendrai avec Laurie et Thalia. Nous déjeunerons ou dînerons ensemble. Peut-être ferons-nous l'un et l'autre, avec un peu de chance ?

Et il s'enfuit. J'eus soudain des doutes sur son prétendu bonheur. Se pouvait-il qu'il jouât la même comédie que moi ? Je le regardai s'en aller à la rencontre de cet homme. Une évidence me sauta aux yeux : il était impossible qu'il l'aimât. Pourtant, il était grand, fort et paraissait heureux. Sans doute étais-je moi-même si angoissée que j'avais tout imaginé ?

Samedi prochain, je reverrais Tom, mon frère... La vie était belle, mais je ne pourrais jamais attendre jusque-là !

3

L'amour d'un homme

Chez les Setterton, Cal m'attendait. J'étais à peine sous le porche qu'il se précipita.

— Heaven, mais où étais-tu ? Je me suis fait du mauvais sang à ton sujet.

Cet homme m'aimait. Il m'avait donné son affection, son temps, son appui, puis son amour, qui me rendait si honteuse. Je me sentais prise au piège. Lui seul pouvait me libérer. Je le laissai m'embrasser rapidement et sentis le désespoir me gagner. Il m'avait sauvée du pire, je l'aimais avec tendresse, avec reconnaissance. Je ne voulais pas d'un amant, c'était un père qu'il me fallait.

— Pourquoi me regardes-tu de cette façon, Heaven ? Tu m'aimes à Candlewick, mais pas à Winnerrow ?

Nous n'étions pas sur la même longueur d'onde. De quel genre d'amour parlait-il, de celui que je ne voulais pas lui donner ?

— Aujourd'hui j'ai vu Tom, Fanny et Grandpa.

— Et c'est pour cela que tu fais cette tête ? J'aurais pensé te voir plus heureuse.

— Rien n'est jamais comme on l'imagine... Tom

est devenu un homme, il est aussi grand que Pa et il n'a que dix-sept ans.

— Et comment va Grandpa ?

— Oh, Grandpa... Il a beaucoup vieilli et il fait pitié. Il parle à Granny qu'il croit à côté de lui, ainsi il se sent moins seul. Fanny, elle, n'a pas changé, elle est toujours aussi détestable, mais elle est devenue une vraie beauté.

Il m'attira à lui.

— Comme sa sœur, dit-il.

Maisie apparut sur le pas de la porte. Ses yeux s'agrandirent, elle nous avait vus. Elle nous dit d'une petite voix timide :

— Kitty vous demande. Montez voir ce qu'elle veut, Ma n'a rien pu faire pour elle.

Dimanche, toute la maisonnée fut debout de bonne heure pour se rendre à l'église. Nous devions attendre jusqu'à lundi pour faire examiner Kitty de nouveau.

— Nous allons tous à l'office, dit Reva Setterton. Tu ferais bien de prendre ton petit déjeuner pour que nous puissions partir. Je me suis occupée de Kitty. On peut la laisser seule quelques heures.

Cal était sur le pas de la porte. Il me regardait avec insistance. Il n'avait pas l'air de réaliser le moins du monde que nos relations étaient compromettantes. Il savait que Logan était celui que j'aimais, celui qu'il me fallait. Il aurait dû me rendre ma liberté. Je le suppliai en silence d'en rester là. Mais il se renfrogna et se détourna.

— Je reste avec Kitty, dis-je, vous pouvez partir, je ne veux pas la laisser seule.

Cal emboîta le pas à la famille Setterton. Avant de sortir, il regarda par-dessus son épaule et me fit un petit sourire sarcastique.

— Sois gentille avec ta *mère*, Heaven, dit-il.

Logan devait m'attendre à l'église. J'avais été

stupide de supposer que Reva Setterton resterait à la maison auprès de sa fille.

Je montai lentement l'escalier pour aller voir Kitty.

Elle était dans son lit comme d'habitude. On avait dû lui nettoyer la figure avec vigueur; elle était presque aussi rouge que moi après mon bain d'eau bouillante. On lui avait fait une raie au milieu et deux nattes bien serrées pendaient sur ses épaules. Sa mère lui avait enfilé une épaisse chemise de nuit de coton blanc, boutonnée jusque sous le menton, comme celles des vieilles dames d'autrefois. Je n'avais jamais vu Kitty dans un accoutrement pareil; elle était devenue presque laide.

Sa mère peaufinait sa vengeance, comme Kitty l'avait fait elle-même quand elle m'avait plongée dans un bain trop chaud. La colère me gagna. Je détestai Reva Setterton de s'en prendre à une femme malade et sans défense. C'était d'une grande lâcheté! J'allais essayer de réparer les dégâts. Je me sentais une âme de mère pour Kitty. Je sortis une de ses plus jolies chemises de nuit et lui enlevai l'autre, puis je lui passai un lait adoucissant sur le corps et lui enfilai la chemise rose. Je lui dénouai ses nattes, lui brossai les cheveux et les lui coiffai comme elle avait l'habitude de le faire. J'appliquai de la crème sur son visage irrité et commençai à la maquiller tout en lui parlant :

— Mère, je sais ce que tu as dû ressentir; ne t'en fais pas, je m'occupe de toi maintenant. Je te passe une lotion sur tout le corps, voilà, c'est fait. Maintenant, c'est au tour de ta figure; de la crème, voilà. Je vais te maquiller. Bien sûr, ce ne sera pas aussi parfait que si tu l'avais fait toi-même, mais ce sera quand même très bien. Tu sais, nous t'emmenons à l'hôpital demain. On va de nouveau t'examiner les seins. Il ne faut pas te tourmenter avec cette histoire de cancer du sein dans ta famille, ce n'est pas héréditaire. J'espère, mère, que tu ne m'as pas menti quand tu m'as dit être allée consulter un médecin. Mère, y as-tu vraiment été ? Dis-le-moi ?

Elle semblait écouter, mais ne répondit rien. Une larme se forma dans le coin de son œil gauche. Je continuai de lui parler comme à une enfant. Je lui appliquai du rose à joues, lui passai du mascara sur les cils et lui dessinai les sourcils. Pour finir, je lui mis son rouge à lèvres.

— Tu sais, Kitty Dennison, tu es encore une très belle femme et il est triste que tu ne t'intéresses qu'à toi. Tu devrais faire un effort, te reprendre en main. Dis à Cal que tu l'aimes, que tu as besoin de lui et, tu verras, il sera le plus merveilleux mari du monde. Pa, lui, ce n'est pas un mari, ce n'en sera jamais un. C'est un vrai filou, un chien. La meilleure des choses qui te soit arrivée est qu'il ne t'ait pas épousée. Une vraie chance ! Tu détestes ma mère, tu devrais au contraire la plaindre. Vois ce qui lui est arrivé à elle ! Elle est morte.

Des larmes roulèrent sur son visage, diluant son maquillage.

Lundi, de bonne heure, une ambulance emmena Kitty à l'hôpital. Cal et moi la suivions en voiture. Ses parents étaient restés chez eux. Maisie et Danny étaient partis se promener dans la montagne.

Nous attendîmes le résultat des examens pendant cinq heures, mal assis. Je prenais de temps à autre la main de Cal ou bien il attrapait la mienne. Il était blême, extrêmement nerveux et fumait cigarette sur cigarette. Du temps où Kitty faisait la loi, il ne fumait pas. Maintenant, il ne pouvait plus s'en passer. On nous appela enfin dans un bureau ; là, un docteur nous exposa la situation.

— Je ne sais pas comment les choses se sont

passées auparavant, ni la façon dont elle a été suivie. Une tumeur est quelquefois difficile à détecter chez une femme dont la poitrine est importante, comme c'est le cas chez votre femme, monsieur Dennison. Nous lui avons fait une radiographie du sein gauche. Pour des raisons encore inconnues de la science, il semble que les tumeurs y naissent plus volontiers. Nous avons ensuite examiné le sein droit. Elle a une tumeur, en effet, à l'endroit le plus malencontreux, le plus difficile à détecter, juste sous le mamelon. Une tumeur d'à peu près cinq centimètres, ce qui est important. Nous sommes absolument certains que votre femme le savait. Quand nous avons voulu pratiquer l'examen, elle est soudain sortie de sa léthargie et s'est débattue en hurlant : « Laissez-moi mourir, laissez-moi mourir. »

Cal et moi parlâmes en même temps.

— Mais elle parle, maintenant ?

— Monsieur Dennison, votre femme n'a jamais perdu l'usage de la parole. Elle a simplement décidé de ne plus parler. Elle connaissait l'existence de cette tumeur depuis longtemps. Elle nous a dit ensuite qu'elle préférerait la mort à une opération. Quand une femme est psychologiquement perturbée à ce point et refuse l'intervention, nous ne pouvons rien faire. Nous lui avons proposé la chimiothérapie. Elle l'a refusée parce qu'elle ne veut pas perdre ses cheveux. Elle voudrait que nous essayions le cobalt. « Si c'est un échec, a-t-elle dit, je suis prête à rencontrer mon créateur... » En toute honnêteté, je puis déjà vous dire que la tumeur a atteint une taille qu'il est impossible de traiter par des radiations. Voyez, nous n'avons plus de choix. Nous lui ferons du cobalt, puisque c'est la seule chose qu'elle accepte... à moins que vous n'arriviez à la convaincre.

Cal se leva, il tremblait.

— Je n'ai jamais réussi à convaincre ma femme... de rien, mais je vais essayer.

Il fit tout ce qui était en son pouvoir pour faire changer Kitty d'avis.

— Kitty, s'il te plaît, accepte l'opération, je t'aime et je veux que tu vives !

Elle n'ouvrit pas la bouche. Elle me jeta un regard étrange et ses yeux éteints se mirent à briller... de haine ou d'autre chose. Je ne sus traduire leur expression.

— Rentre à la maison, dit Cal. Même si je dois rester ici un mois, je la convaincrai !

Il était trois heures de l'après-midi. Mes talons hauts martelaient le trottoir. Je portais des boucles d'oreilles bleues que Cal m'avait offertes il y avait à peine une semaine. Il me gâtait terriblement, trop ! Je n'avais pas le temps d'exprimer un désir qu'il était déjà exaucé. Il m'avait donné la boîte à bijoux de Kitty. Je pouvais y choisir ce qui me plaisait. Mais je répugnais à porter ce qui lui appartenait. La douceur de cet après-midi m'apaisait. Ce qui allait arriver à Kitty serait le résultat de sa volonté. Elle avait agi d'une manière suicidaire.

Je priais en marchant. J'espérais que Cal pourrait la convaincre et qu'elle saurait enfin l'apprécier. Cal était intelligent et tendre. Je savais que, dans le fond, c'était elle qu'il aimait et qu'il suffisait de peu pour tout arranger entre eux. On me suivait. Je ne me retournai pas.

— Heaven ! Je t'ai attendue hier.

J'accélérai le pas, sans raison. En fait, j'avais espéré qu'il me chercherait.

— Tu ne courras ni assez vite ni assez loin pour m'échapper, tu sais !

Je fis demi-tour et regardai Logan. Il représentait tout ce que j'aimais, tout ce que j'avais jamais désiré. Il était trop tard pour qu'il fût à moi, bien trop tard...

— Va-t'en, Logan.

Il m'attrapa par le bras, me le serra et me força à marcher à ses côtés.

— Mais qu'est-ce qu'il te prend? Tu ne vas pas jouer à cache-cache avec moi. Je ne me laisserai pas faire. Un jour, tu m'aimes et le lendemain, tu me fuis!

Pour l'aimer, je l'aimais. Je l'avais toujours aimé et je l'aimerais longtemps encore.

— Logan, j'ai quelque chose sur le cœur et je ne t'en ai jamais parlé. Je ne peux oublier ce dimanche à l'église, peu de temps avant que Pa ne me vende. Ce jour-là, tu m'as ignorée! J'avais besoin de toi et tu n'as même pas voulu me regarder. Je n'avais personne d'autre que mademoiselle Deale et toi. Tu étais mon espoir, mon amour et tu m'as profondément blessée. Comment pourrais-je avoir encore confiance en toi?

Il était touché.

— Oh Heaven! Crois-tu que tu sois seule au monde? Tu ne penses qu'à tes problèmes et tu n'essaies pas d'imaginer ceux des autres. Je vais te dire ce qui s'est passé : j'ai eu de graves ennuis avec ma vue cette année-là. Et que crois-tu que je faisais pendant que tu mourais à moitié de faim, là-haut dans la montagne? Que j'étais au bord de la mer? J'étais en train de perdre la vue. On m'a emmené en avion dans un hôpital spécialisé pour y être opéré. Voilà ce que j'ai fait! J'ai eu longtemps la tête dans une minerve et un bandeau sur les yeux. J'ai dû ensuite porter des lunettes noires jusqu'à ce que ma rétine soit complètement recollée. Ce jour dont tu parles, je ne voyais rien et je te cherchais... oui, je te cherchais. Mais tout était flou. C'est pour toi que j'étais à l'église ce jour-là.

Ma vue à moi commençait à se brouiller. Je lui dis d'une voix étranglée :

— Est-ce que tu vois bien maintenant ?

— Je te vois comme si j'avais des yeux tout autour de la tête. Suis-je pardonné ?

J'avalai mes larmes et appuyai mon front contre sa poitrine. Il fallait encore lui avouer que je n'étais plus digne de lui, que je ne pouvais plus lui appartenir parce que j'avais appartenu à un autre.

Je lui pris la main et me dirigeai vers les bois.

— Où allons-nous ? A la cabane ?

— Non, tu y as découvert seul ce que j'avais toujours voulu te cacher. Je t'emmène à un endroit que j'aurais aimé te montrer depuis longtemps.

Main dans la main, nous flânions le long du sentier qui conduisait au cimetière. Je n'avais plus le courage de soutenir longtemps son regard. Pourquoi n'avais-je pas été plus forte ? Je trébuchai, il me rattrapa, me prit dans ses bras et m'embrassa.

— Je t'aime, Heaven ! La nuit dernière, j'étais étendu sans pouvoir dormir et je pensais à toi. Je pensais à ton courage, à la dévotion que tu manifestes envers ta famille. Je me sentais comblé de t'aimer. Tu es une femme sur laquelle un homme peut se reposer. Une femme dont on sait qu'elle vous sera toujours fidèle, quoi qu'il arrive. Tu es merveilleuse !

J'avais touché le fond de la misère. Je repoussai de toutes mes forces le reste d'espoir que j'avais, malgré tout, conservé. Il me parla de sa famille, de ses oncles, de ses tantes, de ses cousins. Nous atteignîmes la rivière ; les souvenirs affluaient. Ici, le temps n'existait plus. Nous étions les adolescents d'autrefois. Nous nous assîmes sur l'herbe, peut-être au même endroit, épaule contre épaule. Nous regardions l'eau couler sur les rochers. Je commençai une histoire, l'histoire de ma vie. Je savais qu'il me haïrait quand je l'aurais finie.

— Granny me racontait que ma vraie mère avait l'habitude de venir chercher de l'eau à cette source. Elle remplissait notre baquet de chêne. Elle disait que l'eau du puits n'était pas bonne, ni pour boire ni pour faire la cuisine. Avec l'eau du puits, Granny faisait la teinture dont elle se servait pour colorer les vieux bas qu'elle utilisait pour confectionner ses tapis. Ma mère essayait de rendre la cabane agréable, elle attendait ma naissance...

Logan était étendu sur l'herbe, à mon côté. Il me chatouillait les jambes avec des brins d'herbe. Nous étions les premiers amoureux du monde, personne ne s'était jamais aimé avant nous. Nous étions lumineux et tendres. Il jouait avec mes mains et me déposait un baiser sur chaque doigt, puis un dans la paume avant de refermer ma main.

— Pour tous les jours où tu n'étais pas là, dit-il.

J'aurais dû exulter alors que je ressemblais à une mourante assistant à la dernière fête de sa vie. Rien ne pouvait calmer mon chagrin. Je fermai les yeux. J'allais abîmer notre rêve.

— Nous nous marierons quand les rosiers seront encore en fleur, Heaven, avant que les neiges ne tombent. Alors, j'aurai quitté le collège.

Je secouai la tête.

— Allons-y maintenant. Il faut que tu saches d'abord si tu peux comprendre qui j'étais et ce que je suis devenue.

— Je sais qui tu es, Heaven. De quoi as-tu peur ? Je ne te ferai jamais de mal. Je t'aime.

M'aimerait-il encore quand il apprendrait la vérité ? Il n'y avait que Cal qui pût comprendre qui j'étais devenue et pourquoi. J'étais une Casteel et Cal, lui, s'en fichait. Ce serait très lourd à porter pour Logan, si épris d'absolu. Il s'était détourné de Fanny à cause de sa légèreté et de son manque de pudeur. Non, décidément, il ne savait plus rien de moi. Je vis à son expression qu'il pressentait que quelque chose allait arriver. Il commençait à deviner que j'avais un secret qui allait détruire notre harmonie. Je me sentais seule, petite et faible.

— Si cela ne t'ennuie pas, Logan, j'aimerais revoir la tombe de ma mère. A sa mort, elle laissa pour moi une poupée qui était son portrait. Elle a été brûlée. Je lui ressemblais et j'en aurais eu besoin pour prouver que je suis sa fille lorsque j'irai à Boston retrouver sa famille.

— Mais pourquoi veux-tu aller là-bas? Quand nous serons mariés, ma famille sera la tienne.

Il y avait de l'angoisse dans sa voix.

— Il faut que je les connaisse. J'ai toujours senti que c'était nécessaire. Pas seulement pour moi, mais pour ma mère aussi. Elle s'était enfuie de chez ses parents et, depuis, ils n'ont plus jamais entendu parler d'elle. Ils l'ont sûrement attendue pendant des années. Ils ne savent pas qu'elle est morte. Ils doivent être vieux et je veux leur dire la vérité avant leur mort.

Nous montions vers le cimetière. Bientôt, l'automne allait enflammer le paysage. Je pensais aux parents de Logan, qui vivaient dans la vallée. Ils devaient craindre que leur fils unique ne s'engageât avec cette fille Casteel qui n'était évidemment pas assez bien pour lui. En cela, je leur donnais raison. Je pris la main de Logan. Son visage s'éclaira.

— Dois-je te dire « je t'aime » dix millions de fois avant que tu ne le croies, Heaven ? Dois-je me mettre à genoux ? Rien ne pourrait me faire cesser de t'aimer ou de te respecter.

Je serrai sa main plus fort et le menai toujours plus haut. Nous contournions des chênes, des pins, des noyers ; nous arrivâmes enfin au cimetière. Il y avait de nouvelles pierres tombales, plus larges et plus basses que les autres. Il n'y avait presque plus de places, tout juste pour quelques tombes. Celle de ma mère était à l'abandon ; l'herbe recouvrait le monticule de terre où se dressait une pierre en forme de croix portant cette inscription :

ANGEL
La femme très aimée de Thomas Luke Casteel

Je lâchai la main de Logan et tombai à genoux. Je baissai la tête et répétai la prière que j'avais dite bien des fois : « Faites qu'un jour, Seigneur, je la voie dans votre paradis. »

J'eus soudain la certitude qu'elle m'avait donné ce nom-là parce qu'elle avait prévu sa mort...

J'avais cueilli une rose rouge dans le jardin du révérend Wayland Wise. Je la posai sur sa tombe. Sans eau, elle se fanerait vite. Elle était à l'image de cette mère que je n'avais jamais connue. Je me retournai vers Logan. Il était temps de lui avouer la vérité...

Le vent balayait les pins et le soleil commençait à descendre derrière la montagne.

— Allons-nous-en, dit Logan, on dirait qu'il va pleuvoir.

Je ne pouvais me décider. J'écoutais la chanson du vent dans les feuilles, dont l'écho se répercutait dans les canyons, jusqu'à la vallée.

— Heaven, qu'est-ce que tu fais là ? Es-tu montée ici uniquement pour pleurer et pour avoir une bonne raison d'oublier de vivre et d'aimer ?

— Tu ne comprends rien, Logan. Tu ne veux pas

comprendre. C'est la tombe de ma mère, celle qui est morte à quinze ans en me mettant au monde.

Il s'agenouilla à mon côté, mit son bras autour de mes épaules.

— Il y a très longtemps de cela, Heaven, tu ne l'as pas connue.

— Si, je la connais. Je suis elle et elle est moi. Il y a des jours où je m'éveille en ressentant ce qu'elle a dû sentir. J'aime les collines et je les déteste à la fois. Elles donnent beaucoup et vous prennent tout. Elles sont belles et en même temps désolées. Dieu a béni cette terre et a maudit ses habitants. Je désire y rester, et parfois la quitter.

— Je vais décider pour toi. Nous allons redescendre dans la vallée et, dans deux ans, nous serons mariés.

— Tu n'es pas obligé de m'épouser, Logan.

— Je t'aime, je t'ai toujours aimée. Il n'y a jamais eu d'autre personne que toi. C'est pour moi une raison suffisante.

Les larmes m'aveuglaient. Des nuages d'orage arrivaient sur nous. Je frissonnai et commençai à parler. Logan m'attira contre lui.

— Heaven, s'il te plaît, ne dis rien qui puisse changer mes sentiments pour toi. Si ce que tu vas dire doit me faire du mal, ne dis rien, je t'en supplie, tais-toi !

Mais je parlai.

— Je ne suis pas celle que tu crois, Logan...

— Tu es exactement ce que je veux.

Je baissai la tête, effondrée.

— Je t'aime, Logan, je t'ai aimé le jour où je t'ai rencontré... mais j'ai permis à un autre de...

Il dit avec âpreté :

— Je ne veux rien savoir !

Il se leva brusquement, je me levai aussi. Le vent happa mes cheveux qui lui effleurèrent le visage.

— Tu le savais, Logan, dis-moi ?

— Je sais ce que Maisie raconte partout ! Non, je n'écoute pas les commérages. Je ne croirai rien d'aussi laid. Tu es à moi et je t'aime. N'essaie pas de me convaincre de ne plus t'aimer ! Il n'y a aucune raison pour que je change.

Dans un moment de désespoir, je criai :

— Si, il y en a une ! Candlewick n'était pas l'endroit de rêve dont je parlais dans mes lettres, je ne voulais pas que tu saches quel enfer c'était. J'ai menti... et Cal était mon...

Il se mit à courir vers le sentier qui menait à Winnerrow, en hurlant :

— Non ! Non ! Je ne veux pas entendre ! Je ne veux pas savoir ! Tais-toi, Heaven ! Tais-toi ! Je ne veux jamais savoir... Jamais...

Je m'élançai pour essayer de le rattraper, mais il courait beaucoup plus vite que moi. Mes talons s'enfonçaient dans la terre humide et me faisaient trébucher. Je m'arrêtai et revins sur mes pas. Je repris le sentier et montai à notre cabane. Elle avait un aspect si désolé que mon cœur se serra. Aucune vie n'en cachait plus la misère. Sur les murs, il y avait des emplacements plus clairs, là où nous avions accroché des posters pour essayer de rendre notre pauvre foyer plus gai. La place de notre berceau était vide. Bébés, nous avions tous dormi dedans. Le *vieux qui fume* était rouillé et couvert de champignons. Les chaises branlantes, fabriquées par une autre génération de Casteel, étaient restées là. Tous les aménagements que nous avions faits pour tenter de rendre la maison plus accueillante avaient disparu. Je pleurai avec amertume sur tout ce que nous n'avions jamais eu. Le vent s'engouffrait dans la cabane et il commençait à pleuvoir. Je sortis pour retourner à Winnerrow. Je n'avais plus de foyer nulle part...

Chez les Setterton, Cal arpentait le porche de long en large.

— Où étais-tu, pour revenir dans cet état ? Tu es trempée, tes vêtements sont sales et chiffonnés.

— J'ai vu Logan et j'ai été sur la tombe de ma mère.

Je me laissai tomber sur la dernière marche, sans me soucier de la pluie.

— C'est bien ce que je pensais, tu étais avec lui !

Il s'assit à côté de moi, le dos voûté, la tête dans les mains.

— Je suis resté avec Kitty toute la journée. Elle ne m'a pas écouté. Elle ne veut plus manger. Elle est sous perfusion et ils commencent les rayons demain. Elle n'a jamais consulté de docteur comme elle l'avait dit. Elle doit avoir ce kyste depuis maintenant deux ou trois ans. Tu penses s'il a eu le temps de grossir... Elle préfère mourir, Heaven, plutôt que de perdre ce qui représente pour elle un des attributs de sa féminité.

— Que puis-je faire pour t'aider, Cal ?

— Reste avec moi, ne me quitte pas ! Je suis un homme faible, Heaven, je te l'ai déjà dit, il me semble. Quand je t'ai vue marcher dans la rue, main dans la main avec Logan Stonewall, je me suis senti vieux. J'aurais dû savoir que la jeunesse appelle la jeunesse. Je suis un vieil imbécile pris à son propre piège.

Il essaya de m'attirer à lui. Je me reculai pour éviter son contact. J'étais à Logan, qui m'aimait. Cal avait seulement besoin de moi pour remplacer Kitty.

— Heaven, pourquoi te détournes-tu de moi ?

— Tu ne m'aimes pas, c'est elle que tu aimes ! Tu

lui trouvais des excuses, même quand elle se conduisait d'une façon affreuse avec moi.

Il se dirigea vers la porte d'entrée, il avait l'air d'un vieil homme.

— Tu n'as pas tort, Heaven, je ne sais pas ce que je veux. Je souhaite en même temps la guérison et la mort de Kitty. Je serais enfin libre. Je te veux toi aussi et je sais que c'est peine perdue. Jamais je n'aurais dû la laisser t'amener à la maison.

Et il claqua la porte.

On me claquait toujours les portes au nez.

4

A moins d'un miracle

Une semaine passa. J'allais chaque jour à l'hôpital. Je n'avais pas revu Logan depuis qu'il s'était enfui du cimetière. Dans une semaine, il retournerait au collège. Je passais et repassais devant la pharmacie des Stonewall, pour l'apercevoir. J'essayais de me convaincre que je l'avais perdu, que je n'étais plus digne de lui et qu'il valait mieux me tourner vers quelqu'un qui n'exigerait pas de moi la perfection. Si Cal me voyait souffrir de l'absence de Logan, il ne disait rien.

Les journées à l'hôpital, au chevet de Kitty, me paraissaient longues. Cal était assis d'un côté du lit et moi de l'autre. En général, il lui tenait la main. Moi, je gardais les miennes posées sur mes genoux. Je la voyais souffrir et j'avais mal pour elle. Il y avait encore quelque temps, je me serais réjouie que Kitty soit privée de ses moyens et donc incapable de me frapper ou de m'insulter. A présent, j'étais emplie de pitié et j'aurais fait n'importe quoi pour soulager son mal. Mais il n'y avait pratiquement rien à faire.

Les infirmières lui donnaient ses médicaments, moi je me chargeais de son aspect physique et de son confort. Elle m'avait fait comprendre qu'elle aimait qu'on s'occupât ainsi d'elle. Je lui passais une lotion sur tout le corps, lui faisais sa coiffure habituelle, je la maquillais deux fois dans la journée, je lui laquais les ongles et la parfumais. Si elle avait été différente, j'aurais pu vraiment l'aimer. Elle me regardait de ses étranges yeux pâles. Une fois, je l'entendis murmurer :

— Quand je serai morte, il faudra épouser Cal.

Je la regardai et voulus la questionner. Elle ferma les yeux ; elle ne dormait pas, mais je savais qu'elle ne parlerait plus. J'espérais qu'elle guérirait. J'avais besoin de Cal comme père.

Parfois, lorsque j'étais penchée sur elle, je donnais libre cours à mes pensées et parlais sans arrêt, aussi bien à elle qu'à moi-même. J'essayais de la faire sortir d'elle-même, de lui donner le courage de se battre. Je lui disais qu'elle était belle encore, que Cal l'aimait et que sa famille était très concernée par sa santé. Ce qui était faux. Par moments, ses yeux étaient brillants de larmes contenues, à d'autres, ils étaient vides de toute expression. Je sentais que quelque chose en elle était en train de changer, je n'aurais su dire si c'était en mieux ou en pire.

J'avais peur que Maisie ne fût venue la voir en lui donnant sa version des rapports qui pouvaient exister entre Cal et moi. Je lui enfilai sa chemise de nuit.

— Ne me regarde pas de cette façon, mère.

J'en avais à peine terminé avec Kitty que sa mère entra dans la chambre. Elle croisa ses bras sur sa fausse poitrine et commença à tempêter.

— Elle est beaucoup mieux sans toute cette peinture. Elle t'a inculqué ses mauvaises habitudes, à ce que je vois ! Elle t'a rendue comme elle, hein ? Toutes ses mauvaises manières, elle te les a données ! Je l'ai rossée bien des fois pour la faire marcher droit. Elle n'a jamais changé. Le poison est en elle et la tuera.

— En effet, madame Setterton, nous mourrons tous un jour d'une façon ou d'une autre. Mais si vous êtes chrétienne, vous devez penser à la vie après la mort.

— Est-ce que tu te moques de moi, ma fille ?

Elle avait la même expression de méchanceté que celle que j'avais souvent vue dans les yeux de Kitty.

— Kitty aime paraître à son avantage, lui dis-je.

Elle la regarda avec mépris.

— A son avantage ! N'a-t-elle que des chemises de nuit roses ?

— Elle aime le rose.

— Cela prouve qu'elle n'a aucun goût. Les rousses ne portent pas de rose. Je le lui ai dit et répété, mais elle ne tient aucun compte de mes remarques.

— On porte les couleurs que l'on aime.

— Tu n'es pas obligée de la faire ressembler à un clown.

— Elle ne ressemble pas à un clown, elle a l'air d'une star.

— D'une putain, tu veux dire ! Mais je sais ce que tu es maintenant, Maisie m'a parlé de toi ! Ce Cal, son mari, ne pouvait pas être quelqu'un de bien, sinon il n'en aurait pas voulu. Toi, tu es comme elle. Je ne veux plus te voir dans ma maison, souillon des collines ! Et n'aie pas l'audace de t'y montrer, compris ! Choisis un hôtel dans Brown Street, là où toutes les propres à rien de ton espèce se retrouvent. J'ai déjà fait déguerpir Cal avec ses affaires et les tiennes.

J'étais partagée entre l'étonnement et la colère. La honte prit le dessus et je rougis. Elle le vit et sourit avec cruauté.

— Et que je ne te voie plus ! Si jamais tu m'aperçois, tu as intérêt à te cacher.

— Il faut que je m'occupe de Kitty, elle a besoin de moi.

— Tu m'as entendue, souillon des collines, plus jamais dans ma maison et hors d'ici !

Elle n'avait pas eu un regard de sympathie, ni un mot de compassion pour Kitty. Elle était venue dans le seul but de faire un scandale. Kitty fixait la porte d'un air malheureux. Je me tournai vers elle, lui arrangeai sa liseuse et lui lissai les cheveux.

— Tu es très jolie, Kitty, ne crois pas ce que tu as entendu. Ta mère est bizarre, tu sais ! Maisie m'a montré des photos dans l'album de famille ; tu ressembles à ta mère au même âge, mais en mieux, ce doit être la raison pour laquelle elle a toujours été jalouse de toi.

Pourquoi me donnais-je toute cette peine pour réconforter Kitty ? Peut-être parce que Reva Setterton lui avait fait endurer les mêmes choses qu'elle, Kitty, m'avait fait subir. Kitty dit avec difficulté :

— Va-t'en maintenant !

— Mère...

Elle avait l'air de souffrir.

— Je ne suis pas ta mère ! J'ai toujours voulu être une mère. Plus que n'importe quoi, je voulais un enfant. C'est toi qui avais raison, je n'étais pas faite pour être une mère, Dieu le savait bien. Je ne suis pas faite pour vivre non plus.

— Kitty !

— Laisse-moi maintenant ! J'ai le droit de mourir en paix. Et quand l'heure arrivera, je saurai ce qui me restera à faire.

— Non ! Tu n'as pas le droit de mourir. Ton mari t'aime, tu dois vivre. Cal a besoin de toi. Il faut te battre, Kitty. Oh, s'il te plaît, Kitty, fais-le pour Cal, tu as lutté toute ta vie, continue !

— Va-t'en ! Va le rejoindre. Tu prendras soin de lui quand je ne serai plus là. Ce qui ne saurait tarder. Il est à toi maintenant, c'est mon cadeau. Je l'aimais parce qu'il y avait quelque chose en lui qui me rappelait Luke. Il est ce que Luke aurait pu être s'il avait été élevé autre part et autrement. Quand j'ai connu Cal, je le prenais parfois pour Luke. Plus tard, quand nous fûmes mariés, je ne pouvais le laisser m'approcher que si je me persuadais d'abord qu'il était Luke.

— Mais Kitty, Cal est merveilleux et Pa est pourri.

— Oui... J'ai entendu dire ça toute ma vie à mon sujet... mais je ne suis pas mauvaise... non, je ne suis pas mauvaise !

C'était plus que je n'en pouvais supporter. Je sortis à l'air frais.

L'amour jouait de ces tours ! Pourquoi s'obstiner à vouloir un homme alors qu'il y en avait des milliers. Et moi qui soupirais après Logan ! J'avais envie de le voir, j'avais besoin de lui parler. Je voulais qu'il me pardonnât. Je passai devant la pharmacie des Stonewall, mais Logan ne s'y trouvait pas. Je traversai la rue et, à l'ombre d'un orme, j'attendis sous le crachin en regardant les fenêtres de son appartement au-dessus du magasin. Sa mère passa et tira les rideaux. C'était significatif. Je savais qu'elle aurait aimé me tenir à l'écart de la vie de son fils. Pour toujours.

Je me dirigeai vers Brown Street, le seul motel de la ville. Les chambres que Cal avaient retenues étaient vides. Je me séchai et changeai de vêtements, puis, ne sachant que faire, je retournai à l'hôpital. Cal y était. L'air abattu, il était assis sur un canapé de la salle d'attente et feuilletait un magazine. Il me regarda à peine.

— Y a-t-il quelque chose de nouveau ? dis-je.

— Non. Où étais-tu ?

— J'ai attendu Logan.

— Et l'as-tu vu ?

— Non.

Il me prit la main et la serra.

— Comment allons-nous pouvoir tenir le coup ? Cette situation peut durer six mois, un an, qui sait ? J'avais cru que ses parents l'aideraient, mais à présent, il n'y a plus que toi et moi pour prendre Kitty en charge. Il n'y aura personne d'autre jusqu'à la fin...

— Bon, eh bien, ce sera toi et moi. Je peux travailler.

Il ne répondit rien et nous restâmes assis à contempler le mur.

Nous vécûmes pendant quinze jours dans ce motel de Brown Street. Je ne revis pas Logan. Je savais qu'il était parti pour son collège. Il ne m'avait même pas dit au revoir. L'école avait recommencé et j'avais le pressentiment que je ne mettrais peut-être plus jamais les pieds dans une salle de classe. Je n'irais jamais au collège. Le travail que je pensais trouver facilement, puisque je tapais quatre-vingt-dix mots à la minute, était également un leurre. L'hiver arrivait. Je n'avais vu Tom que deux fois et trop rapidement pour parler vraiment. Il avait toujours Buck Henry aux trousses. Dès qu'il me voyait, il me regardait avec insistance et obligeait Tom à le suivre. Je rendis chaque jour visite à Grandpa avec l'espoir que je croiserais peut-être Pa, mais il ne se montra pas. J'essayai de forcer la porte de Fanny. Elle n'ouvrait plus elle-même. Une domestique noire me répondait chaque fois : « Miss Louisa ne reçoit pas d'étrangers. »

Je détestais le motel et la façon dont on nous regardait, Cal et moi, même si nous avions des chambres séparées. Pour aller à l'église, nous étions obligés de nous rendre dans une autre ville. Nous craignions que le révérend Wise nous interdît l'entrée de celle de Winnerrow.

Un matin, à mon réveil, j'eus froid. Le vent du nord chassait les dernières feuilles des arbres et soulevait les rideaux de ma chambre. Je m'habillai et descendis. C'était une journée sombre et pluvieuse. Le brouillard dissimulait les collines. Je regardai dans la direction de notre cabane et j'aperçus de la neige au sommet des montagnes. Il neigeait là-haut et pleuvait ici. J'entendis des pas derrière moi. Quelqu'un arrivait à ma hauteur. Je pensais à Cal, mais c'était Tom.

— Te voilà enfin. Je t'ai attendu samedi dernier. J'étais déçue de ne pas te voir, Tom. Comment vas-tu ?

Il se mit à rire et m'embrassa.

— Aujourd'hui, j'ai une heure devant moi. On pourrait peut-être prendre le petit déjeuner ensemble ? Si Fanny acceptait de se joindre à nous, ce serait comme dans le bon vieux temps.

— J'ai essayé plusieurs fois d'aller la voir. Elle ne répond même plus elle-même. C'est une domestique qui vient ouvrir. On ne la voit jamais dans la rue non plus.

Tom se renfrogna.

— Il faut encore essayer. Je n'aime pas beaucoup ce qu'on murmure dans son dos. Personne ne la voit plus. Autrefois, elle se faisait admirer partout, se vantant de tout ce que les Wise lui offraient. Maintenant, elle ne se rend plus à aucune réception et ne va même plus à l'église le dimanche. On n'y voit plus Rosalynn Wise non plus.

— C'est pour m'éviter, je présume. Madame Wise doit rester chez elle pour surveiller Fanny. Tu verras, quand je serai partie, elles sortiront de leur cachette.

Nous prîmes ensemble un petit déjeuner dans un restaurant pour chauffeurs de camions. Nous plaisantions en nous rappelant nos repas de misère, là-haut, dans les Willies.

— T'es-tu décidé pour une des sœurs, Tom ? Thalia ou Laurie ?

— Non. Je les aime toutes les deux. Buck Henry a dit que si j'épousais Thalia, il m'enverrait au collège et lui laisserait la ferme. Si je choisis Laurie, il faudra que je me débrouille seul. Alors, j'ai décidé de n'en épouser aucune. Je finirai l'école et après, je m'en irai.

Il devint plus grave.

— Quand tu partiras pour Boston, m'emmèneras-tu avec toi ?

J'attrapai sa main en riant. Il disait toujours ce que j'avais envie d'entendre. Les gens de Boston ne pouvaient être aussi mauvais que ceux d'ici. Là-bas, j'étais certaine de trouver du travail facilement ; j'enverrais de l'argent à Cal pour l'aider à payer les soins donnés à Kitty. Il avait mis en vente la maison de Candlewick, mais l'argent ne durerait pas éternellement.

— Ne fais pas cette tête, Heavenly. Tout finit toujours par s'arranger !

Bras dessus, bras dessous, nous prîmes la direction de la maison de retraite de Grandpa. Tom frappa, Sally Trench entrouvrit la porte.

— Il n'est plus là, dit-elle, votre père est venu le chercher.

— Pa est ici ? Où l'a-t-il emmené ?

— Je ne sais pas. Ils sont partis il y a une demi-heure environ.

Elle claqua la porte. Tom était tout excité.

— Pa est en ville, Heaven ! Si nous nous dépêchons, nous allons sûrement le trouver.

— Je ne veux plus le voir.

— Moi si. Il est le seul qui connaisse le nom et l'adresse des parents de Keith et de *notre* Jane.

Nous accélérâmes le pas. Winnerrow était une ville

facile à parcourir. Il y avait une rue principale et douze voies transversales. En passant, nous regardions partout et questionnions les passants. L'un d'eux avait aperçu Pa.

— Il se dirigeait vers l'hôpital, dit-il.

— Qu'est-ce qu'il allait faire là-bas, Tom ? Vas-y seul !

Le visage de Tom s'assombrit.

— Heavenly, je vais être honnête avec toi, je t'ai menti dans toutes mes lettres. Thalia et Laurie sont des camarades de classe. Buck Henry n'a pas d'enfants. Il en avait un qui est au cimetière maintenant. La maison représentée sur la photo que je t'ai envoyée n'est pas la sienne. Elle appartient aux parents de Laurie. Ils habitent à une dizaine de kilomètres de chez Buck Henry. Sa maison a sûrement été agréable autrefois, c'est aujourd'hui une ruine. Quant à lui, c'est un vrai bourreau de travail. Il me fait trimer de douze à quatorze heures par jour.

— Tu veux dire que... rien n'était vrai ?

— Oui. J'ai tout inventé pour que tu ne te fasses pas de mauvais sang pour moi. Je te connais et je voulais que tu aies l'esprit en paix. Maintenant, je préfère te dire que je déteste cette ferme, que je hais Buck Henry et que, si je ne m'en vais pas rapidement, je finirai par le tuer... Comprends-moi, Heavenly, il me faut retrouver Pa parce que je veux m'enfuir de chez Buck Henry.

Pour retrouver Keith et *notre* Jane, pour aider Tom, j'aurais fait n'importe quoi. Je verrais Pa. Nous nous dirigeâmes au pas de course vers l'hôpital.

— Dépêche-toi, Heaven !

Nous y arrivâmes enfin. Tom demanda si on avait vu Luke Casteel.

— Oui, répondit une infirmière, il est venu.

— Mais il est parti ?

— Je ne sais pas. Il est arrivé il y a à peu près une heure et a demandé la chambre de madame Dennison.

Qui venait-il voir ? Kitty ou moi ?

Les infirmières me connaissaient maintenant et me saluaient. Nous prîmes un ascenseur.

— Cal doit être avec Kitty, dis-je.

Je me sentais effrayée à l'idée de me trouver devant Pa. J'essayais de décider par avance ce que je lui dirais.

Il n'était plus dans la chambre de Kitty. Il n'y avait que Cal, agenouillé près d'elle. Il pleurait. J'eus un moment de désappointement. Kitty était très pâle. Elle paraissait plus faible que jamais, mais son visage était comme illuminé. Elle se mit à parler d'une voix sans timbre, on l'entendait à peine.

— Ton Pa est venu me voir. Il espérait que tu serais ici, il voulait te parler. Il m'a dit qu'il regrettait ce qu'il avait fait et espérait que tu lui pardonnerais. Je n'aurais jamais pensé voir Luke Casteel comme je l'ai vu aujourd'hui. Comment était-il, Cal ?

— Humble, répondit Cal.

— Tu vois ! Il était humble et implorant.

Ses yeux brillaient comme si elle avait assisté à un miracle, elle retrouvait sa voix.

— Il m'a regardée, Heaven, et ça il ne l'avait jamais fait. Même quand je l'aimais à en mourir, il ne me voyait pas. Aujourd'hui, je suis malade et laide et il m'a regardée comme si j'existais. Il a changé... Il a laissé cette lettre pour toi.

Sa joie était fiévreuse, elle avait l'air de vouloir se dépêcher de faire ce qu'elle devait faire et je sus qu'elle allait mourir. Ses mains étaient décharnées. Elle me tendit une enveloppe. Son expression était affectueuse et son sourire chaleureux. Je ne l'avais jamais vue ainsi... Elle allait mourir.

— Ma petite Heaven, je ne t'ai jamais remerciée pour ce que tu as fait pour moi. J'ai une fille... enfin. C'est toi qui m'as envoyé Luke, c'est toi... Quand il est arrivé, il avait l'air d'être sûr que tu serais là. Allez, Heaven, lis ta lettre !

— Voilà Tom, mon frère.

— Je suis content de vous connaître, Tom, dit Cal.

— Oh ! Qu'il ressemble à Luke au même âge, dit Kitty. Il ne lui manque que des cheveux sombres et des yeux noirs.

Kitty contemplait Tom avec ravissement. Elle en était touchante. Des souvenirs des jours mauvais resurgirent ; ses insultes me bourdonnaient aux oreilles et les scènes violentes repassaient devant mes yeux. J'aurais dû lui en vouloir pour toujours ; à présent, elle me faisait pleurer. Je la sentais différente. Au seuil de la mort, elle avait changé.

Je m'assis et ouvris la lettre de Pa.

— Lis-la tout haut, ma petite fille, dit Kitty.

Ce que je fis.

« Ma chère fille,

Un homme peut quelquefois commettre des actes qui lui paraissaient indispensables sur le moment et les regretter ensuite quand il découvre qu'il s'était trompé. Je te demande de me pardonner ce que j'ai fait et d'oublier mes mauvais traitements.

Keith et *notre* Jane sont en parfaite santé. Ils sont heureux et aiment leurs nouveaux parents comme Fanny aime les siens.

Je me suis remarié. Ma femme voudrait que je rassemble ma famille. Je possède maintenant une maison très agréable et gagne beaucoup d'argent.

Il y a peu d'espoir que je puisse reprendre Keith et *notre* Jane et même Fanny. Mais j'espère que

Tom et toi voudrez bien venir vivre avec nous. Ton grand-père sera aussi là-bas.
Cette fois, peut-être, tu auras un père que tu pourras aimer.

Ton père. »

Au bas de la lettre, il y avait une adresse et un numéro de téléphone. C'était la première fois qu'il m'appelait *sa* fille, la première fois aussi qu'il s'adressait à moi comme un père. Il était bien tard. Je fis une boule de la lettre et la lançai dans la corbeille à papier.

La colère me submergeait. Comment pouvait-on faire confiance à un homme qui avait vendu ses enfants ? Quel genre de métier faisait-il pour gagner soudain tant d'argent ? Il avait sans doute épousé une femme riche ? La vie que nous mènerions dans son nouveau foyer nous réservait peut-être de terribles surprises ! Comment pouvait-il être si certain du bonheur de Keith et de *notre* Jane ? Il m'était impossible de croire ce qu'il écrivait.

Tom se précipita sur la corbeille pour en retirer la lettre. Il la déplia avec précaution et la lut en silence. Au fur et à mesure de sa lecture, son visage s'éclairait. Kitty dit avec douceur :

— Pourquoi la jeter ? C'est une gentille lettre. N'est-ce pas, Cal ? Heaven, prends-la et garde-la parce que, un jour, tu auras besoin de lui.

Elle se mit à pleurer.

— Tom, allons-nous-en, dis-je.

— Attends ! dit Kitty. J'ai quelque chose d'autre pour toi.

Elle prit une petite enveloppe de sous son oreiller.

— J'ai parlé de toi à ton Pa. Il m'a donné ça. Je le lui ai demandé. Voilà ! C'est ce que j'ai trouvé, Heaven, pour réparer ce que je t'ai fait.

Je pris l'enveloppe en tremblant. Que pouvait-il y avoir dans celle-là qui aurait pu effacer mes souffrances passées ? Tom me regardait comme si j'avais eu sa vie entre mes mains. C'était peut-être le cas...

Je me penchai sur sa petite écriture appliquée et mon cœur se mit à battre.

« Ton Grandpa m'a dit que ton rêve était d'aller à Boston voir les parents de ta mère. Si tu préfères cela à venir vivre avec nous, je joins à cette lettre un billet d'avion pour Boston. J'ai appelé tes grands-parents pour leur annoncer ta venue. Voilà leur adresse et leur numéro de téléphone. Ecris-moi, ne me laisse pas sans nouvelles. J'aimerais savoir ce que tu deviens ! »

Je demeurai pétrifiée. Deux adresses étaient mentionnées au bas de la page, la seconde avait été écrite à la hâte et au crayon. Je regardai le nom : Monsieur et Madame James L . Rawlings.

— Heaven, dit Cal, c'est Kitty qui a persuadé ton père de te donner le nom et l'adresse du couple qui a acheté Keith et *notre* Jane. Voilà, tu sais où ils se trouvent maintenant, tu pourras aller les voir.

J'avais perdu l'usage de la parole.

Tom lisait par-dessus mon épaule.

— Heavenly, tu vois, il n'est pas si mauvais que tu le pensais. Nous allons retrouver Keith et *notre* Jane... Mais nous ne pourrons jamais les reprendre. Rappelle-toi le contrat...

Il s'arrêta de parler et me regarda avec inquiétude. Mes genoux faiblissaient, j'étais vidée de toute émotion et ne sentais plus rien. Ce que j'avais désiré si ardemment arrivait tout d'un coup. Je n'avais plus de forces pour m'en réjouir. Le billet d'avion que je tenais à la main n'était peut-être, après tout, qu'une dernière ruse de Pa pour me tenir à l'écart ! Je fourrai la petite enveloppe dans ma poche, j'embrassai Kitty et sortis. Tom parlait toujours avec Cal. Je l'appelai d'une voix impatiente. Plus rien ne m'importait. Comme il n'arrivait pas, je m'en allai.

Tom me rattrapa à l'extérieur de l'hôpital. Je me dirigeai vers le motel pour prendre mes affaires. J'avais décidé de partir pour Boston.

— Je vais à Boston, m'accompagnes-tu, Tom ?

Il baissa la tête.

— Heavenly, il faut que je te parle.

— On peut parler en marchant. Je vais faire ma valise. As-tu remarqué comme Kitty paraissait heureuse ? As-tu vu son visage ? Cal, lui, ne m'a même pas regardée. Tu n'es pas content de partir avec moi ?

— Tout est différent maintenant, Heavenly. Pa a changé. Cela se sent dans ses lettres. Kitty l'a dit et elle doit bien le connaître. Pourquoi ne changes-tu pas, Heavenly ? J'aimerais partir avec toi, tu le sais. Monsieur Dennison m'a offert le voyage. Mais avant, il faut que je voie Pa, il faut que je le retrouve. Je suis sûr qu'il est allé chez les Setterton pour te chercher. Il est peut-être, en ce moment, chez Buck Henry. En se dépêchant, on peut le rattraper.

— NON ! Vas-y si cela te chante. Moi, je ne le reverrai jamais. On n'efface pas le passé avec deux lettres !

— Promets-moi alors de ne pas partir avant que je sois revenu !

Je le lui promis.

— Tom, viens-tu avec moi à Boston ? Quand nous y serons établis nous irons voir Keith et *notre* Jane. Allez, viens avec moi !

Mais il s'éloigna, tourna le coin de la rue et me fit un signe de la main.

— Heavenly, ne t'avise pas de t'en aller sans me revoir !

Une fois dans ma chambre, je m'allongeai sur le lit et pleurai. Avant de m'endormir, je fis le vœu de ne plus jamais pleurer. Le téléphone me réveilla. C'était Tom, il avait trouvé Pa et arrivait avec lui.

— Heavenly, il était dans la pharmacie des Stonewall, il t'a cherchée partout. Si tu voyais comme il a changé. Tu ne vas pas en croire tes yeux quand tu le verras. Il veut te demander pardon. Il veut te dire cela de vive voix. Heaven ! Attends-nous, nous arrivons !

Je raccrochai sans rien promettre. Je quittai le motel et allai m'asseoir sur un banc du parc. J'y restai jusqu'à la nuit. J'étais certaine maintenant que Tom avait compris et qu'il avait abandonné ses recherches. Je rentrai au motel.

J'étais seule à présent. Tom avait choisi de vivre avec Pa. Il avait oublié la promesse que nous nous étions faite plus jeune. Il m'avait trahie ! Logan avait quitté la ville sans chercher à me revoir, Cal était retombé sous le charme de Kitty. Je n'avais plus d'autre choix que de partir pour Boston, chez mes grands-parents. Il ne me restait qu'eux.

Cal rentra comme je faisais ma valise. Il me raconta ce que je savais déjà.

— Ils t'ont cherchée dans toute la ville, Heaven. Tom a cru que tu étais déjà partie pour Boston. Il avait l'air terriblement blessé. Où étais-tu ?

— Je me cachais dans le parc.

Cal ne me comprit pas. Il crut que j'avais eu peur de Pa. Il me prit dans ses bras et me berça comme si j'avais été une toute petite fille.

— Je t'en prie, Cal, s'ils reviennent, dis-leur que tu ne m'as pas vue !

— Bon ! Je pense que tu devrais revoir Tom et accepter de rencontrer ton père. Il a sûrement changé. Il est probablement sincère. Tu serais peut-être très heureuse avec Tom, ton père et sa nouvelle femme. Tu peux attendre pour aller à Boston.

Je lui tournai le dos. Pa ne pouvait avoir changé. Je finis ma valise tout en songeant au guêpier dans lequel je m'étais fourrée quand, deux ans plus tôt, j'avais choisi Kitty Dennison et son mari. Cal me regarda en fronçant les sourcils.

— Tu es toujours décidée à partir ?

— Oui.

— Et moi ?

— Et toi ?

Il rougit et baissa la tête.

— On vient d'examiner de nouveau Kitty. Je sais que cela peut sembler incroyable, mais son état s'améliore. Son taux de globules blancs est presque redevenu normal. La tumeur commence à se résorber. Si cela continue, elle va guérir. La visite de ton père lui a redonné du courage. Elle a fini par me dire qu'elle m'avait aimé plus que lui et qu'elle ne l'a compris qu'en se sentant mourir. Je ne peux pas me détourner d'elle au moment où elle a le plus besoin de moi, tu comprends ? Peut-être vaut-il mieux, en effet, que tu partes pour Boston. Mes pensées et mon amour t'accompagneront. Un jour, nous nous reverrons. Tu m'auras alors pardonné, j'espère, d'avoir, dans un moment d'égarement, aimé une douce et très belle jeune fille.

J'étais pétrifiée.

— Tu ne m'as jamais aimée ! Tu t'es servi de moi !

— Je t'aime, Heaven, et t'aimerai toujours. Quoi qu'il arrive. Tâche de ne pas m'oublier, de m'aimer un peu. Oublie Kitty et ce qui s'est passé. Ne gâche pas la vie de Tom. Fanny a l'air heureuse ici. Quant à Keith et à *notre* Jane, laisse-les où ils sont, c'est le meilleur service que tu puisses leur rendre. La famille de ta mère ne tient peut-être pas à te voir débarquer avec une véritable colonie ! Enfin, oublie-moi, j'ai fait un choix quand j'ai épousé Kitty et je dois m'y tenir. Pars vite pendant que j'ai la force de te dire ce que j'aurais dû te dire depuis longtemps. Va-t'en avant que Kitty ne sorte de l'hôpital et qu'elle redevienne ce qu'elle était auparavant. Elle achèverait de te détruire pour avoir pris ce qui lui appartenait. Kitty ne changera jamais. Elle était à l'article de la mort et elle a dû avoir un aperçu de ce qui l'attendait de l'autre côté... Mais quand elle aura retrouvé toute sa vigueur, elle ne te ratera pas. Pour ta sécurité et pour ton bonheur... pars aujourd'hui.

Je ne savais que dire ni que faire. Il marchait de long en large et les larmes commençaient à me brouiller la vue.

— Heaven, quand ton père est venu à l'hôpital, c'est Kitty qui l'a supplié de te donner l'adresse de Keith et de *notre* Jane. C'est à elle seule que tu dois cette adresse. C'était son cadeau d'adieu et sa façon de se faire pardonner.

— Comment pourrai-je avoir jamais confiance en Kitty ou en Pa ?

— Ton père a senti que tu l'évitais et il a dû comprendre que tu ne voulais pas le revoir. Il a donné à Tom, à ton intention, des photographies récentes de Keith et de *notre* Jane. Je les ai vues. Ils ont grandi. Leurs parents les adorent, ils habitent une très jolie maison et vont dans une des meilleures écoles du pays. Mets-toi bien dans la tête, Heaven, que si tu vas les voir, tu apporteras avec toi des souvenirs tristes qu'ils préfèrent peut-être oublier. Donne-leur le temps de grandir un peu et prends aussi celui de mûrir.

Il ajouta d'autres choses que je refusai d'entendre. Cal me tendit l'argent que Pa lui avait donné pour moi. Je n'en croyais pas mes yeux. C'était une liasse de billets de vingt dollars. Il y avait cinq cents dollars. C'était exactement le prix que Cal et Kitty avaient payé pour m'avoir. Je regardai Cal avec des yeux fous, mais il se détourna. Il n'en fallait pas plus pour me décider. Je m'en irais d'ici et n'y reviendrais jamais, même pas pour Logan. J'en avais fini avec Winnerrow, les Willies et tous ceux qui prétendaient m'aimer.

Le premier vol pour Atlanta partait le lendemain à neuf heures. De là, je prendrais un autre avion pour Boston. Cal me conduisit à l'aéroport. Il était nerveux et paraissait désireux de s'en aller au plus vite. Ses yeux se posèrent sur moi une dernière fois, s'arrêtèrent à mon visage, descendirent et remontèrent lentement, très lentement.

— Ton avion décolle dans vingt minutes. J'aimerais rester avec toi, mais je dois retourner auprès de Kitty.

— Oui, en effet !

Je ne voulais pas pleurer. Je ne devais pas me sentir triste de le voir s'en aller sans se retourner. Il marchait avec lenteur ; il eut un moment d'hésitation, puis il haussa les épaules, se redressa et se mit à marcher plus vite.

J'avais vingt minutes devant moi et j'étais seule. Logan s'était enfui, Tom avait préféré rester avec Pa, Fanny avait décidé depuis longtemps qu'elle se passerait de moi... Le doute m'envahissait et je commençais à avoir peur. Je ne savais rien de la famille de ma mère et je redoutais son accueil. Si les choses se passaient mal, j'avais cinq cents dollars en poche et je trouverais bien un moyen de survivre.

On m'appelait. C'était une voix familière.

— Heaven ! Heaven !

Une très jolie jeune fille courait derrière moi. Elle ressemblait à Fanny... c'était Fanny. Elle courait lentement et d'une façon curieuse. Elle me jeta les bras autour du cou.

— Heaven ! Tom est venu me dire que tu t'en allais. Je ne voulais pas que tu partes sans que tu saches que je ne me *fichais* pas de toi. Te rappelles-tu ce que je t'ai dit à la porte ? Ce n'est pas vrai, Heaven, je ne me fiche pas de toi. J'ai eu tellement peur que nous n'arrivions trop tard et que nous ne te manquions ! Pardonne-moi, Heaven, mais ils m'avaient interdit de te voir.

Elle s'écarta et ouvrit son épais manteau de fourrure sur un ventre rondelet. Puis elle me dit à l'oreille :

— J'attends un bébé du révérend. Sa femme va le faire passer pour le sien et me donner dix mille dollars. Je m'en irai alors tenter ma chance à New York.

Rien ne pouvait plus me surprendre.

— Tu vas vendre ton enfant pour dix mille dollars ?

— Tu ne le ferais pas, toi ? Pas de morale, Heaven, je suis si contente de te voir ! Accepte-moi comme je suis.

Elle avait les larmes aux yeux. Ce fut alors que je vis Tom. Il me souriait avec tendresse et me prit dans ses bras.

— Cal Dennison m'a appelé pour me dire que tu t'en allais aujourd'hui. Il m'a demandé de venir sans Pa.

— Mais tu ne pars pas avec moi, Tom ?

Il écarta ses grandes mains dans un geste de supplication.

— Regarde-moi ! Que penseront tes grands-parents quand ils te verront arriver avec ton demi-frère ? Ils ne voudront pas de moi. Je suis des collines, comme Pa. Je n'ai pas ton raffinement, ta culture et tes manières. Heavenly, si je te dis cela, c'est que je pense d'abord à ton bonheur. Je partirais volontiers avec toi, mais je sais que je dois rester avec Pa.

— Tu mens, Tom ! Tu préfères rester avec Pa.

— Ecoute-moi bien, Heavenly, tu ne peux pas débarquer chez tes grands-parents en remorquant derrière toi toutes les collines. Je veux que tu aies toutes tes chances...

— Tom, j'ai besoin de toi !

— Quand tu seras installée là-bas, écris-moi si tu n'as pas changé d'avis, je viendrai, je te le promets. Mais pour l'instant, il n'en est pas question. Tu dois y aller seule.

Fanny s'approcha, elle avait l'air aussi pressée que Cal de s'en aller.

— Tom a raison. C'est lui qui m'a amenée ici et j'en suis très heureuse. Je t'aime, Heaven, voilà ! Je n'ai jamais voulu te fermer la porte au nez, mais on m'y a obligée. Je vais partir loin d'ici, avec madame Wise, pour la naissance du bébé. Personne ne doit savoir qui nous sommes. Quand tout sera terminé, elle rentrera à Winnerrow avec *son* bébé. Ils raconteront alors que je me suis enfuie avec un bon à rien, ce qui n'étonnera personne, puisque je suis une Casteel.

— Et tout cela ne te fait rien ?

— Non, je n'ai pas le choix. Tom, il faut nous en aller avant qu'ils se demandent où je suis passée, tu me l'as promis.

La vie était bien curieuse. Fanny qui disait rêver d'avoir un bébé était en train de vendre le sien, tout juste comme son père l'avait fait.

— Tom, dis-je, c'est bien décidé, tu restes avec Pa et sa femme ? A propos, tu ne m'en as rien dit, ce doit être une des filles de *Chez Shirley* !

Il parut mal à l'aise.

— Non, elle n'est pas du tout de ce genre-là. Bon, je

dois raccompagner Fanny. Bonne chance, Heavenly... écris-nous !

Il m'embrassa, attrapa Fanny par le bras et s'en fut. J'agitai le bras. Fanny se retourna, elle pleurait. Tom se décida à en faire autant, il avait un pauvre sourire. Je les regardai jusqu'à ce qu'ils eussent disparu. Je m'assis. Il ne me restait plus que dix minutes avant l'embarquement.

C'était un très petit aéroport entouré d'un parc d'où l'on pouvait voir les avions atterrir. Je marchai dehors. Il y avait du vent et, pendant un moment, je me crus dans nos collines.

L'heure de l'embarquement arriva. C'était mon premier voyage en avion. Je montai la rampe, choisis un siège et bouclai ma ceinture comme si je l'avais fait toute ma vie. Pour Boston, je devais changer d'avion à Atlanta. Je m'envolai pour une nouvelle vie dans un endroit où mon passé serait inconnu.

Je pensais à Kitty et à la visite de Pa. Il lui avait apporté des roses, l'avait regardée, lui avait demandé pardon et cela avait suffi pour lui donner envie de vivre. Cal lui avait offert des centaines de roses, l'avait contemplée des milliers de fois et ne lui avait apporté ni la paix ni le bonheur. Que Pa pût inspirer un amour si durable était pour moi un sujet d'étonnement constant.

Je fermai les yeux, décidée à oublier le passé. Je ne voulais penser qu'au futur. Quand Kitty sortirait de l'hôpital, elle retournerait à Candlewick, dans une nouvelle maison, et il y aurait quelqu'un d'autre pour lui arroser ses plantes.

Je m'enfonçai dans mon siège et ouvris le journal de Winnerrow que j'avais pris à l'aéroport. J'en feuilletai distraitement les pages ; il n'en avait que quatre. A la quatrième, je vis une photographie de Kitty Setterton Dennison prise à l'âge de dix-sept ans. Elle était fraîche et ravissante. Je me penchai sur la feuille... C'était une notice nécrologique.

On nous prie d'annoncer le décès de Kitty Setterton Dennison, âgée de trente-sept ans, survenu aujourd'hui au Winnerrow Memorial Hospital.
Le service funèbre aura lieu chez la famille Setterton, Main Street à 14 heures.
De la part de :
Monsieur Calhoun R. Dennison, son mari,
Monsieur et Madame Porter Setterton, ses parents,
Maisie et Daniel Setterton, sa sœur et son frère.

J'étais comme paralysée... Kitty était morte. Elle était morte hier, quand j'étais encore à Winnerrow. Et Cal me l'avait caché. Mais pourquoi ? pourquoi ?

Je me mis à pleurer. Cal avait retrouvé la liberté de ses vingt ans. Il voulait continuer sa route seul et il m'avait écartée.

L'amertume me gagnait.

Sans doute fallait-il, pour survivre, mener sa vie à l'instar d'un homme. Il fallait les prendre et puis les laisser, voilà tout ! Je n'avais pas encore de mari. Je n'avais eu qu'un amour. Mon amant m'avait blessée et délaissée. Je repliai le journal et le mis dans la poche du siège de devant.

Puis je tirai d'une enveloppe la photographie que Tom m'avait donnée à l'aéroport, presque en cachette de Fanny. Je contemplai sans pouvoir m'en lasser Keith et *notre* Jane. Ils étaient plus grands, plus forts, ils avaient l'air plus heureux encore qu'avant. Je regardai le doux visage de *notre* Jane. Elle ressemblait à Granny ! Il y avait un peu de Grandpa dans le visage de Keith. Ils méritaient le meilleur et je ne ferais rien qui pût les troubler.

Fanny s'en tirerait probablement très bien toute seule...

Et moi, qu'allais-je devenir ? A partir de ce jour, j'irais de l'avant sans doute, sans crainte, sans recul et sans regrets. Si Kitty Dennison n'avait pas été une bonne mère, elle m'avait au moins aidée à mieux me connaître. Elle avait développé ma combativité et m'avait appris le courage. J'avais survécu à l'enfer, je survivrais à tout. Un jour, je gagnerais !

Quant à Pa, il me reverrait. Il n'avait pas fini de s'acquitter de sa dette. Il faudrait bien qu'il payât.

Maintenant, je ne voulais penser qu'à Boston et à la maison de ma mère.

Littérature

extrait du catalogue

Cette collection est d'abord marquée par sa diversité : classiques, grands romans contemporains ou même des livres d'auteurs réputés plus difficiles, comme Borges, Soupault. En fait, c'est tout le roman qui est proposé ici, Henri Troyat, Bernard Clavel, Guy des Cars, Frison-Roche, Djian mais aussi des écrivains étrangers tels que Colleen McCullough ou Konsalik.

Les classiques tels que Stendhal, Maupassant, Flaubert, Zola, Balzac, etc. sont publiés en texte intégral au prix le plus bas de toute l'édition. Chaque volume est complété par un cahier photos illustrant la biographie de l'auteur.

ADAMS Richard	Les garennes de Watership Down 2078/6*
ADLER Philippe	C'est peut-être ça l'amour 2284/3*
	Les amies de ma femme 2439/3*
AMADOU Jean	Heureux les convaincus 2110/3*
AMADOU J. et KANTOF A.	La belle anglaise 2684/4*
AMADOU, COLLARO & ROUCAS	Le Bêbête show 2824/5* & 2825/5* Illustré
ANDREWS Virginia C.	Fleurs captives :
	-Fleurs captives 1165/4*
	-Pétales au vent 1237/4*
	-Bouquet d'épines 1350/4*
	-Les racines du passé 1818/4*
	-Le jardin des ombres 2526/4*
	-Les enfants des collines 2727/5*
	L'ange de la nuit 2870/5*
ANGER Henri	La mille et unième rue 2564/4*
APOLLINAIRE Guillaume	Les onze mille verges 704/1*
	Les exploits d'un jeune don Juan 875/1*
ARCHER Jeffrey	Kane et Abel 2109/6*
	Faut-il le dire à la Présidente ? 2376/4*
ARSAN Emmanuelle	Les débuts dans la vie 2867/3*
ARTUR José	Parlons de moi, y a que ça qui m'intéresse 2542/4*
ATWOOD Margaret	La servante écarlate 2781/4*
AUEL Jean M.	Les chasseurs de mammouths 2213/5* et 2214/5*
AURIOL H. et NEVEU C.	Une histoire d'hommes / Paris-Dakar 2423/4*
AVRIL Nicole	Monsieur de Lyon 1049/3*
	La disgrâce 1344/3*
	Jeanne 1879/3*
	L'été de la Saint-Valentin 2038/2*
	La première alliance 2168/3*
	Sur la peau du Diable 2702/4*
AZNAVOUR-GARVARENTZ	Petit frère 2358/3*
BACH Richard	Jonathan Livingston le goéland 1562/1* Illustré
	Illusions / Le Messie récalcitrant 2111/2*
	Un pont sur l'infini 2270/4*
BALLARD J.G.	Le jour de la création 2792/4*
BALZAC Honoré de	Le père Goriot 1988/2*
BARBER Noël	Tanamera 1804/4* & 1805/4*
BARRET André	La Cocagne 2682/6*
BATS Joël	Gardien de ma vie 2238/3* Illustré
BAUDELAIRE Charles	Les Fleurs du mal 1939/2*

BÉARN Myriam et Gaston de	**L'Or de Brice Bartrès** 2514/**4**★
	Gaston Phébus - Le lion des Pyrénées 2772/**6**★
	Gaston Phébus - Les créneaux de feu 2773/**6**★
BÉART Guy	**L'espérance folle** 2695/**5**★
BEAULIEU PRESLEY Priscilla	**Elvis et moi** 2157/**4**★ Illustré
BECKER Stephen	**Le bandit chinois** 2624/**5**★
BELLEMARE Pierre	**Les dossiers extraordinaires** 2820/**4**★ & 2821/**4**★
	Les dossiers d'Interpol 2844/**4**★ & 2845/**4**★
BELLETO René	**Le revenant** 2841/**5**★
BELLONCI Maria	**Renaissance privée** 2637/**6**★ Inédit
BENZONI Juliette	**Un aussi long chemin** 1872/**4**★
	Le Gerfaut des Brumes :
	-Le Gerfaut 2206/**6**★
	-Un collier pour le diable 2207/**6**★
	-Le trésor 2208/**5**★
	-Haute-Savane 2209/**5**★
BERBEROVA Nina	**Le laquais et la putain** 2850/**2**★
BERG Jean de	**L'image** 1686/**1**★
BERTRAND Jacques A.	**Tristesse de la Balance...** 2711/**1**★
BEYALA Calixthe	**C'est le soleil qui m'a brûlée** 2512/**2**★
	Tu t'appeleras Tanga 2807/**3**★
BINCHY Maeve	**Nos rêves de Castlebay** 2444/**6**★
BISIAUX M. et JAJOLET C.	**Chat plume (60 écrivains...)** 2545/**5**★
	Chat huppé (60 personnalités...) 2646/**6**★
BLIER Bertrand	**Les valseuses** 543/**5**★
BOMSEL Marie-Claude	**Pas si bêtes** 2331/**3**★ Illustré
BORGES et BIOY CASARES	**Nouveaux contes de Bustos Domecq** 1908/**3**★
BORY Jean-Louis	**Mon village à l'heure allemande** 81/**4**★
BOULET Marc	**Dans la peau d'un Chinois** 2789/**5**★ Illustré
BOURGEADE Pierre	**Le lac d'Orta** 2410/**2**★
BRADFORD Sarah	**Grace** 2002/**4**★
BROCHIER Jean-Jacques	**Un cauchemar** 2046/**2**★
	L'hallali 2541/**2**★
BRUNELIN André	**Gabin** 2680/**5**★ & 2681/**5**★ Illustré
BURON Nicole de	**Vas-y maman** 1031/**2**★
	Dix-jours-de-rêve 1481/**3**★
	Qui c'est, ce garçon ? 2043/**3**★
	C'est quoi, ce petit boulot ? 2880/**4**★
CARRERE Emmanuel	**Bravoure** 2729/**4**★
CARS Guy des	**La brute** 47/**3**★
	Le château de la juive 97/**4**★
	La tricheuse 125/**3**★
	L'impure 173/**4**★
	La corruptrice 229/**3**★
	La demoiselle d'Opéra 246/**3**★
	Les filles de joie 265/**3**★
	La dame du cirque 295/**2**★
	Cette étrange tendresse 303/**3**★
	La cathédrale de haine 322/**3**★
	L'officier sans nom 331/**3**★
	Les sept femmes 347/**4**★
	La maudite 361/**3**★
	L'habitude d'amour 376/**3**★

	La révoltée 492/4*
	Amour de ma vie 516/3*
	Le faussaire 548/5*
	La vipère 615/4*
	L'entremetteuse 639/4*
	Une certaine dame 696/4*
	L'insolence de sa beauté 736/3*
	L'amour s'en va-t-en guerre 765/2*
	Le donneur 809/2*
	J'ose 858/2*
	La justicière 1163/2*
	La vie secrète de Dorothée Gindt 1236/2*
	La femme qui en savait trop 1293/2*
	Le château du clown 1357/4*
	La femme sans frontières 1518/3*
	Le boulevard des illusions 1710/3*
	La coupable 1880/3*
	L'envoûteuse 2016/5*
	Le faiseur de morts 2063/3*
	La vengeresse 2253/3*
	Sang d'Afrique 2291/5*
	Le crime de Mathilde 2375/4*
	La voleuse 2660/3*
	Le grand monde 2840/8*
	La mère porteuse 2885/4*
CARS Jean des	Sleeping Story 832/4*
	Elisabeth d'Autriche ou la fatalité 1692/4*
	La princesse Mathilde 2827/6*
CASSAR Jacques	Dossier Camille Claudel 2615/5*
CATO Nancy	L'Australienne 1969/4* & 1970/4*
	Les étoiles du Pacifique 2183/4* & 2184/4*
	Lady F. 2603/4*
CESBRON Gilbert	Chiens perdus sans collier 6/2*
	C'est Mozart qu'on assassine 379/3*
CHABAN-DELMAS Jacques	La dame d'Aquitaine 2409/2*
CHEDID Andrée	La maison sans racines 2065/2*
	Le sixième jour 2529/3*
	Le sommeil délivré 2636/3*
	L'autre 2730/3*
	Les marches de sable 2886/3*
CHOW CHING LIE	Le palanquin des larmes 859/4*
	Concerto du fleuve Jaune 1202/3*
CHRIS Long	Johnny 2380/4* Illustré
CLANCIER Georges-Emmanuel	Le pain noir 651/3*
	La fabrique du roi 652/3*
CLAUDE Catherine	Le magot de Josepha 2865/2*
CLAUDE Hervé	L'enfant à l'oreille cassée 2753/2*
	Le désespoir des singes 2788/3*
CLAVEL Bernard	Le tonnerre de Dieu 290/1*
	Le voyage du père 300/1*
	L'Espagnol 309/4*
	Malataverne 324/1*
	L'hercule sur la place 333/3*
	Le tambour du bief 457/2*

CLAVEL *(suite)*	***L'espion aux yeux verts***	*499/3**
	La grande patience :	
	1-La maison des autres	*522/4**
	2-Celui qui voulait voir la mer	*523/4**
	3-Le cœur des vivants	*524/4**
	4-Les fruits de l'hiver	*525/4**
	Le Seigneur du Fleuve	*590/3**
	Pirates du Rhône	*658/2**
	Le silence des armes	*742/3**
	Tiennot	*1099/2**
	Les colonnes du ciel :	
	1-La saison des loups	*1235/3**
	2-La lumière du lac	*1306/4**
	3-La femme de guerre	*1356/3**
	4-Marie Bon Pain	*1422/3**
	5-Compagnons du Nouveau-Monde	*1503/3**
	Terres de mémoire	*1729/2**
	Qui êtes-vous ?	*1895/2**
	Le Royaume du Nord :	
	-Harricana	*2153/4**
	-L'Or de la terre	*2328/4**
	-Miséréré	*2540/4**
	-Amarok	*2764/3**
CLERC *Christine*	***L'Arpeggione***	*2513/3**
CLOSTERMANN *Pierre*	***Le Grand Cirque***	*2710/4**
COCTEAU *Jean*	***Orphée***	*2172/2**
COLETTE	***Le blé en herbe***	*2/1**
COLLINS *Jackie*	***Les dessous de Hollywood***	*2234/4* & 2235/4**
COLOMBANI *M.-F.*	***Donne-moi la main, on traverse***	*2881/3**
COMPANEEZ *Nina*	***La grande cabriole***	*2696/4**
CONROY *Pat*	***Le Prince des marées***	*2641/5* & 2642/5**
CONTRUCCI *Jean*	***Un jour, tu verras...***	*2478/3**
CORMAN *Avery*	***Kramer contre Kramer***	*1044/3**
	50 bougies et tout recommence	*2754/3**
COUSTEAU *Commandant*	***Nos amis les baleines***	*2853/7* Illustré*
	Les dauphins et la liberté	*2854/7* Illustré*
CUNY *Jean-Pierre*	***L'aventure des plantes***	*2659/4**
DANA *Jacqueline*	***Les noces de Camille***	*2477/3**
DAUDET *Alphonse*	***Tartarin de Tarascon***	*34/1**
	Lettres de mon moulin	*844/1**
DAVENAT *Colette*	***Daisy Rose***	*2597/6**
	Le soleil d'Amérique	*2726/6**
DHOTEL *André*	***Le pays où l'on n'arrive jamais***	*61/2**
DICKENS *Charles*	***Espoir et passions (Un conte de deux villes)***	*2643/5**
DIDEROT *Denis*	***Jacques le fataliste***	*2023/3**
DJIAN *Philippe*	***37°2 le matin***	*1951/4**
	Bleu comme l'enfer	*1971/4**
	Zone érogène	*2062/4**
	Maudit manège	*2167/5**
	50 contre 1	*2363/3**
	Echine	*2658/5**
	Crocodiles	*2785/2**
DORIN *Françoise*	***Les lits à une place***	*1369/4**
	Les miroirs truqués	*1519/4**

	Les jupes-culottes 1893/4*
	Les corbeaux et les renardes 2748/5*
DUBOIS Jean-Paul	Tous les matins je me lève 2749/3*
DUFOUR Hortense	Le Diable blanc (Le roman de Calamity Jane) 2507/4*
	La garde du cocon 2765/4*
	Le château d'absence 2902/5* (Déc. 90)
DUMAS Alexandre	Le vicomte de Bragelonne 2298/4* & 2299/4*
DYE Dale A.	Platoon 2201/3* Inédit
Dr ETIENNE et DUMONT	Le marcheur du Pôle 2416/3*
EHLE John	Winter people 2742/4*
EXBRAYAT Charles	Ceux de la forêt 2476/2*
FIELDING Joy	Le dernier été de Joanne Hunter 2586/4*
FLAUBERT Gustave	Madame Bovary 103/3*
FOUCAULT Jean-Pierre & Léon	Les éclats de rire 2391/3*
FRANCK Dan	Les Adieux 2377/3*
FRANCOS Ania	Sauve-toi, Lola ! 1678/4*
FRISON-ROCHE Roger	La peau de bison 715/2*
	La vallée sans hommes 775/3*
	Carnets sahariens 866/3*
	Premier de cordée 936/3*
	La grande crevasse 951/3*
	Retour à la montagne 960/3*
	La piste oubliée 1054/3*
	Le rapt 1181/4*
	Djebel Amour 1225/4*
	Le versant du soleil 1451/4* & 1452/4*
	Nahanni 1579/3* Illustré
	L'esclave de Dieu 2236/6*
FYOT Pierre	Les remparts du silence 2417/3*
GEDGE Pauline	La dame du Nil 2590/6*
GERBER Alain	Une rumeur d'éléphant 1948/5*
	Les heureux jours de monsieur Ghichka 2252/2*
	Les jours de vin et de roses 2412/2*
GOES Albrecht	Jusqu'à l'aube 1940/3*
GOISLARD Paul-Henry	Sarah :
	1-La maison de Sarah 2583/5*
	2-La femme de Prague 2584/4*
	3-La croisée des Amours 2731/6*
GORBATCHEV Mikhaïl	Perestroïka 2408/4*
GRAFFITI Kriss	Et l'amour dans tout ça 2822/2*
GRAY Martin	Le livre de la vie 839/2*
	Les forces de la vie 840/2*
GRIMM Ariane	Journal intime d'une jeune fille 2440/3*
GROULT Flora	Maxime ou la déchirure 518/2*
	Un seul ennui, les jours raccourcissent 897/2*
	Ni tout à fait la même, ni tout à fait une autre 1174/3*
	Une vie n'est pas assez 1450/3*
	Mémoires de moi 1567/2*
	Le passé infini 1801/2*
	Le temps s'en va, madame.... 2311/2*
	Belle ombre 2898/4* (Déc. 90)
GUIROUS D. et GALAN N.	Si la Cococour m'était contée 2296/4* Illustré
GURGAND Marguerite	Les demoiselles de Beaumoreau 1282/3*
HADENGUE Philippe S.	Petite chronique des gens de la nuit... 2851/6*

HALEY Alex	Racines 968/4* & 969/4*
HARDY Françoise	Entre les lignes entre les signes 2312/6*
HAYDEN Torey L.	L'enfant qui ne pleurait pas 1606/3*
	Kevin le révolté 1711/4*
	Les enfants des autres 2543/5*
HEBRARD Frédérique	Un mari c'est un mari 823/2*
	La vie reprendra au printemps 1131/3*
	La chambre de Goethe 1398/3*
	Un visage 1505/2*
	La Citoyenne 2003/3*
	Le mois de septembre 2395/2*
	Le harem 2456/3*
	La petite fille modèle 2602/3*
	La demoiselle d'Avignon 2620/4*
HEITZ Jacques	Prélude à l'ivresse conjugale 2644/3*
HILL Susan	Je suis le seigneur du château 2619/3*
HILLER B.B.	Big 2455/2*
HOFFMAN Alice	La nuit du loup 2803/4*
HOLLANDER Xaviera	Prisonnière de l'Oiseau de Feu 2629/3* Inédit
	Nouvelles aventures pimentées 2758/3* Inédit
HOMERIC	Ourasi 2826/5* Illustré
HORGUES Maurice	La tête des nôtres (L'oreille en coin/France Inter) 2426/5*
ISHERWOOD Christopher	Adieu à Berlin (Cabaret) 1213/3*
JAGGER Brenda	Les chemins de Maison Haute 1436/4* & 1437/4*
	Antonia 2544/4*
	La chambre bleue 2838/7*
JEAN Raymond	La lectrice 2510/2*
	Transports 2790/2*
JONG Erica	Les parachutes d'Icare 2061/6*
	Serenissima 2600/4*
JULIET Charles	L'année de l'éveil 2866/3*
JYL Laurence	Le chemin des micocouliers 2381/3*
KASPAROV Gary	Et le Fou devint Roi 2427/4*
KAYE M.M.	Pavillons lointains 1307/4* & 1308/4*
	L'ombre de la lune 2155/4* & 2156/4*
	Mort au Cachemire 2508/4*
	Mort à Berlin 2809/3*
KENEALLY Thomas	La liste de Schindler 2316/6*
KIPLING Rudyard	Le livre de la jungle 2297/2*
	Simples contes des collines 2333/3*
	Le second livre de la jungle 2360/2*
KONSALIK Heinz G.	Amours sur le Don 497/5*
	La passion du Dr Bergh 578/4*
	Dr Erika Werner 610/3*
	Mourir sous les palmes 655/4*
	Aimer sous les palmes 686/2*
	Les damnés de la taïga 939/4*
	L'homme qui oublia son passé 978/2*
	Une nuit de magie noire 1130/2*
	Bataillons de femmes 1907/5*
	Le gentleman 2025/3*
	Un mariage en Silésie 2093/4*
	Coup de théâtre 2127/3*

	Clinique privée 2215/3*
	La nuit de la tentation 2281/3* Inédit
	La guérisseuse 2314/6*
	Conjuration amoureuse 2399/2*
	La jeune fille et le sorcier 2474/3*
	Pour un péché de trop 2622/4* Inédit
	Et cependant la vie était belle 2698/4* Inédit
	Le sacrifice des innocents 2897/3* (Déc. 90)
KOUSMINE Dr	Sauvez votre corps ! 2712/7*
KREYDER Laura	Thérèse Martin 2699/3*
L'AMOUR Louis	L'envol de l'Aigle 2750/5*
L'HOTE Jean	Confession d'un enfant de chœur 260/2*
	La Communale 2329/2*
LACAMP Ysabelle	La fille du ciel 2863/5*
LACLOS Choderlos de	Les liaisons dangereuses 2616/4*
LAFERRIERE Dany	Comment faire l'amour avec un Nègre... 2852/3*
LAFON Monique	Mon enfant, ma douleur, mon bonheur 2901/3*
LAHAIE Brigitte	Moi, la scandaleuse 2362/3* Illustré
LANE Robert	Une danse solitaire 2237/3*
LANGE Monique	Histoire de Piaf 1091/3* Illustré
LAPEYRE Patrick	La lenteur de l'avenir 2565/3*
LAPOUGE Gilles	La bataille de Wagram 2269/4*
LASAYGUES Frédéric	Bruit blanc 2411/3*
LAVAL Xavier de	Le songe de Thermidor 2528/6*
LAXER Gloria	Les vendanges du silence 2647/4*
LEFEVRE Kim	Métisse blanche 2791/5*
LEVY-WILLARD Annette	Moi, Jane, cherche Tarzan 2582/3*
LIMONOV Edouard	Autoportrait d'un bandit dans son adolescence 2883/4*
LONDON Jack	Croc Blanc 2887/3* (Déc. 90)
LOTI Pierre	Le roman d'un Spahi 2793/3*
LOWERY Bruce	La cicatrice 165/1*
LUND Doris	Eric (Printemps perdu) 759/4*
LYLE Eva	Eros 1900 2304/3*
MAALOUF Amin	Les croisades vues par les Arabes 1916/4*
McCULLOUGH Colleen	Les oiseaux se cachent pour mourir 1021/4* & 1022/4*
	Tim 1141/3*
	Un autre nom pour l'amour 1534/4*
	La passion du Dr Christian 2250/6*
	Les dames de Missalonghi 2558/3*
	Amour et lumière 2771/4*
MACLAINE Shirley	L'amour foudre 2396/5*
	Danser dans la lumière 2462/5*
	Vivre sa vie 2869/3*
MACNEE Patrick	Chapeau melon 2828/5*
McNEILL Elisabeth	9 semaines 1/2 2259/2*
MAGRINI Gabriella	La dame de Kyôto 2524/6*
MALLET-JORIS Françoise	La tristesse du cerf-volant 2596/4*
MARGUERITTE Victor	La garçonne 423/3*
MARIN Maud	Le saut de l'ange 2443/4*
	Tristes plaisirs 2884/3*
MARKANDAYA Kamala	Le riz et la mousson 117/2*
MARTIN Ralph G.	Charles et Diana 2461/6* Illustré
MARTINO Bernard	Le bébé est une personne 2128/3*
MASON Bobbie Ann	Retour au pays 2678/4*

2727

Impression Brodard et Taupin
à La Flèche (Sarthe) le 28 novembre 1990
1725D-5 Dépôt légal novembre 1990
ISBN 2-277-22727-7
Imprimé en France
Editions J'ai lu
27, rue Cassette, 75006 Paris
diffusion France et étranger : Flammarion